从红月开始

Since the Red Moon Appeared

7

黑山老鬼 著

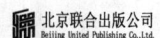

北京联合出版公司

图书在版编目（CIP）数据

从红月开始. 7 / 黑山老鬼著. -- 北京：北京联合出版公司, 2025. 6. -- ISBN 978-7-5596-8517-9

Ⅰ. I247.5

中国国家版本馆CIP数据核字第20252HB592号

从红月开始. 7

作　　者：黑山老鬼	出 品 人：赵红仕
责任编辑：李艳芬	特约编辑：王周林
产品经理：路忆尘 Louis	美术编辑：任尚洁
封面设计：别境Lab	封面插画：Cakypa

北京联合出版公司出版
（北京市西城区德外大街83号楼9层　100088）
联合读创（北京）文化传媒有限公司发行
天津中印联印务有限公司印刷　新华书店经销
字数 308千字　710毫米×1000毫米　1/16　18印张
2025年6月第1版　2025年6月第1次印刷
ISBN 978-7-5596-8517-9
定价：49.80元

版权所有，侵权必究
未经书面许可，不得以任何方式转载、复制、翻印本书部分或全部内容。
如发现图书质量问题，可联系调换。质量投诉电话：010-88843286

公元前3年，汉哀帝时期，天下大旱。函谷关以东地区出现神秘事件，百姓集体陷入恐慌，弃田掷锄，皆手持禾秆或麻秆，称其为西王母之筹策，须递于皇宫。他们或披头散发，或赤臂光脚，晓宿夜行，奔波于路野田间，相互传递。各地官府或抓或压或打，意图阻止，却无济于事。数千禾秆、麻秆经历二十六郡、国，最终送入京师，放在汉哀帝面前。

此后，百姓皆在巷弄田间歌舞诵经，祭祀西王母，直至秋天，方大梦初醒。（见于《汉书》《资治通鉴》等）

1518年，斯特拉斯堡暴发"跳舞瘟疫"。初时有一女子忽于大街上起舞狂欢，引人驻足。后陆续有人加入，随之跳舞，经夜不休。一天后，舞者达到三十四人；三天后，舞者达四百余人。当地官员请来医者问询，却无策可施。甚至有多名医者及士兵加入舞蹈，跳舞数日，累死方休。一个月后，一城之人有近半死于疯狂舞蹈。

1960年，美国马萨诸塞州发生稻草人事件。新英格兰高地麦田中出现一具稻草人，制成者不详。凡看到稻草人眼睛之人，皆木立当场，形容呆滞，身体僵直。看到僵立之人者同样出现类似症状。一日之内，此情形蔓延整个州市，后出动州警、军队，结果不详。

　　2005年，东京涩谷区一中学之学生午休时集体梦见红眼蜘蛛，引发恐慌。后学生开始出现肢体扭曲、眉眼歪斜、手脚纠缠等症状。专家了解后称此现象为群体性癔症引发的肌体痉挛。翌日，学校发生煤气爆炸，摧毁多栋学舍，伤亡不详，幸存者不详！

　　2030年，红月亮事件发生！

前情提要

　　在消灭灾厄大主教后，陆辛回到青港城，处理了一起眼虫污染事件。这起事件似乎与一个超强大的力量有关，而这个力量似乎还是妈妈的朋友……

　　更匪夷所思的是，娃娃在与陆辛合作后，负面影响消失了！娃娃的力量变得可控，也让青港城执行天国计划成为可能。陆辛与神婆、罗汉等精神能力者协助完成了该计划，从此，娃娃与青港城连为一体，成为青港城的最强保护者。

　　随后，陆辛与信息分析专员韩冰、精神能力者壁虎和红蛇代表青港城前往黑沼城调查该地的集体失眠事件。陆辛发现这起事件与该地一种致幻物质"黑草"的流通有关，而靠黑草渔利的天和安保似乎是一切的源头。

　　陆辛潜入天和安保总部，却发现这里已被精神怪物入侵，高管全数死于非命。看来，背后的真凶另有其人。陆辛的潜入行动暴露，下榻酒店被当地警力围困。原来，当地的行政机构早已被渗透，成为别有用心者的利用对象。陆辛从没处理过这么复杂的事件……真凶到底是谁？翻开本书，为你揭晓！

目录
CONTENTS

第一章
梦魇大蛇与稻草人
◀ 1 ▶

第二章
告密者七号
◀ 38 ▶

第三章
恐怖魔王事件
◀ 62 ▶

第四章
六识脸谱与地狱使者
◀ 102 ▶

第五章
妈妈要装修
◀ 144 ▶

第六章
爱情便利贴与沙漏男
◀ 176 ▶

第七章
聚会邀请
◀ 217 ▶

第八章
前往火种城
◀ 236 ▶

第一章

梦魇大蛇与稻草人

当韩冰又一次从卫生间里出来时，陆辛正拎着塑料袋，静静地在走廊里等着。见她出来了，他向她笑了笑，将塑料袋藏在身后，不让她看见。

韩冰莫名感觉走廊里有好多双眼睛在看着自己，但因为思维还有些乱，她没敢多问。

他们来到楼下，只见壁虎从墙上爬了下来，远远地就冲陆辛喊："队长！"

壁虎一边喊着，一边来到陆辛身边，在他的左右好奇地张望着。

陆辛有些诧异："你在找什么？"

壁虎仍然寻找着，不解地问："你妹妹呢？刚才说好了一起玩玩具的。"

陆辛顿时心生敬佩。壁虎真是他见过最勇敢的人……是第一个提出要去他家做客，并且要和妹妹一起玩玩具的人……

一辆敞篷吉普车停在路边，车上坐着惊魂未定的红蛇与一脸疑惑的群爷。群爷不明白为什么女儿在经历那件怪事后要立刻赶回来见这位男朋友，只能推测这是真爱。

红蛇下车后心有余悸地看着陆辛，想问刚才是不是他帮了自己，但看到他有些郁郁寡欢，一时不知道该怎么开口。想了一会儿，她突然跟壁虎说："离婚吧！"

壁虎顿时无语，他做什么对不起她的事了？

这场面透着一股谁也看不明白的怪异。

陆辛此刻不太关心这个问题，只是提着塑料袋来到旁边的垃圾桶前。看着左右两个垃圾桶上已经模糊的"干""湿"两个字，他犹豫了好一会儿才将塑料袋放进了湿垃圾里，随后转身向其他人说："走吧？"

"好的，好的！"三人肃然起敬，心想：陆辛不愧是队长，这么关键的时候还知道顺手将垃圾带下来。

陆辛坐上了副驾驶位，壁虎主动把开车的群爷小弟撵了下去。

红蛇用眼神和韩冰确定了什么，低呼了一口气，笑着看向群爷："爸爸，我们还有事情，你暂时就不要跟着了，现在立刻回家，把自己关起来。如果可以，直接把自己绑在密封的房间里，锁紧门窗。条件允许的话看好家人，三天后再出来。"

"为什么？"群爷吃了一惊，一脸关切，"你要去哪里？"

红蛇笑了笑："我们还有些事情要处理，不能继续带着你了。"她顿了顿，补充了一句，"很危险的。"

"我不怕危险，你爸爸我可是跺跺脚就能让黑沼城颤三颤的人啊！"群爷慌乱起来，吉普车已经发动，他小跑着跟在车后面，"我得照顾你啊！"

"不用了，你照顾不了我，但我男朋友可以。"红蛇向他摆了摆手，"回家吧，记着我的话。"

见她神情严肃，群爷也怕惹她生气，不敢再说。她刚刚说话冷漠了很多，也让他那热情洋溢的心稍稍受了挫。他仿佛意识到了不对劲，渐渐地就停下来了。但沉默了片刻，他还是朝着远去的吉普车大喊道："忙完了早点回来吃饭啊……我带你见见你的七个小妈、八个弟妹、两个哥哥……"

陆辛的目光扫过凌乱的街道与远处那狂热的人群。整座城看起来就像被野火烧过，到处都是砸破的门窗、倾倒的垃圾桶、破碎的玻璃碴儿，还有一团团散落在各处的火焰，还能看到一些人倒在潮湿的巷子里，或抱着腿痛苦呻吟，或一动也不动。

整座城早已经失去了秩序。陆辛很不喜欢这种感觉，但他仍然好脾气地笑着对大家说："好了，现在可以讨论下一步的工作计划了吧？"

韩冰第一个反应过来，低声说："我们的初步计划已经完成了——借用这座城的底层势力去倒逼黑沼城的行政厅，并趁机找到污染源。但从黑杰克分享的情报来看，还有很多异常之处。如果是从深渊深处逃出来的东西在污染这座城市，那我想它一定是在准备着什么，否则没道理在掌控这座城市的行政权后还维持着正常秩序。或许它想要从这座城市得到什么……比如说睡眠？另外，它从深渊来到现实，是不是付出了一定代价？有没有可能，它其实正在想办法恢复自己的力量？或许天和安保的鬼楼和城里居民的睡眠都是它恢复力量的手段？"

壁虎与红蛇不知道黑杰克提供的信息，所以表情怔怔的。

陆辛也没加入韩冰发起的讨论，他在放空思绪。等到韩冰说得差不多了，他才笑着点了点头："很有道理。那么怎样才能把它找出来？"

　　韩冰闻言一愣，她刚刚不是提出了很多值得讨论与调查的问题吗？为什么单兵先生只关心这一个问题？

　　"我们的计划已经非常成功了，"陆辛笑着说，"避免了整个城市的人向我们发难，也成功抓住了对手的马脚，还搞明白了对方的来历。还有什么问题的话，我想只需要抓住那个东西，然后审问它，就能得到答案了吧？通过审讯犯罪嫌疑人来解开案子的疑团，不是很合理吗？"

　　韩冰怔了怔，不知道该怎么回答。

　　壁虎小声嘀咕道："通过推理来查案也很正常啊，不是吗？"

　　陆辛看了壁虎一眼。

　　壁虎失语，一车的人都不知道该说什么了。

　　韩冰沉默片刻后，继续按照自己的想法讲了下去："之前我们已经推测出，不管那只精神怪物来自哪里、是做什么的，它定然是靠这座城里的人接触黑草后产生的独特的精神特性才盗走了他们的睡眠……反之，我们也能借这种精神特性找到它……"

　　她微微顿了一下，看了一眼陆辛，接着说："如今这座城陷入了无意识狂欢，成了真正的无序之城。就像混乱的水流会向较低处流去一样，当这些处于无意识狂欢中的人失去了束缚，应该也会下意识趋向内心依赖的地方……也就是说，他们会下意识聚集到最接近那只精神怪物的地方，这就是被污染体与污染体之间的一种本质上的趋向性。理论上，我们可以通过这种方法找到那只精神怪物……但从目前来看，只能圈出一个大体的区域……"

　　韩冰慢慢抬起头来，有些羞愧地向陆辛说："对不起，单兵先生，我目前只能做到这一步了。"

　　听到这里，壁虎与红蛇瞠目结舌地看了看韩冰，又忍不住看了看陆辛。

　　"为什么要道歉呢？"陆辛温和地笑着，"你已经做得非常好了，我很佩服你，也很感激你。"

　　韩冰似乎想说什么，但出于一种极为复杂的心态，她只是轻轻点了一下头。

　　陆辛看向壁虎，问他："你听明白了？"

"是是是……"壁虎连连点头，猛踩油门，向前驶去。

处于无意识狂欢中的人群失去了束缚，也失去了理性思维。一方面，他们热烈得像一把野火，疯狂地冲击着一切，破坏着一切；另一方面，他们又单纯得像一张白纸，只会下意识去接近内心依赖的地方——污染源！

在这种情况下，只有一种方法能阻止他们，那就是污染源对他们施加某种意志，拒绝他们的靠近。但只要它的意志出现，就会留下痕迹，被陆辛抓到。所以壁虎立刻明白了自己的任务，而且队长就在身边坐着，他还有什么好怕的？

狂热的人群成了最好的指向标，吉普车在黑沼城的大街小巷里狂奔，然后一口气冲出了三号卫星城的城门。此时，疯狂的人群已经打破了黑沼城各个卫星城通往主城的大门。发动机轰鸣不已，溅起一地的烟尘，越过路上的人群，径直赶往终点。

韩冰偷偷看了一眼前面的陆辛。很早之前，她就感觉陆辛身上似乎发生了一些说不清楚的变化，有时让她感觉陌生，有时甚至让她感到恐惧。她一直没想明白那到底是什么样的变化，但这一刻，她忽然明白了。

是主见！以前的单兵先生是一个非常好合作的人，他会听从别人的意见，且认真执行。而如今，虽然他大部分时间也在配合别人，但她能明显地感觉到，他已经越来越有主见了。作为队长，这应该是好事吧？

吉普车径直驶进了黑沼城主城的大门，然后穿过一条条街道，来到了黑沼城的城中心。黑沼城主城的建筑物整体呈圆形分布着，一圈圈整齐的建筑物依序收拢，护卫着中心巨大的圆形广场。广场上有着干净的石板路与漂亮的喷泉，旁边就是黑沼城气派的行政总厅。

如今，主城已经变成狂欢人群的天下了。吉普车不得不在广场外面停下来，因为前面人山人海，拥挤的人群疯狂地往广场里挤，根本无法通行。

"队长，现在怎么办？"壁虎看着前方黑压压的人头，松开了油门。总不能撞过去吧？

陆辛左右看了一眼，很快锁定了一座大楼。他打量了一下附近建筑物的分布情况，说："去那边。"

他们将吉普车弃在街上，走进那座大楼，乘坐电梯来到顶层。看这里的布置好像是一个公司，但整层楼空空荡荡的，门也没有锁，风从窗外卷了进来，将文件吹得到处都是。

他们来到窗边，向下看去，目之所及皆是黑压压的人头。

"呜哈哈，呜哈哈……"排山倒海般的声音从下方袭来。广场中间有许多人，他们双手搭背排成一条长龙，齐刷刷地喊出古怪的口号，浩浩荡荡地移动着。人数实在太多了，喊声非常响亮，形成了惊人的怪异声浪。其中每个人都顶着黑眼圈，满眼血丝，身体摇摇晃晃的，半睡半醒一般。

广场中间有一堆高达几十米的枯草，下面已经被点燃了，浓浓的黑烟从草堆里冒出来，夹杂着奇异的味道，随风卷向四面八方。

枯草堆旁边有一群穿着奇装异服卖力表演的人。穿着燕尾服与红色衬衫的魔术师将一个裙子开衩到大腿根、身上亮闪闪的女郎推进箱子里，优雅地指挥两个壮汉将箱子从中间锯开，鲜血顺着锯齿迸溅了出来，周围的人拼命叫好。有人将热心肠的观众绑在转盘上，然后蒙着眼睛拿起飞刀，精准地射在热心观众的小腹、肩膀和脖子上，人群顿时迸发出了惊人的叫好声。有表演杂技的人将一把生锈的长剑插进喉咙，插到一半插不下去了，旁边的人上来帮他使劲往里压。喷火的人把自己变成了一个火球。玩胸口碎大石的嫌大石头太沉，干脆将石头掀到一边，兴高采烈地等着锤头砸落。

"刺面折肢，取悦神明……"兴奋的人群，疯狂的表演，热烈的呼声，数不清的人从这座城的各个方向赶来，加入其中。

韩冰看着下方狂热的一幕，脸色变得异常苍白。不只是她，就连壁虎、红蛇这种精神能力者也感觉到了恐慌。从前这是一座失眠之城，如今像是一座噩梦之城。这样的场面让他们感觉像在观看一种远古的祭祀。

在下方那片狂热的人群里，他们看到了之前酒店里那个暴躁的前台小姐，以及群爷的手下银毛、勇子和强子，还看到了叶雪的弟弟叶小雨。有人满身是血，有人一瘸一拐，有人的左胳膊只剩一点皮肉连在身上，可是他们却好像完全感受不到似的，只是随着人流呐喊、游走。

有一种异常复杂且强大的精神力量正随着这种祭祀一点点地凝聚在广场上方，仿佛一条变幻不定的黑色巨蟒。

"单兵先生，"韩冰过了好一会儿才平静下来，转过头低声说，"我们应该找到那只怪物了。"

陆辛只是漠然地看着狂欢的人群，感受着他们像怒海一样狂躁的精神力量。

韩冰的计划无疑是成功的，她指明了精神怪物躲藏的位置，确定它就在这片区域之中。但这似乎又是徒劳的，因为狂欢的人有十万以上，凌乱的精神力量足以将任何东西藏起来。

陆辛能明确感觉到那只精神怪物就在这里，可那又如何呢？他的心里浮现出厌恶。他本就不喜欢这座城市，如今厌恶感更是达到了顶点……怎么解决那只精神怪物呢？把所有人都杀掉吗？

就在这时，有电话铃声响了起来。在这座疯狂的城市里，这个电话铃声实在突兀。

几人下意识看向声源处，那里有一部被砸得稀巴烂的电话机，键盘按钮散得到处都是，线路也被剪断了，听筒无力地垂着。可偏偏，这样一部电话机响了起来，铃声清脆而急促，似乎将楼下雷鸣般的人声都压了下去。

韩冰、壁虎和红蛇都被吓了一跳，陆辛也有些意外，脸上的表情出现了细微的变化，随后轻声笑道："我先去接个电话。"说着，他便在三人疑惑的眼神里走了过去，拿起了听筒。

"喂？"他的声音很温和。

听筒里有很重的杂音，夹杂着隐约的窸窣声，旋即响起一个嘶哑、生硬、机械的声音："在事情变得严重之前，我希望你离开。"

"嗯？"陆辛感觉有些新鲜，"你让我离开？"

对方似乎没听出陆辛话里的诧异与嘲弄，继续说："我希望你离开，我不愿与你为敌。"

陆辛的脸上不由得露出了笑容："你不愿与我为敌，那不是应该你离开吗？"

电话那端的声音顿了顿："如果你愿意，我确实可以离开。"

"……"陆辛很意外。他的情绪有些不对劲。他很想好好说话，但他的心正在颤抖——不是因为恐惧，而是因为太过迫切。这种颤抖使得一股股鲜血以比平时快好几倍的速度不停地送进他的大脑，让他的内心深处一次次产生冲动。不知道为什么，内心涌动着的强烈厌烦感使他自然而然地说道："已经晚了。"

电话那端只有沉默。

已经晚了，无论是退让还是离开都晚了……

"她说得没错，你连忏悔的机会都不会给别人。"片刻后，电话那端的声音再次响起，"你不要太高估你自己……我知道你正在觉醒神性力量。觉醒神性力量的过程中，你很容易会产生一种错觉，认为那种力量是你自己的，认为那种高高在上的感觉属于你，但其实你错了。你所拥有的一切都只是神性力量觉醒给你带来的副作用，以及一种虚无的幻象罢了。你要记住……即使曾经被那个存在污染过，你也只是一只拥有神性力量的蚂蚁。"

从电话那端传来的声音时不时扯起一个极高的音调，听起来像潮水一般起伏不定。若仔细分辨，这甚至不像是说话声，更像是精神力量的一种轰鸣，直接引起人脑海里的变化，让人感觉听到了声音。

陆辛静静地听着听筒里的话，没有回应，只是有那么一瞬间，瞳孔缩成了针眼大小，喉咙里发出了几声冷笑。

那个声音变得平静了一些："在这座城市里，你不一定是我的对手。如果我现在不想与你对抗，我也可以逃走。这座城市的污染特性已经借助野心传向了城外的各个地方，那些因为私欲而产生的商品正流向这个世界的每个角落，只要有人接触到了，我就能抓取他们的精神力量，甚至能降临到他们的身上。即便你觉醒了神性力量，也阻止不了我离开。当然，如果我必须被迫离开这里，那么在离开之前，我一定会给你留下一个深刻的印象……"

周围突然变得异常安静，窗外那震耳欲聋的喧闹声不知何时消失了。

"队……队长……"在窗边观察的壁虎忽然低呼一声，后退了两步，脸色像见了鬼一样苍白。

陆辛放眼望去，看到广场上的所有人都停下动作抬起头，睁着血红的眼睛死死地盯着他们，眼神空洞，带着一种慑人的寒光。

"这些尘埃可以毁掉你身边的尘埃，而我随时可以离开，并再次准备力量的复苏……即使你有着神性力量，也无法阻止我，更无法阻止身边人死去……所以，我给你最后的机会，离开！"不知何时，那种声音变成了外放模式，在场几人都听到了。韩冰他们表情惊恐，目光齐刷刷地落到了陆辛的脸上。

陆辛的表情没有任何变化，只是慢慢开口道："有一句话你说对了，我确实连忏悔的机会都不会给你。"

这真是这世上最决绝也最冷漠的声音。

"嘟嘟嘟……"电话挂断了。

陆辛怔了不到一秒钟，忽然想到了什么，快步走到窗边，看到广场上的人群正在疯狂地游走，无数双眼睛死死地盯着他们所在的楼层。在某种意志的驱使下，他们仿佛被点燃的汽油桶一般，以一种爆炸性的狂暴状态向四人冲了过来……有人直接用脑袋撞起了四人所在这栋楼的墙，稍微清醒一些的人拼命地挤着，向大楼的入口移动。

没有什么比成为整个世界的敌人更可怕的了，他们那种狂热的气息简直清晰可闻，带着一种仿佛能摧枯拉朽的力量。

"队长，我们怎么办？"壁虎第一个叫出了声，焦急地等着陆辛的回答。

其实他们现在的选择很多，比如赶紧逃走。一来，身为精神能力者，即便面对这样的场面，他们也有一定的自保能力，想逃走是没问题的；二来，电话里的那个声音也只是想让他们离开。当然，到底要怎么做，还是要看陆辛这个队长的决定。不过话说回来……精神怪物打电话是什么鬼？而且不需要接线！

"嗯？"陆辛的反应慢了半拍，好一会儿才慢慢地转过头看向三人，"刚才它说能随时逃走，想想我们来的路上，确实看到黑沼城还没有封城，这个堕落的城市生产的含有黑草成分的商品正通过各个渠道流向其他地方，也就是说……即使杀光黑沼城的人也无法消灭这怪物。"

三人的脸色唰的一下就变了，惊恐地看着陆辛。他的逻辑怎么那么古怪？

"当然，我们是来清理污染的，不是来屠城的……"陆辛想起了什么，补充道，"所以杀光这座城里的人不合适……"

"队长啊！"壁虎的声音在发颤，"这还需要思考吗？"

"考虑问题要周全，不是吗？它躲在这些人的精神世界里，只要有一个人活着，它就能继续存活。只要黑草还在源源不断地流向其他地方，它就能借着黑草的流动，逃向其他地方……"陆辛微微沉吟后，转头看向韩冰，"理论上，怎么能将它找出来？"

"这个……"韩冰陷入了迷茫。

此时，外面的呼喊声震天，能听到大批人冲进大楼的声音，还能听到嘈杂的"砰砰"声，一些暴躁的人正一个接一个地撞击着窗户，然后贴着墙壁叠成人梯向上爬。

韩冰努力忽视外界的干扰，大脑飞速运转，片刻后认真地说："这种大面积的污染，污染源会藏得很深。借用从海上国人鱼污染事件中得到的经验，我们明知海上国男人受到了污染，但因为不知道污染源究竟藏在哪里，所以根本无法给他们治疗……要在这样大规模的受污染人群里找到污染源，只有一个办法——成为精神领主。也就是说，像娃娃一样进行大面积的污染，将污染源逼出来，展开正面对抗。"说到这里，她有些关切地看向陆辛，"单兵先生，你……"

这个话题让壁虎和红蛇很紧张，他们不知道黑杰克的情报，但广场上那狂热的一幕他们亲眼看到了。究竟是多么可怕的精神怪物才能造成这样噩梦般的场景？他们已经对那只敢打电话威胁陆辛的精神怪物产生了恐惧心理，现在只关心一个问题——陆辛究竟是否掌握了成为精神领主的力量？如果掌握了，事情就好办多了。

"精神领主吗？"陆辛眉头微皱，低声说，"我做不到啊！精神领主可以进行大面积污染，并且污染稳定可控，而我……我好像确实正在掌握某种更强的能力……但这种能力似乎没有污染特质。"

韩冰、壁虎、红蛇的表情都有些迷茫，他们听不懂陆辛在说什么……他所说的"更强的能力"是指什么？什么能力连污染特质也没有？但他们也捕捉到了重点：陆辛不是精神领主……

陆辛默默地思索着，试图理解并消化突然浮现在脑子里的一些知识。最近，当他遇到某个问题时，脑中会自然而然地出现很多答案，这种感觉既奇怪又理所当然。很多事情他原以为自己不懂，但真遇到时，却发现自己好像都懂，就和他之前下意识回答韩冰的疑问一样。唯一不一样的是，这次他想到的东西更多了。

他的目光从壁虎身上掠过，跳过韩冰落到了红蛇身上。他挨个儿考虑着，甚至想到了背包里的十二阶魔方，以及从黑杰克的脑子里取出来的扑克牌……

韩冰等人不知道他在想什么，只是莫名有些心慌。看他的眼神，好像在挑选什么……

经过一番深思，陆辛的脸上露出了笑容，轻声问："你们想体验一下成为精神领主的感觉吗？"

"精神领主？"

"体验？"

三人瞬间蒙了。什么叫想不想体验一下精神领主？这玩意儿还能体验吗？他们越想越觉得不可思议，都吃惊地看着陆辛。

壁虎是第一个明白的，表情又惊又喜。

随后是韩冰，她脸色苍白，有一种对未知的恐惧感。

最后是红蛇，她恍然大悟，表情难以置信。

即使是单兵队长提出来的，这件事也太过可怕了⋯⋯

"虽然好像有些不合常理，"陆辛又默默地思索了一会儿才笑着说，"但在我们这支小队里，我是队长，壁虎是副队长，娃娃只是一个队员。队员都能成为精神领主的话，那我作为队长表现得更厉害一些，也不过分吧？"

听着陆辛的自言自语，其他人面面相觑。他这是在给自己找借口？

此时，陆辛的脑子有些乱。谁比较合适呢？首先，壁虎不适合这种情况。蜘蛛系成为精神领主的话会是什么样子？整个城市的人都扭曲自己的身体，然后拥有像蜘蛛一样到处乱爬的能力？红蛇也不太合适，陆辛不确定红蛇成为精神领主后，会不会出现整座城的人到处认爸爸的场面。

父亲倒是可以，父亲天生擅长这样做。只是父亲成为精神领主后，这座城里的人能够正常活下来的应该不多。妹妹与壁虎同理，但后果更严重。至于妈妈⋯⋯陆辛心里很明白，妈妈不适合这种合作。十二阶魔方、眼镜狗也不合适⋯⋯如果由眼镜狗来，那画面很有可能是限制级的⋯⋯这真有些苦恼了。该用什么样的精神污染把对方逼出来呢？

陆辛考虑了一会儿，心念一动，来到窗边，正好看到一辆女式自行车飞快地向他们所在的这座楼骑来⋯⋯

这辆自行车非常奇怪，居然自动行驶在街道上，更奇怪的是街道上到处是疯狂的人，但这辆自行车却畅通无阻。

陆辛想到了什么，眼睛渐渐亮了。

"啊，那是⋯⋯"壁虎他们也反应过来了。他们看到那辆自行车上有一只小怪物，手臂一样的触手缠着车把，两条短腿拼命地蹬着，脸上有液体哗哗地流下来，看起来好像一个被人抛弃了，正一边追赶一边哭的小孩。

"迷藏……"韩冰大吃一惊，一脸自责地说，"我居然把它给忘了。"她一边说着，一边快速地翻开笔记本，又无力地合上，"陈组长给了我一个窍门，让我把它的名字写在笔记本上，这样我每次翻笔记本的时候都会想起它……但是没想到……"她有些羞愧地看了陆辛一眼，"我忘了翻笔记本了。"

红蛇一脸惊讶，喃喃道："我之前还以为自己撞鬼了……它进了我的房间，还偷看我洗澡？"

"咦？"壁虎的注意力顿时被红蛇的话转移了。

"我有办法了。"陆辛想到了一个很好的主意，笑着对壁虎说，"去把它接上来吧！"

壁虎的身手异常矫健，而且胆子也异常大。若在平时，陆辛让他冲到那么疯狂的人群里去，他不一定敢，但现在，他信心满满。他直接从只打开了二十厘米左右的窗口缝隙里钻了出去，顺着墙壁飞快地冲向楼底，径直爬向那辆女式自行车。

他的举动一下子吸引了街上不少人的目光，成功转移了狂热人群的注意力。有人高高地跳起来抓他；有人脚踩着别人的肩膀，蹿起来抓他；还有更机灵的，算准了他的路线，一窝蜂地拥过去等着他。

不得不说，迷藏还没接到，壁虎已经有效地阻止了他们冲上楼的进度。

壁虎先作势向左一冲，将人群的注意力引向左边，随后他猛然往右，蹿到那辆女式自行车旁边，一把拉起迷藏，接着几个纵跃，踩着攒动的脑袋飞快地冲到了墙上。

刚才迷藏被两拨人马夹在中间，已经吓得瑟瑟发抖，此时它跟随着壁虎，被狂热的人群盯上，更是差点吓破了胆。它的触手紧紧缠住壁虎，防止从他身上掉下来。

眼看着壁虎快速地向他们爬来，陆辛的脸上稍稍露出了开心的神色。

与此同时，楼道外传来一阵乱七八糟的响动，疯狂的人群已经冲到了他们所在的楼层。

"我先过去。"红蛇看了陆辛一眼，不敢问他什么，又转头看向韩冰，脸上露出毅然之色。

韩冰也有些紧张："千万要小心啊，红蛇小姐！"

红蛇点了一下头，大步走向走廊，一抬头就看见汹涌的人潮叠在一起，浩浩荡荡而来。

没人面对这种冲击不会觉得害怕，这些人虽是普通人，但在这种疯狂的状态下，他们的精神力量强烈波动并交织在一起，会在精神层面对精神能力者造成可怕的影响。

红蛇深吸一口气，向他们冲了过去。双方越靠越近，她几乎能看到那些人眼睛里的血丝……

就在双方即将撞到一起时，红蛇突然身体一软，瘫倒在地，一只手轻轻拍地，另一只手攀上冲在最前面的一个人的腿，号啕大哭起来："渣男，你忘记我了吗？"

突兀的哭声几乎将走廊里的嘈杂声盖了过去。

"咦？"所有和那个人有身体接触的人，大脑都出现了片刻的空白。红蛇的哭声仿佛入侵了他们的大脑，改变了他们的认知。他们的瞳孔微微放大，又缓慢地聚焦，眼神迷茫地看向红蛇。在此过程中，他们不自觉地撑着双腿，用力顶着后面的人，以防别人挤过来撞到她。他们的潜意识已经开始心疼红蛇了……

"一日夫妻百日恩啊！"红蛇这一哭就停不下来了，哀号声让人心疼，"你明明说过爱我，你曾发誓说死都不会让我受任何委屈，可如今，你就看着这么多人冲过来打我，根本不管我了吗？这世上还有真爱吗？"

她一声声的哀号让这些人更迷茫了，迷茫之中又带了点惊喜——迷茫的是自己怎么突然有老婆了，惊喜的是老婆长得还挺好看的。

红蛇那个关于真爱的问题注定得不到答案，但并不妨碍让听者晕头转向。他们马上掉过头，挟着怒火推搡起后面的人："你们敢打我老婆？"

在一阵口舌之争后，后面那些依着本能冲上来伤害陆辛的人与红蛇口中的"渣男们"迅速扭打在了一起。

陆辛没太在意走廊里的混乱，哪怕他不喜欢这个城市，也没想过真的动手伤害这些受到污染的人。何况伤害他们也没用。他温柔地蹲下来，看着被壁虎丢在地上的迷藏。

有那么一瞬间，迷藏吓得险些从窗户爬出去。

第一章 梦魇大蛇与稻草人

陆辛问:"你想体验一下成为精神领主的感觉吗?"

迷藏一脸迷茫。

伸出手之前,陆辛先转头看了妈妈一眼。妈妈朝他轻轻点点头,似乎在鼓励他。但这次,他不是在询问妈妈该怎么做,也不是想知道她的意见,他只是在告诉她,他要这么做了。他仔细地体会着心里的那种感觉,慢慢地摸向迷藏滑溜溜的小脑袋。霎时,他黑白分明的眼睛里跳动起黑色粒子,渐渐地,两只眼睛全部变成了纯黑色。

迷藏吓得瑟瑟发抖,但它不敢逃,只能呆呆地任由陆辛的手轻轻地覆在自己的脑袋上。陆辛的手掌并不算宽厚,却非常温暖,让迷藏感觉很舒服。紧接着,一种难以形容的冲击感涌进了迷藏的脑海。它感觉自己正被一片大海压着,这片大海一瞬间就能将它撕碎,而它之所以还没被撕碎,是因为有一只手帮它托住了海水。

周围一片黑暗,迷藏有些怕黑,下意识后退了一步,就看到一双眼睛在黑暗深处浮现,静静地看着它。

"去吧!"黑暗里响起了一个声音,像那只抚摸脑袋的手一样温暖,"去把你能感受到的人都藏起来。"

整个黑沼城一片嘈杂,尤其是靠近中心广场的地方。突然,嘈杂声戛然而止,巨大的触手从窗户里伸展出去,长达几百丈,仿佛来自深海的巨浪,翻腾在空中,瞬间便搅起无边的精神力量波纹,一圈圈地向全城扩散。

"那是什么?"混乱的人群里有好几个人猛地抬起头,露出了难以置信的表情。

他们——或者说"它"还不明白究竟发生了什么,但已经意识到了不对。它穿梭在人群里,确定自己离开的路径。它原本可以在变故出现的那一瞬间离开这座城市,可是再也没有比这座城市更适合它,更便于它恢复力量的了。此时它若离开,就等于抛弃了自己百分之九十九以上的身体,只有一丝丝本体能逃出去……所以,它犹豫了。

没有问题……它仍然可以游走在自己的精神路径上,也没有什么特殊的力量朝它的本体而来……但紧接着,它感应到了——这座城市里的人正在消失。

从外围开始，无数失眠的灵魂正一个接一个地消失，然后是一群群、一片片，像大片的灯光迅速熄灭。

这座城市正在变成空城。

熙熙攘攘和空空荡荡，这是两个截然不同的场景，可以说完全就是两个极端。此时的黑沼城正快速地从一个极端切换到另一个极端。那些虽然狂热但仍活生生的人被飞快地抹去，吵吵嚷嚷的街道变得寂静无比，人头攒动的广场变得干净而空旷。

升腾的黑烟被无形的风吹过，变成了狰狞的形状。它感到了恐慌，这种情绪影响到了广场上的事物，当然也影响到了烟雾，使其变得狰狞。

它感觉到了人群的消失，也知道这是多么可怕的事情。其实它知道那些人不是真的消失了，他们仍在这座城里，只是它看不见。可对它来说，看不见就是消失。

原本凭借着黑沼城居民独有的精神特性，它可以去对抗那种让居民消失的力量，但它不敢。因为那种力量蔓延开来时伴随着一种强大的意志，如果它去对抗，就会被那种意志抓个正着。所以，它只能眼睁睁地看着人群慢慢消失……

广场上变得空空荡荡的，只剩下十几个脖子上戴着项圈的人，他们垂着脑袋，沉默地站立着。他们已经睡着了，根本无法留意到广场上的变化。

广场中心则坐着一堆表情惊恐的人，他们是黑沼城行政总厅的官员。

"很简单，不是吗？"陆辛收回摸迷藏的手，"尽量撑住哦。"他笑着看向迷藏，轻声说，"你撑不住的话，会有好多人出事的。"

迷藏瑟瑟发抖，一声不敢吭。

此时走廊里的骚动也消失了，四周安静得吓人，只有阴冷的风从窗外刮进来，带着瘆人的凉意。

看到广场上的寥寥数人，陆辛的脸上露出了满意的笑容。很好，现在这座城里剩下的人极少，而他要找的人就在其中。

"你们乖乖待在这里，不要乱跑，看着就好。"陆辛直起身来，笑着向壁虎、韩冰和刚刚走进门的红蛇说。

几人脸色凝重，仿佛想说些什么，但陆辛没给他们这个机会，转身向外走去。他们忽然意识到，陆辛只是在通知他们，而非询问。真有队长的范儿啊……

陆辛点了一根烟，抬步走到电梯前，电梯门恰好打开了，于是他走了进去。就在电梯门马上要关闭时，他忽然看到旁边贴着"禁止吸烟"的标志。似乎想到了什么，他怔了一下，然后面带微笑慢慢吸了一口烟，把烟雾吐在了禁烟标志上。

通向广场的街道空荡荡的，只有不知从哪儿吹来的风将地上的报纸卷得上下翻飞。陆辛叼着烟向前走去，脚步轻快。

"哥哥，哥哥……"一连串兴奋的叫喊声响起，妹妹从旁边的墙壁上爬了下来。她看起来很激动，但是激动的表情下又隐隐透露出一点讨好的意味。"我来帮你好不好？"

妹妹长大了，懂事了，居然主动提出帮他，以前她可不会这样。但他笑着摇了摇头："不用了。"

妹妹脸上的笑容一下僵住了。

陆辛向她露出一个微笑，回头看了街道一眼，继续向广场走去。

看到陆辛的笑容，妹妹有些瑟缩，没敢继续靠近。妈妈出现在街道对面，拎着小包，静静地看着陆辛的背影。一团沉沉的黑暗里，父亲走了出来，身材高大，异常沉默。

这次，一家人都没跟上去，只是站成一排，目送陆辛独自走向广场。

"这也在你的意料之中吗？"等陆辛走过街角，父亲才忽然低声问了一句。

妈妈沉默了好一会儿才缓缓说道："我试图阻止过了。"

陆辛走进广场时的第一感觉就是大。之前广场上人流拥挤，让他产生了一种这个广场很狭小的错觉。而实际上，这座靠黑草积攒了庞大财富的高墙城在面子工程上很舍得下功夫，整片广场足足占地十万多平方米，喷泉、雕塑等景观完美地点缀着黑沼城这个最高贵优雅的地标……虽说黑沼城的本质根本配不上这么好的广场。

陆辛走进广场中，听到了凌乱的窸窸窣窣的声音。他抬起头，看到铺天盖地的黑影正向他扑来，它们密密麻麻地交织在一起，形成了一团"黑云"，里面传来恐怖的鳞片摩擦声与叽叽喳喳的乱叫声。

"天和鬼楼里的那种怪物？"陆辛认出了这些怪物，妹妹之前还捉了一只来玩，只是玩着玩着就不知道丢到哪里去了。小孩子总是丢三落四的，过后又觉得心疼。如今他一下子遇到了这么多，那就再捉两只给妹妹玩。

与鬼楼里那些初生状态的怪物不同，此时的这些怪物明显更有力量，也更怪异。陆辛猜测，这可能是那个从深渊里跑出来的家伙准备四处散布的种子。

陆辛这么想着，那团"黑云"发出的细密又异常尖厉的声音已经笼罩了他。这种声音嘈杂又怪异，仿佛可以直接钻进人的头骨，渗进大脑皮层，让人的大脑发痒，但隔着头颅骨没办法去抓，所以异常难受。他的太阳穴突突地跳，血液一股股地被挤压进了大脑。

最快的一只怪物已经扑到了陆辛面前，小小的脑袋迅速占据了他的视野，凶残地张大了嘴巴。他甚至能看到怪物尖利的闪着寒光的牙齿。

陆辛深吸了一口气，闭上眼睛，又猛地睁开，一圈无形的波纹瞬间以他的额头为中心点向四处散开。在波纹笼罩的范围内，空气变得异常黏稠。而且这种黏稠感还在不断增加，似乎没有上限。

霎时，接触到这层波纹的精神怪物全部被定在了半空中，仿佛琥珀中的蚊子。

陆辛抬头看去，瞳孔微微颤了一下。下一刻，"咔嚓"一声，这些精神怪物被绞成了碎片。

"算了，"陆辛心想，"还是不捉给妹妹了。毕竟这样的东西实在是太脆了，妹妹比较皮，适合玩结实些的玩具。"他继续往前走，空中的怪物碎片像冰雹一样掉落在他四周。

"那是扭曲力场？"楼上的壁虎等人看到这一幕，不约而同地发出了惊呼。他们无法清楚地看到那些精神怪物的样子，只能看到一团黑压压的如同乌云那般厚重而沉闷的精神体铺天盖地地扑向陆辛。可怕的是，在陆辛释放的扭曲力场下，那团精神体瞬间就被击碎了。

壁虎吓得脸色都变了，转头看向韩冰，怔怔地问："队长刚才那一瞬间释放出了多少精神力量？"

韩冰下意识看向手腕上的小型精神检测仪，上面只有混乱的线条。

陆辛的背影给人一种孤独的感觉。他踩在广场光滑的石板上，就好像踩在水面上，落下的每一步都有隐隐的波纹向四周扩散而去。

随着波纹的扩散，那些脖子上戴着项圈静立在广场四周的人缓缓抬起了头，目光缓慢聚焦，最后落在了陆辛身上。下一刻，他们的嘴角忽然咧开，露出鲜红的牙床。

所有人四肢着地，恶狠狠地向陆辛扑了过来。而陆辛面带微笑，缓缓张开双臂，仿佛归来的人在回应这些热情的迎接者。

陆辛之前从黑杰克口中得知，黑沼城没有设立真正的特清部，他们对精神能力者采取"放牧"手段，利用他们去解决特殊污染，甚至将他们当成弄权的工具。陆辛一直不明白"放牧"的意思，直到看到这些脖子上戴着项圈的人才懂。

这些人都是精神能力者。陆辛不知道黑沼城最初是怎么给精神能力者戴上项圈的，但他能感觉到，他们的精神都异常空洞，有黑草的气息。很明显，这种控制手段与黑草脱不了干系。从这一点，他也能明白黑沼城这次的行动为什么会失败。他们用黑草控制了精神能力者，将他们像犬类一样驱使，没想到他们这次面对的怪物恰好能控制被黑草影响过的精神体。

当然了，陆辛也挺佩服这些黑沼城行政官员的，他们已经形成了独特的体系与文化，把精神能力者培养成了拥有强烈特色的类型，居然让他们趴着跑……

"嗡——"战斗不允许分神，陆辛不仅分神了，还在内心对人评头论足，这就导致一种可怕的精神冲击涌进了他的大脑，过程非常突兀，他没能及时反应过来。

陆辛并不是站着不动，任由对方向他释放能力，而是受到了某种能力的影响。那群趴着冲过来的黑沼城精神能力者明明离得还很远，有一个却突兀地出现在他身前。

某种能力让陆辛产生了视觉错位的假象。他以为对手离得很远，实际上对手已经来到他的面前，并对他施展了能力。这是精神能力者之间互相配合产生的奇妙效果。

直到这一刻，陆辛才意识到他同时面对的是十几位精神能力者。

陆辛似乎听到了一种挤压海绵水分的声音，与此同时，他的大脑被那种涌进脑海里的精神力量飞快地网住，并猛地收紧，他的感知被搅成一团乱麻，失去了正常的思维与反应能力。

这是什么精神能力？陆辛不知道，短时间内也没办法去仔细推理。因此，他只能在那种精神力量狠狠收缩之前那极短的一瞬间，看向四五米外那个黑沼城精神能力者。之前释放的扭曲力场瞬间合拢，像潮水一样径直向前涌出。

扑哧一声，那个精神能力者连同他身后正冲过来的另外两个精神能力者同时被这道强大的精神冲击扫中。那个精神能力者当场僵住，紧接着，他身上的血肉一点点裂开、滑落，在脚下垒成一堆鲜红。另外两个精神能力者只被精神冲击扫中了一半，那一半身体也瞬间变得血肉模糊。

这个场面极其血腥而惨不忍睹，但黑沼城的精神能力者们却仿佛被鲜血刺激到了，状态越发狂躁。

其中两个速度异常快的人在奔跑的同时身体出现了不自然的扭曲，他们瞬间超过其他人一大截，一左一右冲到陆辛身边，抓住了他的两条手臂。伴随着骨骼扭曲的声音，他们的身体缠住了陆辛。

明明是两个大活人，却像两根绳索一样瞬间缠在陆辛身上，身体的各个关节违反常理地扭曲着，如同镣铐、枷锁，将陆辛紧紧地扣在里面。

与此同时，从偏东方向冲过来的一个精神能力者身形诡异地向旁边一绕。明明他冲过来时身后空无一物，但他的身体让开后，仿佛将身后的背景布撕开了，一辆巨大的装甲车凭空出现，车上架着三挺带着冰冷气息的多管转轮机枪。

机枪毫不迟疑地开始转动，二十厘米长的烈焰喷薄而出。空气里弥漫着火药味，密集的子弹震得陆辛周围的空气发颤。

"不好！"楼上的韩冰脱口而出。她不是精神能力者，看精神能力者交手的过程并不全面。比如陆辛与第一个精神能力者交手时，在她看来就是对方直冲陆辛而来，什么都没做，就被陆辛的精神冲击割成了一团血肉，连带着身后两个人也惨死当场。但此刻她却看懂了，那两个蜘蛛系精神能力者以生命为代价缚住陆辛，然后让机枪扫射他。

陆辛的强大她从不怀疑，但在她的记忆里，从来没见过陆辛展现出用肉身对抗多管转轮机枪的能力。特清部里有传言说，陆辛刚加入特清部不久，在对付以秦燃为首的荒野骑士团时，靠自己的念力抵挡住了漫天的子弹，救下了陈菁的性命。但这种事不是亲眼所见是无法相信的，更何况有次吃饭时，她看见陆辛好像没能拧开瓶盖，默默把瓶子放到了一边。

如今，在被两个蜘蛛系缠住的情况下，他要怎么对抗那么多子弹？

子弹如蜂群般飞到眼前时，陆辛正在发呆。

"他们用身体缠住我，任由子弹呼啸而来，是想陪我一起死？"他低头看着左右两个蜘蛛系精神能力者，突然感受到了生命的脆弱。他的嘴角出现了不自然的抽搐，然后带着这两人猛地蹲下身。他伸出两只手抓住铺在地上的青石板，用力掀起。在这个过程中，他的眼睛里出现了淡淡的黑色粒子，身边空气的黏稠感一下子浓郁了数倍，仿佛一团黑色的雾气，诡异又灵活地围绕在他的四周。

"哗啦！"因为陆辛的动作幅度太大，那两个缠在他身上的蜘蛛系就像绳索一般被他挣断了。鲜血喷溅出十几米远，骨头碎裂的声音在子弹的呼啸声中也异常明显。

陆辛从地上掀起一块又大又厚的青石板挡在了身前。子弹打在"石盾"上，"石盾"瞬间破裂，石屑纷飞。等到硝烟散去后，原地只剩下两堆血肉，没有陆辛的身影。

多管转轮机枪后的三个精神能力者微怔，下一秒，他们听到了来自背后的鼻息声。

有人反应极快，从腿间抄出匕首转过身狠狠刺下。但匕首停在半空中，动不了半分。下一刻，他的身体突然扭曲、折叠，与另外两个人一起被无形的力量团成肉球，扔了出去。

陆辛站在三挺多管转轮机枪后面，静静地看着剩下的精神能力者。

像被无形的手操控着，三挺多管转轮机枪突然喷出火舌，密密麻麻的子弹飞速离膛。

此时广场上还有十多个精神能力者，正以各种方式急速冲向陆辛，即使是三挺多管转轮机枪也无法阻止他们。

陆辛眼睛一眯，无形的波纹荡开，这些精神能力者的速度顿时被拖缓。即使有些人施展出类似幻象的能力，在陆辛的眼里，这些幻象也在变淡、变浅、变得透明，直至彻底消失。于是，这些黑沼城精神能力者只能瞪大眼睛直面喷出火舌的枪口，变成活靶子。

子弹飞速射出来的声音不再清脆，更像是狂风扫出的声音。广场上瞬间多了很多团被撕裂的血肉。

陆辛只是漠然地看着，身前的多管转轮机枪持续疯狂扫射，直到子弹消耗一空，他才慢慢地转过身，向广场深处走去。

韩冰等人靠在窗边，呆呆地看着下面的广场。他们看着陆辛一步步向前走去，身边没有一具完整的尸体。

"到底在哪里呢？"

"都到这个时候了，就没必要躲了吧？"

"刚才你的口吻很凶哦，为什么现在要躲起来呢？"

在遍地残破的血肉中，陆辛缓慢地走在青石板铺就的地面上，脚边是钢锯、短剑、飞刀，以及断成了好几截的肠子。他的脸上渐渐浮现出微笑。他的声音带着异样的欢愉，仿佛和小孩玩捉迷藏的大人。

"躲是没用的……乖哦……"

陆辛穿过广场，目光扫过剩余的活物。

广场上只剩一小撮活人了，他们有的穿着皱巴巴的西装，有的穿着凌乱的女式套装，有的穿着武装制服。如果忽略他们脸上的惊慌，以及饱受惊吓后的呆滞，可以从他们身上看到一种长时间身居高位才能养出来的优越感与高贵气质，远不是普通人可比的。

陆辛温柔的目光从他们脸上扫过，看得很仔细。他能感觉到，那只怪物一定就在广场上，而且一定藏在其中某个人的心里。毕竟，直接暴露在现实中的怪物会像太阳一样清晰。

这群人明显被吓坏了，脸色惊恐地看着陆辛。

从如今的情报上分析，他们应该是黑沼城行政总厅的高级官员，也是鬼火沼泽地那个特别行动的策划者。深渊里的怪物跑出来后，自然第一时间就控制住了他们。出人意料的是，他们身上看不到多少被污染的痕迹，头脑似乎也是清醒的。他们之所以没有被盗走睡眠，可能是因为那怪物想借他们的手来控制这座城。

"救我……你快救我们！"有个人突然大声叫了起来。

这是一个头顶光秃秃的，偏偏还把两边仅剩的几根头发留得特别长，且专门梳到脑袋中间来撑门面的中年男人。他鼓起勇气，扯着嗓子向陆辛大喊："你是……你是过来支援我们的人吧？快救我们啊！我是黑沼城行政总厅秘书长吕大旺，你……快把我们送出去啊……"

陆辛觉得有些好玩，转过头看了这人一眼。

"你还看什么？快救我们出去啊……你过来不是支援我们的吗？"见陆辛没什么反应，吕大旺又惊又怒。前后接近一个月的时间，他每日都处于惊恐之中，早就受够了煎熬，眼下已经把陆辛当成了唯一的救命稻草，于是歇斯底里地大叫着："还愣着做什么？先把我们救出去啊！不就是钱吗？你要多少钱都可以……"

"嗯？"陆辛有些好奇，瞳孔稍稍聚焦，落在他的脸上，"多少？"

有戏！吕大旺顿时露出了惊喜的神色。他下意识就要说出一个天文数字，但话到嘴边，出于一种微妙的心理，他没有喊出具体的数字，而是一边大叫，一边努力向陆辛爬过去："多少都行！"

"嗯……"陆辛微微皱眉，后退了一步。

吕大旺顿时厉声大叫道："快救我，立刻把我带到安全的地方！不然，不然我会向你们的行政厅投诉！"

陆辛的脸色忽然变得很难看。他冷眼看着吕大旺爬过来，其他人见吕大旺的呼救有望，也争先恐后、你推我攘地向陆辛爬来。

这次陆辛没有后退。当吕大旺爬到他脚边时，他从背包里拿出一把枪，静静地抵在了吕大旺的额头上。

吕大旺的表情僵住了，冷汗直流，呆呆地抬起头问："你干什么？"

陆辛居高临下、脸色平静地看着他。

"你……你究竟想干什么？"旁边响起一个颤抖的声音。其他几个人本来满怀希冀地跟着吕大旺爬了过来，却看到陆辛掏出枪指住了他。

一个穿着黑色职业套装、保养得十分不错的中年女人慌乱地尖叫起来。但她才叫了一会儿就闭嘴了，因为陆辛又从背包里取出一把枪指向她的脸。

背包轻轻落地，周围一时变得安静无比。

"你……"吕大旺声音发颤，脸上的肌肉不停地抖动，"你是疯了吗？我是黑沼城的秘书长，你不是过来支援我们的吗？你想要钱是不是？你赶紧救我，我就……"

"呵……"看着吕大旺心虚又跃跃欲试的表情，陆辛的脸上一下子绽放出笑容，"钱可以侮辱我，你不行……"

"砰！"最后一个字说出口时，枪口迸发出一朵火花。火光照亮了吕大旺那满是虚汗的脸，以及他那惊恐到极点的表情。

就像子弹打爆了一只黑色的气球，一瞬间，无穷的夜色弥漫开来，仿佛一下子将整个世界拉进了看不见半点光明的深夜。无数道诡邪的呓语在周围响起，锋利如剃刀的精神丝线刮过皮肤，鳞片的摩擦声清晰得像在耳畔……

陆辛环顾四周，看到周围的地面像海面般起伏不停，石板、地砖高高隆起，仿佛一座座山，然后渐次延伸向远处，掀起高大的脊背。

有一条巨蟒正在地面下缓缓爬行，看样子起码有几百米长。它盘过大半个广场，将陆辛围在里面。

一张巨大的面孔出现在陆辛面前的行政总厅大楼上，十楼两扇亮着灯的窗户变成了两只眼睛，窗内明亮的光源便是它的瞳孔。它的目光灼热中带着阴森，居高临下地看向陆辛。

看到这张面孔，陆辛提起黑色背包，将两把枪扔在了里面。这么大一个，不好用枪。

"你有了看到我的能力？"行政总厅大楼上那张从墙壁与窗口里鼓出来的脸似乎有些懊恼。

"呵呵……"陆辛没有正面回答，也不想解释他开枪不是因为确定它在吕大旺体内。他有些好奇地看着这只怪物。不愧是从深渊里爬出来的，它的存在形式确实与一般的精神怪物不同。

"你太高了，"陆辛说，"我不喜欢。你应该在更低的位置。"

"我好像误会了一点，"大楼上的脸变化出一个冷漠的表情，"你永远都不是'他'！我确实在躲你，但不是因为我怕你，而是不到万不得已，我不想背负弑君的罪名。"

周围的空气变得异常黏稠且沉闷，天地昏暗，仿佛大雨欲来。广场上弥漫起一股潮湿的气息，陆辛脚下坚硬整齐的青石板变得软绵绵的，双脚陷了进去。

整片广场变成了一望无际的沼泽地。

"噗噗噗……"一连串沉闷的响声后,一只只手臂从地下伸了出来。这些手臂非常长,而且有许多个关节,与其说是手,倒不如说是一截截树枝,以一种扭曲而痛苦的姿势生长在沼泽之中。

陆辛瞳孔一缩。来黑沼城之前,他看到过这样的沼泽地,充满了危险与神秘。这只怪物居然将沼泽地带到了黑沼城。

"不过,既然你落在了我的手上,"整片沼泽地里都响起了那条巨蟒的声音,"我也不介意留下你的特质。"

枯枝似的手臂带着怪异的扭曲感从四面八方猛地向陆辛抓来。陆辛眼睛里的黑色粒子微微颤抖了一下,周身的精神力量立刻向外弥漫开来。

就在这时,他忽然一怔,似乎眼花了。他冷不丁眨了一下眼睛,就看到无数枯瘦的手正抓在他的身上——明明刚才这些手还距他很远。冰凉的触感仿佛能直接渗入人的骨骼,那些手颤抖又扭曲着,密密麻麻地缠在他的身上。

不知不觉,他的小腿已经被淹没了。他有些惊讶,中间的过程呢?难道他被盗走了时间?

什么样的能力可以盗走时间?陆辛想象不到。但他直觉自己就是被盗走了时间。他被沼泽淹没时,会有一个从双脚开始一点点陷进去的过程,那些枯枝一样的手臂接近他也会有一个由远及近的过程,而这些过程都需要时间。有了这段时间,他便可以做出应对。但现在对方似乎省略了很多过程,他甚至没反应过来,双脚便陷入了沼泽之中,那些枯枝一般的手臂便缠在了他的身上。

对方在时间上有太多的优势。

陆辛思考之际,身上缠满了枯败的手臂,小腹以下都陷入了沼泽中。干枯的手臂晃动的声音清脆而干燥,让人心烦。拥有巨大吸力的沼泽将他的双臂束缚住,让他使不出力气挣脱。

陆辛的脸上闪过一丝阴冷。他无暇思考时间是怎么被盗走的,身边的精神力量瞬间绽放,那些干枯的手臂顿时被一截截折断,像湿柴一样铺在沼泽地上,依旧在不停地扭动着。

下一刻,陆辛便借助精神冲击从沼泽中出来了。但眼前又是一花,他发现更多干枯的手臂缠上了自己，锋利的指甲狠狠地抠进了他的肉里。而他陷得更深了，沼泽已经没到了腰间。

他的时间又被盗走了？

"原来你觉醒的程度比我想象的还低……你永远都不是'他'，不可能像'他'一样无视逻辑的存在。"行政总厅大楼传来震颤感，那张面孔轻蔑地注视着陆辛，充当眼睛的两扇窗里的光芒异常耀眼。

陆辛猛地抬头看去，只见那两扇窗内的灯光明亮到不真实，他突然开心起来："原来是这样呀……"

那张面孔对陆辛此时的表情有些意外。

"深渊里出来的东西都这么喜欢装腔作势吗？"陆辛的声音里带了些笑意。即便被无数枯手缠绕着，即便沼泽在一点点地吞没他的身体，他也丝毫不惊慌。

他已经从黑杰克那里知道了，鬼火沼泽地里的精神怪物是一只与睡眠或梦魇有关的神秘生物，从深渊里出来的怪物第一时间控制了它，通过它的能力来对付他，施展的自然也是梦魇方面的能力。所以它不是盗走了他的时间，只是无形之中给了他睡眠。

让一个人在不知不觉中睡去，也就等于盗走了他的时间。

陆辛每眼花一次，对方的攻击都会加快好几个节奏，因为他在不知不觉中陷入了睡眠。睡眠不时袭来，他的时间也就变得断断续续的。他该如何抵抗这种睡眠呢？

有那么一会儿，陆辛感觉自己好像回到了刚进入黑沼城的时候，听到叶雪伴着吉他唱着《童年》。

虽然这首歌描绘的童年非常美好，但陆辛的童年记忆里更多的是上课时一不留神就困了，睡着了。明明感觉只是一点头的时间，一睁眼却看到老院长的脸凑到了跟前……谁能抵挡得住课堂上突如其来的困意呢？

"出了什么事？"此时，韩冰等人担忧极了。他们可以清楚地看到那条游走在地面下的巨蟒，也能看到广场变成了黑色的沼泽地，看到陆辛正被无数手臂拉进泥沼里……可偏偏……

"单兵先生为什么一直没还手？"

在他们的视野里，陆辛开枪将吕大旺打死后就变得很奇怪。他一直平静地站在原地，任凭无数的手臂从地底伸出来抓住他的身体，任凭这些手臂将他扯进沼泽之中。他抬了几次头，似乎想反击，但最终什么都没有做。

"难道队长这时候还要展示主角的风度？"壁虎失声叫了起来，"上来先任由反派打，等反派打够了再邪魅一笑说'该我了吧'？"

他的话让韩冰心头一颤……听起来好变态，但为什么感觉确实像单兵先生的风格？

"我……我要去帮哥哥……"广场边缘，妹妹担心地叫了一声，快速向前爬去，但爬了几米，见妈妈和父亲没有跟上，她又爬了回来，不解地抬起小脸问，"你们为什么不帮哥哥？"

妈妈和父亲都保持着沉默。

被妹妹盯着看了好一会儿，妈妈才低低地叹了一口气说："不是我们不想帮他，是他在拒绝我们帮他。"

父亲阴冷地问："这也在你的意料之中？"

妈妈看了父亲一眼，微微板起脸，轻声说："能够预料的只有事情的走向，谁也无法预料到事情发展的细节，而细节往往有着改变事情走向的能力。"

"呵呵，原来你也没有把握。"父亲的笑声很冷漠，"早知这样，我就该抓住机会离开……"

妈妈转身看向父亲，轻轻伸出了两根手指。

父亲忽然很警惕，同时又有些恼羞成怒："你想怎样？你想说什么？"

"我想说的是，你可能会感觉自己有很多次机会离开……"妈妈温柔道，"但那只是你的错觉。"

父亲的脸上肌肉扭曲，表情异常愤怒，看起来好像想冲上去和妈妈打一架，但最终他还是忍住了，带着怒气问："那究竟该怎么办？"

"怎么办？"妈妈慢慢转过身去，"急什么？即便是年幼的狮子也会在鬣狗手底下翻几个跟头，不翻这几个跟头怎么成长？"

"好烦……"黑色的手臂缠满了陆辛的身体，黏稠的沼泽也已经淹没到他的胸口。那些干枯的手臂正摸着他的脸，还想伸进他的脑海里去翻找什么。这种感觉让他异常难受，可在这个压抑而沉闷的过程中，他甚至无法有效地反击或抵抗。因为在精神力量层面，无论反击还是抵抗，都需要集中注意力，而那种时不时袭来的睡眠使得他一次次从丢失时间的状态中清醒过来，清醒后又需要一些时间才能想起自己在做什么，自己刚刚在想什么，这就造成了注意力停顿的现象。

"即便你发现了这种逻辑又能怎么样？我以全城人的睡眠淹没你一人。"行政总厅大楼上的灯光更为明亮，那种带着灼热感，甚至让人眼花的灯光正在给予他无尽的睡眠。

说句实在的，困意不时袭来，让他进入连梦都没有的睡眠的感觉其实很舒服，尤其是他工作多年，平时连睡一个无梦的觉都很难得。这种深层睡眠甚至让他生出了感动。可如今毕竟是在做正事，所以他渐渐有些不耐烦了。问题总是要解决的……

终于，在又一次醒过来后，他轻轻咬住了嘴唇。锋利的牙齿瞬间咬破了皮肤，咸腥的血液淹没了舌尖，让人精神一振。他借着嘴唇被咬破的疼痛，抬头看向大楼。那只怪物的脸仍浮现在大楼上，高高在上的态度让人讨厌。

他低头看去，发现沼泽已经淹到了脖子，而那一只只手则像一道道枷锁一样缠在他的身上，束缚住他的身体甚至意志。庞大的困意笼罩在身上，给人一种除了睡眠什么都不重要的感觉。

陆辛眼睛里的黑色粒子在沸腾。那些稀奇古怪的手惊动了他脑海深处的某种东西，无穷无尽的精神波纹飞快地向远方扩散出去。周围的沼泽涌动起来，掀起了一层层泥花，波涛汹涌的精神力量将无穷无尽的困意尽数吞没。

陆辛脸上的困意彻底消失，一双漆黑的眼睛正安静地看着大楼。

"这怎么可能？"大楼上的梦魇大蛇下意识吼道，"你没有这样高的权柄！你也……不该有这样强大的精神力量！"

它慌了，因为就在它自以为掌握了一切时，它感觉自己的污染被稀释了。整整一座城的睡眠本应该可以淹没任何一个精神能力者，哪怕是精神领主也不见得能抵抗，偏偏这样庞大的污染正在被快速稀释。

"一座城的睡眠便还给一座城，这么简单的道理……"在梦魇大蛇惊恐的神色中，陆辛走出沼泽，奇怪地问，"你居然都不懂吗？"

他身边响起一种怪异的声音，像海啸一样。

那是呼噜声。

明明周围什么也看不见，却忽然响起了一片呼噜声。这声音实在太响、太多，就连迷藏也无法完全藏住了。

陆辛将睡眠还给了这座无眠之城，借这座城的人稀释了无边的困意。

"但你不该有这么强大的权柄！"梦魇大蛇的精神波动还在传达意志，陆辛明显能感觉到这意志里的恐慌。

"我不知道你说的权柄是什么，但这段时间我确实一直有一种特别不舒服，甚至有些恐惧的感觉。如果这就是神性……"陆辛慢慢说着，眼睛里的黑色粒子翻腾得更加厉害，"那我只能说，你对神性的力量一无所知。"说完这句话，无数的黑色粒子自他周身弥漫开来，掀起了万丈波涛。

"砰砰砰！"带有异常震颤感的沉重回音在广场上回荡。

陆辛大步冲向前方，每一次踏落在地都有一圈黑色波纹荡开。这使得沼泽的颜色快速消退，变成了原本的石板路。

"停下……"

"回来……"

"别舍弃我……"

数不清的混乱呓语涌进陆辛的脑海，无数条手臂纷乱地从地底生长出来，发出了摇晃骨头的嘈杂响声，贪婪地"挽留"着他。密密麻麻，摇摇摆摆，给人一种身前到处是活物的感觉。

陆辛丝毫没有受到它们的影响。前方很宽敞，不是吗？他无视所有的手臂，直接大步碾压了过去。

"啪啪啪……"那些靠近他的手臂纷纷被他践踏在地，像被扯断的蚯蚓一样无力而痛苦地蠕动着。强大的意志横贯广场，陆辛的面前出现了一条光洁的大道。不仅是他踏足之处，就连他的目光所及之处也失去了污染特性。

"轰隆隆……"石板翻滚，巨大的蛇躯在地面下爬行，大片地面龟裂，各种建筑物倒塌，溅起弥天的灰尘，向陆辛扑了过来。从地底下传来巨大的轰鸣声，高大的墙壁向他的脑袋砸落。

与梦魇大蛇相比，陆辛渺小得像蚂蚁，可当这片广场像地震一样崩塌时，他却只是发出了一声轻哼。随后他眼睛里的黑色粒子弥漫，迎着层层泥石巨浪撞了过去。

陆辛大步穿过，在那些被掀起来的石块与建筑墙面上留下了一个个大洞。

最后，这条将整片广场搅得七零八落的巨蟒也像蚯蚓一样被陆辛撞断了身体。他轻易地冲到它的头部，一只手狠狠地向前抓去。扭曲力场随着他的动作向前涌动，化作无形的念力，将梦魇大蛇的咽喉一圈一圈地缠绕了起来。

"来，让我看看，你究竟是什么玩意儿？"陆辛的声音里有一股狠劲，是那种老实人被逼疯后不管不顾的狠劲。他那满是黑色粒子的双眼睁大，直视着行政总厅大楼上代表着梦魇大蛇两只眼睛的灼热灯光。

"啪啪！"那两盏灯在陆辛双眼的注视下猛地爆碎。

梦魇大蛇彻底被陆辛压制，巨大的身躯已经毫无反抗的余地。它只能在广场上翻滚，从身上延伸出来的一条条手臂则混乱地抽搐着、张合着，像一条垂死的蜈蚣。任由它的身躯再庞大，本身的精神力量再强，也已被扼住了命运的咽喉，身不由己。

这时，一个声音突兀地响起："你上当了！"

陆辛瞳孔微缩，猛地抬头看去。行政总厅大楼的墙面上，那两道代表着梦魇大蛇眼睛的灼热光芒已经消失了。灯光骤熄，窗内的事物也就自然地浮现出来。陆辛通过那两扇窗向里看去，正好看到窗内站着一个人——准确来说是个稻草人。它横伸着双臂，立在窗前，身上穿着崭新的黑色西装，头戴一顶黑色礼帽，用玻璃球制作而成的眼睛晶莹剔透，用黑色炭笔描出来的嘴唇咧得很开。

它应该很早就在那里了，只是借由梦魇大蛇的两只眼睛将自己藏了起来。当陆辛以对视的方式毁掉那两只眼睛后，它便现身了。

没有丝毫反应的时间，陆辛就与稻草人面对面了。

一瞬间，稻草人微笑的样子映入了陆辛的瞳孔。他感觉有一片浪潮向他涌来，眼前出现了无尽的幻象。时间与空间都在无限拉长，眼前的一切都开始旋转、扭曲、变形，而画面中间便是那个稻草人的笑脸。它成了世界的中心，其他东西则统统变成了虚无，包括陆辛的身体。

这一刻，陆辛居然感受不到自己的身体了。幻觉中，他好像看到自己的身体就在前方的半空中，定定地飘在那里，不落下，也不动弹。他的意识仿佛成了风中的垃圾袋，飘忽不定却又无力改变。

"稻草人……这就是黑杰克所说的稻草人？这就是那个从深渊里跑出来

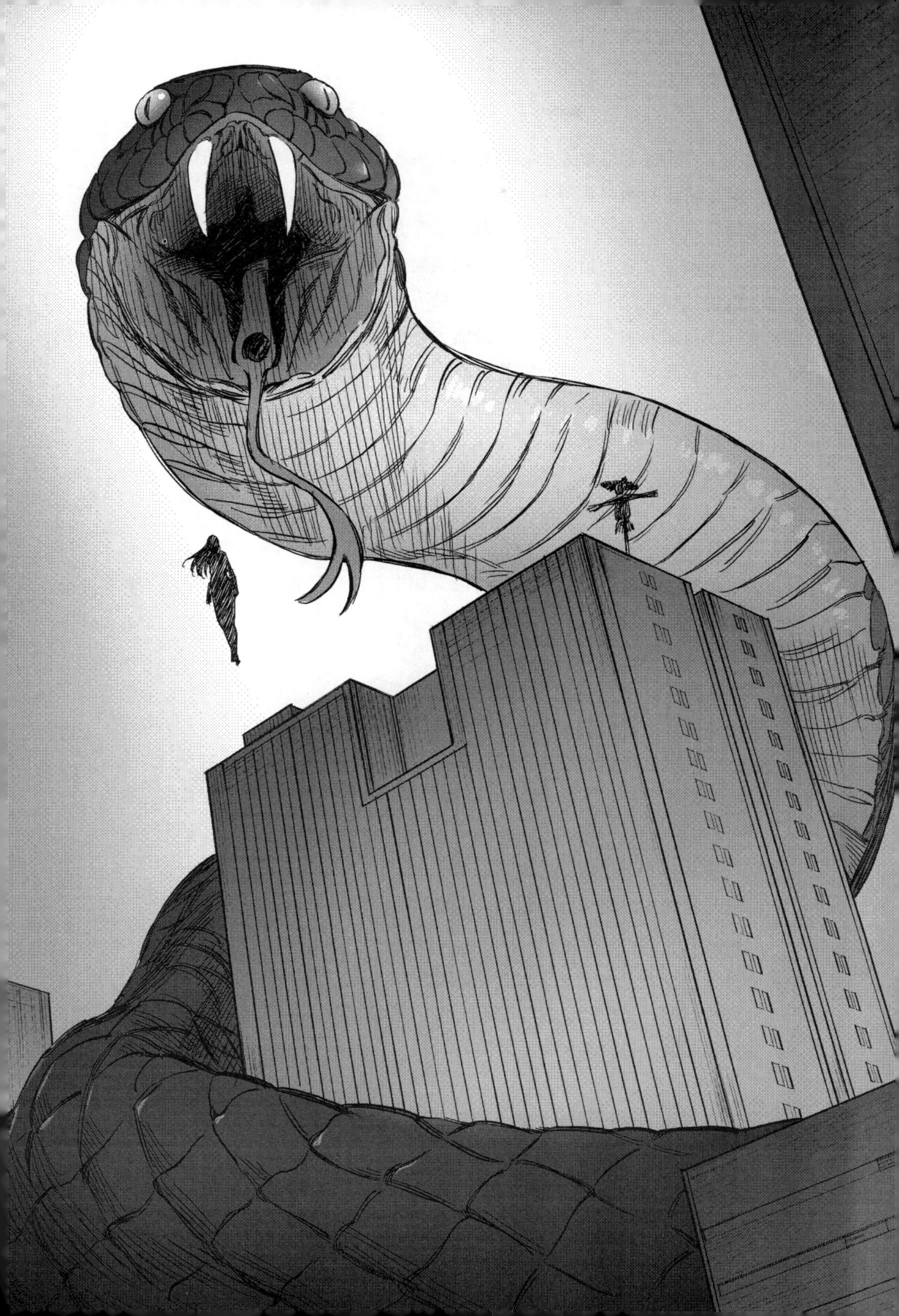

的东西？"看到这个稻草人，陆辛想到了很多东西，比如黑杰克的情报，还有他与韩冰这段时间搜集到的信息。

因为一次错误的行动计划，黑沼城从深渊里释放出了这只怪物。而它出现的第一时间便将鬼火沼泽地里的神秘生物梦魇大蛇变成了它的傀儡，并借助这个傀儡控制了黑沼城的行政总厅。最可怕的地方在于，它不仅控制了梦魇大蛇，还窃取并加强了梦魇大蛇的能力。刚刚和他战斗的是梦魇大蛇，稻草人则躲在它的身后，只等关键的时候给他致命一击。

想明白了前因后果，陆辛在充满幻象的世界里看到自己悬浮在空中的身体时，发现那个微笑的稻草人发生了一些变化——一根根稻草从它身上延伸出来，像充满灵性的蛇一样慢慢地裹住他的身体，将他变成了一个新的稻草人。

看到这一幕，陆辛忽然明白它的精神能力类型了——寄生。难怪它虽然忌惮他，但还是选择与他正面抗衡。因为如果它能成功寄生他，便能成为新的……

"要不要帮忙？"广场边缘，父亲的脸上难得露出了担忧的神色。

妹妹更是直接捂着脸哭了起来："哥哥要完蛋了……"

"蠢货。"妈妈却露出了愤怒的表情。

妹妹与父亲立刻转头看向妈妈。

"我没有说你们。"妈妈眉头紧皱，恼怒的神色里藏着深深的担忧，"我是说那个蠢货！它居然敢剥离他的人性……"

父亲与妹妹渐渐意识到了什么，表情变得惊恐起来。

妈妈看着前方，低声说："原本无论什么时候，那孩子的潜意识始终在压制那种神性……这是我们用了无数年才等来的……但现在那个蠢货居然主动将他的人性剥离……你们说，等他的人性被剥离完了，剩下的会是什么？"

妹妹和父亲又转过头惊恐地看向陆辛。

稻草一根根地从原来的木架上抽离，延伸过来缠上陆辛的双脚，然后一路向上蔓延，就像裹绷带一样，一点点地将陆辛的身体裹住，仿佛一种另类的吞噬。直到快要缠到陆辛的脖子时，它们的速度才稍稍慢了下来。

因为这些稻草注意到陆辛正低头看着它们。涌动的黑色粒子充斥着他的整个眼眶，他用这双纯黑的眼睛静静地看着它们所做的一切，似乎还带了点笑意。

"不对啊！"稻草要是有想法，此时一定会极度诧异，"这具身体里应该已经没有灵魂了才对……"

"这下你逃不掉了吧？"陆辛忽然开口说话了，嘴角渐渐勾起了夸张的弧度。他眼睛里的黑色粒子忽然停止了颤抖，变得异常安静。

稻草人瞬间意识到了不对，疯了一样快速从陆辛的身上退下来，缠向原来的十字木架。但它立刻感觉到疯狂的精神力量震荡开来，仿佛一个人发出的刺耳的狠笑声，随后一只手抓来，狠狠地握住了满满一把稻草。

"啊——"尖厉的吼叫声从稻草上发出，整个世界都在震颤。

惊恐之下，稻草人的力量彻底释放。无数萤火虫从干枯的稻草里飞了出来，如同群星一般点缀了漆黑的夜空。它们轻盈地震颤着翅膀，散发出怪异的精神波动，将墙面和地面割出一道道深痕。这种精神波动一层层荡开，混合成精神乱流同时涌向陆辛。

面对无数的利刃，陆辛只是张狂地笑着。他正蹲在行政总厅大楼竖直的墙壁上，无视地心引力，脸上带着夸张的笑。他的眼睛里一片漆黑，手里还抓着一把稻草。看着眼前飞舞的萤火虫，他的脸上只有轻蔑与不屑。

等每只萤火虫都明亮到了极点，他才吹了一口气。阴冷的风弥漫开来，如同群星一样明亮、繁多、璀璨的萤火虫瞬间失去了光亮，啪啪落地。

他吹熄了星辰。

异样的惊恐笼罩住了稻草人，根根稻草飞舞起来，好像一条条战栗的蛇。明明只是稻草，却异常坚韧，发出锋利的破空声，像钉子一样直直地刺向陆辛。

这么密集的攻击，力量再强的人也难以躲避，但陆辛完全没躲，他直接迎了上去。上百根稻草刺穿了他的身体，连他紧贴着的墙上都出现了密密麻麻的小孔。转瞬间，他的身体被鲜血覆盖，血水哗啦啦地流下。但他的表情却变得更兴奋了，好像完全感觉不到疼痛似的。

那些沾上他鲜血的稻草忽然燃烧起来，像无数条火蛇一样飞快地向稻草人蔓延过去，惹得稻草人惊怒不已。

陆辛看着稻草人狼狈的样子，高声狂笑，身上的伤口已经复原了。

"吼……"巨大的身躯在广场上翻滚，那是梦魇大蛇，稻草人的惊惧影响到了它。作为一只傀儡，它的身体剧烈地翻滚着，掀起一块块石板，接连不断地向陆辛砸来；巨大身躯上的一根根手臂弹射出来，铺天盖地地抓向陆辛。

"哈哈哈……"陆辛的笑声疯狂而空洞，已经没有任何理智的影子了。他似乎什么都没有做，身上的精神波动就一圈圈地向外荡开。

无数的石板被弹飞，下雨般落在广场上。巨大的动能之下，每块石板都砸进了地面十几厘米。石块落地之处明明什么也没有，鲜血却扑哧一声迸溅出来。

"怎么会这样？"看着石板落地迸溅出来的血痕，韩冰的心脏剧烈地颤抖了一下。她很快就意识到了什么，恐惧得几乎喘不过气来。

"我……我想知道……"壁虎也意识到了不对，颤声说道，"这个爱钻女生澡堂子的小家伙，被……被它藏起来的人究竟是真的消失了，还是……还是说我们看不见他们，但他们仍然在原地？"

红蛇听了这话，心脏也猛地一颤。

一时间，没有人说话。这个问题谁也回答不了，但他们都知道这个问题的答案。

迷藏施展能力让这些人消失了，但只是在精神层面消失了，从物理上来说，这些人还……这让他们意识到了一个可怕的问题。

"如果……如果真是那样，那么队长……队长他现在……"壁虎脖子上的青筋鼓了起来，声音颤抖得厉害，"那个人真的……真的是队长？"

韩冰猛地转过头看了壁虎一眼，她也产生过这样的疑问，但她现在考虑的是另外一个问题："单兵先生的稳定性一直是优先级别最高的。当初执行任务时，为了防止单兵先生出现情绪波动，连小女孩形象的次级污染源都会让他避开。后来虽然没有那么严格了，但特清部也一直尽量避免让他经历这种可怕的场面……可是如今……如果他知道了真相，将会面临怎样的冲击？"

壁虎的身体颤了一下，低声问："那我们能做什么？"

韩冰狠狠咬了一下牙，还有些稚嫩的小脸上露出了坚决的表情："我们要提醒他。"

"提醒……"壁虎瞪大眼睛看着韩冰,"你确定——"他没再问下去,因为他看到韩冰已经拿出了无线通话设备。

"你可小心吧!要不……让我来……"壁虎哆哆嗦嗦地说,"现在的队长看起来好像很危险。"

"本不应该这样……你不应该是这个样子的!"广场上,稻草人展开了一次次疯狂的攻击,但每次都是徒劳。无论它对陆辛发起什么样的进攻,他都死死地握着那把稻草——它身体的一部分。它想借周围的混乱与傀儡的进攻逼陆辛放手的计划落空了。

陆辛借助迷藏的能力在精神层面将整个黑沼城的人都藏了起来,看起来好像切断了稻草人的退路,实际上它还有一些隐秘的渠道可以溜走,再不济还可以先逃回深渊。正因如此,它之前才显得那么肆无忌惮。可此时,陆辛仿佛能看穿它的想法似的,死死地抓住了它的一部分,让它再也无法全身而退。

稻草人疯狂到了极点,它忽然散发出一阵阵混乱的精神力量波动,无数尖锐而恐怖的呓语钻进了陆辛的耳朵里。从精神怪物的角度来说,这相当于骂骂咧咧。与此同时,它身上的稻草也飞散出来,像一根根细长的绳索,凌乱地垂落,绑住了梦魇大蛇,一瞬间形成了一个巨大的稻草人。

那是一个凌驾于行政总厅大楼之上、高达百米的稻草人,双臂伸展俯瞰着这座城市。它的身上散发出混乱的精神波动,顷刻就将周围的一栋栋大楼扭曲成了麻花。

"你不肯放我走,那我只有一种选择。"无边的精神力量震颤着,每一个字都能让人听得明明白白,"你高高在上的那部分可能并不明白,即使是我们也有弑君的勇气!"

"哗啦啦——"在它说出这句话时,周围响起了一阵风吹稻草的声音。巨大的精神力量波动不停地将空气撕裂,一片片暗红色的废墟仿佛水面上的油污,交织着出现。周围的场景时而变成深渊,时而变成现实。在这种现实与深渊的交错中,广场上渐渐显露出一些人影。他们堆在一起,有的在沉睡,有的则迷茫地睁开了惺忪的睡眼。

迷藏的精神场域被稻草人散发出的强烈辐射撕开,广场上那些被藏起来的人开始显露，连同在刚才的混战中被殃及的血肉模糊的死者。

陆辛的左眼镜腿上亮起隐约的红光，韩冰焦急的声音在频道里响了起来："单兵先生，可以听到吗？广场上有很多无辜民众，清理污染的过程中请考虑伤亡问题！"

当稻草人的威胁和韩冰的声音同时响起时，陆辛正仰头看向眼前高达百米的巨型稻草人，漆黑的瞳孔里仿佛带着怪异的笑意，声音缓慢而低沉地回答："其实我是知道的，只是我不在乎，哈哈哈。"

韩冰等人顿时怔住，他们不知道陆辛在回答谁。

稻草人则沉默了，下一刻，巨大的精神冲击向陆辛涌了过来。

无尽的喧嚣充斥了这个世界，就连陆辛也没有见过这么强大的精神冲击。

行政总厅大楼在精神力量的冲击下被一层层剥去。墙皮被揭掉，露出石灰层，石灰层斑驳掉落后露出鲜红的砖块，然后砖块都被一块块地刮掉了，露出一根根钢筋，野草一样倾斜着。不一会儿，整栋大楼就变成了光秃秃的钢筋骨架。

陆辛身边的扭曲力场已经被压缩到了极点。面对这样恐怖的精神冲击，就连他也需要抬起手来遮住眼睛，怕被灰尘迷了眼。

稻草人施展能力已经毫无保留，整片广场迎来了末日一般的景象。

"这种徒劳的挣扎有什么意义吗？"陆辛的声音响起。

此时，稻草人已将精神冲击释放到了最高点，力量开始下滑。它那因为包裹着梦魇大蛇而变得高大的身体也稍显干瘪。它听到了陆辛的话，玻璃球制成的两只眼睛向他看去，眼里顿时涌现出绝望……

一整栋结实的大楼被冲击得只剩一片残存的地基和扭曲支棱着的钢筋骨架，但陆辛却淡定地单足站在一根钢筋顶上，身上的衣裳都还是完整的。他那双漆黑的眼睛静静地看着它，眼睛里的黑色粒子平静、稳定。在强大的精神冲击下，那双眼睛没有半分波动，脸上的笑容依旧夸张，眼神依旧轻蔑。

"咻咻咻……"绝望之下，稻草人催动了剩余的精神冲击，声势依旧浩大，却显露出了一种无力感。

"哈哈哈……"陆辛忽然狂笑起来，黑色的眼睛瞪大。与稻草人相比，他的身躯很小，就和一个人站在三十层高的大楼面前没有什么区别。但他的目光不受制约，看向哪里便影响到哪里。于是在他的视野里，一切都开始变化。

高大、残破的墙壁与石柱一点点地呈现在广场废墟上，数不清的骷髅与生锈的盔甲一层层地铺满地面，破碎的石块上还能看到部分精美的花纹，残缺的武器散乱地摆在地上，上面沾着永远不会干涸的血迹。

这个场景充满了战争与破坏的痕迹，弥漫着死亡的气息。

陆辛站在由骷髅与盔甲堆砌而成的台阶上，高高在上，冷漠地看着稻草人。

稻草人看到这个场景，吓得瑟瑟发抖。它无数次想反抗，但身处这个地方，它的头颅只能不停地一点点地低下去。最终它直接趴在了地上，额头触地。它终于回到了比陆辛更低的位置。

陆辛脸上的讥嘲却丝毫没有因此变少，视野之中，精神力量带着死亡的气息活跃起来，形成了种种奇怪的繁复的变化。

"咔咔咔……"有的精神力量交织缠绕，迅速变成了生锈的黑色锁链，将稻草人紧紧缠住；有的精神力量凝固对扣，形成黑色的底座、高大的铁架。稻草人被束缚在铁架之下，铁架上锋利的铡刀对准了它的脖子。

那是一座断头台。

稻草人绝望地挣扎着，将锁链挣得哗啦作响。但它的脑袋被死死地扣住了，而上方的锋利铡刀已经被锁链高高拉起，随时会挟着让人绝望的恐惧掉落下来。

"这究竟是什么情况？"壁虎等人很幸运，他们所在的大楼没有被摧残，但也因为刚才的地动山摇而不得不趴在了地上。等到他们再次起身时，他们看到广场上的所有人，包括那些行政厅官员，都直挺挺地跪在地上，脑袋向前伸出，双手背在背后，一副任人宰割的样子，看着十分惊悚。

"他居然能将那座残破宫殿的一角扯到现实里来……"广场边缘，父亲的声音都怪异地变调了，"这……这不符合常理！"

"觉得他能对稻草人行刑，也就能对你行刑，是吗？"妈妈的脸上是前所未有的漠然。

"现在是说这个的时候吗？"父亲低声吼着，"他在这时候醒来，对谁来说都是地狱！"

"没办法。"妈妈的神色有些疲惫，缓缓摇了摇头，"那个家伙逃出来时，我就知道一定会激怒他，所以我试图劝阻它，可惜它并没有听我的。我不知道是谁给了它胆量来挑衅他的，但我知道，神性的觉醒本应该是一步一步、缓慢而温和地达成的……如今，因为它的出现，这个过程比任何人想象的都要快，而且激烈……"

妹妹听完妈妈的话，脸上露出了担忧的表情。她焦躁地在旁边爬着，好几次想冲过去，但又不敢。

父亲同样很焦躁，吼道："真的没有办法了？那我们怎么办？"

"解决的办法其实很简单。"妈妈低声说，"想阻止神性的过度回归，便只能唤醒他的人性。只可惜我们做不到……只有青港城红月亮小学的那位女老师保留着他最多的人性，如果她在这里，会有把握一些。但我们无法在这么短的时间内将那个小姑娘接过来，所以也只能看着……"

父亲愤怒地咆哮起来，周围的黑影不时暴涨，狰狞可怖。"废话，都是废话！废物，都是废物！难道我们就只能在这里等着，什么也不做？"

妈妈面无表情地回答："是的。有些时候你必须承认，很多事情就是束手无策的。"她的眼神变得复杂，"另外，我不明白的是……太巧了。无论是黑沼城背后的梦魇大蛇，还是梦魇大蛇背后的稻草人，都出现得太巧了……巧得不像是会自然发生的事情。所以……"她的眉头皱了起来，"这件事的背后可能还存在第三方……"

稻草人的脖子已经感觉到了那代表着死亡的铡刀的冰冷气息，它的心里涌起无尽的恐慌，不顾一切地挣扎起来。

"是你……是你帮我从深渊里脱身的！是你告诉我他的状态的！既然如此，你为什么不出来帮我？"

稻草人散发出的意识波动被陆辛捕捉到了，他微微皱眉，有些好奇稻草人想到的那个人是谁。不过只是一瞬，他就不予理会了，因为没有什么比看行刑更重要。他喜欢这种感觉……所以行刑台越来越稳定、清晰，锋利的铡刀也即将落下。

"赦免它。"就在这时，一个轻柔的声音响起。一瞬间，一种奇异的精神力量布满了整个广场，落下的铡刀忽然停在了半空中。

陆辛漆黑的眼睛里射出了阴冷的光，他转头看去，只见广场的角落里不知何时出现了一个身影，正慢慢地靠近。

走过来的人是叶雪。她身上背着吉他，慢慢地走进了广场之中，稚嫩的小脸上带着戏谑的表情，看着陆辛的脸露出了微笑："九号，还记得我吗？"

第二章

告密者七号

陆辛有些好奇地看着叶雪。这是他眼睛里出现黑色粒子后第一次流露出不一样的神情。

这个女孩他认识，但似乎又很陌生。他当然记得这个在唱歌时差点被欺负的小女孩，但他又非常确定，那个小女孩不可能有能力阻止他的处决，也不可能有能力带着那种奇异的精神力量出现在这里。更奇怪的是，她称他为"九号"，并且她的笑容很熟悉。

那种奇异的熟悉感触动了他的内心，让他忘了继续去处决稻草人。

"你不记得我啦？"迎着陆辛探究的眼神，叶雪来到广场中间，站定了脚步。她微微歪头，笑脸带着小女孩独有的天真可爱。"我第一眼就认出你了呢，而且一直在跟你讲过去的事情。小时候我们在孤儿院里一起唱歌、一起上课的情景你都忘记了吗？"

回忆瞬间涌进了陆辛的脑海，他想起刚见到这个女孩时，她抱着吉他唱的那首《童年》。那首歌的旋律他听过一次后，就一直盘旋在脑海里。原来那首歌勾起来的熟悉感是真的，真的是他经历过的。

"哗啦——"陆辛的身体丝毫未动，却好像有潮水忽然剧烈地冲刷起来。他眼睛里的黑色粒子开始颤抖，脸上的表情快速消失。

"嘎吱——"周围的钢筋发出了令人牙酸的声音。某种异常的精神辐射在他身边涌动，将钢筋扭曲成了怪异的形状。

"那是什么？"父亲有些诧异。

妹妹嘎嘣一声咬掉了一块墙皮，死死地看着叶雪，露出了仇恨的表情。

妈妈脸色凝重，低声说："再等等。"

"真好呢，我都没有想到还会再见到你。"叶雪有些感慨地说道。

陆辛的瞳孔渐渐缩起，死死地盯着她，身边的精神辐射正杂乱无章地涌动着，像一场没有方向的狂风。太多的负面情绪同时产生，他无法立刻做出反应，这种感觉就像电脑一下子接收了太多信息，无法及时处理。

叶雪笑得越发开心了，轻声叹道："当然了，没想到能再见到你的原因是我本来以为自己死定了，毕竟当时被你撕成了两截。不得不承认，当年在孤儿院里，你满怀愤怒地向我们走来时，表情又冷又凶，满眼都是黑色的，和刚才穿过广场时的样子真的很像。其实我一直很想问你，"她笑着抬起眼皮，"当初你杀了我们之后，心里有没有过愧疚感呢？"

陆辛的手在颤抖，眼神变得有些空洞，他回答不出来。

"最近几年，我听说了很多关于你的事。听说你在青港城重建了孤儿院，也听说前段时间，你在中心城遇到了小十九。所以，"叶雪的语气好像在嘲讽，又好像在质问，"你是在赎罪吗？你这样的怪物也会内疚？"

她那种带着挑衅与质问的语气瞬间击中了陆辛，让他的身体猛地颤了一下，仿佛被什么东西洞穿了心脏。他的瞳孔聚焦成功，直直地看着她，缓缓地说："你是七号。"

叶雪灿烂一笑，轻轻地点点头："好感动，你还记得我。"

陆辛终于找回了那种熟悉感，脑海里的纷乱画面像快进的电影一样一闪过，有些画面被抽取出来，两张完全不同的脸在他的眼前重叠，叶雪在他的视野里渐渐变成了另一个模样。

那是一个在孤儿院里与其他孩子不同的女孩。当大家都穿着一样的病号服时，她会把裤腿挽起来，露出光洁的小腿。她喜欢把病号服的上衣脱下来系在腰间，上身只穿着小背心。那时候她只有十二三岁，但已经很有魅力了，经常和孤儿院里的一些工作人员开玩笑，甚至会有亲昵的举动。而在她这么做了之后，那些工作人员很快就会从孤儿院里消失。

孤儿院的小孩子都很崇拜她，工作人员却在背地里叫她恶魔。

在陆辛的记忆里，她似乎经常发呆。每次一发呆，她整个人都呆呆地坐着不动，仿佛身体成了空壳……而在记忆最深处，陆辛和一帮小孩趁夜溜出守卫森严的宿舍时，灯光忽然大亮，一排人持枪对准了他们，而这个女孩则在那群人身后开心地大笑。

陆辛的心脏狠狠抽动了一下，奇异的情绪涌进了脑海。"当年，"他竭尽全力保持冷静，但说话的声音还是忍不住颤抖，"当年是你出卖了我们？"

"咯咯咯……"叶雪大声笑了起来,仿佛听到了什么天大的笑话。"对啊!"她连连点头,笑着说,"虽然那只是一个小孩子的突发奇想,连计划都算不上,但确实是我告密的。我一想到你们一本正经地讨论怎么从孤儿院逃走的样子就觉得可笑,尤其是你们找我商量,还让我拉钩来保证不泄露消息的时候,我憋笑憋得好辛苦。我当时真的很想看你们被人捉住时的样子,最后果然没有让我失望,你们被大人用枪指着的时候,我简直觉得那是世界上最好玩的事情!"

"麻烦大了……她究竟想做什么?"

父亲死死地盯着站在行政总厅大楼废墟上的陆辛。他恐惧到了极点,身体出现了密密麻麻的锯齿一样的波纹。仿佛是因为受到了陆辛愤怒情绪的影响,他甚至无法借助黑色的影子来保持身体的稳定。

妈妈的脸上也露出了疑惑的神色:"我也看不明白,她为什么会出现在这里?究竟是谁指使她的?"

叶雪仍然在笑,笑得肆无忌惮。

她笑得越开心,陆辛便越痛苦。他已经很久没有这样的感觉了,仿佛身体的每一寸都被撕开了。如果所有的痛苦都是生理层面的,那该多好?他的表情随着心里的愤怒而愤怒。他死死地盯着叶雪,虽然心里万分想要撕碎她,但他还是想问:"你觉得可笑,但当时那群小孩都是认真的!明明大家是一起长大的,为了保护彼此才有了逃走的约定,你却要伤害他们?"

但他没问出来,只是艰难地问出了他最关切的问题:"你想看他们惊慌、恐惧的表情,结果他们却变成了那个样子……你后来有没有后悔过?"

叶雪脸上的笑容消失了,目光阴冷地看着陆辛,轻轻点头:"有。"

陆辛的表情微微松动,然后就听见她说:"我后悔的是没考虑到你这只怪物……我没想到你那么认真地在玩那个游戏!"说着,她的表情忽然变得异常阴冷,死死地看着陆辛,"早知道我就应该躲在那个跑得很快的女孩身上再去告密!她是你的好朋友,不是吗?我后来一直后悔,如果你当时看到是她告密的,表情一定会非常精彩吧?"

陆辛的表情一瞬间扭曲到了极点,脑海里出现了严重的幻听。他不管不顾，身体猛地向前倾，强大的扭曲力场为他的速度助力，留下了一连串残影。他瞬间穿过二三十米的空间，冲到了叶雪的面前，并用力攥紧拳头，狠狠地朝她脸上打去，带着一种要将她打爆的愤怒。

但这一拳打到叶雪的鼻尖前就停了下来，因为拳头前面是一张惊恐的无辜小女孩的脸。

那个女人不见了。

"你怎么只剩下蛮力了？"七八米外一个趴在地上的男人慢慢抬起头，露出了让陆辛熟悉又厌恶的表情，"你忘了我是幽灵系吗？"

这还是陆辛第一次这样愤怒，也是第一次这样和人动手。他像普通人一样大步穿梭在人群中，用力地挥舞着拳头。他身躯单薄，看起来力量感也不大，但周身那混乱的精神辐射却时时卷起怪异的旋涡，石板地面都被他的精神乱流割出了一道道口子。

然而，他用力挥出的拳头一直没有真正打到任何人身上。

七号不停地转换到不同的人身上，又在陆辛挥拳过来时离开。她通过各种不同的声音说道："现在的你，真的好弱啊！你不是孤儿院最可怕的怪物吗？"她放肆地笑着，尽情地嘲弄他，"难道你不知道吗？对精神异变越了解，掌握越多的知识才能让我们变得越强大。我死过一次后，你知不知道我有多努力，为了再次见到你承受过多少次实验？等我终于再次见到你了，却发现你居然这么没用！你这几年好像一直没什么进步啊！"

说完最后一句话时，她正停在一个中年男人的身体里，讥嘲地看向陆辛："难道你不知道，幽灵系天生就是你的克星吗？"

陆辛一拳打过去的同时，那个中年男人的表情迅速变得迷茫。

陆辛咬紧牙关，身上散发出的精神力量像潮水一样起伏，地面上的碎石都在震颤。他身上爆发出了强大的精神力量，可他伤不到幽灵系，除非……

当陆辛的脑海中闪过那个念头时，强大的精神力量笼罩了四周，每一个暴露在这片广场上的人，手脚瞬间被勒紧。有些人还没有完全清醒，但也感受到了那种阴冷至极的精神力量，就像刀架在脖子上一样。

"聪明呀！"十几米外的一个女人开口说道，"但这也是你唯一能做的事情了。你拿我一点办法也没有，除非把这些人全部杀掉。"

陆辛的牙齿发出了剧烈的摩擦声，他缓缓地转过身，漆黑的眼睛看向她。周围的精神力量变得异常浓郁，他的表情异常冷酷，低声开口道："这很容易。"所有被他的精神力量影响的人开始缓慢地蜷缩起身体，甚至微微抽搐起来。

这确实很容易，他本来就不喜欢这座城里的人。

"啪！"七号忽然轻轻打了个响指，奇异的精神力量荡开，迷藏的幕布被揭得更开，更多普通人现出身影，其中包括很多浑身是血的人。她笑得异常开心："干得不错呢！这些人都是刚刚被你杀掉的。你本来就没有把这些人当人看，何必装什么善良呢？你刚才也说了不会在乎这些……已经有很多人因你而死了，现在只差一点点……就那么一点点，你把这些人杀掉就可以抓住我了……来呀……"

"她究竟是什么人？她为什么要那样做？"楼上，韩冰颤声问道。

壁虎死死地盯着那个被七号附身的女人，盯着她的嘴唇，复述她说的话。蜘蛛系有读唇语的能力，从叶雪出现开始，他就集中注意力盯着她，以及每一个忽然抬起头跟陆辛说话的人，看他们的唇语，让韩冰和红蛇都清楚地知道他们全部的对话。

"如果单兵先生真的被她激怒，开始杀人，那接下来会发生什么？"韩冰不清楚七号的意图，更不知道这样发展下去会造成什么样的后果，她什么也做不了。

"唰！"七号的话说完后，陆辛漆黑的瞳孔里忽然出现了杂质。他的表情变得异常狰狞。

杀掉七号其实很简单，只要杀光周围的人，幽灵系就无人可依。多简单啊！尤其是他的怒火已经燃烧到了极致。只差一个念头，他就会去做。可不知道为什么，当他产生这样做的想法时，心里始终有个念头拉着他。那个念头异常弱小，拉他简直就像一根头发丝坠着一个秤砣。

如果把他那双漆黑的眼睛无限放大，可以看到浓重的黑暗里隐隐有一些特别的东西。

那是一个在这片黑暗里小到几乎无法发现的小男孩，他抱紧自己的双腿蜷缩着，低声哭泣着，既害怕又无助。

七号屏息以待，广场上安静得可以听到每个活人的心跳声。陆辛的精神力量悬浮在空中，随时都有可能落下，将包括七号在内的所有人杀死，却迟迟没有落下来。

"看样子，你还是无法做出决定呀！"七号盯着陆辛，对他的犹豫感到失望，她的眼神变得冷厉，"那我再帮你一下。"说完这句话，被她附身的女人变得呆滞。

陆辛忽然想到了什么，心里一凛，猛地抬起头向上看去。

"咯咯咯，咯咯咯……"女人的笑声从楼上传下来，陆辛心里的担忧得到了证实。

韩冰的身影出现在窗边，笑得前仰后合："敢屠杀整个孤儿院的人，现在却连对抗我的勇气都没有了吗？一个怪物装人装得久了，居然真当自己是个人……是因为那件事情发生后，你开始有了保护别人的想法吗？"她忽然板起脸，居高临下地看着陆辛，"但你永远也不要忘了，在我面前，你永远无法保护任何一个人！"

说完，她举起了一把小巧的手枪。

那是韩冰的佩枪。

韩冰很清楚，在这次的特殊污染事件里，或许她永远都用不到这把枪。但如今，她却把它举起来，对准自己的太阳穴，扣紧了扳机。

一种难以形容的紧张感瞬间笼罩了陆辛，他和韩冰之间的距离并不算远，但在这么短的时间里，即使是他也无法去阻止。

韩冰身边的壁虎和红蛇还以为她拔枪是因为发现了什么，要帮助陆辛，直到看到她拿枪指向自己的太阳穴才反应过来，而下一秒，韩冰已经毫不犹豫地扣动了扳机。

"扑通！"陆辛的心脏剧烈地跳动了一下，整个世界仿佛都在震颤。这一刻简直让人绝望……

出人意料的是，枪里并没有子弹射出。

韩冰毫不犹豫地连续扣动扳机，却只是发出了单调的咔咔声。

"咦？"韩冰的脸上露出了诧异的表情。同时，她那被头发遮住的脖子忽然发出了吱吱的响声。微弱的电流将她的身体电得颤了一下，紧接着，她的脸上快速出现两个分裂的表情，一个兀自疑惑而又阴冷，另一个却焦急又决绝。

"你不知道我是特工出身，根本不会给你们这些人瞬间控制住我的机会吗？"真正的韩冰道，"为了防止有人不知不觉地控制我，从而对我身边的精神能力者造成威胁，我的佩枪经过特别的改造，不打开第二层保险，没人可以用我的枪打出子弹。"她一边快速说着，一边扯动了袖子里的一根线。

吱的一声，肉眼可见的蓝色电弧瞬间将她包裹住。

"单兵先生，快！"她猛然提高声音，向下方的陆辛疾呼。

陆辛抓住机会，双脚踏着墙壁，踩出一个个坑，直直地冲到了韩冰所在的七楼，像一只留下一连串残影的鬼魅，瞬间来到了韩冰的面前，两人几乎是鼻尖对鼻尖。

"呼……"就在陆辛赶来的瞬间，韩冰的身体猛地软了下来。她脸上那种阴冷的表情消失了，这也代表着，寄生在她身体里的精神体已经离开了。

陆辛快速抓住韩冰的胳膊，感觉到她的身体在颤抖。

"何必做到这一步呢？"陆辛低声问韩冰，脸上看不出喜怒。他看到她的脖子上挂着一个小巧的金属盒。在她受到七号的寄生时，应该是这个小金属盒察觉到她的精神辐射出现异常，立即释放出强大的电流，不仅猝不及防地电击了七号，还让她恢复了清醒。

恢复清醒后，她立刻启动微型能量场，打算把七号困在她的体内。只不过，七号明显比她设想的还要强，在陆辛赶到之前逃了出去。

"我之前说过，就算有污染接近，我也可以坚持十秒。"韩冰深深地喘了一口气才低声说，"不过她的污染方式太怪异了，我没能支撑住……我只能借助这个装置将她困在我的身体里，给单兵先生……一个将她清理掉的机会。"

陆辛静静地看着韩冰的脸，从她的脸上看到了自责与惶恐。他忽然想起刚出任务时，韩冰就开玩笑似的说过，担心拖他的后腿。他现在才明白，她当时说的其实是真心话。

"为什么要这样做？"陆辛的声音里有一种异常的冷硬。

迎着陆辛有些空洞的眼睛，韩冰下意识回答："因为保证单兵先生的稳定性是我的工作。"

"工作吗？"陆辛微微出神。他眼睛里的黑色粒子剧烈地颤抖了一下，开始飞快地散去。黑色粒子缩进了他的黑色瞳孔之中，眼白再次浮现，脸上扭曲的肌肉线条也在慢慢地恢复原有的形状。

"生命是很珍贵的，"陆辛看着眼前的韩冰，良久才低声叹了一口气，"包括你的。所以，以后别再用这种方法了。"说着，他伸手将韩冰脖子上的小金属盒摘了下来，然后捏碎了。

"我……"感受到陆辛话里的关心，韩冰的声音颤了一下。这一刻，她的眼眶有些湿润。她很难跟外人解释这种感觉，她知道……熟悉的单兵先生回来了。

陆辛此时无暇去细说，他慢慢地转过身，目光快速地从这栋楼下露出身形的人身上一一扫过。

最后，他的目光落在那个背着吉他的小姑娘身上。

很明显，七号从韩冰的脑子里逃走后，再次回到了叶雪身上。

叶雪正阴狠地看着韩冰："我记住你了，这么多年来，你还是第一个让我吃亏的普通人。"

韩冰听见这话，直视着她道："如果你再找我，还是会吃亏！"

叶雪的瞳孔缩成了针眼，但还不等她再说什么，陆辛已经挡在了韩冰的面前。

迎着陆辛的目光，叶雪的表情再度变得不屑。"你好像学会关心人了呢！"她撇了撇嘴，懒洋洋地说，"这是以前想都不敢想的事啊，所有人在你眼里都应该是会叫会跳的玩具，不是吗？"

"所以你说我这几年什么都没学会是不对的，"这一次，陆辛没有被激怒，而是平静地看着她，"其实我已经学会了很多东西。"

叶雪的脸色一变，没有看到意料中的反应让她感觉很不爽。

"你们好像一直在逼我，"陆辛笑了笑，继续说道，"但那有什么用呢？我不知道你们在关心什么，我只是忽然意识到，不论我为何这么愤怒，也不论我心里为何这么厌恶那些东西，我的身份都只是一个特殊污染清理者……还是兼职的。那我考虑这么多做什么？我有两份工作，一份每个月工资十万，出差每天都有一千块的补助；另一份工作的工资也高达……好几千，上班的时候甚至不用真的干活儿。我买得起大别墅，吃得起鸡腿，也可以给家人更好的生活，一顿饭四个菜。这么好的生活凭什么要因为你一句话毁掉呢？"

叶雪的脸色变得有些难看。

"至于你……"陆辛笑得越来越开心，"你还活着，这很好。因为当年发生了那件事后，我一直都很后悔。其中最后悔的就是那样对你。毕竟当年的我实在太单纯，也太不懂事了。"他慢慢说着，满眼都是笑意，"其实我不该就那样把你杀了。过了很多年我才明白，原来让一个讨厌的人那么容易地死去，太便宜她了。"

叶雪的表情终于有些失控，惊恐的神色一闪而过。

"现在，我要继续我的工作了。"陆辛一边说着，一边转过身，目光诚恳地看向家人所在的方向，真诚地问，"帮我好吗？"

看到陆辛忽然对着空无一人的地方说话，叶雪的脸色彻底变了，瞳孔紧紧缩起。她当然不会像别人那样，看到陆辛与空气对话就产生恐惧。在她看来，陆辛就不应该在这种状态下向其他人求助……哪怕是看不见的人也不行。

"啊？"冷不丁听到陆辛的话，广场边缘的家人都呆了一下。尤其是妹妹，脸上露出了激动的神色，笑容绽放。她几乎不敢相信自己的耳朵，用手背擦了一下眼睛才惊喜地叫了起来："哥哥！我来啦！"

妹妹奔跑在墙壁上，飞快地冲向陆辛。

妈妈与父亲对视了一眼，父亲的脸上又惊又喜："这究竟是怎么回事？"

妈妈低声一叹，虽然疑惑但欣慰地说："其实我也有些看不明白，但无论这个女人是有意的还是无意的，这次反倒是帮了他。"

父亲有些不解，妈妈眼里闪过一抹阴冷："你真以为他是因为那个愿意用生命帮他解决敌人的女孩才回归人性的吗？那个女孩只是让他想起了自己是谁，真正帮他回归人性的是他对这个幽灵系强烈的恨意。能够唤回人性的不仅是美好的东西，还有仇恨。仇恨同样是人性的一种，甚至比有些美好的东西更有力量。"

听完她的话，父亲又惊又怒，低吼道："那她这样做是为了什么？"

"我也不明白。"妈妈的表情有些疑惑，"我只知道，神性的复苏是一件极为漫长且复杂的事情，每一步都要走得小心翼翼，否则便会迷失在神性中，无法回归。但这个孩子确实因为深渊生物的感应，以一种激烈的方式觉醒了自己的神性，又因为强烈的仇恨找回了自己的人性。短时间内，他已经完成了一次神性的觉醒与人性的回归……本来需要好多年才能完成的事情，他一个小时内就完成了。所以，"她慢慢转过头说，"你说对手这么做图什么呢？"

当妹妹像可爱的小蜘蛛一样飞快地爬过来时，陆辛向她露出温柔的表情，远远地就伸出了手。妹妹见状更为兴奋，直接高高地跳了起来，向他伸出了两只手。

当他们的手握在一起时，一种熟悉的冰冷感弥漫全身，陆辛的身体忽然变得阴柔而矫健，直接从楼上跳了下去。他的身躯在空中展开，犹如一只硕大的蜘蛛，从七楼飞快下坠，落地时已经下意识收缩，变成一种最容易卸力的姿势，但因为太高了，还是摔得他的骨头噼啪作响，身体各部位出现了不同程度的扭曲与断裂。但这种程度的伤对他来说并不是问题，他借势一滚，冲向前方，身体在往前冲的过程中快速整合，断裂的骨骼回归原位。

广场上有不少人，这些人都是七号随时能躲进去的对象。陆辛伸手抓住其中一个人，这个人的身体瞬间失控，四肢猛地抽搐起来，双手飞快地向外弹出，抓住身边另一个人，另一个人顿时不受控制地抓向第三个人，就这样一个接着一个，快速连成一片。电流似的力量穿过彼此的身体，连接成一张大网，向叶雪扑去。

"你说我抓不到你？"隔着密密麻麻的人群，陆辛看向叶雪的目光有些不屑，还有些挑衅。

看着那像水草般密密麻麻的无数只手，叶雪又惊又怒，狠狠地朝陆辛的方向看了一眼，脸上有愤恨，也有难以置信，最终变得一片茫然。

七号无论如何也不敢在一片被陆辛通过蜘蛛系第二阶段能力控制了的人中间与他进行正面抗衡，因此她从叶雪的身上离开，直冲到七楼……

她刚刚在韩冰身上吃了一个小亏，所以这次她选择的是红蛇。

就在这时，她忽然听到了一声清脆的咔嚓声。那声音近在咫尺，仿佛有人拿着大剪刀在帮她修剪眼睫毛。

七号脸色骤变，本能地感觉到了威胁，瞬间从七楼退了回去。她被迫退回到一个男人的身体里，还没站稳，便看到无数人伸出手向她袭来。远处的陆辛站在人群里，仿佛蛛网中间的蜘蛛，嘲讽一笑："你说我保护不了其他人？"

七号又愤怒又迟疑，猛地做了一个决定。"唰"的一声，细密的精神力量散开，她忽然向被陆辛束缚住的稻草人扑去。

"你可以寄生到精神怪物身上？"察觉到七号的动向，陆辛的脸色变得凝重。他深深地吸了一口气，挺直腰背。只是这么一个细微的动作，却让他整个人看起来好像长高了一截。

长得更高的是他身后那个高大无比的稻草人。七号的精神体快速向它冲去，想攫夺它的身体。

"呵呵呵呵……"就在此时，一个空洞的笑声响起。

陆辛脚下的黑色影子瞬间蔓延出去，像夜幕一样笼罩住了稻草人。稻草人惊恐无比，无数根稻草像蛇一般向周围延伸，从四面八方寻找着逃走的机会。

快速靠近的七号同样心里一惊，飞快地从黑影边缘退了回去。她心里产生了极大的震动，比闪电还快地穿梭在广场上，瞬间来到广场边缘一个孤零零的女人身上，狠狠地看向陆辛，表情有些迷茫与难以置信，但更多的是忌妒。

"坏女人。"妹妹生气地骂着，两只小手一按，周围的人被她控制着拼命向七号抓去。

但七号落脚之处距离人群很远，恰好处于不会被人形蜘蛛网影响到的地方。

"即使是这样，你也——"七号后退了几步，离人形蜘蛛网更远了。她以为安全了，正冷着脸要说话，旁边冷不丁传来汪的一声，一股奇异的精神力量向她扑来。她大吃一惊，急忙向后退去，却已经来不及了。

陆辛的视野里，眼镜狗从黑影里蹿了出来，一口咬在了七号的手臂上。七号又惊又怒，挣脱不开，一脚踢过去，眼镜狗呜呜叫了一声，被踢飞出去老远。它在地上打了两个滚儿，露出兴奋的表情，不停地摇着尾巴。

被咬伤的七号快速蹿到一座巨大的铜像上，彻底远离了人群，同时警惕地确定周围没有特殊的精神力量存在，这才痛恨地向下看向陆辛。她的一条胳膊耷拉在身边，鲜血淋漓。

陆辛平静地看着她，轻声说："你想在我面前赦免它？"

七号猛地想到了什么，转头看去。

"哗啦！"黑影笼罩的地方出现一只巨大的手，一把抓住稻草人，直接把它给拎了起来。四散逃逸的稻草身不由己地收束，被迫变回一个完整的稻草人，被这只大手吊在行刑台上，随风一晃一晃的。

黑色的影子里有人影浮现，穿着雨衣，背着手，站在稻草人身边欣赏它的样子。

"就这？"陆辛等了一会儿，没等到想听的动静，微微转过身向行刑台看了一眼。

"这还不够？"察觉到陆辛的不满，行刑台上的父亲嘟囔了一声。然后他猛地转过身去，身体融化在了无边的黑暗里。下一刻，黑影仿佛变成了实质，像乌云一样扩散开来，不到一秒钟时间就已经笼罩了整片广场。无穷的黑暗里响起了啃啮声、锋利的刀子划开皮肤的声音、骨头被用力剁开的声音，还有清晰至极的镰刀割断稻草的声音。

"啊——"稻草人的脑袋被剁掉的时候，一声撕心裂肺的嚎叫响彻每个人的脑海。下一秒，所有正在沉睡的人忽然都睁开了眼睛。

稻草人死亡的瞬间释放出的精神力量实在太强大了，迷藏的力量彻底崩溃，整座城里的人同时显露出来。他们还来不及做出任何反应，就已经被黑暗笼罩——或者说不是黑暗，而是浓重到无法化解的恐惧。他们睁大眼睛，瞳孔深处显现出一幅幻象——一座行刑台上吊着一个稻草人。当他们仔细去看时，又发现那并不是稻草人，而是他们自己。一个穿着雨衣、表情阴冷的人站在行刑台旁边，大部分身体都裹在黑暗里，正在缓缓靠近。

全城几乎每个摄入过黑草的人都看到了这样恐怖的一幕。他们看到雪亮的刀光一闪，自己的头颅就高高地飞了起来，在空中不停地旋转着。

撕心裂肺的恐惧的呐喊声响彻整座城池。

很多人以为这是他们做的噩梦，身体无力地抽搐、挣扎着。但这一幕太过惊悚，永远也不会像梦一样很快就被遗忘。

人心通往深渊，因此在深渊之中，稻草人被斩首的一幕也快速传播开来。深渊里的怪物们惊恐异常，大叫不止，最后统统匍匐在地，颤抖着向现实拜伏……

父亲提着稻草人的脑袋，表情不屑却又有着藏不住的兴奋。妹妹看着这一幕，更是兴奋得直发抖。

即使是站在楼上窗边、一向淡漠的妈妈也勾起了嘴角。她忽然想知道，她那个妹妹看到这一幕时是什么心情呢？

陆辛倒是没显露出什么特别的情绪，他只是在清理一起特殊污染事件而已。他一脸平静地看向前方，目光带了些挑衅。

"几位终极亲自选出来的大领主，居然真的就这样被行刑了？"被七号附身的中年女人一脸不可置信。她无法接受眼前的这一幕，有些结果纵然一开始就知道，真的得到验证时也还是很难接受。直到陆辛看向她时，她才回过神来："我承认，我没有想到。"

陆辛看着七号的表情，忽然感觉心情很好。

看到陆辛脸上的得意和痛快，七号微微摇了摇头："我没想到，你真的能完成识之试炼。"

"嗯？"陆辛露出了疑惑的表情。

"原来你的功课真的比我们都要好。"七号低低地叹息了一声，忽然转过头看向叶雪。

此时，因为人形蜘蛛网的极限够不到七号，所以妹妹放开了那群人。叶雪对七号来说暂时是安全的，而且周围的人都从迷藏的遮掩中显露出来了，她的胆子比之前大了许多，直接回到了叶雪的身体里。

叶雪捧起吉他，用力把它折成了两半。从吉他里滚出一个小小的纸卷，用蓝色的丝带束缚着。

叶雪将纸卷捡起来，轻轻扔给了陆辛："这是你的成绩单。"她眼神冷漠，眼睛里涌动着忌妒的怒火，"这是院长给你的。"

"院长？"这两个字让陆辛的心猛地一跳。这是从七号口中说出来的，不可能有歧义——她说的院长就是他理解的那个院长。

陆辛的瞳孔微微收缩，看到叶雪的脸上突然变得一片迷茫。在她的身边，一连串的人脸上出现奇异的表情变化，这种变化形成了一条微不可察又怪异的直线，瞬间跳过无数人，飞快地向广场外游离而去。

七号已经走了。被眼镜狗咬了一口，又被行刑的一幕震慑，她再不敢久留。

虽然陆辛在七号脸上看到了自己想要的表情，但他也不得不承认，七号的能力很可怕。这不是他第一次遇到幽灵系精神能力者，但七号比之前遇到的那个要强得多，如果不是她非要为难到底，他很难留她这么久。

她突兀地出现，惹怒他，就是为了跟他说那么一句话，留这么一个东西？陆辛带着深深的疑惑低头看向纸卷。

四周渐渐骚动起来，那些从沉睡中醒来，看到稻草人被行刑的黑沼城居民直到这时才反应过来。他们茫然四顾，不知道自己身处何地。

"怎么回事？"

"这是哪儿？"

"我怎么会在这儿？"

"救命啊！"忽然有连续不断的惨叫声响起。有人看见身边成团的血肉，吓得魂飞魄散，惊惶大叫，也有人之前感知不到疼痛，如今真正醒来了，才发现自己肠子都流出来了，或是没了一条手臂，或是身上插着几把刀，一下子又痛又恐惧，扯起嗓子哭号起来。

"啊！"不远处的叶雪清醒过来，看着摔碎的吉他，心疼地蹲了下来。不过她很快便着急地四处张望，寻找弟弟的身影。

"队长，现在怎么样了？"壁虎等人也赶了过来，穿过人群，向陆辛靠近。

陆辛看了看周围，行刑台已经消失，黑沼城的行政总厅大楼只剩下一片废墟。扭曲成怪异形状的钢筋绞在一起，泥石砖块堆成了山，这个代表着黑沼城繁华的广场到处坑坑洼洼的，横尸遍野。从表面来看，这座城的混乱比之前狂热的时候还严重，但无疑它正处于最清醒的时候。

"已经结束了。"陆辛轻声回答，慢慢地收回了目光。

"结束了？"韩冰等人的心情仍然极为沉重，刚才的那一幕幕仿佛还在眼前。

"对啊。"陆辛转头看向韩冰，问道，"现在该怎么做？"

"啊？"韩冰蒙了，过了好一会儿才诧异地说，"问我？"发生了这么可怕的事情，她到现在都没缓过来，单兵先生反倒问她该怎么办？不过她很快就从陆辛的眼睛里看到了信任，大脑随之运转起来，急忙说："如果确定特殊污染源已经被清理了，且没有复苏迹象的话，那么我们的任务就完成了，剩下的便是等待黑沼城的行政厅来恢复秩序，以及向行政厅官员交接我们这次的支援任务。"

"好的。"陆辛痛快地答应了，但又忍不住补充了一句，"不过可能有些麻烦，也不知道黑沼城现在还有没有顶事的官员。"

在韩冰的建议下，他们没有惊动周围的人，也没有立刻帮黑沼城维持秩序，而是悄然挤出了人群。

看到之前驾驶过来的吉普车居然还在路中间停着，他们都感觉有些幸运。他们坐上吉普车，壁虎一脚油门下去，车子穿过迷茫的人流，向三号卫星城赶去。

吉普车开走有一会儿后，广场外围一栋楼里才响起一串急促的脚步声。脚步声来到街上后立刻消失了，只有一股茫然的情绪散发开来。良久之后，一辆倒在路边的女式自行车被扶起，然后自动驾驶起来，追着吉普车而去。过了几秒，连这辆自行车也没人能看到了。

陆辛他们决定先回三号卫星城的那家酒店，一路上畅行无阻。整个三号卫星城几乎空了，看不到什么身影，街道两边的商店敞着大门，琳琅满目的商品无人问津。陆辛忍不住看了好几眼，感叹人疯起来真是什么都顾不上了。

回到酒店后，韩冰第一件事就是烧水煮咖啡。她一边喝着咖啡，一边梳理工作："现在我们要做的就是观察，看黑沼城的秩序什么时候恢复。如果恢复得快，我们便可以提前与黑沼城的行政厅交接；如果恢复得慢，我们可能就需要出手帮助黑沼城了。待会儿壁虎先生和红蛇小姐陪我出去一下。单兵先生的话……"她顿了一下，"你先在酒店里休息，有事我们会来找你。"

"好的。"陆辛从善如流，笑着对三人说，"既然这样，就麻烦你们了。"

韩冰、壁虎与红蛇面面相觑。刚才在中心广场闹出那么大动静的单兵先生居然跟他们说麻烦了……

韩冰三人离开后，陆辛坐在沙发上，点着烟。他想了一下，又打开窗户，拿了一个一次性纸杯接了半杯水，放在面前。他仔细思考着这次遇到的事情，虽然已经解决了，但他总感觉似乎没那么简单。

"这次的事很有趣，不是吗？"妈妈出现在窗边，倚在窗台上，温柔地看着陆辛，"这个过程中出现了很多让人不愉快的事情，但从结果来看，却又是一个让人满意的结果，无论是对特殊污染的清理，还是见到那个让人愉快的女人……"

"愉快？"陆辛没反应过来，那个七号明明是他最痛恨的人。

妈妈轻笑着回答："想想你可以再杀掉她一次，难道不愉快吗？"

"哦哦。"陆辛恍然大悟，点头道，"那确实是愉快的。"

妈妈捂嘴笑了起来，欣赏地看了陆辛一眼，似乎对他的表现越来越满意了。

父亲出现在光线照不到的地方，也跟着呵呵笑。妹妹倒吊在天花板上，十分好奇地看着陆辛手里那个小巧的纸卷。不只是她，妈妈与父亲也都很好奇。

其实陆辛也非常好奇，他没在路上就打开是为了在方便的时候细看。这是老院长送给他的东西，无论他再怎么痛恨老院长，心里仍然有些激动。

"成绩单……识之试炼……"陆辛回想着七号离开前说的话，以及她那复杂的表情。沉默片刻后，他才鼓足勇气解开丝带，将纸卷展开。

映入陆辛眼帘的是几排苍劲有力的字，这确实是老院长的字迹，这也确实算是一张成绩单。

　　生之试炼：A

　　痛之试炼：A

　　欲之试炼：A

　　识之试炼：？

　　力之试炼：

　　心之试炼：

　　神之试炼：

最下面是老院长端正的签名：王景云。

"这是什么？"看着这一排排字，陆辛的心情很复杂，有痛恨，也有怀念，还有隐隐明白了什么的惊恐……

妈妈也在认真看着这张成绩单，眉头微微皱了起来，有一瞬间的疑惑，但很快便转为惊奇。末了，她的脸上有对那位老院长的佩服，还有些担忧。

妹妹和父亲看了一眼陆辛，有些茫然，又同时看向妈妈。妈妈明显有些嫌弃不学无术的他们，无奈地摇了摇头，然后盯着发呆的陆辛问："看懂了吗？"

陆辛沉默片刻后摇摇头，面露询问之色。

妈妈看着这三个不学无术的家伙，低声说："无论你心里对那个人的态度是怎么样的，有些时候你都不得不佩服他。作为一个人，他有些地方实在太了不起了。"

三个人看着妈妈，表情依旧困惑。

妈妈接着说道："那个女人离开时对你说了什么？"

陆辛微微一怔，然后说："她好像说到什么没想到我可以通过'识之试炼'……"他一边说，一边低下头看纸卷，识之试炼排在第四位，后面没有评级，只有一个问号。这或许说明，写这张成绩单时，老院长还不知道后面应该填什么……

"你就没想过，她为什么要在这时候给你吗？"

陆辛又摇了摇头，毫无头绪。

妈妈深深地看了陆辛一眼："这或许是因为在这件事有结果之前，给你这份成绩单也没用，只有当第四种试炼完成后才会给你。所以，你是在这次的事件里完成了他们所谓的'识之试炼'。"

陆辛的脸色没什么变化，但父亲和妹妹却忽然明白了什么，偷偷地看了陆辛一眼。

陆辛轻声问："那前三个又代表什么？"

"前三个都有评级，自然代表你已经通过了试炼。"

陆辛沉默下来，慢慢回忆着。他通过的这些试炼与什么东西有关呢？其实他心里很清楚吧……

妈妈没有打扰他，还向父亲和妹妹摇头示意了一下。他们都已经猜到了前面几种试炼对照的内容。

生之试炼——当初的研究院发现了一个被深度污染的小孩，对他进行了一系列复杂的手术和实验，最终在公认不可能治好的情况下奇迹般地治好了他。这个孩子在生死之间徘徊，终于有惊无险地通过了生之试炼。

痛之试炼——当初那群试图逃跑的孤儿院小孩目睹了他们有记忆以来最残酷的一幕。无论是血，还是火，抑或是一声声惨叫，都给他带来了难以承受的痛苦折磨。但那样的痛苦折磨也永久地改变了一些事情，使得事态的发展不再那么令人绝望。

欲之试炼——他一步步熟悉特清部的工作,一步步成为一个合格的特殊污染清理者,在处理开心小镇事件的过程中见到了一群已经死去但仍然要担负起责任的人,同情灾厄博物馆里那些被收藏的痛苦灵魂,在此之后终于有了要保护那座城市的想法……甚至连娃娃都是被他说服的。对一座城市的保护欲,又怎么能说不是一种欲望呢?

至于这次的识之试炼,无论是妈妈、父亲还是妹妹都知道陆辛身上发生了什么。看到事态如此严重,即使是他们也不确定陆辛会不会被强烈而恐怖的神性力量彻底影响,产生认知上的错觉,把自己当作神。好在最后陆辛还是找回了自己——他只是青港城特清部兼职特殊污染清理者陆辛,有一个和睦的家庭,曾经是在孤儿院长大的,痛恨七号。

这几种试炼的内容,稍加联想就能想明白。不过,陆辛的家人都很有默契地没把这些事拿到明面上讨论。于是,他们都顺理成章地想到了另外一件事。

"那个老头儿是坏人,"妹妹说,"那个女人也是坏人,我不喜欢她。"

"呵呵,什么试炼不试炼的,他把我们当什么了?"父亲冷笑道,"他认为自己是掌控一切的神吗?"

妈妈也不屑地说:"他确实很有信心,敢把这种东西送过来。"

一家人都表现出嗤之以鼻后,父亲才说:"快看看后面是什么。"

力之试炼、心之试炼、神之试炼……全家人看着这些字陷入了沉思。如果每一种试炼都是陆辛无法躲避的命运,那么这最后的三种试炼又会对应什么方面的内容呢?他们也着实不敢轻视这几道题,毕竟之前发生的每一件事都对陆辛造成了很大的影响。

成绩单往往代表着评价以及期许,如果这张专门送到陆辛手上的成绩单代表着老院长的期许,那么他最终期待的是什么?

陆辛思索了一会儿后,轻声说:"都是些没有意义的事情。如果想知道,那等找到他,直接问他好了。月食研究院答应过我会把他找出来,或许我该催一下他们,让他们再加一把劲了。至于其他的东西,只是他的一厢情愿。"

这话仿佛给这场谈话做了一个收尾,家人都不再说些什么了。

"帮我看着点他们,好吗?"陆辛抬头看向妈妈,"七号可能还在这座城里，我担心她会做什么，尤其是她已经恨上了韩冰。我记得七号是一个很记仇的人。"

妈妈对陆辛的请求感到了一丝意外。此时的陆辛并没有让她觉得陌生，反而有一种太过熟悉的感觉。因为这种感觉，她也不好再说什么了。看着陆辛隐隐有些发黑的眼圈，她的神情变得温柔，轻轻按了一下他的肩膀："别担心，也不要想太多，我会替你看着他们的。"

说完，她转头看向父亲和妹妹："你们要不出去逛逛？"

父亲和妹妹面面相觑。很明显，他们一点也不想出去逛，但妈妈没有给他们拒绝的机会。

片刻后，房间里变得很安静，安静得吓人。夜色似乎在散去，远处的天边露出了微微的鱼肚白。陆辛独自坐在沙发上，指间夹着烟，任由烟气缓缓上浮。他就一直这么静静地坐着，脑海里像打仗一样，涌出了无数血淋淋的画面，既有很多年前孤儿院那些孩子满脸鲜血的样子，也有刚刚在广场上那些人醒过来后惊恐地呼唤熟人的样子，还有曾经的老院长与俯视广场的自己。

他感觉自己的头脑从来没有如此清醒过，于是各种复杂的情绪也纷纷涌进了大脑，有恐惧，有后悔，有委屈，也有迷茫……

那张成绩单悄然掉在了地上。当天边明显开始泛白时，陆辛忽然抬起手捂住额头，眼泪从眼眶里涌了出来。他的肩膀轻轻抽动着，身体在发抖。"为什么是我呢？"他一边想着，一边面朝东方的天空无声地哭泣。

刻意躲出去的家人站在一栋大厦上，看着下方忙碌的韩冰等人，心里无疑都牵挂着酒店里的陆辛。"妈妈，哥哥怎么了？"妹妹有些担心地问。

"我也不能体会他现在的感受，"妈妈轻声说，"因为我没有经历过。不过，这场所谓的'识之试炼'还真是残忍。这代表着一种拷问，看他究竟是人性污染了神性，还是神性污染了人性。无论是哪一种，"妈妈顿了一下，接着说，"我想都会是一件特别痛苦的事情。"

这种感觉是痛苦吗？陆辛说不清楚。他甚至不知道自己为什么要哭，只是泪水不停地流了出来。大概是因为他第一次清晰地看到了自己？长到这么大，他的人生始终是浑浑噩噩的，他的回忆也始终是灰色的、断断续续的，他甚至不愿去仔细回想。因为每当他试图回忆时，想起来的都是特别压抑的事情。

但老院长的一份成绩单让他人生的几个阶段变得无比清晰。他一看到生之试炼就模糊地想起了最初的自己。那时候，他好像是从一个抽象的噩梦里醒来的，对这世界上的一切都懵懂无知。他清晰地记得那个噩梦，却无法向其他人描述梦里的场景。因为那个梦里的一切都是抽象的，无法用人类的语言去解释。梦里的一切感知都在清晰地告诉他，世界没有意义。如果说他降临并感知这个世界就是一场试炼，那么他那个噩梦就有了意义。但这场试炼之后，他仍然浑浑噩噩的，只是好奇地看着周围的人和事物，觉得一切都很新鲜、有趣，但又无所谓。

直到如今，他回忆起在孤儿院的时候，都还记得当时的自己用一种异常冷静的目光看着周围的场景的感觉，不明白别人为什么会哭会笑，有那么丰富的情感。那时的他像被困在一个厚厚的壳子里，看到别人的痛苦与愤怒，只觉得无所谓、不理解，甚至是矫情。

小鹿老师其实是个很笨的女孩，她在完全不了解他的情况下把他当成朋友，并固执地认为他很善良。其实最理解他的反而是七号，或许是因为她也是接近怪物的存在吧……

一切感知都是从那个下着雨的夜晚开始的。那晚的背叛与鲜血、枪声与烈火、生命的死去与希望的破灭将他惊醒，厚厚的壳子终于被打破。那是他第一次清晰地感受到了痛苦。

后来……他的记忆陷入了混沌。起码有两三年的时间，他根本不知道是怎么过来的。他推测他应该在街头流浪了很长一段时间，最后被家人收留，过上了正常又健康的生活，并且开始去学习知识。直到又一个夜晚，他加完班回家，路上遇到了小鹿老师。

他开始努力工作赚钱，照顾他们，帮助他们。从那时开始，他对孤儿院的回忆有了色彩。当初经历孤儿院那些事时，他只觉得漠然，可从那以后，他回忆起在孤儿院的经历时却越来越觉得有趣，甚至会不由自主地露出微笑。这可能就是失去后才知道珍惜吧……

那几年陆辛很累，但也很充实。他想过，如果能一直这么生活下去，他也很满足了。只是，生活毕竟还是会有不同的际遇。

他加入了特清部，见到了精神怪物，知道了精神污染，也知道了所谓的精神能力者。他发现家人原来都是很厉害的人，能帮助他很多。但他们也都有自己的秘密，并且在有意地瞒着他。偏偏他也下意识配合他们，假装什么都不知道，就好像在心照不宣地玩一种游戏。

玩游戏是会倦的。他已经不止一次感觉心里有一团火在烧，忍不住想质疑这个世界。他时常会觉得一些事情很可笑，很荒唐，很幼稚，但好像其他人都是这样的，再加上他并不是一个爱出风头的人，所以……他一直忍耐着。但在某些特殊的时刻，那团火会瞬间燃烧起来。每当这时，他都会懂得一些事，就像在百米赛跑的过程中突然发现自己可以加速。加速的时候可以感觉到自由，但是加速往往会伤到一些人……

其实陆辛一直都明白，从来没有什么神性，有的只是他自己。

小鹿老师期待中的他根本就不存在，她很小的时候就误解了他，还把期待中的他当成了真正的他。

他有时候特别希望有人能理解他，但他说不清楚这些事情。如果说有谁真的了解他，或许就是老院长吧！这份成绩单已经说明了一切。只是为什么一定是他呢？他不知道老院长在做什么，但他真的不喜欢！好像让他觉得有趣、开心的事情都发生在过去，未来的事情一点也不值得期许。他轻轻地捶着自己的脑袋，感觉到了深深的灰暗和绝望。为什么他就不能像最初羡慕过的那些人一样生活呢？为什么呢？他的脸上挂着泪水，眼睛越来越红……愤怒在他的眼底熊熊燃烧着，房间里的一切都在不停颤动。

那张纸在他的视线里飞快地变得扭曲，充满了褶皱。

"你真的以为可以完全控制我的人生？"

与此同时，黑沼城西北方向，黑暗的沼泽地边缘。巨大的红月沉到了西方，即将消失，残余的光芒将七八个骑在摩托车上的身影照得异常清晰。

这群人穿着标准的骑士团武装服，摩托车后座上载着物资，车前放着枪袋。他们彼此间隔两三米远，将一个同样骑在摩托车上的女人夹在中间。

那女人看起来二十六七岁，模样还很年轻。她生得有种惊心动魄的美，但脸上有好几道狰狞的伤疤。她双腿修长，肌肉线条优美而结实有力，露在外面的皮肤上文着大片怪异的刺青，有狰狞的恶鬼，有形状诡异的怪物，使她整个人看起来有一种异样的恐怖感。她穿着狂野的露脐装，平坦的小腹上恰好有一道丑陋的伤疤。这道疤痕绕着她的腰围了一圈，连刺青都盖不过，看起来就好像她曾经被人扯断过一样。

她微低着头，呼吸低沉而迟缓。不知过了多久，她忽然抬起头来，深深地吸了一口气，猛地甩了一下右手臂。

"大姐回来了？"听到她的动静，围着她的几个人顿时关切地看了过来。

这些人有的看起来已经三四十岁了，却很自然地称呼她为"大姐"。其中一个留着络腮胡、模样十分老成的男人立刻凑上前，对她低声说道："鬼火沼泽地里的东西已经拿到了，但我们好像引起了负零部队的警觉，现在他们正从北方快速接近我们。"

"负零部队？"女人眉头微皱，冷笑道，"找死。"

几人闻言都笑出了声，将枪袋里的长枪拔出来扛在肩上："干他们？"

女人刚想答应，却忽然迟疑了。她看向黑沼城方向，摇了摇头："这次就算了，撤。"

众人不解地看着她。

"如果现在和负零部队碰上，你们起码要死一半。"女人冷淡道，"今天我心情不好，懒得再去挑人补你们的空缺。"

几个彪悍的男女顿时都露出了会意的笑容。

摩托车发动，一行人像幽灵一样快速沿着沼泽地边缘的小路向南方驶去，七八道雪亮的灯光交织在一起，足以与红月争辉。女人骑车冲在最前面，发动机呜呜作响，惊退无数的野外生物。她的眉头一直紧紧皱着，仿佛在思索什么。驶出去几百米后，她才忽然想明白，表情变得愤怒。

"老东西，你是在利用我吗？"她低声咒骂着，"为什么你总是这么偏向他？"

没有人回答，她的骑士们都习惯了她突如其来的情绪失控与无端咒骂。

她越骂越凶，心里的不满全涌了出来："明明只有我才是你最该关心、最该投资的，结果你却只看重那个怪物！难道只有不听话的才能让你更重视吗？那我……可以比他更叛逆！"她越说越疯狂，甚至用手捶打起自己的脑袋。

因为她这次闹得太凶了，后面的骑士忍不住出声询问她。

"我没事。"女人抬起头，眼睛血红，脸上都是泪水，语气凶狠地解释

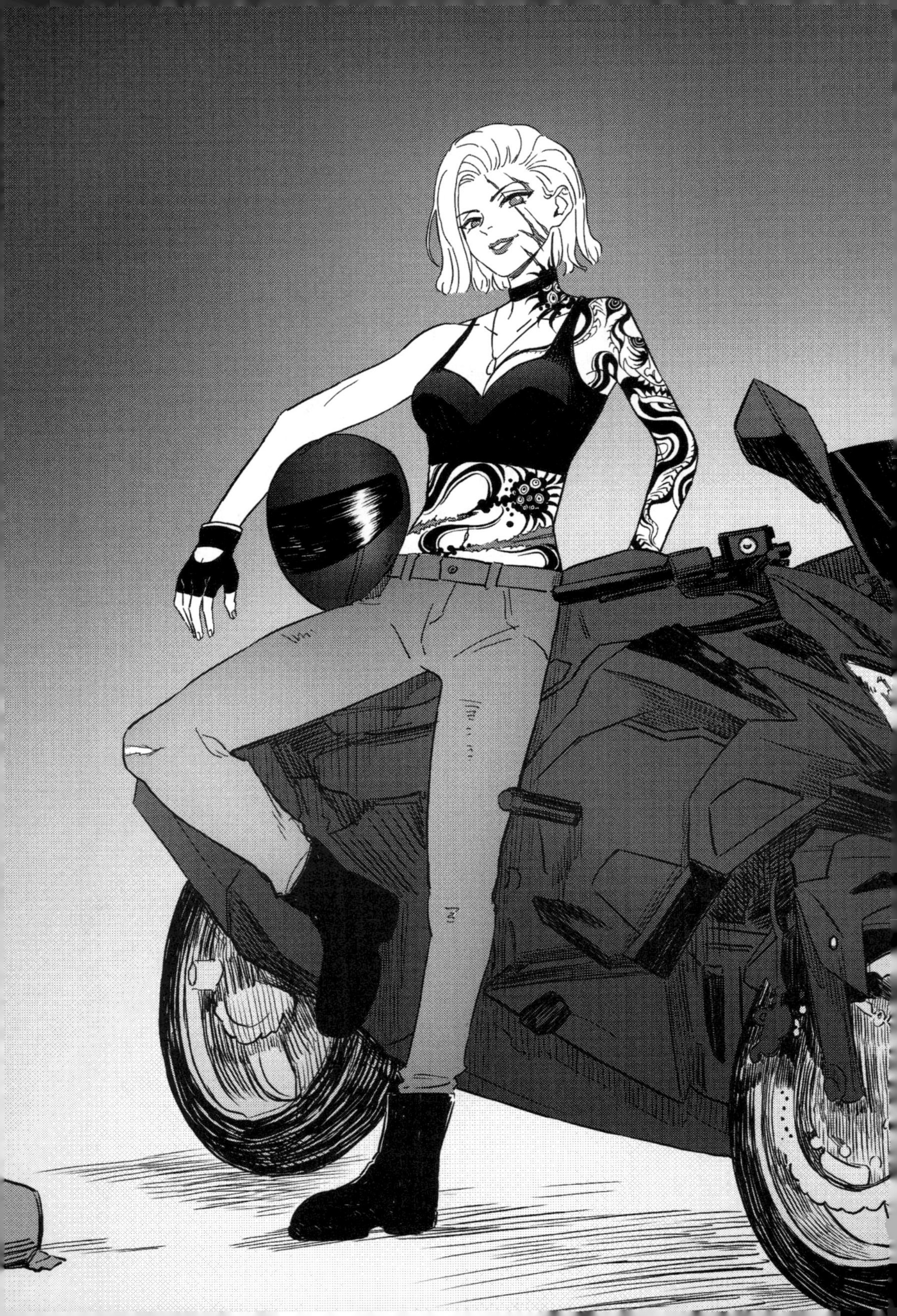

道,"我被一条怪异的狗咬伤了,它似乎可以影响我的情绪……明明想放声大笑的,可我却在哭……"

她的解释很合理,但在以前,她是不会解释的。

女人忽然一拧油门,狠狠地冲向前方,仿佛想让风吹干泪水。

"可恶,讨厌,太讨厌了!"她咬紧牙关,低声吼着,"你就是欺负我没有脑子,是吧?我有脑子,但我就是不爱用!我都已经有精神能力了,为什么还要用脑子去处理那些事?"她越说越恨,最后脸上露出了阴冷的笑容,"老头子,你一定会失败的。你经常说神性是可以计算的,可他现在拥有的不只是神性。人性,你怎么算?"

第三章

恐怖魔王事件

韩冰发现，帮黑沼城维持秩序是一件很棘手的事情。这既需要有人去安抚居民，让他们安静地回家，又需要有人站出来修缮遭到破坏的城市。

简单来说，当黑沼城最需要秩序时，居然没人能站出来。身居高位的官员都已经随着污染源被单兵先生处理干净了，而勉强能挑大梁的人又因为知道的事比别人多，在局势不明朗的情况下都龟缩了起来，不肯露头——毕竟他们也不知道这时顶上去会不会成为某些怪异存在的傀儡。

没想到解决完污染源的黑沼城隐隐有一种更乱的趋势。还好很多居民因为承受不住睡眠的反噬，只顾着先找地方去睡觉了。

黑沼城的秩序总需要有人帮忙恢复，韩冰无奈之下想到了群爷。准确地说，不是她想到的，是群爷主动找上门来的。

与群爷分别后，红蛇经历了一连串的险境，都快把他忘了。回到酒店后，她打算去换件衣服，一推开门就看到群爷拄着拐杖迎了过来，关切地上下打量她："没啥事吧？"

红蛇蒙了："你怎么还没走？"

"我给你准备了夜宵等你回来吃啊。"群爷指了指桌子上的一堆泡面、火腿肠。

红蛇有些无语："你给我准备的夜宵就是泡面？"

"我不会做饭啊！"群爷说，"而且我给你准备的是各种口味的泡面，你看，这是红烧的，这是酸菜的，还有臭豆腐口味的。"

红蛇"感动"得差点哭了。最后，她跟韩冰、壁虎、群爷一人捧着一碗加了火腿肠的泡面，登上了吉普车。红蛇本来想给陆辛送一碗的，但韩冰想了一下，觉得陆辛此时可能更需要休息，于是准备了热水，也撕开了调料包，放在他们当作办公室的房间里，等他休息好了自己泡。

一个多小时后，一辆无人驾驶的自行车停在了楼下。然后某个小东西噔噔噔地上了楼，只见房间里静悄悄的，所有人都不在，也不知道去了哪里。

本来它委屈得快哭了，随即看到了那碗臭豆腐口味的泡面。热水壶就在旁边，调料也已经放好了，还加了一根火腿肠。小东西一边吃着泡面，一边哭得稀里哗啦。

陆辛把自己关了一整天才出来。这是异常安静的一天，无论是韩冰、壁虎还是家人都没来打扰他。他用了一整天的时间来梳理自己的情绪。

当他推开酒店房门的一瞬间，隐隐约约感觉这个世界好像有什么不一样了……仔细看了看——好吧，也没什么变化。

不过，他的心情确实变好了一些。或许是因为借着老院长的成绩单，他明白了更多关于自己的事情后，一直盘桓在心里的压抑与疏离感荡然无存，头脑也变得清晰了起来。也或许是因为他哭过一次……这件事可不能告诉别人，毕竟他也是要面子的。当然，好像哭一下发泄压力还是很有用的，哪怕他是个男人。毕竟那首歌怎么唱的来着？"我是花瓶中哭泣的百合花……"好像不是这句，但不重要了。

他出了门就想找韩冰他们，却发现几个房间都空着，只有那个当成办公室的房间里摆着一碗没有收拾的泡面。他把垃圾装进塑料袋里，又到处收拾了一番。现在的他也不知道为什么，有一种很想做些什么事的冲动。收拾垃圾是件小事，但好歹也是事不是？等见了韩冰他们，再看看还有没有别的什么事要帮忙。

他刚走到电梯处，就见银毛倚在电梯旁边公共休息区的沙发上呼呼大睡，怀里还抱着一根棒球棍。他歪头看了看，轻轻地拍了他一下。

银毛一个激灵，抡着棒球棍打向陆辛的脸。陆辛赶紧后退躲过了这一下，心想：起床气这么大呢？

"哦，是你啊！"银毛看清是陆辛，顿时松了一口气，把棍子扔到一边，打了个哈欠。

"你怎么会在这儿？"并不了解这段时间工作安排的陆辛有点好奇。

"等你呀。"银毛伸了个懒腰，"群爷带着兄弟们上街打人去啦！这两天城里有些乱，在街头闹腾不肯回家睡觉的，打；趁机到处抢东西的，打；在路上斜着眼睛瞅人的，也打……本来我也想去的，但他们不带我，让我专门留在这里保护你。"

"保护……我？"陆辛打量了一下他的棒球棍。

"对啊。"银毛得意地说，"接这个差事前，大小姐的那个老公还问我怕不怕死来着，这是在群爷面前提升地位的好机会，我能说怕吗？"

"哦，那麻烦你了。"陆辛恍然大悟，欣赏地看了他一眼，拍拍他的肩膀。

"没事。"银毛大大咧咧地说，"他们都瞧不起我，不就是因为我还没混出头吗？放心，等我的黑草业务搞好了，照样让他们叫我大哥。"

陆辛想到他的"职业"，再次生出彻底掐灭他梦想的冲动。不过，就对待工作的积极性来说，他倒是和银毛产生了共鸣。这次休整后，他觉得自己很有干劲！

"他们让你等我做什么？"

陆辛问起，银毛才反应过来，一拍脑袋，两只手在身上摸索，不一会儿翻出一张纸，一边看一边说："群爷的干闺女说一定不能打扰你，在外面等你醒了之后，提醒你洗个澡，换身衣服，然后去吃顿饱饭，还说吃饭要注意吃没有黑草成分的。啧啧，加了黑草的多贵呀！吃完之后，去二号卫星城行政厅找他们会合。"

"干闺女？"陆辛一听这称呼，有些愣。群爷啥时候有干闺女了？红蛇吗？不对啊，红蛇是亲闺女。

"对啊！"银毛诧异地看着陆辛，"韩小姐是大小姐的好姐妹呀，当然就是群爷的干闺女了！我说兄弟，别说我没提醒你，你既然是大小姐的情人，怎么能跟大小姐的闺密走得这么近呢？韩小姐还专门给我写了一张字条说明怎么照顾你，这是不是有些过线了？爱情是要专一的，懂不懂？尤其是我们这种靠别人吃饭的人！"

陆辛被这些混乱的关系搞得脑仁疼，不过他总算听明白了，群爷的干闺女就是韩冰，这张字条也确实是她的风格，别人可想不了这么细。

"澡已经洗过了，衣服也换了。"他考虑了一下，跟银毛说，"那就先去吃点东西吧。这里有什么特色美食？"

银毛一听就乐了："我们黑沼城的特色美食可多了，臭豆腐焖肉芽面、咸水啤酒……"

本来陆辛肚子还挺饿的，一听觉得受到了冲击。"臭豆腐怎么可以焖面？啤酒怎么能是咸的？"

银毛听了，老大不乐意地说："你是瞧不起我们黑沼城吗？"

陆辛想着做人不能太耿直，便说道："有一点吧。"

"兄弟，你这么耿直，事业上一定发展得很坎坷吧？"

"其实还好，我升职挺快的，两份工作都做得不错。"

"啧啧，看不出来你老实巴交的，感情不专一，工作态度居然也不行。"

两人一路聊着，走到了酒店大堂里。前台小姐已经换上了一身干净的职业装，正揉着自己有些乱的头发，看着桌上的一堆账单，小声地嘀咕着："钱怎么多了这么多？"看起来她好好休息过，精神状态好多了，脾气也好多了。

"给我吧，不吃饭的话就带你去二号卫星城那边跟他们会合。听说他们那里正打得厉害呢。"银毛殷勤地接过陆辛手里的垃圾袋，随手丢在酒店的台阶上，然后招手叫车。

陆辛的眼神有些怪："你就扔在这里？"

"对啊。我是混黑社会的，扔哪儿不行？"一句话刚说完，银毛就听到背后传来一声大骂："王八蛋，往哪儿扔呢？"

原来前台小姐的脾气并没有变好……

银毛有些慌，连忙拉着陆辛钻进了一辆红色的三蹦子里，还不停地跟司机说："快走，快走……"

陆辛能感觉到，这座城市在一夜之间发生了很大的变化。熙熙攘攘的人群不见了，大量的商店与饭店关闭了，之前那些狂热的人群造成的破坏好像一道道伤口，暴露在阳光之下，也没人去管。

安静的建筑物里不时飘散出隐约的腐臭味，陆辛能够猜到那是什么。在这长达二十多天的时间里，其实有很多重度失眠的人死在了自己的家里，哪怕现在气温很低，这么长时间过去也开始腐烂了。之前这座城市充斥着浮躁的气息，腐臭味不那么明显，如今它安静了下来，有些东西便再也藏不住了。

这让他有些不习惯。若是在青港城，恐怕支援小队早就入场了。但在黑沼城，居然直到现在都没有清理的迹象。不过，这可能也是因为这座城里还有大量的人没有醒来，投入工作。

"为什么要去二号卫星城的行政厅？"陆辛坐在三蹦子的后座上，一边

65

打量着两侧的风景，一边好奇地问。

"你不知道吗？"银毛低声说，"现在群爷正在和那些当官的商量大事，本来这样的会议应该在主城的行政总厅召开的，但行政总厅据说被外来的骑士团炸了，只好去二号卫星城的行政厅了。"

陆辛突然意识到这个问题他不该问。

银毛还在絮絮叨叨："真不知道哪来的骑士团胆子这么大，简直就是作死啊！真当我们黑沼城是好惹的？如果被我看到了，看我不抽他一棍子！"说着，他转头看向陆辛，"你说是不是？"

陆辛忍住把他从车上扔下去的冲动，点头道："嗯。"

一路上行人和车辆极少，各个卫星城以及主城之间的通道都没有关闭，三蹦子畅通无阻，陆辛和银毛很顺利地就从三号卫星城进入了二号卫星城。

快到行政厅时，陆辛看到前面的主干道被一辆辆军车堵死了，无数武装战士设下了层层哨卡。三蹦子离得老远就被拦下了，陆辛和银毛下了车，向哨卡走去。

"里面正在开会，闲杂人等不许靠近，绕路走吧！"远远地，有个抱着枪的战士抬起手来，向陆辛和银毛说道。

陆辛正想解释，就听银毛叫道："说谁是闲杂人等呢？"

银毛指着陆辛，继续说："知不知道这是我们群爷的女婿？"

陆辛的脸色变得古怪起来，心想，群爷是个混黑道的，在黑沼城军方面前，他的名头恐怕没那么管用。

不料对方听了，居然脸色一缓，上下打量了陆辛一眼。

陆辛正觉得惊讶，就见另一个战士脸色一冷："胡扯！大小姐的老公不是已经进去了？"

陆辛想到壁虎，感觉有些尴尬。

银毛不服气地说道："这个是男朋友，情人你懂不懂？"

"不就是小白脸吗？"那个战士冷笑了一声，"这种身份有什么可豪横的？"

"怎么不能豪横？"银毛争辩道，"情人感情更深，不深的能做情人？"

陆辛无奈地打开黑色背包，准备打电话让韩冰他们出来接一下，冷不丁看到几辆白色的轿车缓缓地驶了过来，停在三蹦子后面。

从后面几辆白车里下来一群穿着黑色西装的人，飞速往打头的白车跑去。接着，打头的白车车门打开，一个身穿白色旗袍、脚踩红色高跟鞋的女人走了下来。她年龄不大，身材婀娜，头发盘于脑后，手里拎着一个几何纹小包。在一众保镖的护送下，她缓步来到哨卡前。

"孙小姐。"放哨的两个战士立刻抱紧枪，立正站好。

女人扫了一眼旁边的陆辛和银毛，问："他们是谁？"

一个战士回道："说是群爷女儿的情人，闹着要进去开会。"

陆辛刚想解释真的不是情人，银毛已经喊了起来："什么闹不闹的？这可是感情特别好的情人，你们还不放人？"

"情人？"孙小姐似乎觉得很新鲜，认真打量了陆辛一下，忍不住笑了笑，然后说，"敢冒充群爷女儿情人的应该不多，可能是真的。别麻烦了，我直接带着他们进去就好。"

两个战士立刻让开了。

陆辛已经对解释清楚自己身份不抱什么希望了，不管怎么样，先进去再说。但他的心里有些诧异，他不过休息了一天，群爷的身份已经这么高了吗？不仅站岗的战士知道，连这位孙小姐也愿意卖他个面子……

孙小姐又打量了陆辛一眼，没有解释什么，无声一笑，款款地向前走去，跟在她身后的保镖们立刻将陆辛和银毛挤到了一边。

"孙家大小姐了不起吗？"银毛用只有陆辛能听到的声音念叨着，不服气地跟了上去。

陆辛小声问："她是做什么的？"

银毛凑近他，小声说："不知道。不过我知道二号卫星城有个挺大的家族，姓孙，据说在黑沼城的军队里特别有背景。看这女的这么嚣张，估计就是那个孙家的人吧……唉，不管了，咱们先进去，反正咱们也有群爷罩着不是？"

"这么深厚的背景，听起来确实挺了不起。"

"了不起能咋地？我在背后骂她，她能听得见吗？"

两人跟在孙小姐身后，穿过层层临时哨卡，很快来到了二号卫星城行政厅大楼前。

陆辛一进去就听见了吵吵嚷嚷的声音，乱哄哄的，像个菜市场，还能听到用力拍桌子以及吐痰的声音，与外面武装战士的严肃与冷峻形成了鲜明的对比。

"现在最要紧的是恢复城里的秩序,以免引起骚乱!"

"粮食、药品才是最重要的,你们知不知道现在城里有多少死人?"

"药品降价门儿都没有,本来就一直短缺!"

"粮食是黑沼城的根本,我也不同意降价!"

"呵呵,我们的裹尸袋倒是富裕,你们需不需要来一些?"

"都别说废话了,究竟谁来填总厅的缺,是你们这样就能争得出来的吗?"

一行人来到走廊尽头一扇虚掩着的门前,孙小姐向把守的战士点了点头,身边的保镖便推开了门。几乎要掀翻房顶的争吵声一下子从里面涌了出来,混杂着烟草的味道,以及某种说不清道不明的热烘烘的气味,几乎要把门口的人顶一个跟头。

不过,孙小姐进去后,场面顿时安静了许多。紧接着,很多人同时起身向她打招呼:"孙小姐。"

孙小姐率先走进了会议室,她的保镖立刻在门边散开,保护着她的安全。陆辛和银毛见他们堵得死死的,便从两边挤了进去,好在这些不苟言笑的保镖没有拦他们。

"对不起了,各位长辈。"孙小姐笑吟吟地说,"这一觉我睡得太沉了,起得有些晚,再加上我毕竟是个女人,需要化妆、挑衣服,所以来迟了,在座的长辈应该不会怪我吧?"

会议室里立刻响起了一片应和声。有人笑道:"哪里?是我们来早了。"也有人说:"等孙小姐,谁敢有怨言?"

孙小姐来到距离门口最近的长桌旁,立刻有人起身给她让位子。她款款坐下,笑着问道:"现在谈到哪儿了?"

会议室里稍稍安静了,有个穿着西装、看起来彬彬有礼的男人说:"孙小姐应该已经知道了,我们黑沼城受到了骑士团的袭击,这个骑士团释放了一种奇怪的病毒,导致全城人出现了失眠症状,最后引起了一场席卷全城的混乱。如今这种病毒已经被青港城的专家团队清理干净了,大家不必担心。但在这次的混乱中,骑士团对我们的行政总厅发起了袭击,包括行政总长在内的二十二位高级官员丧生,黑沼城的秩序受到了极大挑战。如今,我们正在商讨该如何尽快恢复黑沼城的秩序。"

听完他的汇报，陆辛有些惊讶。他们居然在这么短的时间内给这件事情找出了一个合理的解释，且能自圆其说。也不知道这里面有没有韩冰的功劳。

男人接着说："本来事情很简单，没必要商量，也没必要推托，按照黑沼城的应急条例，二号卫星城的行政厅临时补位，就可以处理好这个问题……但没想到有人起了不该有的野心，想趁机来掺一脚。"

孙小姐轻轻点了一下头，笑道："哦？是哪位？"

穿西装的男人转头看去，还没开口说话，另一个声音便道："是我！说话不用夹枪带棒的，我也不管你们什么条例不条例，只问你们一句，之前那个骑士团袭击的时候，你们躲到哪儿去了？那是老子帮忙调查出来的！后来袭击结束，全城混乱的时候，你们又到哪儿去了？那是老子带人一个一个地将他们打——劝回家去的。"会议桌的另一边，群爷直接站了起来，挥舞着拐杖，"就连你们，一开始也跟缩头乌龟似的躲着不肯出来，有不少都是我砸门叫出来的，现在你们倒要把我踢出去？"

听完这番话，有人嘲讽道："大捞家还想入行政厅……当大家不知道你是做什么生意的？"

这话一出口，引发了不少人的冷笑。

砰的一声，群爷将拐杖重重地砸在了桌子上，惊得一群人把身子往后仰。

"老子以前是做什么生意的，不需要你们提醒，你们以前干了什么事，也不需要我当众说出来吧？痛快地跟你们讲，等老子真做了黑沼城的主……第一件事就是把以前赚的脏钱全吐出来，第二件事就是把黑沼城的黑草生意连根拔了去！"

一听这话，众人大惊失色，会议室里顿时一片喧哗。

陆辛也吃了一惊。群爷就是靠黑草生意发家的，本身也是黑沼城最大的黑草贩子之一。他确实在黑沼城的特殊污染清理以及事后的秩序恢复方面起到了作用，但说到底，这也是因为他受到了红蛇能力的影响。如今他要借这个机会上位，陆辛并不觉得奇怪，但是他这番话……实在有些不可思议。

好奇之下，陆辛微微踮起脚看了群爷一眼，只见他红着眼睛，脸上的肌肉异常扭曲，看起来好像一只愤怒的狮子，情绪异常激动。这是发生了什么吗？还是红蛇加强了对他的影响，才让他做出了这样的决定？

陆辛一时间有些拿不准。

"黑草？"有人给孙小姐拿来一套茶具，她就在一片吵嚷声里慢悠悠地冲起了茶，眼皮也不抬一下，"这种东西在我们黑沼城本来就是违禁品，打击与清理黑草也是我们一直以来的工作，其中一项就是调查与抓捕那些黑草捞家。"

当她开口说话时，周围安静了下来。不少人冷笑着看向群爷，好像在说："你说要将黑草生意连根拔起，可你自己就是大捞家，怎么拔？"

"明人面前说暗话是最讨人厌的事情。"在一片嘲笑声里，群爷看着动作熟练优雅的孙小姐，低声说了一句，然后他忽然俯身，从桌子底下拎出一只手提箱，重重地往桌子上一砸，瞬间吸引了所有人的目光。

"你要这么说的话，我确实是捞家。"群爷拍了拍手提箱，"这个箱子里的东西就是证明。"

会议室里再次变得混乱起来，一群人窃窃私语，表情疑惑，不知他要搞什么。

"这箱子里全是账本，不光能证明我是捞家，"群爷忽然加重了语气，"也能证明其他人是捞家！我们三号卫星城行政厅的几位，如果没有你们点头，我的生意能做这么大，还能建工厂吗？警卫厅的几位，没有你们帮忙，我能把货铺得这么开？甚至……"

他看向孙小姐，阴冷地说："没有你们孙家默许，我的货物每天在黑沼城里进进出出，能这么顺利？说我是捞家，你们孙家吃的好处比我多了多少？"

被点到的人表情都变得有些扭曲，一副要拍案而起的样子，又不敢率先发难。直到孙小姐被点到，大家顿时将目光聚集到她的身上。

孙小姐正在倒茶的手停顿了一秒，然后继续冲泡，茶水的热气缓缓地升腾起来。她没有抬头看群爷，只是低声说："你说明人面前说暗话是件很讨厌的事情，那我倒想知道，一个忽然发疯要跟整个黑沼城作对的人，又该被多少人讨厌甚至反对呢？"

所有人又将目光集中在了群爷身上。此时此刻，即使是陆辛也感受到了一种可怕的压力。也是在这一刻，他忽然想明白了一个问题——为什么他一直不喜欢这座城市？不是因为臭豆腐焖肉芽面和咸水啤酒，而是因为整座城市都散发着黑草的气息。哪怕这座城市的精神污染已经被清理，黑草的影响力也没有削减半分。黑草在这里是另一种形式的污染。扬言要清除这种污染的群爷倍感压力，毫不夸张地说，这种压力是一座城级别的。

群爷的胸腔剧烈起伏，喘了几口气后认真地说："不管有什么下场，我都要干到底！"

愤怒、仇视、不屑的潮水猛地涨起，在会议室里掀起了几层波浪。

"你是疯了？"

"平白无故，你在这里发什么神经？"

"不要以为你帮了青港城专家团队的忙，就可以在这里胡说八道！"

孙小姐的嘴角忽然勾起了一抹冷笑，涂着白色指甲油的指甲轻轻敲了几下面前的茶壶，发出叮叮几声响。

陆辛的心猛地颤了一下，一种奇异的冲动涌入了脑海。他想杀了群爷。这种冲动异常强烈，强烈到好像渴极了的人要喝水。他甚至理智地思考起来，顺理成章地制订起了计划——装作若无其事的样子走到群爷身边，借着身份的掩护，趁他不注意忽然往他后脑勺上来一枪……

陆辛的瞳孔微微颤了一下，突然清醒过来。

是这个女人在对他施加暗示？她也是一位精神能力者？难道在听说他是群爷的人，答应带他进来时，她就已经制订好了这个计划？也就是说，她来之前就已经知道了群爷的主张，并且做好了让他暗杀群爷的准备？不对，她不可能提前知道群爷要拔除黑沼城黑草生意的事，她制订这个计划，可能只是因为提前知道了群爷想上位……

陆辛想着这些事情，不经意地抬起头，看到银毛正缓缓地挤向群爷，看起来一切如常。但若仔细去看银毛的眼睛，就会发现他的瞳孔微微放大，似乎有些失焦，他整个人的状态也极不自然，双手握紧了棒球棍。

难道银毛也受到了影响？陆辛连忙朝银毛挤去。

周围乱哄哄的，没人关注他们俩。

直到快靠近群爷时，陆辛才看到群爷身边坐着一个瘦削的男人，正是壁虎。奇怪的是红蛇竟然不在，如果群爷是受到了红蛇的影响，那红蛇不是应该和他保持很近的距离吗？

陆辛还来不及想清楚这些问题，便与银毛先后接近了群爷。

壁虎察觉到了不对劲，瞬间抬起头，犀利的眼神扫了过来。在看到陆辛的瞬间，他酷酷的表情顿时变得呆滞。

陆辛向他摇了摇头。

群爷的身后站着一群手下，对于银毛和陆辛的接近，他们没什么反应，只是淡淡地扫了一眼。

银毛来到群爷身边时，手里仍然紧紧地握着棒球棍，似乎在认真考虑它的威力。下一刻，他便扔了棒球棍，猛地从旁边一人腰间拔出一把手枪，对着群爷的后脑勺开了枪。

陆辛没有阻止他，等到他扣动扳机时才抓住他的手腕向上一抬。

"砰！"子弹打进了天花板。整个会议室一片大乱，许多人身子一缩，就要往桌子底下钻，更有大量战士猛地撞开门冲了进来。

"没事的。"陆辛抓住银毛的手，慢慢地将枪拿了过来，扔到会议桌上。然后他看向一脸惊恐的群爷，轻声说："对面那个女人想杀你。看样子，你得罪了很多人，不过没事，我支持你这个决定。"

"怎么回事？"

"是谁胆敢在这里开枪？"

看到开枪的人已经被抓住了，枪也丢到了桌子上，还有安保人员严阵以待，会议室的众人顿时有了底气，纷纷大声质问起来。

群爷在陆辛的安抚下稍稍冷静下来，不过很快又勃然大怒，唰的一声从手下的手里抢过一把枪，狠狠指着对面的孙小姐："臭丫头，你敢阴我？"

孙小姐的保镖们立刻拔出枪，齐刷刷地对准群爷。

群爷的手下一见对方这样，同样举起枪对准了他们。

气氛一下子凝固了，刚从桌子底下爬出来的不少人又悄悄地钻了回去。

"说话可是要讲证据的。"孙小姐稳坐如山，脑袋微垂，眼睛盯着茶盏里茶的颜色变化，淡淡地说，"人是你的，枪也是你的，我一直坐在这里没有动过，你受到袭击，却非要说是我指使的？"她的嘴角勾了勾，"也许就是你的人看你不顺眼，要杀掉你呢？"

听她说完，群爷的手下眼神有些松动。毕竟是乌合之众，狠劲是有，但智商明显跟不上，一听这话似乎有些道理，便下意识自我怀疑了。

就连群爷也微微怔了一下，有些狐疑地转头看向银毛。他对银毛还有印象，知道这小子的事业心很重。难道是因为他说了要清理掉黑草生意，所以这小子就要暗杀他？

对上群爷的眼神，银毛战战兢兢，脸色煞白，他都不知道自己刚才做了什么。

"不关他的事。"陆辛轻声开口，把一只手搭在了银毛的肩膀上。他能借用妹妹的能力，所以当他的手搭在银毛的肩上时，银毛身体每一寸肌肉的变化他都了然于胸，而且能任意地扭曲它们，这样就不用再担心银毛受到别人的影响，做出什么冲动的事情了。

"是那个女人控制了他，他才会这么做的。虽然她确实没有动过，但她有能力让别人按她的意志来做事。"陆辛看向群爷，低声解释道。

群爷听完，再次转头看向孙小姐："你还有什么话想说？"陆辛的话他没有听明白，只当是银毛被孙小姐收买了。

"放屁！"

"胡说八道，诬陷孙小姐，你想死不成？"

"你是什么人，也敢指责孙小姐？"

虽然陆辛说话的声音很小，但周围非常安静，很多人都听到了。一时间，有不少人脸色剧变，指着陆辛破口大骂，一个比一个凶。孙小姐身后的不少保镖也掉转枪口指向了他的脸。他们不知道陆辛的身份，把他也当成群爷的手下了。

孙小姐眼神冷漠地抬起头，瞥了陆辛一眼。陆辛不仅没有受到她的影响行刺群爷，还阻止了另外一个人，这本就让她很吃惊，没想到他甚至能非常笃定地说出她就是指使者，没有丝毫迟疑与不确定，这不由得让她怀疑他也是个精神能力者。群爷这种从底层爬起来的小人物，居然也养得起精神能力者吗？无论如何，陆辛识破了她的招数，她已经对他起了杀心。

这个世界的精神能力者以各种不同的方式生活在红月之下，有人加入特清部，不介意被人了解并研究自己的精神能力，也有一部分人选择隐藏起来，把自己的精神能力当成最大的秘密武器。这位孙小姐无疑是后者。一般情况下，如果有人看破了她的秘密，她的选择只有一个——灭口。

面对众人的喝骂、指责和黑洞洞的枪口，以及孙小姐犀利的眼神，陆辛眉头微皱。他是个内向的人，不太习惯被围观，再加上他又是个老实人，不懂得耍狠，也不会刻意摆出一副深不可测的姿态，因此他只是下意识抬起头，向他们看了回去。

只是这么一个眼神，空气里却似乎有什么东西颤动了一下。空气瞬间变得黏稠，光线仿佛都暗了几分，似乎有人"嘻嘻"笑了一声。紧接着，随着哗啦啦一阵乱响，那几个指着陆辛喝骂的人一口气吸不上来，重重地跌回了座椅上，结果没坐稳，直接摔倒在地，身体弓成了一只大虾，嘴巴大张，像离了水的鱼一样呼吸困难。

用枪指着陆辛的保镖们则忽然睁大眼睛，呆呆地看着握枪的手变得扭曲，食指与拇指交错在一起，小拇指反着贴住了手背，中指内弯，整个手掌一点点扭紧，形成螺丝般的褶皱。

"啪嗒！"他们的枪都掉在了地上。

是妹妹！她不知何时跳了出来，不仅生气地打了那几个指责陆辛的人一巴掌，还把那几个拿枪指着他的保镖的手掰成了古怪的样子。

陆辛觉得妹妹有些过分了，但妹妹故意装作没看见他警告的眼神，若无其事地看向了别处。于是他也没辙了，毕竟这么多人看着他，他要是跟妹妹说话，会被当成神经病的。

其实他根本没想把事情闹大，只是察觉到孙小姐的眼神，所以看了回去而已。两人的目光撞到一起，孙小姐只觉得浑身一震，两只眼睛刺痛无比，一团团虚影出现在视野之中，两道鲜血顺着眼眶流了下来。她的身体被一股无形的力量慑住，完全动不了了。她手里那小巧的茶壶滑落，滚烫的热水哗啦啦地浇到她的大腿上，一团白雾升起，皮肤顿时被烫得一片通红。

足足过了两三秒钟，那些掐着喉咙的行政厅官员才终于把一口气吸进了肺里，旋即便是剧烈的咳嗽；那些拿枪的保镖才感觉到疼痛，抱着手惨叫了起来。看到孙小姐僵坐着不动，两只眼睛流出血来的画面，有人吓得浑身哆嗦。

整个会议室的气氛压抑而低沉，众人眼神惊恐地看着陆辛，犹如看着一个魔鬼，包括群爷与他手底下的那些人。

"事情闹得有些大了。"陆辛微微摇头，其实他真不想这样，已经很努力收着劲了。不过，仔细想想，他也没有什么做错的地方，是妹妹太调皮了，不关他的事，对不对？至于那位孙小姐，纯粹是因为她的精神力量太弱了。所以，他很坦然地看向孙小姐，认真地说道："既然做了，就要承认。别人不知道是我们做的，难道我们自己还不知道吗？"

听完他的话，会议室里没有人开口，恐怖压抑的氛围一下子更浓了。

孙小姐疼得纤长的手指不停地抽搐，眼里的血已经顺着下巴流到了白色的旗袍上，一滴一滴的，红得吓人。她一句话都没回，身体也不敢有太大的动作。

"你说得没错，她确实没什么了不起的。"陆辛向呆呆站着的银毛说了一句，然后拍拍群爷的肩膀，"你们先聊，我有些事情需要搞明白。"说着，他看了壁虎一眼，示意他记得维持秩序，保护群爷的安全。

"秩序还用我维持？"壁虎心里想着，严肃地点了一下头。

陆辛把手搭在银毛身上，扶着他走出会议室，所过之处众人都惊恐地让开。没人敢阻拦，甚至陆辛经过时，几个武装战士还下意识立正了。

虽然群爷的表态很符合陆辛的心意，但他心里还是有些疑惑，所以选择此时离开去搞清楚——反正绝不是因为事情闹得太大，他不知道该怎么收场。他脸色平静，脚步也足够平稳地带着银毛走出了会议室，用眼神询问了一下趴在墙壁上的妹妹，然后便在走廊安保人员的注视下朝一个小型办公室走去。

办公室里的韩冰与红蛇一见陆辛就站了起来。刚才的动静她们听到了，韩冰有些好奇地问："那边出了什么事？"

陆辛先将银毛按在长椅上，直到这时，银毛才深深地喘了一口气，彻底恢复了理智。

陆辛没看他，向韩冰道："刚才有人想杀群爷，局面已经控制住了。"然后他微微歪头，问道，"他的变化怎么这么大？是你们安排的？"

"当然不是。"韩冰很快明白陆辛指的是什么，轻轻摇了一下头，"我们是奉命过来支援黑沼城，帮他们解决特殊污染事件的，在一定程度上帮他们维持秩序是可以的，但不会参与他们的行政事务。毕竟按照青港城的规定，通过精神能力影响行政是绝对不允许的。"

说到这里，她又补充道："再说，就算我们安排也没用。群爷是做黑草生意起家的，看起来势大钱多，但与黑沼城手握重权的那帮人相比，他的根基差到了极点。就算扶他上位，这位子也不一定能坐得牢固。再加上，他一个做黑草生意起家的却要上台清除黑草生意,这不是一个笑话吗?他不可能服众的。"

听完韩冰的分析,陆辛觉得她说得有道理,同时也更加不解了:"那他现在为什么这么做?"

韩冰与红蛇顿时叹了一口气,她们的脸上都有些同情。韩冰感慨地说:"为了他的家人。"

"嗯?"陆辛下意识看了红蛇一眼。

"不是我。"红蛇急忙摆了摆手,"是他真正的家人。"

韩冰点了一下头,轻声说:"在这次特殊污染事件中,他家人的下场……都很不好。"

"什么?"陆辛很惊讶,向韩冰投去询问的目光。

韩冰早就想跟陆辛说这件事了,马上说道:"他家里出事了。清理完特殊污染之后,我们借着他的人手以及影响力帮着维持黑沼城的秩序,并且清理主城的战场,以免有遗漏,酿成不好的结果。不得不说,群爷确实帮了很大的忙,暂时控制住了局势,让我们都松了一口气。之后,群爷邀请我们去他那里暂作休息,然后发现出事了。"

说到这里,她又深深地叹了一口气:"黑沼城的污染是借黑草传播的,受黑草的影响越深,受到的污染也就越严重。我不知道群爷有没有嘱咐过家人不要碰那些脏东西,但他的家人……居然每一个都深受其害。当我们赶到他家时,发现只有他的大老婆活下来了,但她也已经疯了,一见面就指责他害了全家人,拿着刀子追杀他……"

陆辛的表情不由得凝重起来:"都是怎么死的?"

"群爷的实验室搞出了一种高纯度产品,他不相信别人,就偷偷藏在自己家中,钥匙只有他和他的大老婆有。结果在这次的污染事件中,他的大老婆失去了自制力……他去看过保险箱,里面已经空了……"

听到这里,陆辛差不多明白了事情的来龙去脉,也总算明白群爷的态度转变究竟是怎么回事了。他心里有很多话想说,但一时间居然什么都说不出口。

"事后,群爷几乎崩溃了,如果不是红蛇在旁边安慰,他可能已经……"韩冰说不下去了。

红蛇接着说道："因为我对他施加的影响，他现在将所有情感都寄托在了我的身上，强撑着没有崩溃，只是陷入了深深的自责。所以他才发起狠来，发誓要将黑草从黑沼城中驱逐出去，保护剩下的亲人，也就是我。但如果我解除对他的影响，"她微微一顿，声音放轻了很多，"他就会发现其实他身边一个亲人也没有了。我怀疑，到时候他会立刻情绪崩溃。"

　　韩冰看着陆辛说："我们都明白……他现在做的事情是徒劳的，他会遭到黑沼城的反对，甚至是暗杀，所以我们才请壁虎先生看着他。如果当初我们没有找他帮忙调查，说不定……"

　　陆辛知道她想说什么，摇了一下头说："如果没有找他调查，他也已经死了。"虽然他嘴上是这么安慰韩冰和红蛇的，但他的心里也有些乱。

　　房间里突然变得非常安静。

　　"既然这样……"沉吟片刻后，陆辛慢慢开口道，"我们是不是可以让他试一试？"

　　韩冰摇了摇头："我的建议是不要，因为我们无权这么做。再者，恐怕这样做了也无法改变什么。"

　　陆辛有些不解，但一如既往地好学，等着韩冰给他解惑。

　　韩冰没有让他失望，立刻认真地解释道："我明白单兵先生的意思，也有过同样的想法。黑沼城以黑草起家，惹下的乱子不小，不仅害苦了自己，还流毒四方，如果能清理掉黑草，自然是一件好事。但我们必须承认，有些问题并不像我们想的那么简单。黑沼城有它自己的运转规律，就算我们强行扶持一个愿意根除祸根的人上位，也会受到这座城市的排斥。比如群爷，他已经在这起事件中获得了不少声望，而且他也有根除黑草的决心，在眼下这么混乱的局势里，我们帮他坐上高位可以说轻而易举。但这样做解决不了根本的问题，最有可能的结果就是我们离开不久，他就被人暗杀了。即便我们派人二十四小时保护他，他也会发现自己处处受制于人，根本没有做些实事的能力。说到底，他毕竟来自下层，而且他的主张触及了这座城最根本的利益，而我们又是外来者，更是没有任何立场。"

　　"那我们现在能做什么？"陆辛问。

　　"等到他们新的行政总厅成立，拿着我们应得的报酬离开。"韩冰说，"当然，我们也可以趁这个机会和黑沼城那些有权有势的人签订一些对青港城有利的条款，现在黑沼城想跟我们合作的人几乎都排到钢铁吊桥去了。这事我已经汇报给青港城了，究竟该怎么展开合作，还得由苏先生他们决定。"

陆辛正认真地消化着这些信息，坐在旁边的银毛忽然嗷的一声哭了。

银毛恢复理智后脑袋里一直很乱，直到这时才对他们的话有了反应。"为什么要这么做啊？"他大哭道，"我的业务才刚刚有了些起色，我还想靠这个发家呢！"

银毛的哭声让陆辛想明白了一件事。难怪刚才银毛向群爷下手时扔了棍子去夺枪，因为他心里本来就有杀群爷的念头。

孙小姐说的居然是真的。银毛固然受到了她的影响，但他自己也确实在听到群爷的话后生出了恨意。或许，即便没有孙小姐，他早晚也会这么做。

名为黑草的污染确实已经深入了黑沼城的方方面面。想到这里，陆辛的内心感受到了极大的触动，一种怪异的感觉浮现出来。若是以前，他听完韩冰的解释，或许就不会再做什么了。因为他不知道强行去做的话是对还是错，是不是会成为别人眼里的怪物。但这次，他居然仍然想做些什么。可能是因为现在的他干劲比较足吧！

"你说得很对。"陆辛语速很慢地说，"但是这座城市的风气很不好，我还是想要做些什么……"

"这……"韩冰有些担忧。

"特清部确实有规定，但规定是死的，不是吗？"这句普通人经常说的话陆辛说出来似乎需要极大的勇气，"况且刚才那个女人也说了，黑草这种东西在黑沼城是违法的。所以，为什么不依照法律行事，进行适度的矫正呢？"

韩冰看着陆辛一脸认真的样子，鼓足勇气轻声询问："单兵先生，你打算怎么做？"

"最近我们一直在讨论精神领主，我认真思索了一番，始终觉得精神领主不应该只有杜绝精神污染这么简单的用途……"

"那个人是魔鬼吗？"

"他……他究竟是什么人？"

陆辛离开会议室后，无形的压力才消失。所有人大口喘着气，都能从彼此的眼睛里看到惊恐。他们的目光小心地在彼此之间试探着，最后一起惊恐地看向群爷。

这一刻，群爷也感觉有些不可思议。他是靠暴力手段混起来的，曾经也是很多人的噩梦，不知有多少不讲规矩的年轻人站在他面前，他只需要一个眼神就能将对方吓瘫在地。虽然他对这种惊恐的眼神并不陌生，但还是第一次体会到什么叫感同身受……他仅剩的女儿这么厉害吗？找的老公能在人群里把他绑走，找的男朋友呢，看起来是个老实巴交的小白脸，实际上居然这么恐怖！出于一种莫名的心理，群爷有些不满地看了壁虎一眼。

老老实实守在一边的壁虎瞬间明白了他的意思，愤愤地在心里嘀咕："连你也对我不满意？离，等一下就离，行了吧？"

"快，先扶我出去。"孙小姐的两条腿被热水烫得起了一层泡，眼睛渗着血，视线变得模糊。感知到陆辛已经离开了，她急忙颤声喊道。

刚才没拿枪指着陆辛的保镖连忙把她抱到了旁边的空房间里。"药，烫伤药，还有绷带！""小姐，你的眼睛没事吧？"有人急忙捧着药箱跑过来，有人冲去打电话通知医生。

孙小姐坐在沙发上等了一会儿，视觉才稍稍恢复。她松了一口气，原来她的眼睛没瞎。

此时，医护人员已经处理过她的伤口了，正在用绷带包扎。

孙小姐拿出电话，拨通了一个电话号码。

"大……大伯……"她的声音控制不住地颤抖着，"事情没那么简单，群爷身边有个很强大的精神能力者……不知道来头，看起来是个很普通的人，说是什么群爷的女婿……我知道他女儿还没成年，而且死了，不是这一个……具体有多强大……"她咬了咬嘴唇，不知道该如何形容，最后只能绝望地回答，"我不知道。我不知道他的能力是什么，也不知道他究竟强大到了什么地步，他……他其实没有向我出手，我真的……真的只是看了他一眼。我……我只能说，他绝对不是我惹得起的人……"

电话里的声音严肃地说了句什么。

孙小姐脸上露出了惨笑："我现在不能回去啊，我……我不敢不告而别。不……你们千万别调查他，调查这种人很有可能会引发非常恐怖的后果，毕竟我们黑沼城的精神能力者都联系不上了。况且……就算他们在也没用。"

电话那边沉默了片刻，声音才继续响起来，语气听起来有些无奈。

孙小姐更无奈，低声说："是的，大伯，我明白你的意思。如果群爷有这么可怕的人支持，我们让他上位也不是不可以……可关键是那个老混混已经疯了……他发誓要根除黑沼城的黑草生意！这个老家伙我们不放在眼里，但如果他代表的是那个精神能力者的意思呢？这么可怕的一个精神能力者，无论他是不是属于青港城，只要他有这个意愿，得到他支持的群爷就会给我们造成很大的困扰。"

电话里的声音忽然提高，就连正在包扎的医生也听到了只言片语。"只有这一点，我们无法让步！"

孙小姐叹了一口气："那我们还能做什么？我怀疑调集军队抓捕他都没用……"

电话里的声音说："再等等吧，我们留有关键时刻用的底牌。毕竟你也知道，你并不是家族里最强大的精神能力者。更重要的是，现在的黑沼城不仅有青港城的精神能力者，还有无数野心家藏在暗处。每个人都想从黑沼城得到什么，但绝对没有第二个人会像他这样，直接扬言要毁了黑沼城的根基。"

与此同时，在会议室里见识过陆辛厉害的行政厅官员们各自与外界取得了联络，并展开了激烈的讨论。

"一个底层的老混混怎么可能养得起这么强大的精神能力者？"

"不必怀疑，定与青港城有关。"

"如果青港城想分黑沼城的蛋糕，我们愿意割舍出最大的一块给他们……但如果青港城想毁掉这座城，谁都不会答应。"

"如果他们心意已决，那就难说了……"

"或许我们需要在不彻底撕破脸的前提下和他碰一碰了……"

听了陆辛的话，韩冰与红蛇陷入了沉思。

红蛇只是个一阶精神能力者，而且并不是很了解精神领主这个概念，所以她不太明白陆辛的意思。

韩冰则更关心陆辛的话所代表的态度。她悲哀地发现，每当她感觉自己已经很了解单兵先生了，他总是能做出意料之外的举动。难道她永远也无法真正理解他？

忽然，陆辛转过头，无奈地看了一眼窗户，埋怨道："你老是钻进钻出的干什么？"

这一下将韩冰和红蛇都吓了一跳。

看到她们惊恐的眼神，陆辛才反应过来，掩饰地笑道："没什么，我离开会议室后，黑沼城行政厅的那些人都跑出去跟别人通电话，有的在猜我的身份，有的在猜群爷的态度是不是代表青港城的态度，还有的在商量对策……"

这些都是妹妹告诉他的，她到处偷听别人的通话，过一会儿就爬进来告诉他，再爬出去继续听，看得他眼睛都快花了。怎么回事？妹妹现在好像过分主动了。

"这是必然的。"韩冰轻轻摇摇头，"单兵先生不会以为来黑沼城支援的只有我们青港城和全军覆没的长湖城精神能力者吧？我怀疑被黑沼城污染事件引过来的起码还有七八个势力，如今黑沼城群龙无首，他们自然不会放过这个机会。所以……如果我们真要彻底清除黑草，他们也一定不会善罢甘休。"

陆辛随意地点了一下头："是的。"说着，他慢慢地站了起来。

韩冰立刻追问："单兵先生，你这是要……"

"去那个会议室看看。"陆辛一边向外走，一边轻声解释，"既然是该做的事，又不违法，那自然要试一试。另外，我现在也挺感兴趣的。"他的脸上露出了笑容，"他们打算跟我碰一碰呢……"

当陆辛去而复返时，会议室的气氛已经不一样了。那些出去打电话的人都回来了，孙小姐也慌张地赶了回来。她换了一身黑色旗袍，腿上裹着厚厚的绷带，脸上戴着一副墨镜。她既不急着说什么，也没有退缩的意思，只是和其他人一样坐在原来的位置上，静静地看着陆辛。

群爷也一样，明明有话想说，但只是憋着，仿佛在等陆辛的意见。

"你们讨论得怎么样了？"陆辛站在群爷的身边，语气平常地发问。

众人互相看了看，表情如临大敌，最后是之前那个穿着西装、文质彬彬的男人站起来说话了。"这位先生，"他向陆辛点了点头，低声道，"抱歉，我想请问一下，您的身份是……"

陆辛也向他点了点头:"没关系。我是单兵,青港城特清部支援小队的队长。"说到这里,他看了一眼壁虎,"那位是我们的副队长。"

"啊?"壁虎一听被点名了,便酷酷地扬起头来,向会议室里的人点了点下巴,一副十足的高手做派。不过他心里其实有些慌:"怎么把我给点出来了?眼下有这么多不老实的人,我不是应该隐藏在暗处吗?"

这些来开会的都和韩冰打过照面,知道她是青港城支援小队的代表,也知道这支小队的可怕,但他们不知道小队一共有几个人,其他人在哪里。有人也问过,但韩冰随口便敷衍过去了。如今陆辛和壁虎表明了身份,他们心里微微一沉——这位队长一来就帮群爷,副队长又一直跟在群爷身边,岂不正说明他们确实支持群爷,同时也说明青港城就是一心要毁了黑沼城的根基?

那位文质彬彬的青年官员咽了一下口水,强行掩去自己脸上的慌乱,用一副公事公办的口吻说:"原来如此。还请单兵队长见谅,黑沼城经受了这样突然的袭击,上下都有点乱,等我们恢复秩序,会第一时间向青港城表达感谢。另外,贵专家团队对我们黑沼城的帮助,我们也会永远铭记在心。"

陆辛说:"不必记在心里,正常支付报酬就好。"

青年官员脸色一僵,接着说:"一定会的。"

陆辛满意地点头:"那就好。"

这种和谐的氛围是怎么回事?大家面面相觑。

"只不过……"青年官员话锋一转,"我们黑沼城有自己的法律,也有自己的行政机构。眼下局势混乱,正是我们群策群力,尽快恢复黑沼城秩序的关键时候,但这位群爷和单兵队长的意思,我们实在有些搞不明白。所以,我想问几个问题。"他拿起刚刚整理好的材料,"这位群爷在我们开会讨论问题的时候闯了进来,口口声声要入主黑沼城行政厅,请问这是他自己的意思,还是青港城的诉求?另外,他说要根除黑草生意,这件事我原则上是同意的,打击黑草本就是我们共同的责任。但这是黑沼城的事,需要我们一步一步来完成的。这位群爷看起来并不愿意配合我们的节奏,请问他代表的是单兵队长的意思吗?"

问完后,青年官员放下材料,坦然地看着陆辛。

陆辛心想:这还真是滴水不漏啊……各方面都点到了,立场也分清了。这是在逼他表明态度?如果他代表的是青港城,那么青港城在联盟里恐怕会承受极大的压力。如果他代表的是他自己，问题的性质就更严重了。一个精神能力者逼迫一座城按照他的意愿行事，这和利用精神怪物袭击这座城有什么区别？

陆辛明白这是一种高明的话术，也知道自己在这方面有所欠缺——他嘴笨，说不过别人。于是他说："我也有一个问题。"

"呃……"青年官员本想说"请单兵队长先回答我的问题比较好"，但迎着陆辛平静的目光，他这话硬是说不出来，还生怕自己无礼，赶紧说道，"单兵队长请问。"

陆辛认真地问："在黑沼城做黑草生意是犯法的吗？"

"这……"青年官员纳闷了，他很想从别人的眼神里获得一些建议，但陆辛正看着他，他连移动视线的勇气都没有，只能老老实实地回答，"当然，黑沼城严禁黑草。"

陆辛点点头，又问道："那是不是违法接触黑草的都要受到惩罚？"

"这……"青年官员意识到了不对劲，不敢胡乱回答，可又不敢不答，大脑混乱地运转着，一些话便脱口而出，"也不能这样说。黑草是一种特殊的存在，可以用来制作药剂，救治病人。贩卖黑草自然是不对的，但也要考虑到它的多种用途。即使是中心城的律令，对黑草运用是否违法的判定也是复杂的。"

"你说的都对。"陆辛平静地看着他，"但我只是问你，违法是不是要受到惩罚？"

青年官员绷不住了，只好点了点头，眼神控制不住地瞥向孙小姐等人。

陆辛也看向他们，轻声问："他刚才说的没问题吧？"

会议室里鸦雀无声。这些话表面上是没问题，但也没有人敢贸然答话，怕落入陷阱。

陆辛点头道："我就当你们同意了。"

"单兵队长，"青年官员终于忍不住了，大着胆子说，"刚才我问的问题……"

"你问的问题根本就不存在。"陆辛看着他轻声说，然后看向群爷，"按照规定，我无法插手你们黑沼城的事务，所以群爷你的这份决心我认同，但我个人恐怕没办法在这件事情上帮你什么。"

群爷顿时怔住，其他人也都傻眼了。

而陆辛说完，已经转身离开会议室了。

此时，一些因为之前的通话而做出种种决定的神秘人物正从黑沼城的各个方向，带着不同的心情向二号卫星城的行政厅赶来。他们有的坐在黑色的轿车里，眼神阴冷；有的穿着红色的紧身忍者服，轻松地在无数大厦上跳跃；有的穿梭在阴影里，不敢见光，但又带着强大的自信。得知最新消息，他们都蒙了。怎么事态的发展跟想象中不一样？难道是青港城那个精神能力者顶不住压力，主动退让了？

陆辛站在走廊里，脚下的影子开始蔓延。把守的武装战士下意识揉了揉眼睛，外面太阳这么大，走廊里怎么好像黑了？

"我知道你一直想离开，但又不得自由。"陆辛一边走着，一边自言自语般对黑影说，"现在我给你这个机会。我知道你之前行刑时通过稻草人的特质进入过这座城里所有人的精神世界，让他们都看到了你。所以，你已经有了成为这座城精神领主的基础。你仍然可以留在他们的精神世界里，并且在他们违反法律的时候给予他们惩罚。就当这是……"他想了一会儿，想出了一个合适的词语，"放个风？"

越来越黑暗的走廊里忽然响起了空洞的笑声，越笑越响亮，越笑越兴奋。"你说真的？直接把这座城给我？"

"别这么笑，像个坏人。"陆辛轻声说，然后点了点头，"我确定。而且我也确定，我没有违反什么，只是赋予他们的法律应有的威慑力而已。"

虽然黑沼城的大部分人还沉浸在久违的酣睡中，但有些勤快的人已经忙碌起来了。有人趁着街上人少车也少，匆匆将货物拉向城里的各个地方；有人预料到狂欢之后会产生大量需求，急急地跑去敲定了一大批货物；也有人只睡了一会儿便从床上爬起来，跑到街头寻找着熟悉的黑草贩子，想先搞一批回去狂欢，再上床睡觉；有人因为囊中羞涩，目光阴沉地坐在空荡街头的长椅上，看着一扇扇破损的窗户，握紧口袋里的刀子。

还有很多人正赶往二号卫星城的行政厅。听到最新消息，他们同时松了一口气，然后向自己的代言人下令："之前说好的事可以开始执行了。现在你们可以放心了，即便是清理掉黑沼城特殊污染的精神能力者，也无法用一句话来决定黑沼城的命运。如果青港城愿意，可以把最大的一块蛋糕分给他们，这是我们应有的善意。"

与此同时，黑沼城某个卫星城外围有几个人正在无奈地摇头。一个穿着短裙的女子不耐烦地皱了皱眉，说："无趣，这样的城市没救了。还以为青港城那位能做些什么呢！"

一个戴着眼镜的人笑道："很正常啊，他又不是神经病，做事总会多些考虑。"

"不对！"女子忽然一抬头，惊叫道，"有什么东西出现了！"

正叨着黑草烟提神的货车司机忽然变得无力，车头猛地扎向路边，直接撞到了大树上。

"怎么了？怎么了？"副驾驶座上的人又惊又怒，慌忙去扶他，"车都开不好了？早就说了这批黑草不能有任何闪失！"手快要碰到司机时，他忽然察觉到了不对。只见司机的瞳孔正在放大，喉结滚动，身子紧紧地蜷缩成一团，有如触电一般战栗着。司机嘴里正在咕哝着什么，他仔细去听，才听到他说的是"天……天黑了"。

"什么意思？怎么就天黑了？"他下意识抬头看去，一轮耀眼的太阳正挂在天上。他刚想拉司机起来，瞬息之间，眼前就变得一片黑暗了。

他惊恐地抬起头，发现周围的一切都已不存在。浓重的黑暗将他笼罩，他又惊又惧，只见黑暗之中浮现出一张粗犷而阴冷的脸。这张脸很快占据了他全部的视野，锋利的目光缓缓地在他的身上扫过，让他的每一寸皮肤都有一种被刀刮过的森凉感。

"只有一次机会。"浓重的黑暗之中响起空洞而干巴巴的声音，"下次触碰黑草时，就是你把命运交到我手上的时候。当然了，我很仁慈……"音量一点点变大，快速充斥他的脑海，一遍一遍地回荡着，形成永远无法磨灭的烙印，"所以，我会给你们选择的权利……比如永受刀剐、钢钎穿脑，或者是上锅清蒸……"

与此同时，街上那些正在进行黑草交易的人，握紧刀柄、打算打家劫舍的人，忽然都呆住了。他们的瞳孔瞬间变大，脸上的血色退去，汗液层层滚落。一种异常的无力感侵蚀全身,迫使他们慢慢地蹲到了地上。

"只有一次机会。"他们的身体彻底失去了控制,只知道重复这句话,"只有一次机会。只有一次机会……"

某个隐秘的房间里,有个人正舒服地坐在沙发上,用打火机燎着手里的雪茄。他有条不紊地向对面的代言人讲述着他能在重建黑沼城的过程中给予多少支持,以及代言人要通过什么方式替他赚来足够的利益。忽然,他意识到了不对:"你在做什么?"

雪茄已经被火苗烤焦了,他的眼睛却一眨也不敢眨,只是死死地盯着眼前的代言人。对方的瞳孔正在放大,看着让人发毛,表情似哭似笑,用一种极细微的声音喃喃自语着,语速极快,仿佛在念诵某个神秘的咒语:"天已经黑了,恐怖已经降临,它……它在盯着我们!"

"是什么人在搞鬼?"雪茄男终于反应过来了,高高地跳起来,顺势从脚踝处拔出手枪,塞进去一颗黑色的特殊子弹,直直地顶在对面代言人的额头上,沉声道,"不论你是精神能力者还是精神怪物,最好立刻停止装神弄鬼。"

喃喃自语的声音消失了。雪茄男正要松一口气,忽然发现代言人的瞳孔还在不停放大,好像两面闪光的镜子。

"镜子"深处不知何时出现了两道黑影。雪茄男看到黑影的瞬间,心脏几乎停止了跳动。

"滚!"代言人忽然厉声大喝,瞳孔里的黑影向外扑出。

黑色的阴影突兀地跳出代言人的眼睛,在雪茄男面前形成一团黑色的潮水,张牙舞爪的,如同一只恶魔,伴随着可怖的咆哮声。

雪茄男毫无抵挡之力,直接摔到了三四米外。他握枪的那只手瞬间脱离手腕,掉落在地,被黑暗吞噬。落在地上的枪也瞬间被扭曲成了一团废铁。

"魔鬼,魔鬼!"他恐惧到了极点,拼命地逃出房间,跑出很远后还能听到身后那疯狂的笑声,仿佛阴魂不散。

类似的事情同时在这座城市的不同地方上演着。不知有多少人忽然变得疯狂,眼睛深处有魔鬼在狂笑。在很多人眼中,天空突然被罩上了一层黑色的幕布,整个城市在一瞬间陷入了黑暗。漆黑如墨的虚空里传来刺耳的摩擦声，听起来像在咀嚼骨头。阴冷的怪笑不知从哪里飘来，无形的恐惧淹没了他们的心脏，使得他们的身体承受不住地战栗起来，却又不能干脆地晕过去。

"准备好了吗？"浑浑噩噩的人们脑海深处响起这个声音，让他们一下子变得前所未有地清醒。

一个女人正在破败的房子里吞云吐雾，毫不在意身旁襁褓中的婴儿。她猛地转过头去，看到被黑暗笼罩的衣柜旁边，一个披着雨衣的高大男人正冷冷地看着她。他的怀里抱着她的孩子，手里攥着一把闪着寒光的菜刀。

"啊！！！"女人的尖叫声传遍了整栋楼，但丈夫冲进房间却只看到她抱着头战栗。孩子就在她身边，被烟气熏得直咳嗽。

"滚！快滚！"有好多人拼命拿着枪向阴暗的角落不停地扣动扳机，但眼前的影子却越来越清晰。无数个死去的人变换着模样，带着神秘的微笑向他们靠近。他们绝望地哀号着："你……你不是已经被我杀了吗？鬼，你是鬼吗？"

更有人将手里的烟卷扔到一边，抱着脑袋趴在地板上号啕大哭："爸……爸……我错了，你别再打我了！"

黑沼城里有大量严重受到黑草影响的人，他们有着不同的人生，也有着不同的伪装，平时很难将他们划作一类人，但这一刻，无论他们的身份是什么，也无论他们正在做什么，都看到了对他们而言最恐怖的一幕。恐惧、不安、绝望等情绪不断在他们心头上涨。一道高大的身影矗立在无数人的脑海深处，发出兴奋的大笑声："忏悔吧……改过吧……反正没有人会原谅你们……呵呵呵呵……我对你们是否改过完全不感兴趣……我感兴趣的只有你们落进我手里的那一刻……"

与此同时，一些正赶往行政厅，想要与那位异想天开的青港城精神能力者碰一碰的人也猛地意识到了不对。他们没有接触过黑草，所以感知不到那种恐怖，但他们能感觉到，有一种强大的精神力量在这座城市里蔓延了开来。那种精神力量阴冷、怪异，而且疯狂，灵活得仿佛能顺着人的毛孔往身体里钻，又好像一双双无处不在的不怀好意的眼睛……

正驶往二号卫星城行政厅的轿车忽然停了下来。轿车里的人感受着蔓延开来的精神力量，沉默了好久，忽然说："回去。"

轿车原路返回，仿佛没有来过。

攀爬在一座大厦上的忍者愣了片刻，忽然顺着墙体溜了下去，老老实实地向城外走去。

"是邪神降临了吗？"躲藏在阴影里的那些人牙关打战，声音微弱地说，"我错了……"因为认错态度良好，所以大部分人都被放过了。但也有一些倒霉蛋悄无声息地消失了，咀嚼的声音从他们的藏身处响起。

某卫星城外围，穿着短裙的女子睁开眼睛，脸色大变："这……他怎么敢这么做？"

戴着眼镜的人怔了一下，笑着说："他还真是个神经病啊，我喜欢！"

陆辛脚步轻快地回到韩冰他们所在的办公室，表情非常轻松，笑着说："你们看，很容易不是吗？"

长椅上，银毛蜷成一团，脸色发白，瞳孔放大，身体剧烈颤抖，连声自语着："我不想被刀剐啊，也不想被清蒸！不要砍我的脑袋啊，也不要割我的蛋……我也不想碰这些东西啊，但这是我的事业，干一行爱一行这个道理不对吗？呜呜呜，我真的不甘心啊……不要，不要，千万不要让别人看不起我，千万不要啊……我错了，我错了，我以后再也不追求事业了……我发誓我再也不碰了……真的不碰了……"

陆辛的目光落在银毛身上，叹息了一声，他果然还是扼杀了他的梦想。

韩冰和红蛇正在关注银毛的情况，他这明显是受到严重污染的症状。红蛇身上的汗毛像钢针一样竖了起来，韩冰手腕上的精神检测仪发出了警报声。她们惊恐地抬起头，韩冰看到面带微笑的陆辛，顿时紧张地叫了起来："单兵先生，你……你做了什么？"

"我吗？"走廊里响起了一片惊呼声，眼前的银毛很好地向陆辛展示了某种成果，陆辛满意地点了一下头，坦然地回答韩冰，"严格说起来，我什么都没做。"

重建黑沼城秩序的工作或许要延后了。当韩冰匆匆来到会议室里，只看到一片混乱的景象。这里一共有三四十个黑沼城行政厅官员，一半人倒下了，身体缩成一团，脸上写满了"恐惧"二字；另一半没被恐惧影响的人背靠着墙角，惊疑不定地看着那些蜷缩在地上瑟瑟发抖的人，想知道出了什么事，更想知道他们喊的"天黑了""恐惧降临"是什么意思。

"如果单兵先生什么都没做，他们怎么会变成这样？"韩冰转过头看向陆辛，一脸震惊地问。

陆辛则好奇地看着那些人，心想："父亲放开了手脚，这么吓人的吗？"

韩冰无奈极了，因为陆辛表现得比她还像旁观者。

"我只有两个问题。"韩冰快速调整好心情，低声问陆辛，"他们还可以恢复吗？这种污染会不会蔓延？"

"虽然这件事和我没关系，但我可以回答你，他们都是可以恢复的。严格来说，他们甚至没有被污染，只是被吓到了。既然没有污染，当然也不会有污染蔓延。"

韩冰认真地看着陆辛的眼睛，接受了这个回答："那我们可以先回去了。"

陆辛等人顺利从行政厅出来，没有受到阻拦或挽留，因为就连把守的武装战士也大部分受到了影响，歪七扭八地倒了一片。没受到影响的也都吓坏了，可怜巴巴地抱紧了枪，仿佛置身于修罗场。

陆辛小心地穿过这群躺倒的人，微微皱眉。军队是一座城市的基石，黑沼城的军队都腐烂成这样了，还能对它抱有什么期望？

一行人坐上壁虎之前停在这里的车，一路向三号卫星城的那家酒店驶去。

正常来说，一个支援小队会受到当地行政机构的热烈欢迎与隆重接待，结果单兵小队一直要自费住酒店，真是委屈他们了。陆辛心想，也不知道黑沼城会不会报销住酒店的钱……

一路上，他们看到很多人正腿软地爬起来，眼神呆滞地看着周围，没有经历这场白日噩梦的人则远远地对他们指指点点。

"他们刚才究竟看到了什么？"

"那是不是真的？"

"为什么会有这么多人同时声称自己看到了魔鬼？"

各种各样的猜测在人群里传递开来，引发了一场场激烈的讨论。

或许他们距离接受还需要一定的时间，但陆辛相信他们早晚会习惯的，并且……不习惯也没关系。

当陆辛等人在酒店里休息时，刚刚经历了白日梦魇的黑沼城掀起了一场更为恐怖的浪潮。

每一个经历过梦魇的人都明白了它代表着什么。精神力量对人产生的影响不一定能用言语表达清楚，这更像是一种心心相印的感觉。话不一定要讲出来，但是你明白，他也明白。那条线没有画出来，但每个人都知道它在那里。

一场盛大而扭曲的舞台剧开始在黑沼城上演。有些人虽然在梦魇时感受到了前所未有的恐惧，但出于对黑草的渴望，依旧心有不甘。

有人看着家里剩下的一点黑草末，出于微妙的侥幸心理，还是颤抖着伸出了手。两天后，他被人发现死在房间里，已经快臭了。他双手掐着自己的脖子，十指鲜血淋漓，周围的墙壁上满是他写下的悔过书。

有人意识到了危险，自己不敢再接触，于是强迫其他人去继续之前的买卖，并且机警地观察着这人的下场……结果就是，被强迫的人忽然发疯，拿着枪冲进他的办公室，连开数枪将他打死了。事后有人回忆，被强迫那人身上仿佛有一种奇异的力量，三四个保安都拦不住他，眼看着他打光了一整个弹匣的子弹。

有人暗中调查这件事，当晚便死了。事后尸检发现，他的身上没有任何伤痕，只是表情异常痛苦。一看监控，发现他深夜忽然发疯，跳起了一种怪异而扭曲的舞蹈——整整跳了一夜，最后是累死的。他跳舞的时候一直面对着他办公室的沙发，仿佛在给某个人表演。

很快，各种各样的议论传遍了整个黑沼城。人人都在议论那场白日梦魇，人人都在用尽办法求证那是不是真的。对任何一个正常的黑沼城居民来说，这件事似乎都不合理，也不科学。但这场白日梦魇用不讲理的手段掐着他们的喉咙，让他们不得不承认它的存在。

于是，经过一连串死亡事件后，黑沼城迎来了巨大的变化。

每一个做黑草生意的、喜欢黑草制品的人都躲在家里，终日瑟瑟发抖。而一些深受黑草之害却敢怒不敢言的人开始争得话语权，热情高涨地大呼"报应降临""有神降世"。仅仅是一两天的时间，便有人自发团结起来，连续烧掉了几个黑草种植园，捣毁了无数加工厂与研究室。

黑沼城掀起了一场针对黑草的对抗热潮。一些上位者不是没有对此提出

第三章　恐怖魔王事件

异议，也不是没有为了利益对抗到底的决心，但是他们很快就绝望地发现，同盟越来越少，最后竟然没有一个人敢站出来了。一个无形的恶魔降临了这座城市，而且它根本不与人讲道理。

　　现汇报黑沼城特殊污染事件调查情况，鬼火沼泽地梦魇大蛇特殊污染事件已被解决，其后，更可怕的污染降临。

　　污染等级：未知

　　污染方式：未知

　　威胁等级：未知

　　污染表现：××××（以防出现不良影响，污染表现需语音汇报，不落于纸面资料）

　　代号："恐怖魔王"

　　解决方案：无（建议不要作死）

　　很快，这样一份文件便从黑沼城向各大高墙城和神秘组织散布出去。于是，整个联盟的人都知道了，黑沼城迎来了另一场更可怕的精神污染。每个知道点内情的人都在猜测是不是真如传闻中所说，这是青港城那个人做的。如果是真的，那他是多么恐怖的一个人啊，居然毫不遮掩地污染了一座城市！他现在在做什么呢？俯视着这座城市，露出不屑的笑容？

　　陆辛脸上正露出开心而满足的笑容："现在也没什么要紧的事做，不如去吃东西？"

　　在这场以黑沼城为中心的滔天巨浪里，单兵小队一行人没感觉到太大的变化，反而趁着这几天没什么事，好好地休息了一下，该吃吃，该睡睡，实在无聊了就在酒店里看看肥皂剧。

　　这才是出差该有的样子嘛！清闲、自在，享受着旅行的乐趣，领着丰厚的补助，还有闲情逸致讨论出去吃点什么。

　　"来了这么久，都没能好好感受一下黑沼城的风土人情，要不趁现在出去尝一尝特色美食？还可以给同事带些特产回去呢！听说他们的臭豆腐焖肉芽面和咸水啤酒不错。"

走在街道上，陆辛能明显感觉到现在的黑沼城与之前的不同。按理说，经过那场覆盖全城的白日梦魇，黑沼城应该会变成扭曲、可怕、被严重污染侵蚀的炼狱，可是身处这座城中，陆辛只感受到了安宁，以及渐渐恢复的生气。

主城行政厅的缺失并没有带来料想中的秩序混乱，白日梦魇的降临让黑沼城的黑草生意受到了严重的打击，连同其他的混乱一齐销声匿迹。大量店铺开门迎客，街上的行人来去匆匆，起码表面上，这座城市已经运行如常了。不过，若是细细去听，还是可以听到街头巷尾在热烈地讨论着那场噩梦。对此，每个人都有自己的看法，并纷纷给出了自己的理解。

"做那种生意的都遭报应了？"

"据说白日闹鬼了……"

"那谁谁家的谁谁说以前的灾变要再来一次了……"

"你们懂啥，这是灵气复苏，远古的邪神已经降临我们黑沼城了。"

"…………"

"或许，黑沼城的状况真的会因此改变……"韩冰听着这些议论，生出了这么一个奇异的想法。其实她一直有些不放心，所以在暗自观察着黑沼城的变化。她需要确保黑沼城不会因为这场污染而崩溃，否则她得第一时间上报青港城——这样做极有可能会引发青港城与陆辛之间的矛盾，那种局面没人愿意看到。当然了，更重要的是观察陆辛的变化，毕竟陆辛的稳定性比任何任务都重要。

让她没想到的是，黑沼城居然真如陆辛说的那样，没有污染蔓延，也没有出现混乱，甚至对一些普通人来说，那场白日噩梦只不过是他们茶余饭后的谈资而已。

韩冰认真地回想着陆辛说过的话，他说精神领主的用途不该只是杜绝污染。照现在的情形来看，精神领主还可以在某种程度上起到约束作用……想到这里，她得出了答案——单兵先生并不是失控了，而是变得更强大了。

这让她感觉到了为难，因为这不算违反规定，起码青港城没有相关规定——在这之前也没人想到可以这样做。所以，单兵先生这算是钻了规则的空子？她默默记下了这一点。

"老板，你这菜单上最贵的菜都来一份，再给我们一人来一碗臭豆腐焖肉芽面，外加一箱咸水啤酒。"

他们来到了之前那个饭店。当初壁虎在这里与群爷的手下打过架，如今两帮人已经变成了一个团体。这段时间，群爷一直守在红蛇身边，生怕这个宝贝女儿再出点什么事。他时不时还会看着红蛇，忽然泪流满面。红蛇知道他现在很脆弱，所以没有解除与他的精神联系，这几天还帮着他料理了他家人的后事。

因为有群爷跟着，所以陆辛他们无论走到哪里都是前呼后拥的，导致他们看起来不像是青港城来的专家，倒像是青港城来的恶霸。

按理说，像群爷这样的大捞家，一旦金盆洗手，手下往往会作鸟兽散，但黑沼城其他做类似生意的人也都被迫金盆洗手了，这些小弟没有跳槽的地方，再加上他们经历过白日噩梦，现在正是满心恐惧的时候，于是决定继续追随扬言要和黑草生意对抗到底的群爷，所以群爷的排场不减从前。

这群人黑着眼眶，精神萎靡，陆辛有时候碰到了，拿烟给他们，他们吓得连连摆手："不要不要，正经人谁抽这玩意儿啊……"搞得叼着烟的陆辛非常下不来台。

"大哥们，今天菜做不了。"饭店老板见来了这么一帮人，急忙走上前来赔笑道，"我家厨师中午刚准备熬一锅特别的汤汁来做菜，结果大白天的做了噩梦，现在已经回家拜菩萨去了。"

"做噩梦了？"一个混混儿冷笑了一声，"看来你家厨师不是什么好货色啊！以前老听人说有厨子拿那玩意儿做菜，原来是真的？"

老板缩着脖子不敢吭声，心里暗想：你们以前干的什么勾当，自己心里没数吗？

"懒得换地方了，臭豆腐焖肉芽面和咸水啤酒有没有？"站在后面的壁虎高声问道，还指了指陆辛，"我大哥爱吃这个。"

刚坐下的陆辛怔了一下，心想："我只是在你们问有什么特色美食的时候回答了一句，怎么就成我爱吃了？"

群爷的小弟们对壁虎投以钦佩的目光。经过这几天的观察，他们终于理清了壁虎与陆辛的关系。壁虎的举动让他们大开眼界——感情破裂后甘愿退居二线，不仅让位给新人，还一口一个"大哥"地叫着。这种胸怀，简直令人叹服。

"这个有！"老板眼睛一亮，"都是现成的，煮一煮浇上卤汁就能吃。"

壁虎干脆地拍板："就吃这个了。"

众人分桌坐下，敲着筷子等待美食上桌。老板亲自下厨，不一会儿便将臭豆腐焖肉芽面端了上来。金黄的焖面上浇着浓郁的汤汁和肉末臊子，还摆着几块黑色的臭豆腐。那"独特"的气味直冲鼻腔，韩冰和红蛇的表情瞬间变得复杂，齐刷刷地看向陆辛。

陆辛虽然也有些不自在，但毕竟是他推荐的菜，只好故作镇定地开了一瓶咸水啤酒，小心翼翼地抿了一口。出乎意料的是，味道竟然还不错。

壁虎见状，也大胆开瓶尝试，发现这啤酒闻着有种别样的芳香，入口微咸，冰凉解腻，确实不错。韩冰与红蛇放心了，一人拿了一瓶啤酒。

然后壁虎有些兴奋地夹了一块臭豆腐放进嘴里，眼睛一亮："喂喂，这个更好！"

陆辛、韩冰和红蛇半信半疑地咬了一口臭豆腐，结果全都吐了。下一秒，壁虎也把嘴里的臭豆腐吐了出来。他若无其事地解释道："如果只有我吃了，你们肯定会笑话我。"

三人无语地看着他。自己上当了拉别人下水倒也罢了，还为了让别人也上当，硬是含了十几秒，等别人都吃了才吐出来——这份毅力可真让人"佩服"。

看到陆辛等人一脸为难的样子，群爷的小弟们早已笑得前仰后合。他们大口吃着焖面，喝着啤酒，时不时还碰个杯，仿佛在享用一顿豪华大餐。

看到这一幕，陆辛开始怀疑自己是不是先入为主了，没仔细品尝，于是又偷偷尝了一口焖面，结果还是吐了出来。

"至少咸水啤酒还不错。"陆辛用冰凉的啤酒安抚着胃，自我安慰道。

随着饭点到来，饭店里渐渐热闹起来。厨子拜完菩萨也回来了，其他菜品陆续上桌。或许是太久没放松了，再加上群爷小弟们的热情很有感染力，单兵小队一行人的心情也雀跃起来。红蛇和韩冰都倒了一杯啤酒慢慢喝着，算是体验过黑沼城的特色了。壁虎则悄悄拉着群爷的一个小弟，打听起了更有"特色"的产业。

然而，那位小弟严肃地拒绝了他："这我不能帮你！我们群爷就这么一个女儿，她能对不起你，但你不能对不起她！"

壁虎彻底崩溃，绝望地喊道："我们真的离了！"

陆辛很享受这种热闹的氛围。每座城市都有它可爱的地方，无论是特色美食还是独特的人群。至少在这一刻，他对黑沼城产生了好感。原本做那个决定时，他心里并没底，但现在看到这座城市逐渐焕发生机，他感到了一种真正的轻松。不论那个决定究竟是对还是错，他都不后悔。

想到这里，陆辛转头看向街口。其实他早就注意到了，不远处停着许多高档车，还有不少熟悉的面孔，包括那位孙小姐。他们似乎想过来找他，却又不敢靠近。

这些人已经跟着他好几天了，他一直没有理会。

"去让他们知道，"陆辛举起啤酒杯，对着周围的黑暗轻声说道，"别再来找我了。他们都很会说话，我担心会被说服。现在我确定了，我不想被说服，因为我相信有些事情是没错的。"

黑暗中正有双眼睛注视着陆辛，只见他端正地坐在白色的塑料椅上，手里拿着啤酒杯，神情坚定。

那双眼睛的主人下意识瑟缩了一下，低声回应："好的。"

这语气，与他平时的风格截然不同。

黑沼城里有不少深不可测的大人物，虽然之前清理污染时陆辛一个都没见到，但从后来的那场会议也能看出他们的厉害。那些人分析问题头头是道，他很清楚，如果跟他们争论，他肯定占不到便宜，甚至可能被说服。而他偏偏又是个讲道理的人，索性就不跟他们见面了。

让父亲出马再合适不过了，毕竟父亲也算是个擅长"说服"别人的人。

事实证明，父亲的确没让人失望。三秒钟后，街口那群人便乱作一团，车灯大亮，脚步声杂乱，所有人和车瞬间消失得无影无踪。

陆辛对此非常满意，心里甚至涌起了一种前所未有的满足感。

"你好像对这次旅行的结果很满意？"妈妈出现在一张空桌子旁，妹妹则笑嘻嘻地蹲在椅子上。

陆辛把自己的啤酒和一份烤臭豆腐、一份煎臭豆腐、一份凉拌臭豆腐放到那张空桌子上，示意妹妹尝尝，然后迎着妈妈的笑脸轻轻点头："果然人要多出来走走，脑子才会清醒。"

妹妹凑上去闻了闻，表情一僵，用力捶了两下被熏晕的小脑袋。

妈妈轻声笑了笑："你父亲是个鲁莽又胆小的人，做事从来不懂收敛。你让他看着这座城市，真的放心吗？"

陆辛笑道："正因为父亲胆小，所以才不会做得太过分吧？就像他对那些人说只给一次机会，但我知道他很心软，所以每个人他起码给了两次机会。"

妹妹不顾头晕，不服气地吃了一口臭豆腐，然后小脸扭曲地跑去洗舌头了。

"原来你看重的是这个。"妈妈温柔地看着陆辛，"我想提醒你，你对那个从深渊里跑出来的蠢货行刑时，惊动了不少深渊里的东西。而你让父亲看着这座城市，更是惊动了现实世界的很多人。现在，深渊与现实世界的许多存在都注意到你了。他们很紧张，可能会做出一些不理智的行为，引发变故。所以，你准备好了吗？"

陆辛听出了妈妈话里的担忧，沉默片刻，抬头看向她。他黑白分明的眼睛里似乎有黑色粒子一闪而过，随即恢复平静。他有很多话想说，但最终只是平静地开口："我只是想好好做个人而已。所以，如果是他们先感到害怕，然后做出不理智的行为，重点不应该是……他们有没有准备好吗？"

这句简单的话让妈妈的表情发生了微妙的变化。她脸上的温柔依旧，但眼底仿佛掀起了一场巨大的海啸。过了很久，她才微笑起来，眼睛里满是欣赏。她轻轻拍了拍手："之前我还有些担心呢。那份成绩单确实有着沉甸甸的分量，谁也不希望自家的孩子成为别人手里的提线木偶，但那个人实在太聪明了，我担心你会上他的当。可是现在看到你如此自信……"她顿了顿，轻启红唇，"我的担心已经变成期待了。"

远处的妹妹刚把舌头塞回嘴里，正踩着人头往这边跑，远远看到哥哥和妈妈相视而笑的样子，不由得愣住了——他们看起来好像两个坏人啊！

"你真是个很好的孩子。"得到陆辛明确的表态后，妈妈放下了一桩心事，轻轻笑着握住陆辛的手，"我本来以为有些事情需要我教你，没想到你无师自通。我很为你骄傲。你说得对，我们一家都是讲道理的人，不会去主动招惹别人，也不会去揽什么事。"她的语气很温柔，但脸色逐渐严肃，"但我们也不会轻易被人欺负。别人欠我们的，我们一起讨回来；背叛我们的人，我们要让他们付出代价。"

陆辛看着妈妈的眼睛，轻轻点头，对妈妈的话深表认同。

"好了，你们继续玩。"妈妈优雅地站起身，"我先去安排一些事情，方便以后做事。我相信，只要我们一家人在一起，什么问题都能解决。"

"好的，早点回家。"陆辛目送妈妈离开，慢慢将杯里的啤酒饮尽。

这次旅行确实让他的心态发生了微妙的变化。以前他总是随遇而安，但现在，他想做点事了。回想前几年，他因为精神状态不佳，懒散度日，浪费了很多时间。如今，他的精神状态正在好转——或许还没完全调整好，但已经能感受到明显的改善。他对自己的康复充满信心，想必也有很多人在期待着他变好吧？当他以健康积极的面貌出现在他们面前时，不知道他们会多开心……

陆辛长舒一口气，心情更加愉悦。

还有什么不足的呢？陆辛思索着。留父亲的一部分精神力量在这里，被黑草绑架的黑沼城应该会逐渐好转吧？不仅如此，黑沼城附近的深渊裂隙也能得到监控。

每一个S级神秘禁区里其实都有一道深渊裂隙，里面的禁区生物受到裂隙中涌出的精神力量的影响而变得强大，同时也因为天性想要保留自己的意志，所以无意中与裂隙对抗着，成为深渊与现实之间的守卫。

如今，黑沼城附近的禁区生物已被消灭，这也就意味着，这里有一道无主的深渊裂隙。父亲的一部分精神力量留在这里，可以看住这道裂隙，至少能做到实时监控。这也算是陆辛对黑沼城的一点补偿吧！那么，他还能再做点什么呢？

陆辛抬头环顾四周，目光落在独自坐在角落的银毛身上。虽然陆辛已经解释过了，银毛是受孙小姐影响才会刺杀群爷的，但群爷的小弟们依然对他心怀不满，认为他被孙小姐收买是不忠的表现，已经悄悄打了他好几顿。可银毛却始终呆头呆脑的，既不解释，也不离开，只是一直默默地跟着群爷。

陆辛想了想，拿着两瓶咸水啤酒和一份臭豆腐焖肉芽面，穿过人群坐到银毛旁边。

"你介绍的啤酒。"陆辛打开一瓶啤酒递给银毛，又把臭豆腐焖肉芽面推到他面前，还递了双筷子。

银毛接过面就吃，眼泪从眼角挤了出来。

"梦想破灭的男人啊！"陆辛在心里感叹。他问道："你以后打算怎么办？"

陆辛心想，如果银毛还说要努力做那个"事业"，自己就当场掐死他。

"不知道啊，"银毛一听这话绷不住了，泪眼婆娑的，"我的事业还没开始就全毁了。你说，努力工作的人怎么就没办法成功呢？"

"这个……"陆辛被他感染了，低声叹道，"以前我做第一份工作的时候，其实也跟你一样，每天努力工作，天天加班，什么活儿都干，但领导和同事都不理解我，根本不给我好脸色。"

银毛被他勾起了好奇心，眨了眨眼睛："然后呢？"

"然后……"陆辛认真地回想了一下，"然后我得到了他们的尊敬，还升职加薪了。"

"真的吗？"银毛的眼睛里渐渐焕发出光彩，但很快又暗淡下来，"可是我害怕，我已经不能碰那玩意儿了。"

"你怎么就非得惦记那个呢？"陆辛有些无奈。

"我是混黑社会的啊！"银毛哭得委屈巴巴的，"我还能干啥？"

"你得先找准适合自己干的事业。"陆辛转了转眼珠子，指着桌子上的臭豆腐焖肉芽面和咸水啤酒说，"你看，你以后推销这些也比推销那玩意儿强啊！这是黑沼城特色，别的地方都没有，多有市场潜力啊！"

"这……真的可以？"银毛睁大了眼睛。

陆辛温柔地鼓励他："别人不一定，但我觉得你可以，毕竟你有一个伟大的梦想，还有积极向上的态度。"

他的眼神诚恳而温暖，带着一种让人信服的力量。银毛被他打动了，用力握紧拳头，眼中闪烁着坚定的光芒："你说得对。完成有挑战的事业才更有成就感，不是吗？"

银毛的眼睛再次亮了起来，仿佛梦想的火焰重新点燃。他一口气喝完了一瓶咸水啤酒，豪气干云地宣布："我要把臭豆腐焖肉芽面推广到全世界！"

你看，这样就又帮到了一个人……有梦想的男人沟通起来总能直抵心扉。

经过陆辛一番推心置腹的鼓励，银毛逐渐从事业崩溃的颓废中走了出来，甚至立刻筹划起来，想着该如何让全世界的人都尝到黑沼城的臭豆腐焖肉芽面与咸水啤酒。当然，困难也不少，比如他现有的钱只够买两份臭豆腐焖肉芽面……

陆辛回到自己的桌边，发现群爷和红蛇不见了。

韩冰小声向陆辛解释:"我们总要离开的,红蛇也不能一直用精神能力影响群爷。如果是以前,她只需要悄悄离开,时间一久,被她影响的人自然会醒悟过来。但这次情况不同,群爷正经历丧亲之痛,把红蛇当成唯一的情感寄托,贸然解开对他的影响恐怕会让他崩溃。"

陆辛听了,表情有些关切:"那红蛇打算怎么做?"

"我与红蛇讨论过,"韩冰说,"她决定在解开对群爷的影响之前给他一些暗示,让他意识到两人关系的破绽,产生一定的自我怀疑。这样的话,即使红蛇离开了,他也能支撑得久一些。说不定,只要他愿意,就会一直把红蛇当成自己的亲女儿。"

陆辛听出了韩冰话里的重点——只有群爷愿意才行。他无奈地叹了一口气:"只能这样了?"

"是的。"韩冰坦然地回答,"他亲人的遇难已是定局,谁也改变不了。不是所有人做了错事都能得到弥补的机会。"

陆辛心想,韩冰认真起来,大道理说得也挺顺口的,不愧是跟白教授学习过的女孩!

他转头看去,壁虎正揽着群爷一个喝醉的小弟聊得火热,两人越凑越近,都快贴到一起去了,看样子已经约好了接下来的去处。韩冰则握着水杯,低头在笔记本上写写画画——为了保持清醒,哪怕是在这样放松的时候,她也只喝了一杯啤酒。他有些无聊地瞥向她的笔记本,只见上面密密麻麻地记录着此次黑沼城特殊污染清理的细节,显然是在为写任务报告做准备,内容不仅包含了详细的调查结果,还列明了各成员的贡献:他排首位,红蛇次之,堂堂的副队长壁虎位列第三。她没有把自己排进去。

看见贡献列表上只有三个人,陆辛隐约觉得哪里不对,似乎遗漏了什么,但皱眉细想后又摇了摇头——根本就没什么问题啊!

这么看,黑沼城的工作就算是做完了吧?陆辛静静地想着,感觉好像还是有些不完美……他慢慢端起一杯啤酒放到嘴边,正要喝一口,忽然怔住了。

不远处,一对姐弟牵着手怯生生地走来,正是叶雪姐弟俩。弟弟认出了陆辛,想拉着姐姐过来,姐姐却有些犹豫,不敢靠近。

陆辛看着他们,尤其是叶雪的小脸,忽然明白了心中的遗憾。他用眼神示意韩冰接姐弟俩过来,自己则起身快步走向远处。他在街道间穿梭,很快找到了需要的东西，又迅速返回。

回来时，韩冰已让姐弟俩坐在她身旁，并为他们点了一些吃的。

陆辛微笑着将买来的东西递给叶雪："这是给你的。"

那是一把崭新的吉他。

叶雪眼中闪过一丝惊喜，却不敢接过吉他。她小声问道："哥哥，你知道我的吉他被摔坏了吗？"

"是的。"陆辛歉疚地回答，"而且这件事与我有关，所以这算是我赔给你的。"

叶雪依旧犹豫，直到韩冰温柔地安慰了她一声，她才小心地接过吉他。

叶雪低头想了一会儿，鼓起勇气看向陆辛："哥哥，我唱歌给你听吧。"

陆辛端起啤酒，笑着点头："好啊，我喜欢听你唱歌。"

叶雪抱着新吉他，轻轻拨动琴弦，稚嫩的歌声和轻柔的吉他声交织在一起。在这条略显忙碌的街道上，她的歌声带来了一丝宁静，冲淡了陆辛心中的阴郁。

陆辛静静听着，心情逐渐放松。他意识到，自己果然是热爱生活的。同时，他也明白了自己对老院长和七号最大的不满——你们要斗就斗，把人家小女孩的吉他砸坏算怎么回事？这笔账总要算到七号头上的！

"你们继续住在我们安排的酒店里，直到黑沼城的秩序完全恢复。"韩冰听完一首歌后轻声对姐弟俩说道，随后转向陆辛，"等行政厅处理完眼前的事务，我会跟他们打声招呼，让他们帮忙寻找他俩的父母。无论结果如何，都会安顿好他俩的。"

陆辛点了点头，对韩冰的处理方式感到放心。

"从一座城的堕落问题，到一对姐弟的安置，你们青港城做事总是这么周全吗？"忽然，一个清脆的声音响起。与此同时，饭店不起眼的杂物间的门被推开，一道人影走了出来。门开的瞬间，阴冷刺骨的风席卷而出，令周围的人遍体生寒。

正与姐弟俩交谈的韩冰和一旁跟群爷小弟勾肩搭背的壁虎几乎同时举起枪指向门口，陆辛反应稍慢，枪放在背包里来不及拿，只能顺手抄起一个酒瓶。

"别紧张，是我。"那道身影迅速将门关上，阴冷的风顿时消散，令人毛骨悚然的压力也随之消失。

一个穿着羽绒服、短裙和黑色长筒靴的女孩转过身来，面无表情地看向他们，腿上的血痕正一点点消失。

韩冰微微皱眉，仍未放松警惕。陆辛觉得来人有些眼熟，努力回想着。

"啊，你是……"陆辛刚想起来，壁虎忽然大笑一声，摆手道，"放下枪，放下枪！"说着，他热情地张开双臂迎了上去："夏虫小队长，好久不见啦！"

看到壁虎和陆辛的反应，韩冰明白来者并非敌人，便将枪放回桌上。

壁虎的拥抱扑了个空。夏虫冷着脸，严肃地说："别叫我小队长。"

壁虎一愣："怎么了？"

夏虫冷冰冰地说："因为我升职了。"

壁虎还没反应过来，夏虫已经从他身边走了过去，他只好讪讪地收回手。

"单兵先生，你好。"夏虫径直走到陆辛面前，伸出手，小脸上满是严肃。

"你好，你好。"陆辛急忙与她握手，认真地说道，"我也升了……"

第四章

六识脸谱与地狱使者

"啪"的一声,两个刚刚升职的人双手紧握,表情严肃,仿佛在进行一场正式的会晤。

夏虫毫不避讳地审视着陆辛,神情紧绷,好像陆辛欠了她一笔巨款。陆辛也在打量她,那张稚嫩的小脸和冰冷的表情极具辨识度。他瞬间想起她的精神能力和"门"有关,难怪她一推门出现,他心里就直发毛。

不过,陆辛心里还有两个疑问:其一,这大冬天的,她光着腿不冷吗?其二,她就这么直接推门而出,不怕有人拿啤酒瓶砸她吗?

夏虫个子不高,但气场十足。她认真地看着陆辛,低声说:"单兵先生,我这次来找你,是有重要的事要谈。"

陆辛还没开口,韩冰便警惕地抬起头,替他回道:"黑沼城发生的事和我们无关。"

夏虫愣了一下,随即反应过来:"我不是来问这个的。而且,我个人非常支持你们在黑沼城的所作所为,像这样的城市就该下猛药。"

韩冰脸色稍缓,但仍坚持道:"感谢你的支持,但这事确实和我们无关。"

韩冰的防备让夏虫忍不住多看了她一眼,韩冰则坦然迎上她的目光,两人之间仿佛有无形的火花在碰撞。

陆辛看气氛不对,赶忙打圆场,笑着为她们介绍:"这位是中心城特清部的夏虫小队长,如今已经晋升了。这位是我们青港城信息分析部的韩冰,也是这次支援小队的信息分析专员。要不,我们坐下来聊?"

韩冰与夏虫点了点头,同时伸出手轻轻一握,互相道了句"你好"。随后,她们一同坐下,一个冷若冰霜,一个满眼警惕。

陆辛想着夏虫特地来找他,他得尽地主之谊,于是热情地对服务员喊道:"给我这位朋友来一碗面,再来一瓶啤酒。"

夏虫看了一眼桌上几乎没动过的臭豆腐焖肉芽面,摇了摇头:"不必了。"

陆辛笑了笑:"也是,这面味道确实一般。"

一旁的壁虎热情地插话："那喝瓶啤酒吧，这里的啤酒味道挺不错的。"他一边说，一边麻利地撬开一瓶啤酒，殷勤地递了过去。

夏虫又摇了摇头："任务期间不能喝酒。"

"好吧。"壁虎有些遗憾地收回手。

陆辛对夏虫坚持原则的态度颇为认可，便没再继续这个话题，转而笑着问道："你在执行什么任务？与黑沼城有关吗？"

"那倒不是。"夏虫转头看向陆辛，"我是在执行另一项任务时恰好路过这里。原本由于任务需要保密，我并不打算和你们碰面。但任务出了一些状况，所以我临时决定前来，希望能得到你们的协助。"

"协助？"陆辛毫不犹豫地点头，"好的。"

韩冰与夏虫听到他如此爽快地答应了，都有些意外。

"你都不问是什么任务吗？"夏虫忍不住问道。

陆辛这才反应过来，试探性地问："是什么任务？"

韩冰不禁为陆辛捏了一把汗，目光中带着一丝幽怨，心想：单兵先生怎么能没问清楚情况就轻易答应呢？

夏虫沉思片刻，说道："稍等，我先让他们去准备相关事宜。"说着，她朝远处挥了挥手。

壁虎瞥见夏虫的举动，悄悄朝韩冰摇了摇头。事实上，他早就注意到，自夏虫出现后，周围的屋顶上便多了一些形迹可疑的人，似乎将他们包围了。直到夏虫挥手，这些人的身影才消失。

"那是负零部队。"知道瞒不过他们，夏虫坦然说道。

"负零部队？"壁虎好奇地问，"那是什么？"

夏虫继续解释道："你们应该也听说了，为了支持各大高墙城处理神秘禁区，研究院答应提供一些人力、物力方面的支援，其中最主要的就是负零部队。更具体的情况，你们可以回去问相关人员，我无法直接透露。"

"哦。"陆辛没有继续追问，只是说，"既然这样，怎么不请他们过来坐坐？"

夏虫摇摇头："多谢你的好意，不过他们很死板，不会过来的。我前来见你，他们执意要跟来，直到确定你答应我的请求后才肯离开。"

"这还没答应吧？"韩冰忍不住打断夏虫的话。

夏虫疑惑地看了看韩冰，又看了看陆辛，语气笃定："他已经答应了，就在问我们的任务是什么之前。"

韩冰一时语塞，只能再次幽怨地瞥了陆辛一眼。

"在告诉你们这个任务之前，"夏虫努力组织语言，"我想先问问，你们是怎么解决黑沼城的特殊污染事件的？这可能与我的任务有一定联系。"

"这个——"陆辛不确定是否能透露，便看向韩冰。

韩冰轻轻点了一下头。毕竟夏虫问的是黑沼城的特殊污染，而不是恐怖魔王降临事件。

陆辛这才笑着认真说道："其实我们的解决方案挺简单的：我们的信息分析专员分析了这起事件，给出了大致的调查计划，接着去搜集资料，最后推测这座城的失眠事件与黑草有关。于是我们根据受污染者会下意识接近污染源的特性，找到了污染源……然后就把特殊污染事件解决了。"

夏虫听完，明显愣了一下："就这样？"

"对啊。"陆辛坦然地看着她，"很简单，对不对？"

夏虫沉默了好一会儿才点点头："确实挺简单的。"

韩冰和壁虎听了陆辛的讲述，都有些蒙。

韩冰心想：与单兵先生的陈述相比，自己准备的任务报告是不是太复杂了？

壁虎则想：是挺简单的！如果夏虫也能深入怪物巢穴搜集资料，甚至绑架一个样本回来，还在对付精神怪物时全家出动进行全方位压制，最后在找到污染源时把全城的人都藏起来的话——咦？队长当时是怎么把全城的人都藏起来的？算了，好像也不重要……

就在他们各自陷入沉思时，夏虫转头看了一眼叶家姐弟。这对姐弟被她吓得躲到隔壁桌吃东西去了，几个想搭讪她的小弟也莫名打了个寒战，悄悄离开了。

她只是皱了皱眉，周围四米内已经没人了。

夏虫摇了摇头，继续对陆辛他们说："你们对黑沼城特殊污染的处理与我的任务有一些联系，这样的话，我也没必要保密了。我正在调查一件关于灵魂交易的事，有人用这种方法打造了一个真实存在的'地狱'。"

陆辛、壁虎和韩冰都听得一头雾水：灵魂怎么交易？打造真实的地狱又是什么意思？

壁虎问："你说的'灵魂'和'地狱'是某种代称吗？"

夏虫摇摇头："不是。这件事解释起来很复杂。我建议你们从字面意思上去理解——灵魂就是灵魂，地狱就是人死后去的地方，那里暗无天日，悲号之声不绝于耳，诡秘之物层出不穷。在那里，你能见到逝去之人，甚至可能经历终极审判。从某种程度上来说，他们就是在打造一个常人理解中的、每个人都逃不过的最终归宿。"

她顿了顿，继续说道："这个任务是研究院在水牛城黑台桌事件之后交给我的。黑台桌事件后，我受到了赏识，加入了隶属研究院的特别调查部门。所以，你们以后不要再称呼我为夏虫小队长了，按我现在的职位来说，应该叫我夏虫调查员，而且是中级调查员。"

陆辛和壁虎当即肃然起敬。陆辛心想：夏虫进入了研究院，又成了中级调查员，这算是连升两级？

韩冰问："研究院的调查员还分低、中、高三个级别吗？"

夏虫面无表情地回答："不，研究院只有中级与高级调查员。"

陆辛听完，很快反应过来，夏虫只升了一级……不过，考虑到研究院的特殊性，哪怕是中级调查员也很厉害了。

"我的第一个任务就是调查灵魂交易。"夏虫接着说，"看过相关资料我才知道，有神秘组织正在打造'地狱'，而且已经颇具规模。"

韩冰越听越觉得离谱，忍不住问："研究院是怎么知道这些的？"

"群众举报的。"

韩冰愣了一下："那你们就真的相信有这么一个地方？"

"研究院起初也不相信，但前段时间正好查到了一些蛛丝马迹，无形中证明了这个地方可能真的存在。于是研究院派我顺着线索继续查下去。接到任务后，我从中心城追踪到这里，已经锁定了一个在进行灵魂交易的神秘组织，并准备对其实施抓捕，以获取更详细的资料。事实上，二十几天前，我险些就成功了，但因为一个叫红心骑士团的组织的干扰，抓捕最终宣告失败。"

"红心骑士团？"陆辛觉得有些奇怪。红心骑士团是荒野上的强盗组织，夏虫等人是隶属研究院的正规军，一个强盗组织怎么能干扰到她的任务？

夏虫解释道："红心骑士团里也有强者。据说他们在南方非常出名，首领是一个叫'七'的女人，她是一位强大的精神能力者，还另外招揽了六个精神能力者，每一个都很强。而且，研究院一直怀疑他们背后有个秘密实验室，负责增强他们的能力。毫不夸张地说，他们很可能具备轻易推翻一座城的实力。所以，我的任务被他们破坏并不奇怪。"

根据夏虫提供的线索，陆辛推测红心骑士团的首领就是孤儿院的七号。他没想到，当初从孤儿院出来的孩子们，如今走上了截然不同的人生道路，有人加入了黑台桌，有人办起了小学，有人——比如他自己——找到了正经工作，而且还干得不错。最离谱的是，有人居然去荒野上做强盗了！

想到这里，陆辛的脸上露出一丝微笑。那是一种听说老同学混得不如自己时的窃喜和优越感，虽然这么说不太好听。

夏虫看着陆辛的笑容，感觉被看轻了，不自在地活动了一下身子，补充道："如果有机会，我一定会抓住这个骑士团！但眼下，继续抓捕那个进行灵魂交易的神秘组织才是最重要的。研究院让负零部队过来帮忙追踪那个神秘组织，但就在我们快要成功时，那个组织的一些成员进行了一次奇怪的献祭仪式。然后，他们就变成了一只精神怪物。"

"什么？！"青港城三人惊讶地看着她。普通人受到污染变成精神怪物并不稀奇，但普通人主动通过献祭成为精神怪物，这完全颠覆了他们的认知。

"是的。"夏虫严肃地点点头，"我已经将这种献祭仪式汇报给研究院了，但研究院还没有分析出其操作原理。从表面上看，那些人一起放弃了生命和理智，变成了一只独立存在的精神怪物。这怪物不算特别强，但很难被抓到。因为在常人眼中，它是无法被看见的虚体，不会留下现实意义上的痕迹。但它每到一处，周围的人都会受到轻微的污染，并产生记忆混乱、情绪失控等问题。我们正是通过这种污染痕迹来进行追踪的。因为我们需要从它身上拷问出一些信息，并研究它的存在形式，所以我们不能清除它，只能提前设下包围圈，将它逼进陷阱里。但我们的人手和物资严重不足，所以才想请你协助。首先，你个人能力强，可以保证自身安全；其次，我记得你好像有一种可以直接看到精神怪物的能力……"

虽然陆辛等人总算是听明白了前因后果，但他们依旧觉得夏虫所说的一切既荒诞又神秘。

"我来找你协助还有另外一个原因。"夏虫补充道。

陆辛好奇地问："是什么？"

"四天前，我们追踪那只精神怪物时，曾预判它是朝黑沼城来的，所以我们提前赶到黑沼城设下了陷阱。没想到，它毫无征兆地停在了城外，然后转向南方跑了。我们很好奇它为什么会突然改变路线，便在它改变方向的地方捕捉了残余的精神辐射，并进行了复原，发现它当时似乎察觉到了什么，朝着黑沼城的方向跪了下来……"

"然后呢？"

"然后它就骂骂咧咧地向南方跑了。"

青港城三人一时无语。

"我们推算，它转向的时间和你解决黑沼城特殊污染事件的时间吻合。所以我们得出一个结论：它很怕你。"夏虫认真地看着陆辛，"如今我们的时间不多了。按照那怪物前进的速度，它很快就会进入中部的混乱之地，到时候抓捕它就会变得非常困难。所以我们想请你提前挡在某个地方，将它逼回来。只要你能阻断它的去路，我们就能在其退路上设下埋伏，将它抓捕归案。"

陆辛等人慢慢消化着夏虫讲述的一切。灵魂交易、打造地狱、能将普通人转化为精神怪物的献祭仪式……这些听起来都很古怪。而最古怪的是，那只怪物居然会怕陆辛？

陆辛觉得夏虫的请求似乎并不难，张口便要答应，又忽然想起了什么，默默地看了韩冰一眼。

夏虫立马看向韩冰，坚定地说："单兵队长刚才已经答应我了。"

韩冰笑了笑："青港城特清部算起来也是研究院的分支，再说了，处理特殊污染，大家本就应该互相帮忙。但是——"她迟疑了一下，"这样的精神怪物实在太可怕了。"

夏虫点点头："我们有克制它的方法，也有针对它的计划。现在难的是如何包围它。如果它逃进人群聚集地，就会非常麻烦。"

韩冰顺着夏虫的话往下说："对，万一它发起疯来，也一定会非常可怕。"

"以单兵的实力，应该没问题。"

韩冰语塞，最后勉强说了一句："那确实。"

陆辛见韩冰犹豫不决，心里有些不理解：都是同行，帮个忙问题不大吧？

韩冰深吸了一口气，严肃地说："虽然大家理论上都为研究院工作，但毕竟我们分属不同的高墙城，职责也不同。所以，虽然这事我们可以帮忙，但我有两点需要提前说明：第一，我们需要你们提供一份书面凭证，方便我们回去后将这事写在报告里；第二，这也是一个任务，我们该拿的报酬也要提前约定好。"

陆辛听完，突然明白了韩冰的用意，有些敬佩地看着她。还是她考虑得周全啊！首先，资料与情报都是中心城提供的，他们没有能力去甄别真假。其次，这样重要的任务万一出了纰漏，抓捕失败，责任该怎么划分？韩冰这么说就是为了让双方理清各自的责任，而且还抛出了最重要的报酬问题。

陆辛没想到，自己这种小公司出身的人在意报酬也就罢了，韩冰这么大单位的员工居然也不能免俗。

"这是想划清责任？"夏虫听了，眉头微皱，严肃地说，"你们是在怀疑我的人品吗？既然是我们请求单兵队长协助的，一切责任自然都由我们来承担。你们可以放心，无论如何，我夏虫都不会推卸责任的。"

青港城三人没接话，只是尴尬地看着夏虫。

一片沉默中，夏虫的脸色越来越难看："你们还是不相信我？"

"啊，不是。"韩冰有些不好意思地摆摆手，试探性地问，"你是不是忘了什么？"

"还有什么？我不是已经保证过了吗？"夏虫想了一下，忽然反应过来，"你们……是说报酬？"

三人顿时松了一口气，同时笑着否认道："没有，报酬不算什么……话说报酬怎么算？"

夏虫深吸了一口气，老实答道："我还真没想过这个问题。主要是研究院报销费用的流程挺麻烦的，要先申请，再等核定、批复，一套流程下来起码要半个月。"

三人没办法接她这话。陆辛觉得研究院太过分了，亏他刚才答应得那么爽快。

"不如这样吧，"夏虫看向陆辛，提议道，"我私人给你两百万，怎么样？"

两百万？私人？陆辛瞬间激动了。照夏虫的话说，他只需要往那里一站就行了……这一站居然值两百万？按理说，只要他们愿意报销他的油钱和伙食费，这活儿给他两百块都行。而且，这还算是私活儿，都不用上报……

看到陆辛激动的表情，韩冰知道这事妥了。

壁虎面带微笑地上下打量着夏虫，也不知道他在想些什么。

"这么多钱，你随随便便就能给？"陆辛忍不住追问道，"你们中心城的任务报酬很高吗？"他领过一次中心城的报酬，也没多高啊！

"任务报酬？还行吧，有个几百万。扣掉这次出来的损耗与花费，我应该不会赔钱。"

"啊？那你们出来这一趟是图什么？"陆辛不解地问。

这个问题瞬间把夏虫难倒了，过了好一会儿她才认真说："钱不重要，主要是闲着也是闲着。"

青港城三人面面相觑，都从对方眼里看到了"我不理解"四个字。

"你们呢？不会真是为了报酬才做任务吧？"

"啊？"三人心虚地连连摇头，"怎么可能呢？我们也是为了……梦想？反正不是为了钱，或是获得某种特权，或是被抓住了把柄什么的……"

"既然这样，那这个计划……"夏虫没理会三人脸上的尴尬，只是定定地看着陆辛。

问题都谈妥了，陆辛自然爽快地答应下来："没问题。"

有丰厚的报酬不说，单单是这项任务就很吸引他。他不知道灵魂交易和打造地狱分别代表了什么，但既然这事和七号有关，那他就有理由去做。反正七号跟他结了仇，他去破坏她的事情也很合理吧？等见到她，他还要向她讨要买吉他的钱呢！

夏虫的脸上终于浮现出笑容，向陆辛伸出手："谢谢，单兵先生。"

"应该是我谢谢你才对！"陆辛急忙握住她的手，笑道，"毕竟两百万呢，你这一趟都快赚不到什么了。"

"也没有，我需要用这样的任务来证明自己，好早些提升自己的级别。"夏虫解释道，"再说，我们加入研究院就能在中心城分房子，也不亏。"

"分房子？"陆辛等人都羡慕极了。中心城大小两个主城里的房子，最便宜也得有个几千万联盟币吧？

"对啊，这不是最低等级的待遇吗？"夏虫微笑着招呼饭店老板，"算账。他们消费了多少钱，我来买单。"

陆辛一脸羡慕地看着夏虫。

一旁的韩冰忽然开始担心起来：回去是不是该申请给单兵先生涨报酬了？看他这羡慕的样子，别被中心城的待遇诱惑，然后就跳槽了。

红蛇继续跟着群爷，陆辛、韩冰和壁虎带着夏虫先回了酒店。时间紧急，几人讨论了一下，最终决定由陆辛跟随夏虫去完成这次的任务，反正计划里也只需要一两天的时间。韩冰与壁虎则继续留在黑沼城观察，毕竟黑沼城的特殊污染事件也需要时间去确认完全没有问题了，才算彻底结束。

韩冰本来想跟着陆辛，去替他处理和各方面打交道的事情。但一来，黑沼城这边需要她对接。她要是走了，留壁虎在这里，肯定没办法安心——她觉得壁虎不怎么靠谱，和陆辛一样让人操心！至于红蛇，同样也是个不省心的。别看这次任务她表现得非常好，但她之所以能被城防部发现并编进暗组，是因为她曾在主城冒充过一位部长的老婆，把部长贪污来的钱挥霍一空。部长被逼得自首，接受审讯时才发现自己原来没老婆……二来，夏虫的任务可能需要穿梭于深渊之中，韩冰是普通人，根本去不了。

陆辛考虑的则是韩冰的安全问题，毕竟黑沼城刚经历了大乱，秩序还不够稳定，什么事都有可能发生。但他转念一想，父亲正看着这座城呢，没人能在他的眼皮底下翻出浪花。

于是陆辛叮嘱道："你们只要待在这座城里就不会有事。"

"既然如此，那便出发吧！"夏虫见他们商量好了，便向陆辛伸出手。

在壁虎羡慕的眼神中，陆辛上前握住了夏虫的手。

"人我带走了。"夏虫特意跟韩冰说了一句，然后打开一扇门，阴冷的气流瞬间涌了出来。

夏虫拉着陆辛走进去，下一刻，门关上了，阴冷感瞬间消散。

壁虎扭头看到韩冰脸色发青，吓了一跳，问："冻着了？"

韩冰满脸杀气："被气得！明明她个子那么矮，却还那么狂！不就是钱，我家没有吗？！"

壁虎被她吓到了，悄悄往窗边退："我去看看红蛇回来了没有……"

不只是他害怕，旁边的窗帘也簌簌地抖了起来。

第四章 六识脸谱与地狱使者

陆辛被夏虫拉着行走在深渊里，认真地打量起四周：残败的建筑、猩红的月亮、仿佛裹挟了无数火星的风，以及地上一只只枯瘦的手……阴冷的气息仿佛要从每一个毛孔挤进身体里，无处不在的呓语似乎要将人的脑海填满。

陆辛有些好奇地问："为什么深渊里的建筑这么破败？"

夏虫回头看了陆辛一眼。这不是她第一次带其他精神能力者进深渊，之前那些人不管进来过多少次，都会表现得异常紧张，巴不得立刻就出去。她从没见过陆辛这样从容的人。

"大概是因为深渊里的一切都是记忆中的样子，"夏虫回答道，"而人的记忆里，所有东西本就是破旧不堪的。"

"原来是这样。"陆辛感慨地看了周围一眼，"黑沼城的深渊有些奇怪。"

夏虫也察觉到了。地上的黑手都好像沉睡了——五指紧握，枯草般歪斜着。两人从它们中间走过，它们毫无反应。甚至夏虫都走到目的地了，腿上也没有出现任何伤口。

夏虫低声说："以前那些躲躲藏藏、不怀好意的深渊生物似乎都不见了，那种被人窥伺的感觉也没有了，就好像整个黑沼城的深渊生物都被清空了。"

陆辛惊讶道："是吗？那真是太奇怪了！"

夏虫又回头看了陆辛一眼，想从他的表情里找到"惊讶""害怕"的蛛丝马迹，但最终却什么也没发现。

夏虫停在一座古老的废弃建筑前，打开了一扇残破的门。门打开的一瞬间，眼前的景象顿时变了。他们走进了一个欧式风格的宽敞房间里，地上铺着厚厚的地毯，两边的墙上挂着猎枪与鹿头，充满原始而野蛮的气息。墙边的黑色沙发上坐着一男一女，看见陆辛和夏虫，两人连忙起身迎接。

"人我带过来了。"夏虫喘了一口气，说，"青港城的单兵先生答应协助我们。"

"太好了！"男人笑着与陆辛握手，"单兵先生，好久不见。"

"你好，你好。"陆辛也热情地和男人握手，同时打量着他。

男人三十岁左右，穿着一身裁剪合体的西装，戴着眼镜，显得文质彬彬的。陆辛感觉这人有些面熟，但一时想不起来在哪里见过。

男人继续笑着说："我们见过的，单兵先生还记不记得我？"

陆辛这才想起，男人是调查黑台桌的小队队长之一。还记得他们初见时，他穿着白大褂，带着两个精神病队员。他的能力很不错，但他的代号是什么来着？

陆辛再去看那个女人，她穿着火红色的羽绒服，脚上的高跟鞋镶嵌着铆钉，头发乱得像鸡窝，表情很傲慢，看人时像在看野兽。他记得她的武器是一根鞭子。她的代号又是什么来着？

"你应该还记得吧？他们都跟你在水牛城合作过。我们三人因为处理黑台桌事件表现得不错，一起被研究院选中参与这个任务。不过，我作为这次任务的领队，级别还是要比他们高一些的……"夏虫说着，咳嗽了一声，"正式介绍一下，这位是手术刀，这位是驯兽师。"

陆辛顿时松了一口气。在忘了对方名字的情况下打招呼，实在太尴尬了！

手术刀握着陆辛的手，热情地说："上次见面时，我就觉得单兵先生很亲近。如今知道了你在黑沼城做的事，就更确定自己没看错人……你跟我们肯定是一样的人。"

驯兽师也笑嘻嘻地打量着陆辛："弟弟，你一看就不是正常人。"

陆辛不确定他们到底是在夸还是在骂自己，根据他们钦佩的表情，应该是在夸吧……

"好了，现在不是联络感情的时候。"夏虫冷着脸提醒道，"你们准备得怎么样了？"

"应该差不多了吧！"手术刀拉开一扇门，露出了另外一个房间。这个房间里摆满了电脑，还悬挂着一整墙的液晶显示屏。几个戴着头盔、身穿黑色武装服的战士正认真地盯着一面面显示屏，上面全是电子地图，有一道道虚线，以及闪烁不停的红圈。

"追踪到那只精神怪物的踪迹了吗？"夏虫询问一位坐在电脑前的负零部队队员。

那人没有立刻回答，抬起头看了陆辛一眼。

"这位是单兵先生，是我请来的帮手。"夏虫快速解释道，"他是研究院高级人才俱乐部的精神能力者，与研究院有合作关系，不算外人。而且我们已经谈妥了条件，有关信息都不必瞒着他。"

那位队员这才开口，声音几乎没有任何起伏："已捕捉到代号为'地狱使者'的精神怪物的踪迹，只是，我们的时间不多了。一小时前，地狱使者越过了距此两百千米的红泥小镇。我们发现它在转向南方后加快了移动速度，预计会在十二小时后穿越警戒线。也就是说，我们的抓捕任务最好在十小时内完成。"

十小时？陆辛没想到这个抓捕任务居然这么急。以他目前的了解，这个任务既要计算那只精神怪物的行动路线，又要对它进行拦截，还要在它的退路上设下包围圈。这么多工作都要在十个小时内完成吗？他好奇地问道："警戒线那边是什么地方？"

夏虫回答："混乱之地，火种开采集团的管辖地。"

"火种开采集团？"

夏虫微微皱眉："你连火种开采集团都不知道？"

陆辛有些尴尬："其实，我是一个比较'宅'的人。"

夏虫、手术刀、驯兽师定定地看着陆辛，觉得他的见识似乎匹配不上他的实力。不过夏虫还是耐心地解释道："火种开采集团是联盟南方的一股势力，虽然与联盟有合作，但并非联盟的一员。其管辖之地有'真实家乡''白日会''狐仙庙'等几十个神秘组织，一旦怪物进入其中，我们的抓捕任务就会受到大量未知因素的影响。"

红月亮出现后，整个世界秩序崩溃，各方势力角逐、厮杀、吞并，各守一隅，独自发展着。因为月食研究院的存在，北方很快便稳定下来，建立起十二座高墙城以及大大小小的聚集点，彼此缔结同盟，统一律令，簇拥着中心城以及月食研究院，形成北方联盟。与之相对应的便是南方的科技教会，以及中部的混乱之地。此外还有其他不同的势力，比如之前的海上国、东方海上的迷雾群岛、西部的高山流浪城市，以及地处极北、极西的远方小国等，大大小小的势力加起来恐怕有数百个。各种势力错综复杂，共同构成了红月之下这个乱中有序的世界。

其中，联盟之南的火种开采集团是红月之前便存在的一个大型跨国企业。红月亮事件发生后，它并没有像其他秩序一样走向崩溃，而是挺过了那段艰难的岁月，一点点扩大自身的势力，在秩序重建的过程中，成了以开采业务为基础，并掌握着庞大资源的超大型组织。不过，中部多沼泽和群山，神秘禁区的数量也远比北方多，特殊的地貌将偌大的中部分割成了不同的区域。而且，火种开采集团走的并不是聚集人口、共谋发展的生存路径，它不治理各个聚集点，甚至纵容它们去争斗、厮杀，争抢有限的资源。

这就导致偌大的中部一片混乱，各种纷争长年不断。而这种混乱吸引了很多神秘组织与骑士团。因此，哪怕是夏虫这样的研究院调查员，对那里也非常头疼。不到万不得已，他们也不想到那里去抓捕那只怪物。毕竟那里太过混乱，无论实施什么计划，都会困难重重。

"关于灵魂交易，我们怀疑信奉真实家乡的教众参与其中，只是一直没有切实的证据。但目前研究院掌握的线索都显示了一点——真实家乡神秘组织的总部可能就在混乱之地。所以我们需要在那只怪物进入混乱之地前就将它抓住。"夏虫说完火种开采集团的事，又转回任务上来，"原本我们认为它两天后才会穿过那条线，现在看来，时间没那么充裕了。为了避免变数，我们一定要赶在它穿过警戒线前将它拦截。"

陆辛听完点点头，没有发表任何意见。毕竟是人家的任务，他只需要过去往那里一站就行了，所以人家怎么说他就怎么做，坚决不给他们扣掉两百万的机会。至于他们说的混乱之地、开采集团什么的，他也没什么压力，毕竟之前连听都没听过……

"既然这样，那就看看剩下的路线上有没有合适的抓捕点。"夏虫说。

那位队员冷冷地看向墙上的屏幕："从剩下的路线来看，适合布置陷阱的只有红泥小镇。"说着，他指向虚线尽头的一个红点，"这是那只怪物的位置，和前方最近的聚集点还有一定距离。"

夏虫问："红泥小镇有多少人？"

队员操作了一下电脑，回答："三万人左右。"

夏虫盯着那个红点，没说话。

陆辛也盯着那个红点，但其实他并不明白夏虫在想什么。

一边的手术刀似乎看出了什么，压低声音向陆辛解释："那只精神怪物是神秘组织成员集体献祭转化而成的，与普通的精神怪物不一样。据观察，它的精神力量会随着时间流逝，为了保持十万左右的精神量级，它需要不定时污染别人。这个特性决定了它的行动路线需要经过人群聚集点。我们想抓捕它，自然要在聚集点里进行。红泥小镇有足够的居民供其污染，周围又没有其他聚集点，如果怪物的前路被截断，它一定会回到这里。但我们设陷阱需要考虑当地的形势和居民的配合度。红泥小镇有三万人左右，人数多，民风彪悍，不见得会配合我们的工作。如果怪物在红泥小镇失控，这些人的生命都会受到威胁。届时，伤亡人数将远远超出我们的预期。"

陆辛恍然大悟，问："那怎么办？"

手术刀说："还能怎么办？肯定要在红泥小镇设下包围圈，除此之外，别无选择。"

陆辛悄悄看了夏虫一眼，低声说："那她还考虑什么？"

"夏虫队长有普通人的弱点，没的选的事她也会考虑很久。哪怕最后确定了只能在红泥小镇，她也会嘱咐一些我们都懂的话，还不觉得这是在浪费时间。"手术刀耸了耸肩，笑着说，"不光是夏虫队长，世上很多人都这样。"

虽然有些难以理解，但陆辛还是点了点头："你说得有道理。"

"好吧。"果然，夏虫沉吟两分钟后，郑重地点头，"就在这里吧。"

手术刀的表情仿佛在说："我没说错吧？"

夏虫又说："抓捕过程中一定要谨慎行事，一旦给了那只精神怪物散布污染的机会，整个红泥小镇的居民都会受到影响……另外，红泥小镇靠近混乱之地，恐怕那里的居民不会轻易配合我们的工作，这个问题需要解决。"

陆辛突然有些佩服手术刀了。

"说服红泥小镇配合的事就交给我了。"就在这时，驯兽师笑吟吟地说，"我很擅长说服别人。"

陆辛下意识看了她一眼，总觉得她说的"说服"不是他理解的那样。

"我来安排布置包围圈。"手术刀也笑着举起手，"三小时之内，应该可以安排妥当。"

"很好。"夏虫转头看向陆辛，"既然这样，那我就负责把单兵先生送到……"她的目光落在电子地图上，很快敲定了一个地方，"这里。逼那只怪物掉头回来是我们计划中最重要的一环。我们计划成功的基础是那只怪物一看到你便掉头回来，要是它转向别的地方，我们这个包围圈就会失去原有的作用。"

陆辛认真地点了点头："好的。"

夏虫又沉默了，低着头好像在思索什么。

陆辛看向手术刀。

手术刀用只有他们俩能听见的声音说："她在想还有没有遗漏的地方。"

陆辛也压低了声音："有没有？"

手术刀回道："严格来说，遗漏的地方还挺多，但以她那种正常人的脑袋肯定想不到的。不过没关系，我会替她补上的。"

正说着，夏虫抬起头来："没什么遗漏的了，大家准备行动吧！"

房间里的人立刻大声答应。

陆辛连忙抓住夏虫的手。夏虫任由他抓着，轻轻拉开房门走了出去。

两人走下楼，穿过大堂来到院子里的一辆车前。

"咦？"一直到夏虫拉开车门，陆辛才惊讶地问，"不从深渊里走吗？"

"从这里到你要阻拦那只精神怪物的地方，起码有一百五十千米远，我现在的能力还无法轻易带人穿越这么远的距离。"

陆辛恍然大悟，原来夏虫不能随心所欲地带人在深渊里行走。

"我的手软吗？"夏虫忽然问。

陆辛下意识捏了一下，答："还行。"

"那就好。现在你可以放开我了，不然我没办法开车。"

"啊？"陆辛这才反应过来，急忙放开她的手，整张脸迅速变得通红。误会啊！

夏虫面无表情地启动了车子，向前驶去。

直到这时，陆辛才发现中心城小队的落脚点是一座规模极大、装修豪华的庄园。他不由得在心里感叹：中心城就是了不起，临时落脚点都选这么好的地方，而青港城……现在都还在自费住酒店。

车子驶过黑沼城的大街小巷，然后径直穿过通往南方的钢铁吊桥，在沼泽地之间的夯土路上行驶得越来越快，车灯光利剑般远远地射了出去。

夏虫话不多，陆辛也是，所以他们两个一起赶路，气氛沉默到了极点，远不如壁虎开车时有趣。

大约行驶了两小时，他们来到了一座废弃的小村镇，夏虫直接拐了进去，沿着崎岖不平的道路向前行驶，不时把头探向窗外寻找着什么。

陆辛轻声询问："你在找什么？"

"我在找一扇完整的门。找到这样一扇门，我就能带你穿过深渊，去我们定下的阻拦点，并以这扇门为中心点来回穿梭。以我目前的能力，只能从这里穿梭到阻拦点,但到了阻拦点后,我再穿梭到红泥小镇就比较容易了。当然,短时间内只能单次穿梭,否则压力太大了。"

"哦哦。"陆辛又好奇地问,"只有完整的门才能施展能力吗?"

"不是。"夏虫说,"残缺的门也可以,但我喜欢完整的门。"

陆辛语塞。

好在人类聚集点别的东西不多,门很多。哪怕这座小镇荒废了很多年,他们行驶百十米之后,还是发现了一扇被高高的枯草掩埋的还算完整的门。夏虫将车停在路边,推开车门走了出去。

陆辛跟着她,忽然想起了一件事:"你直接从阻拦点赶去红泥小镇的话,这辆车怎么办?"

夏虫奇怪地看了他一眼:"回头再来取或者直接丢弃,怎么了?"

"没什么。"陆辛觉得自己的气势无形中又矮了一截,这也太财大气粗了。

夏虫很满意那扇门,她推了两下没推开,于是后退几步,上去就是一个飞踹。

哐当一声,门被踹开了,里面飞出一群蝙蝠。

陆辛微微后退,站在夏虫身后。

等蝙蝠飞光了,夏虫上前检查了一下,满意地点了点头,又把门关上,向陆辛伸出手。

陆辛反应过来,连忙上前抓住她的手,心想:这是公事公办!

夏虫深吸了一口气,再次打开门,拉着陆辛进入了深渊。

废弃城镇对应的深渊极空、极大。地上的枯手数量比较少,能看到暗红色的土壤。但两人无暇关注这些,只是飞快地在深渊里穿梭着。

枯手凶狠地张开,陆辛看到夏虫的两条腿被无数锋利的指甲划破,鲜血淋漓。等再次穿过一片枯手丛时,他狠狠地踩了下去。那些枯手顿时剧烈地抽搐起来,甚至发出阵阵怪叫声,然后忙不迭地缩回了地下。

看到这一幕,夏虫有些惊讶地转头看了陆辛一眼。

深渊虽然与现实世界相对应,但其构成与比例是极度扭曲的,所以夏虫这类精神能力者才能借助这种扭曲来实现一定距离内的快速穿梭。不过,因为这次距离较远,所以他们花费的时间也比较长。

在深渊里穿梭了五分钟左右,夏虫才放缓速度。她的手臂上趴着一条看起来老实巴交的蠕虫，在它的指引下，他们向一个黑色的圆环走去。那正是一扇门。

夏虫又是一个飞踹，拉着陆辛冲了进去。

门在身后关闭，眼前是一片漆黑。陆辛听到了夏虫剧烈的喘息声，可见在深渊穿梭的五分钟对她来说也快到极限了。

"你没事吧？"陆辛连忙伸手去寻找她，关切地问。

"别捏我鼻子。"黑暗里的夏虫提醒了一句。

陆辛闻言，手往旁边挪了一下，摸到一个圆而软的东西，他感觉是夏虫的脸蛋，于是顺势往下扶住了她的肩膀。

他掏出打火机，一小簇火苗照亮了黑暗。他们在一间废弃的仓库里，到处是倾倒的货架，完全不知道出口在哪里。

"跟我走吧。"夏虫低声说，"我出来的时候看过路了。"

深渊与现实的对照虽然扭曲且夸张，但也能从深渊里窥见现实世界的一些轮廓，不过只有夏虫这种很有经验的深渊组精神能力者才能做到。

陆辛老老实实地跟在夏虫身边，用打火机照亮前路。两人走过一个拐角，从一扇破碎的窗户翻了出去。

他们正身处一个荒凉的城镇边缘，到处是倾塌的建筑和生长在缝隙里的树木。因为无人打理，这些树木长得奇形怪状的。幸亏如今是冬季，枝丫稀疏，才能隐约看到几点残星和一轮红月挂在废墟上。

他们翻过几排倒塌断裂的墙壁，借着红月的光芒看向远方。暗红色的荒野上一片空寂，世界安静得好像死掉了。

"从路线上看，那只精神怪物应该会从我们的正前方过来。"夏虫喘息了一会儿才恢复过来，向陆辛说道，"一定要强迫那只怪物原路返回。如果它直接闯过去，或者从别的方向绕过去，就代表我们的任务失败了。我会召唤两只深渊生物帮你守住另外两个方向。"

"这个……"陆辛摇摇头，"不用了。"

夏虫有些不解地看着他。

陆辛笑着解释："你们找我来是因为那只怪物怕我，而我大体能猜到它怕我什么。要想逼得这怪物原路返回，我就必须回到它害怕的那种状态。我可以的。不过，进入那种状态后，我的自控力会差一些。"说着，他坦然地看向夏虫,"你留在我身边的话会很危险。"

夏虫皱眉,有些犹豫地问:"但你一个人真的可以吗?"

陆辛笑着点头:"放心吧。"他心想:"我可不是一个人!"但他没细说,怕吓到夏虫。

见陆辛这么自信,夏虫立即做了决定:"既然这样,那我回去帮他们。"

她走了几步,忽然转过头看着陆辛,说:"单兵队长,我知道你实力很强,但你千万要小心,不然你们青港城那个瘦得跟竹竿似的女人非找我麻烦不可。"

"竹竿?"陆辛反应了几秒才意识到她说的是韩冰,只好笑了笑,"知道了。"

其实韩冰可不是竹竿!她个子高,自然显瘦,但身材完全称不上"干瘪"。

夏虫嘱咐完,放心地继续向前走,她要去找一扇完整的门离开。眼看她的身影就要消失了,陆辛忽然想起一件事,大叫道:"等等!"

夏虫急忙转过身,好奇地看着陆辛。

陆辛犹豫片刻,还是说了出来:"你之前说的那两百万,转账还是现金?"

夏虫认真地说:"转账,无论抓捕任务成不成功,回中心城立刻就转。"

"好的。"陆辛向夏虫露出了一个灿烂的笑脸。

夏虫走了,这片大地上只剩下陆辛一个人。他打量了一眼周围的地形,然后爬到一座残破的大楼上,坐下来静静地看着北方,顺手把口袋里皱巴巴的香烟掏了出来。这里视野宽阔,方便他第一时间发现那怪物的踪迹。

陆辛叹了一口气,拿出复古打火机按了一下。居然没火?他抠出机芯,发现已经没油了。看来是刚才给夏虫照明时用完了。他又找到肖远送的那个打火机,但估计太久没用,也点不着了。

于是,他叼着皱巴巴的卷烟,无奈地看向茫茫荒野。他好歹是个有一千万存款且马上又要入账两百万的人,居然连根烟都点不着?想到这里,他有一种挫败感。但他没给夏虫打电话,让她送个打火机过来。他打算等任务结束,回去再找打火机。

陆辛的思维开始发散,从中心城精神能力者的待遇问题,想到钱的问题。然后他想到买吉他的钱肯定是要找七号要回来的。七号跑到荒野上做了多年的强盗，说不定已经攒了不少钱了。只可惜她这样的精神能力者太难抓了，他需要考虑一下，下次再见时该用什么方法来防止她逃走。

陆辛又想到孤儿院的那些孩子——七号活着，小十九活着，妹妹也快乐地生活在他身边。孤儿院的孩子还有多少活着呢？

沉默寡言的一号、从小就戴着一副圆圆小眼镜的二号、喜欢像个野人一样光着身子蹲在墙角生吃老鼠的三号、爱打架的五号、爱告状的八号，还有贪吃的十一号、梦游的十二号、总是吊在房梁上吓唬人的十四号……

陆辛好想他们啊！在黑沼城，他感觉自己好像做了一场清晰的噩梦。在这个噩梦中，他无止境地接近令人绝望的大海，醒来后，头一回有一种清晰至极的情绪在心里涌动的感觉。虽然他不想承认，但他确实有些多愁善感了。他有些想念青港城的小鹿老师，也有些想念那些本以为再也见不到的朋友，包括七号。他特别想再见七号一面，对他来说，想念她和想杀了她是两件完全不同的事情。他体会着回忆里那些淡淡的喜怒哀乐，任由情绪放飞。想到开心处，他下意识滑动打火机，结果还是只有一串火星。他真想抽根烟。

他心想：那只怪物怎么还没来呢？

突然，远处传来发动机的呜呜声。陆辛看见废弃小镇的另一端，一支车队正缓缓驶来。这些车都没开车灯，借着红月的光芒，小心地行驶着。

离得近了，陆辛发现这支车队共有八辆越野车，车头都做了加厚处理，后面还跟着一辆黑乎乎的大卡车。

"路过的吗？"陆辛想着要不要去找他们借个火。

车队没有驶入小镇复杂残破的街道，而是直接停在了外围。很快，从车里下来了很多人，聚集在一起商量着什么。紧接着，这些人快速散开，手持微型手电筒，在破败的小镇中搜索着什么。

陆辛老老实实地坐在原地。他可不想惹麻烦。

一支三人小队走进陆辛所在的这栋勉强完整的三层小楼，很快，陆辛听到了上楼的脚步声，以及枪支摩擦与晃动的声音。

陆辛仍旧老实地坐着。对方一定是有很重要的事情要办，他这时候去搭话，大概率会引起不必要的麻烦。他暗暗希望对方不会跑到楼顶来。

三人快速在三楼转了一圈，一个声音忽然响起："有楼梯通向楼顶，上去看看。"

第四章 六识脸谱与地狱使者

"太小心了吧？"另一个声音嘟囔着，"接个货而已，至于这么紧张？如果真有埋伏，肯定早被我们发现了。"

"少废话。"第一个人低声训斥，"想被组长超度吗？检查完楼顶，赶紧去别的地方。"

被训的人不吭声了。三人很快来到了楼顶，他们弓身持枪，微型手电筒的光在空荡荡的楼顶扫了一圈。就在他们转身离开时，有个人忽然意识到了不对，再次转身将微型手电筒照向一个角落。

角落里，一个年轻人慢慢转过身来，表情有些无奈与尴尬。他艰难地挤出了一个友好的微笑："你们好，有火吗？"

三位武装人员头皮发麻，手一抖，险些就要一同扣动扳机了。他们反应了足足两三秒钟才大步逼近陆辛，用枪指着他，颤声大喝道："举……举起手来！"

"怎么了？"陆辛无奈地举起手。他只是待在这里等人，碍着谁了？

"你……你是什么人？"见陆辛乖乖地举起了手，三位武装人员松了一口气，但声音依旧是颤抖的，手指依旧扣在扳机上。

陆辛耐心地解释道："你们别激动，我不是坏人，我只是在这里等人，跟你们没什么关系……"

他说他不是什么坏人……好人会大半夜独自待在这么荒凉的地方吗？三位战士不敢大意，决定只要他有任何异动就开枪。

领头的战士抓起别在衣领上的对讲机，低声汇报说发现了一个不明人士。

对讲机里有声音传来："将他带回来。"

"快走。"三杆枪指着陆辛的面门，语气不容置喙。

陆辛沉吟片刻，举着手说："好的，你们别激动，我跟你们去。话说，你们这么多人，应该有人带火吧？"

"龙组长，带过来了，就是他。"

陆辛被三人带到了废弃小镇西边。

七八个拿着冲锋枪的武装人员守在几辆越野车旁边，从他们持枪的姿势与站位就知道他们久经训练。这些车明显经过专业的改装，枪械也是统一的制式，他们应该是某个大势力精心培养出来的正规军。不过，他们身上没有佩戴任何能表明身份的臂章或胸牌，显得非常神秘。

他们口中的"龙组长"是个二十多岁的年轻人。他穿着一身白色的丝绸制的唐装，上面有金丝钩织的精美刺绣。他的头发根根竖起，显得很有精神。大概是因为晚上视物不便，他的黑色墨镜挂在鼻尖位置，压得很低。他倚在越野车上，手里拿着一台平板电脑，慢慢地滑动着。

"大半夜的，怎么会有人在这里？"龙组长翻着白眼看了陆辛一眼，随后低头继续看平板电脑。

龙组长身边有一个四十岁左右、留着大胡子的男人，虽然他没戴肩章，但看起来就比其他武装人员高一个级别。

大胡子扫了陆辛一眼，问："你是做什么的？"说完，他点了一下头。

押陆辛过来的三位武装人员立马会意，开始搜陆辛的身。不过他们什么都没搜到，于是将他的黑色背包拿出来了。

"喂，几位朋友，我真的只是想跟你们借个火，没有恶意。你们别碰我的背包好不好？"

拿着背包的人根本不理他，倒是周围的枪口离他更近了。

"借火？"大胡子一听，笑着看了一眼陆辛叼在嘴上的卷烟，然后从口袋里拿出一个打火机，啪的一声打着了火。

陆辛叼好了烟等着。

不料，大胡子慢慢地将自己嘴上的雪茄点着了，狠狠抽了一口，随后便将打火机收了起来，似笑非笑地看着他。

陆辛定定地看了他一眼，而旁边的人已经打开他的背包，往里面扫了一眼，将东西一件件地拿了出来——一包皱巴巴的香烟、一个精致的复古打火机、一个镶了金边的烟盒、一支钢笔、两把枪、一个黑色的十二阶魔方、一张质地不俗的扑克牌。

他们互相传递着看这些东西，眼神古怪。什么人会在荒野上随身带这些东西？最诡异的是，从背包里还掏出了一只黄色的惨叫鸡，上面缝满了针脚。

有个人拿着精神检测仪扫过这些东西，检查是否有精神辐射。他古怪地看了陆辛一眼，将其他物品随手丢回背包，却把惨叫鸡扔到地上，一脚踩了上去。惨叫鸡发出刺耳的叫声，紧张的气氛瞬间变得怪异。

第四章 六识脸谱与地狱使者

大胡子留下陆辛的两把枪，卸下弹匣和转轮，检查了子弹，这才不屑地将枪丢回了背包里。他吸了一口雪茄，像野兽打量猎物般笑着问："你究竟是什么人？"

"我只是个过路人。"陆辛不悦地看了一眼地上的惨叫鸡，尽量平静地回答，"我在这里等朋友，处理些事情，没想吓到你们，也没有恶意。我们各走各的路，互不干扰，好不好？"

龙组长忽然笑出声，盯着平板电脑说："没有恶意？你有恶意时是什么样子？"

大胡子笑眯眯地看着陆辛："我们也有事要做，不想妨碍别人。你告诉我们你在这里做什么，同伙在哪里，我们就各走各的路，怎么样？"

陆辛皱了皱眉，耐着性子说："我没有同伙，我在这里做什么也跟你们无关。按理说，我不需要告诉你们我是谁，但你们非要问的话，我可以告诉你们我来自青港城。至于我来做什么，这涉及与别人的约定，不能说。我们本来互不干扰，你们却非要逼问我，是不是有些不讲道理了？"

周围一下子安静起来，武装人员面面相觑，有人忍不住笑了。

与此同时，大胡子戴着的耳机里传来微弱的电流声。虽然耳机里的声音很小，但陆辛听得一清二楚，是各小队在汇报搜查结果。

"A组，安全。"

"B组，安全。"

"C组，没发现任何异常。"

大胡子皱了皱眉，看向龙组长。所有小组都没发现异常，说明这片废墟里真的只有陆辛一个人……他没有特殊子弹，也没有寄生物品……他身上没有精神辐射，穿的衣服像地摊货，还有些攀爬和锈蚀的痕迹……连嘴上的卷烟也是低档货！难道他真的只是个过路人？

"别啰唆了！"就在大胡子心里犯嘀咕时，龙组长冷冷地说，"别浪费时间，他不想说就算了。"

大胡子顿时会意，点了点头，笑着对陆辛说："你走吧。"

陆辛有些意外，指了指远方："是往那边走吗？"

"对。"大胡子又笑着点点头，"走吧，转身离开。"

陆辛松了一口气，放下了手。周围的武装人员也看着他笑，挡在他身后的两人让开了一条路。

陆辛面无表情地看了他们一眼，捡起惨叫鸡，拍了拍灰尘，转身朝原来的方向走去。

看着他的背影，武装人员互相使眼色，露出会意的笑容。有人悄悄换上了新弹匣。

龙组长也意识到有好戏看，暂时放下平板电脑，抬头看向陆辛的背影。大胡子则取出一个黑色长筒，装在枪口上。他将装了消声器的枪扛在肩上，瞄准走出七八米远的陆辛，猛地扣动扳机。七八颗子弹瞬间射向陆辛的后背。

众人兴奋地等着看好戏。这是狩猎，自古以来就受欢迎的乐子。

然而，子弹呼啸而去的瞬间，他们看到在红月的光芒下，陆辛的身体似乎出现了多重幻影。但他们定睛一看，他并未移动，只是停下了脚步。

从视觉上看，子弹应该击中了他的后背。可他身上毫无伤痕，反而是他身前传来子弹落地的声音。仿佛子弹飞向他身体的瞬间，他扭曲了身体，躲过了子弹。

这诡异的一幕让这些武装人员脸上的笑容僵住了。他们意识到某种怪异的可能性，下意识绷紧了身体。

大胡子再次扣动扳机，一连串子弹射向陆辛的后背。

就在这时，他们眼前一花，陆辛的身影突然消失了。

他们心里一惊，只见空中出现一个扭曲的身影，身体弓起，双臂展开，像裹挟着一阵狂风，狠狠扑下。

大胡子立刻抬起枪口指向空中的影子。枪口举起的瞬间，他看清了那张脸——陆辛正笑着，露出森森白牙。

第三波子弹射出，但大胡子扣动扳机的那一刻，陆辛伸手抓住枪口，向上一抬，子弹呼啸着飞向空中。

紧接着，陆辛的膝盖重重地撞在大胡子的下巴上，直接将他撞翻在地，下巴发出清脆的响声。

下一刻，陆辛夺过枪，拧掉消声器，指着大胡子的脸："不许动。"

周围的武装人员见状，反应快的立刻举起冲锋枪，其中有几杆枪里装着特殊子弹。

"我好生气！"就在这时，一个小女孩的笑声响起。

第四章 六识脸谱与地狱使者

举着冲锋枪的武装人员感觉一只冰凉的小手在身上摸索，一股怪异的力量在体内横冲直撞。他们的身体仿佛不再属于自己，有的哗啦一声扔掉枪械，有的不受控制地朝队友开枪。

子弹四处飞溅，火光闪烁，场面一片混乱。

陆辛波澜不惊，低头看着大胡子。

刚才还带着戏谑表情的大胡子此刻满脸惊怒。"你……"他的额头青筋暴起，用力吐掉雪茄，嘶声大喝。第二个字还未出口，陆辛便扣动了扳机。

冲锋枪的子弹倾泻在大胡子的脸上。子弹的后坐力震得陆辛双臂发麻，但他面无表情地扣住扳机，枪声不绝于耳。

大胡子的脸被打得稀碎，周围碎石飞溅。

几十发子弹瞬间打完，陆辛看了看冒烟的枪口，皱了皱眉，又从大胡子腰间拔出一个弹匣，塞进枪里，继续开枪。

子弹再次打完时，大胡子的脑袋已不见踪影，地面被打出一个深坑。

陆辛缓缓将枪口凑到嘴边，染血的烟头靠近滚烫的枪管，火星燃起。他深吸一口，站起身，将冲锋枪扔到一边。他身上溅满鲜血，表情却无比平静。

陆辛从嘴里拿下卷烟，缓缓吐出一口烟，又重新叼上，转身看向逃到车顶的龙组长，微笑着说："我记得你刚才说……想知道我有恶意时是什么样子？"

陆辛突如其来的爆发让周围的武装人员惊恐万分。短短十秒内，场上的强弱之势彻底逆转。原本占据优势的他们，眨眼间死了好几个人，甚至有一个脑袋都被打没了。而原本在他们眼中任人宰割的陆辛，此刻满脸鲜血，阴冷的眼神让他们心底发寒。

他们惊恐地后退几步，让出一个大圈，浑身颤抖地看着陆辛。

尽管陆辛狠狠地抽了一口烟，心中的怒火却无法平息，反而越烧越旺。他不明白，明明他已经多次忍让，对方为何还要对他下死手。

"呵呵，蜘蛛系精神能力者？"龙组长缓缓摘下墨镜，似笑非笑地看着陆辛，"装成普通人，在这里跟我玩扮猪吃老虎？"

这话无疑是火上浇油，陆辛的眼白中甚至浮现出了黑色粒子。但他还是忍住了，因为他有个道理必须讲清楚："什么叫扮猪吃老虎？"

龙组长的脸上毫无惧色，笑着回答："朋友，你明明是个精神能力者，却装成普通人，这不是扮猪吃老虎？"

陆辛强压着怒火，语气冰冷："我在你们面前已经做到了一个人所能做到的最大程度的礼貌与忍让。说真的，你们拿枪指着我，又搜我的身，还把我妹妹的惨叫鸡丢在地上，我已经很生气了，但我忍住了。我努力做到了一个正常人该做的事，怎么就成了'扮猪'？我被逼得没办法了，只能还手，落在你们眼里就成了我想'吃老虎'？你们是不是太不讲道理了？"

听完他愤愤不平的控诉，龙组长歪了歪头，表情古怪地说："你好像真的有些生气，看样子，你是个疯子。"

陆辛的情绪瞬间平静下来，他突然意识到，自己跟这人根本说不通道理。

"看你的能力还不错，这样，我让一步，你告诉我你是哪方派来的，然后立刻离开。我们都别惹麻烦，好不好？"

陆辛冷冷地看着龙组长，朝他走去："你说惹麻烦就惹，说不惹就不惹了？"这次他是真的生气了，非要打这一架不可。

"呵呵，你果然是冲我来的！"龙组长说话间，改装车里有人递给他一个黑色手提箱。他轻轻打开箱子，笑道："扮猪吃老虎确实是个容易让人防不胜防的伎俩，但你这次找错对象了！"

陆辛已经走到车前三四米的位置，正在考虑要将龙组长虐杀到什么程度。身边的妹妹牵着他的手，眼睛一直盯着那些武装人员，以防他们有异动。

从龙组长刚才的逃跑动作来看，他是个普通人。但没想到，他从手提箱里拿出一个白花花、带着诡异花纹的东西，飞快地戴在脸上。下一刻，他的身体诡异地向后跌去，发出骨骼断裂般的咔嚓声。但他的动作却丝毫不受影响，双臂瞬间向前伸出，一只手握着一把银色小手枪，另一只手握着一把黑色匕首。

龙组长连开两枪，两颗子弹一前一后，精准地射向陆辛的眼睛。

这样精准的打击一般人难以躲闪，但陆辛微微晃了一下脑袋，便轻松躲过。

陆辛有些诧异地看着龙组长。这人刚才还像个普通人，如今却施展出了蜘蛛系的精神能力。不过，如果他有别的能力也就罢了，蜘蛛系的话……谁

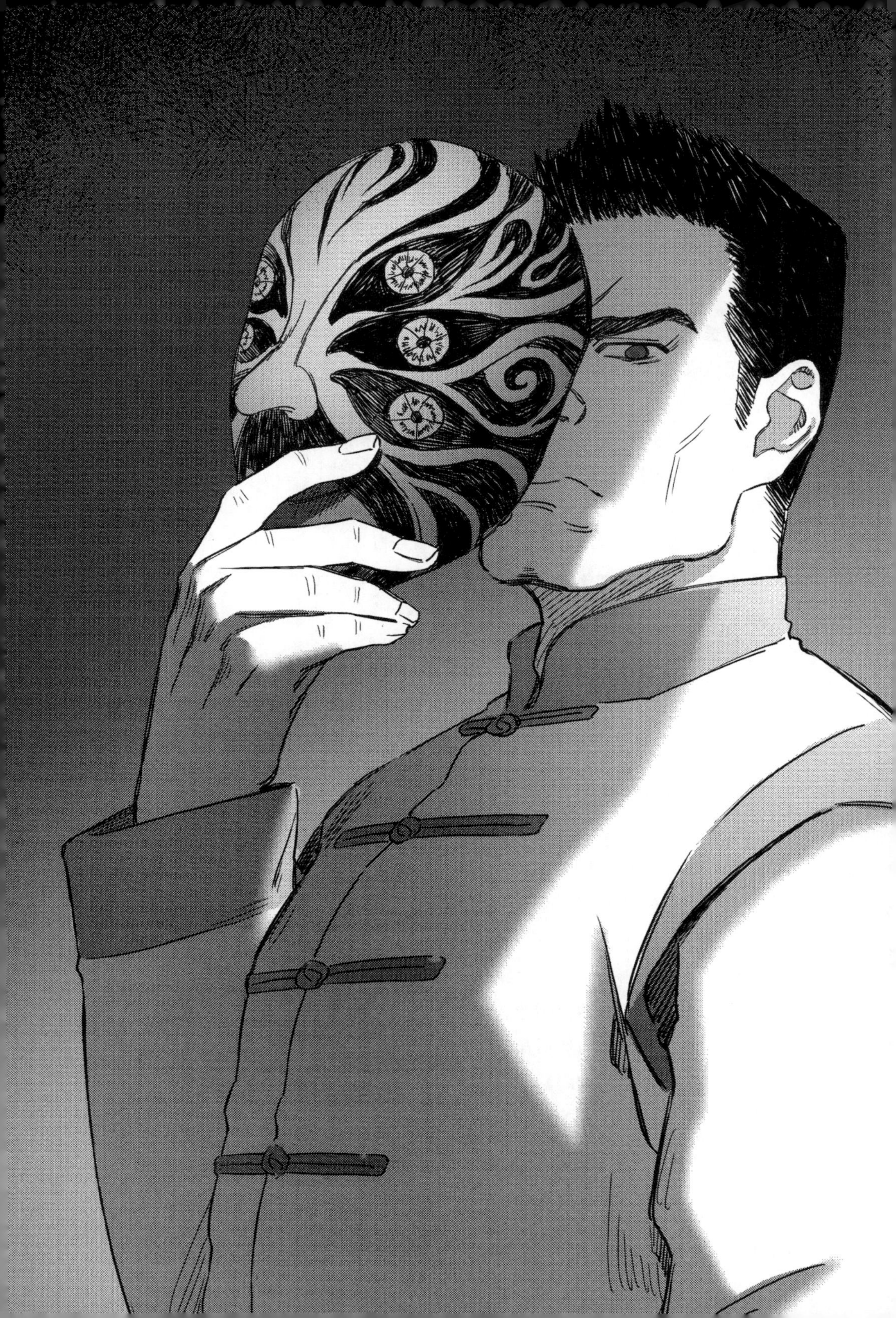

能比妹妹更厉害呢？

下一刻，陆辛身体一缩，瞬间跃上车顶，伸手向前抓去。

这种改装车底盘高，车顶离地面足有两米。龙组长虽然还未落地，但距离陆辛也有一米多远，一条胳膊的长度根本抓不住他。然而，陆辛的手臂往前一探，竟然拉长了半截，眼看就要抓住龙组长的肩膀了。

龙组长发出一声低笑，突然向高处弹去，仿佛被一根无形的丝线拉扯着，突兀地改变了方向。

陆辛心头诧异：蜘蛛系精神能力者能将身体开发到极致，但即便如此，也无法在不借力的情况下在半空中移动方位。龙组长凭空抓住无形的丝线，借助丝线的拉扯瞬间改变方位，躲过了自己的这一抓，这是木偶系的精神能力。他一个普通人，怎么突然能施展两种精神能力？

然而，陆辛还来不及多想，便感到后背一阵凉风。龙组长凭借木偶系的精神能力，弹飞到陆辛身后的空中，朝着他的后背，狠狠地刺下黑色匕首。

陆辛突然转身，精准无误地抓向龙组长的脖子。

龙组长面具下的眼睛里闪过一抹惊疑，但紧接着就发出了一声冷笑。他的身体忽然消失得干干净净——原来只是个幻影。

与此同时，一道黑色刀光自下而上，直挑陆辛的喉咙。刀光后是龙组长脸上那张诡异的面具。

这是扭曲视觉的精神能力。刚才陆辛看到的半空中的龙组长是扭曲后的视觉幻象。实际上，真正的龙组长矮身突进，一刀划向陆辛的喉咙。

在这种高速且怪异的近身战斗中，错误判断对手的方位是致命的失误。眼看匕首即将划破陆辛的喉咙，他甚至来不及格挡躲避，于是抬脚向龙组长踢去。

"砰！"一声闷响，龙组长被踢飞出去两三米远，撞倒了一排武装人员。

整个过程里，陆辛嘴上叼着卷烟，烟熏得他左眼微微眯起。他心想：花里胡哨的东西挺多，但居然不知道精神力量强大了，可以释放扭曲力场吗？

陆辛好奇地打量着被踢翻在地、半天爬不起来的龙组长脸上的东西。那是一张京剧脸谱般的面具，涂满了白色的油彩，上面的黑色纹路上下左右对齐，看起来好像六只眼睛。

陆辛记得，刚才他看到那六只眼睛里，有三只闪过了红光。而龙组长在

第四章　六识脸谱与地狱使者

刚刚的交手中施展了三种精神能力。最后，龙组长是受到他的扭曲力场影响，才被一脚踢出去的。

龙组长并不是精神能力者，所以，是这面具赋予了他精神能力？

"你……"龙组长的身体抽搐着翻了过来，死死地盯着陆辛，只说了一个字，便一声低呕，似乎被陆辛那一脚踢出了内伤，血涌到了嘴边。

"你这是寄生物品吗？"陆辛拿下卷烟，弹了弹烟灰，然后看着龙组长的面具说，"借给我看看好不好？你放心，我也不要你的，看看就还给你。"

见到新鲜玩意儿，想借过来看两眼应该挺正常的吧？但龙组长却表现出了极大的恐慌。他干呕了一阵，见陆辛靠近，便慌忙爬起来，躲到几名武装人员身后。他们一行共八辆越野车，除第一辆外，每辆越野车至少载有四名武装人员。刚才死了三四个人，剩下二十多人中，一半还在小镇废墟中探查，未及返回。此刻，眼前还有十几名武装人员，他们紧张地排成一排，拦在陆辛面前。不少人迅速换上了特殊子弹，甚至有人拿出了古怪的仪器。即便如此，他们的枪口仍在颤抖。

"你……你究竟是什么人？"龙组长的声音充满惊疑。

"不是说过了吗？"陆辛慢慢地走过去，"我只是路过这里，等一个朋友，但你们不肯放过我。"

一排枪口指向陆辛，但握枪的武装人员的身体却在向后倾斜。

"等等！"龙组长焦急地高喊，"你真不是专门为我们来的？"

陆辛摇了摇头："不是，我根本不知道你们在这里。"他的回答坦然得让人无法怀疑其真实性，但他并没有停下脚步。

"朋友，这可能是个误会！"龙组长强忍着胸膛里翻涌的血气，拼命喊道，"刚才……刚才是我的人对不住你，我向你道歉！你毕竟已经杀了他，这件事就算扯平了，好不好？"

陆辛脚步微顿，脸上露出笑容："不好。刚才或许真的是个误会，但现在不是了！"

龙组长面具下的眼睛死死地盯着陆辛，隐隐发红。他忽然下定了某种决心，威胁道："你知不知道我是谁？"

"那你知不知道我是谁？"陆辛毫不客气地反问。

龙组长的瞳孔猛地一缩，随即摇头。

"不知道就好。"陆辛笑着说，"这样，就算我对你过分一些，你也没地方告状。"

"你！"龙组长惊恐万分。

陆辛收起笑容，加快脚步。

尽管陆辛身形瘦削，但当他走近时，所有人都产生了一种幻觉——他周身的空气扭曲了起来，使得红月的光芒变成了流动的光线，他的身体似乎越来越高大，几乎将众人笼罩住了。

"拦住他！"龙组长嘶吼着，同时迅速后退。

早已紧张到极点的武装人员疯狂扣动扳机。枪声震耳欲聋，十几杆枪同时喷出暗黄色的火舌，数百颗子弹倾泻而出，其中夹杂着不少特殊子弹。场面极尽绚烂，仿佛价值几万块钱的烟花在狭窄的空间里绽放。

光芒照亮了陆辛的脸，他看向身旁某处，轻声说："知道你生气，去吧。我的家人不能被欺负，只是欺负她的惨叫鸡也不行。"

"哥哥真是太好啦！"妹妹勇敢地爬向那排武装人员。尽管那些子弹中有不少是能对她造成威胁的特殊子弹，但因为有陆辛在身后，她毫不畏惧。她爬行的速度比子弹还快，且在快速爬行中，身体一块块散开，飞向四周。

妹妹一个人包围了十几个人。她的小手一触碰到这些人，他们便痉挛着失控了。在小女孩的嬉笑声中，枪口不受控制地转向，子弹交织成的网笼罩了同伴。

惨叫声此起彼伏，血腥味与皮肉烧焦的气味充斥鼻尖。龙组长感受到了子弹摩擦空气的灼热气流，以及砂砾碎屑弹到身上的刺痛。这种由声音、气味、触感交织而成的恐惧让他战栗不已。

虽然陆辛那一脚踢断了他几根肋骨，还让他吐了一口血，但他戴着面具时能借助蜘蛛系精神能力的特性修复伤口。因此，他早已暗中调整好状态，只是故意装成受了重伤的模样麻痹陆辛，为自己创造逃跑的机会。

龙组长像一只迅捷的蜘蛛，贴着地面飞速逃离。他不知道那些武装人员能撑多久，只能争分夺秒地逃向最后面的卡车。他咬紧牙关，在空中翻滚一圈，稳稳地落在卡车顶端，这才回头看去。

这一看，龙组长顿时浑身冰冷。那个来历不明、叼着卷烟、沐浴在红月光下的家伙正站在原地看着他，居然没有追上来。而他的组员身体被扭曲成麻花状，怀里还抱着枪，虽然看起来还活着，却已彻底沦为衬托恐怖氛围的一种元素。

在这地狱般的场景里，陆辛神情平静，踩着血肉与弹壳，静静地抽着烟。隐约间，一道小女孩模样的影子绕着他飞快旋转，仿佛十分调皮，为这恐怖的氛围增添了一丝诡异。

那种无法形容的神秘与压迫感终于逼得龙组长扯掉了车厢上的黑布。他朝陆辛喊道："朋友，没有人可以张狂到底……我已经被你逼到这一步，你还不肯收手？"他紧握栏杆，手上的青筋暴起。

"那是什么？"陆辛好奇地看着卡车车厢。这支车队前面都是改装越野车，唯独这辆卡车车厢蒙着严实的黑布。陆辛原以为里面是物资，此刻龙组长掀开黑布，他才发现车厢上焊接着结实的金属栏杆，宛如一个巨大的笼子。笼子里装着汽油桶大小的玻璃罐，罐中盛满淡红色液体，好像是福尔马林。

忽然，一张惨白的脸贴上了玻璃罐。

陆辛吓了一跳，定睛一看，发现那只是一个人偶脑袋，可爱、漂亮，却毫无生气。

他们将人偶拆分装进福尔马林里做什么？陆辛虽心有疑惑，但还是看向车顶情绪几近失控的龙组长，摇头说道："你那句话说得挺好，没有人可以张狂到底。只是这么有道理的话，你为什么非要到最后才明白呢？"

"疯子，神经病！"龙组长几乎快哭出来了。他不明白自己遇到的究竟是什么怪物——孤身出现在这座废弃城镇，看似普通，实际上却神秘而强大，甚至有些变态。

那怪物从容、自信，全身透着怪异。这究竟算什么？他怎么就惹上了这样的怪物？而且居然还是他主动招惹的！

"死吧！"龙组长终于下定决心，低声咒骂。他脸上的面具发生诡异的变化，黑色油彩勾勒出的眼睛同时亮起红光，使他瞬间变得好像一只六眼怪物。与此同时，他踢向一个按钮，脚下笼子里的玻璃罐传出蒸汽释放的声音，紧接着，无数白花花的小人儿从罐中飞出，正是那些浸泡在福尔马林里的人偶。

它们冲到半空中，身上还沾着刺鼻的液体，溅得到处都是。

面具下的龙组长发出一声闷哼，仿佛在忍受极大的痛苦。

陆辛周围响起怪异而稚嫩的笑声。他转头看去，瞳孔微缩——数百个白花花、赤裸的塑料人偶围着他不停转圈，塑料脚掌踩在沙子上，发出异样的沙沙声。它们苍白僵硬的五官缓缓舒展，露出怪异的笑容，虚假的眼睛射出阴冷瘆人的目光。

它们同时拍手嬉笑的声音产生了一层层如有实质的精神力量，不断涌入人的脑海，令人烦躁至极。一千只鸭子的聒噪也不及一群小孩的疯狂大叫更让人心烦意乱。

远处传来脚步声，是分散在废弃城镇里搜索的武装人员。他们听到混乱的枪声，匆忙赶回，却被眼前这一幕吓得停下脚步。他们盯着那群塑料人偶，脸色异常惊恐。

面对如此怪异的场面，陆辛皱了皱眉，随后脸上慢慢浮现出怀念的神情。

疯狂的小孩，阴森的目光，诡异的笑容……这一切真像他从小长大的孤儿院啊！看着它们，他的心都跟着柔软起来。

"你真以为我看不出来？"龙组长大喊道，声音中带着痛苦与愤怒。他放出那些塑料人偶时，从玻璃罐里延伸出来的半透明丝线顺着他的双腿缠绕上去，好像给他裹上了一层厚厚的茧。与此同时，他的精神力量也在不断增强。他仿佛是想通过喊叫来宣泄痛苦："你比我强，只是因为你的精神量级比我高。你应该接受过中心城的零精神能力者改造吧？你是靠强大的精神力量来影响对手的吗？只可惜，中心城的技术未必能让你在混乱之地横行霸道。"

与此同时，卡车上的金属栏杆被扭曲，发出刺耳的声响。

龙组长深吸一口气，空气中忽然扩散出一圈透明的波纹，形成一个巨大的圆。砂石像被狂风吹动，迅速向四周滚去。

龙组长的六只"眼睛"忽然同时看向陆辛，无形的精神力量如潮水般涌到陆辛面前，几乎要将他淹没。

周围那些蹦蹦跳跳的塑料人偶兴奋得好像得到了糖果，僵硬而怪异的脸上咧出一张大嘴，牙齿锋利森然，瞬间从地上弹起，冲向陆辛。它们仿佛一群残忍的小兽，贪婪地盯着他的血肉。

陆辛后退一步，躲开几个人偶，但扑过来的塑料人偶太多，他还是被其中几个咬住,剧烈的疼痛感从被咬的地方传来。他低头看去,却没有发现伤口,反而是精神力量似乎被撕咬掉了一部分。那些咬到他的人偶更加兴奋,表情越发凶狠,撕咬的速度也更快了。

陆辛心想:这是在撕咬他的精神力量?难怪龙组长说不怕他精神力量强大,原来这些人偶是专门用来对付零精神能力者的……

"不要欺负哥哥!"妹妹生气地冲了上来。她的小手抓住两个塑料人偶的脖子,用力一撞,将它们撞成了碎片。

但周围的塑料人偶实在太多了,妹妹虽然动作快、够凶,但她一个人根本无法阻止这么多人偶撕咬陆辛,只能在旁边一边拉扯,一边生气地喊:"他会生气的,会打死你们!你们这么可爱,我不想让哥哥打死你们!"

释放了精神冲击的龙组长几乎虚脱了。他看着无数塑料人偶撕咬陆辛的画面,眼中露出残酷的光芒。直到这时,周围的武装人员才敢靠近他,围成一个圈将他护住。有个组员好奇地问:"组长,那究竟是什么人?"

"那就是个……"龙组长咬紧牙关,承受着一根根丝线传来的精神力量。他的身体表面上没有丝毫变化,但他感觉自己正在膨胀,尤其是脑袋,好像一只快要爆开的气球。

这是因为那些塑料人偶把陆辛的一部分精神力量传给了他。他开始恐慌了——究竟是什么样的怪物才能有这么强大的精神力量?仅仅是被撕咬下来的部分,就让他快承受不住了?

龙组长心里的恐慌变成无尽的痛恨,他咬着牙继续道:"神经病!"就算陆辛再可怕,也到此为止了。在这群人偶的攻击下,陆辛的精神力量只会越来越弱,而他却会越来越强。就算这些人偶无法直接杀死陆辛,在精神力量的此消彼长下,他也稳操胜券。虽然他付出的代价会很大——他会有一个月的时间像小孩一样爱尿床、爱哭。

被这么多古怪的塑料人偶围住,陆辛有些心烦意乱。他倒没感觉自己的精神力量少了多少,但被咬的地方还是挺疼的。这群人偶怎么跟他小时候的孤儿院里的那些小孩一样,下嘴没个轻重?虽然他很想发脾气,但还是忍住了。

这是他经历黑沼城事件后的最大进步。从某种程度上来说,他已经学会了控制愤怒的情绪。能控制住的原因非常简单——他来这里是为了赚那两百万……不对，是为了拦截怪物！拦截的关键是截断它的路线，让它原路返回。所以他最好的选择是等怪物靠近时再突然释放愤怒情绪。这样，受惊的怪物就会掉头逃跑，回到红泥小镇，进入夏虫等人的包围圈。要是它离得老远就能感受到他的愤怒，可能会选择往其他方向跑，导致夏虫的计划出现变数。这就是陆辛不想随便发脾气的原因。

当然，陆辛也不会放过龙组长。对方欺侮了他，他就要如数奉还，这是公道。一边是公道，一边是两百万联盟币，怎么选？陆辛当然选择两个都要。

对方是依靠寄生物品才这么厉害的，那他就没有吗？陆辛脑海中闪过这个念头，快速后退，甩飞一个咬着他手的塑料人偶，然后抬手摸了一下眼镜架，低声说："你还想不想吃饭了？"

奇异的精神力量在镜架处微微弹动。

数秒后，眼镜狗从旁边的房顶上跳了下来。它龇着獠牙，瞪着血红的眼睛，一口咬碎一个塑料人偶，同时用爪子撕碎了咬着陆辛肩膀和大腿的两个人偶。然后它转过身，疯狂地摇着尾巴。

"解决它们。"陆辛对眼镜狗和妹妹点了点头。

一人一狗立刻露出凶相，一前一后护着陆辛，向周围龇起尖牙，狠狠挑衅。

无数塑料人偶像蚁群一样将他们围在中间。这些人偶的数量越来越多了，而且每一个都越来越强大、灵活。

有妹妹和眼镜狗保护的陆辛在背包里摸索了一会儿，拿出一个黑色魔方。当周围的塑料人偶冲上来时，他轻轻转动魔方。

陆辛的身影瞬间消失。妹妹和眼镜狗愣住了——他们一心想保护陆辛，陆辛却丢下他们跑了？被背叛的委屈涌上心头，但他们还是勇敢地扑向周围的塑料人偶。

借助十二阶魔方的力量改变精神特征的陆辛暂时安全了。他又从背包里拿出一张黑色扑克牌——黑桃J。这是他从长湖城精神能力者黑杰克的脑袋里取出来的。他将扑克牌夹在双指间，冷冷地看了它一眼，然后朝龙组长的方向点了点下巴。

龙组长十分警惕，十几个武装人员将他围成一圈，枪口指向外面。直接冲过去肯定吃亏，于是陆辛想到了这张扑克牌。他还记得黑杰克的精神能力是什么。

扑克牌里的精神力量本想老老实实地在背包里装死，但陆辛这一眼让它慌了。

陆辛隐约听到一个闷闷不乐的声音："可恶，暴露了。"

其实，无论是魔方还是扑克牌，都非常老实地待在陆辛的背包里，甚至没有散发出一点精神辐射。但被陆辛看穿了，它们再藏着也没什么意义了。

扑克牌上流过一股电流，陆辛顿时有一种短途穿梭之感。他和龙组长身边的某个武装人员产生了巨大的吸引力，他吸引着对方的同时，对方也在吸引着他。他没有反抗，任由这种力量将他拉扯过去。

下一秒，陆辛出现在那个武装人员的位置，对方则出现在他的位置。

陆辛心想：原来这就是黑杰克当时能和韩冰换位的原因。这张扑克牌的作用是利用深渊与视野内的某个人进行一次位置交换，还挺有用的。

陆辛转头看向龙组长。对方就站在他面前，面具下的眼睛还在焦急地看着远处。一秒钟后，龙组长发现一个武装人员突兀地出现在塑料人偶的包围圈里，才猛地回头，看到陆辛正面对着自己，脸上带着淡淡的微笑，左手的食指和中指间夹着一张扑克牌。

"你？！"龙组长的身体肉眼可见地哆嗦了一下。面具上的几只眼睛飞快闪烁，每闪烁一次，便代表施展了一次精神能力。

几种异样的精神力量渗入陆辛的身体，但瞬间被他强大的精神力量稀释。从外表看，陆辛完全不受影响。龙组长绝望地抬起枪，但陆辛速度更快，瞬间从背包里取出一把左轮手枪，指在龙组长的脸上。

陆辛伸手将龙组长脸上的面具摘了下来。面具之下，龙组长满脸冷汗，绝望地看着他。

龙组长的脸虽然还挺英俊，但看起来很碍眼！陆辛铆足劲，狠狠地一拳打在他的脸上。鼻血顿时喷涌而出，很快流满了半张脸。这下顺眼多了！

与此同时，陆辛嘴里的卷烟燃尽。他轻轻把烟头吐在地上，用脚尖碾灭，然后说："现在可以好好讲讲道理了吗？"

龙组长被陆辛这一拳打得跌坐在地，痛苦地捂着脸，许久没能抬起头。周围的武装人员反应过来，纷纷转身举枪对准陆辛。他们端着枪的指节微微泛白，眼底只剩下看到实力悬殊后无法掌控命运的恐惧。

"如果我是你们，我就不会开枪。"陆辛低声说道，"你们死了，估计不会开心。我若是杀了人，同样也不会愉快。为什么不能放下枪，心平气和地说话？"

听着陆辛平静而诚恳的语气，这群武装人员彻底被绝望淹没。比他们强大这么多的人在跟他们讲道理，这太可怕了！周围那么多死人，都是他讲道理讲出来的吗？

当龙组长捂着脸反思人生、周围的武装人员满心恐惧时，陆辛低头看着手上的面具，只见它如同活物，上面延伸出一根根半透明的触须，像蚯蚓一样缠绕着他的胳膊。触须顶端是细得看不清的口器，似乎想钻进陆辛的手臂。

不远处的妹妹和眼镜狗还在与那群塑料人偶战斗。塑料人偶很凶，妹妹和眼镜狗更凶，不时有被拆掉的塑料小腿、小胳膊、半边脑袋被丢出来。

"你居然还不停下？"陆辛有些惊讶地看着面具上的触须。它们想钻进他的胳膊，却钻不进去。他知道那些塑料人偶都是由这个面具操控的。

面具仿佛也有些迷茫地上下"打量"着陆辛。

"每个寄生物品都由特殊的精神力量所寄生，所以每个寄生物品都有自己的小脾气。"陆辛看着面具，好脾气地笑了笑，"不过，对付你们，我还是很有经验的。"他蹲下身，把面具丢在地上，用力踩了一脚。

面具发出一声脆响，但没有裂开。陆辛捡起多了个脚印的面具，将它扔进黑色背包里，又拿出黑色魔方与扑克牌，看了它们一眼，语气仿佛在跟小孩子说话："你们两个好好劝劝它。"说完，他将这两个寄生物品也扔进了背包。

黑色背包突然剧烈颤抖起来，好像里面有东西在打架。

不远处那些成群结队、嘻嘻哈哈却又凶狠可怕的塑料人偶忽然停了下来，动作僵住，保持着转头看向陆辛的姿势。

妹妹和眼镜狗也停下来，好奇地看着这些小东西。陆辛则低头看着背包，脸上露出了微笑。

"你……"龙组长颤抖的声音响起。他挨了那一拳后，蹲在地上捂着脸，看起来痛得话都说不了了，但其实这也是他装的。陆辛抢走了他的面具，他反而挺开心的，只想静静地等着陆辛的惨叫声。然而，惨叫声没等到，却看到陆辛将面具扔在地上，狠狠踩了一脚……这让他心里发毛。他偷偷看过去，恰好看到陆辛将三个寄生物品放进背包里。他愤怒无比，瞬间明白了自己为什么会输。

陆辛在某些方面特别敏锐，他能感觉到龙组长此时的恐惧与之前的不太一样。龙组长之前的恐惧半真半假，而现在他像看怪物一样，惊疑地看着陆辛："你……原来你也是信奉藏杖人的侍从？"

"嗯？"陆辛有些疑惑地看了龙组长一眼。"藏杖人"这个名字他有些熟悉，仔细回忆了一下，才想起这是妈妈说过的代表十三种异常精神力量的终极之一。与其他终极相比，这位的代号算是比较低调的了。

"你伏击我就是为了抢夺我的六识脸谱？"龙组长突然恼怒起来，"你违反了规则，黑匣子组织不允许我们抢夺彼此的寄生物品！我也算是藏杖人的信徒！"

"黑匣子？"陆辛定了定神，又看了龙组长一眼，"别的先不说，这事可不是我先招惹你的。"他很不喜欢龙组长说的话，他是个正经人，不会主动惹事，也不会去抢别人的东西。

"你明明就是在戏耍我！"龙组长厉声大叫道，"你故意在这里等我，伪装成普通人的样子，就是为了引诱我拿六识脸谱出来对不对？如果不是，你怎么会提前准备了控制六识脸谱的方法？但你违反了规则，黑匣子不允许信徒抢夺同伴的寄生物品，你也无法用这种方式获得藏杖人的恩赐。"

"恩赐？"陆辛听得一头雾水，很快意识到这家伙可能误会了什么。他很想知道这到底是怎么回事，便不动声色地"嗯"了一声。他面无表情，竖起耳朵继续听着。

"你！"龙组长似乎很懊恼，但又不敢发作，只能努力压住怒火，低声说，"朋友……这位先生，请你相信我，每一份恩赐的降临都有它的规则，信徒之间争夺寄生物品一定会迎来黑匣子的制裁！"

陆辛觉得他快说到重点了，便只发出了一个"呵"字。

"你连黑匣子都不放在眼里？"见陆辛不为所动，龙组长有些焦急，开始示弱，"那火种公司呢？六识脸谱并不是我的，而是火种公司的，我也只有使用权。如果你将它拿走了，我确实活不了，但火种公司绝对不会善罢甘休。无论你是什么人，都会遭到火种公司满世界的追杀。你……你应该知道火种公司的可怕！"

"听人说过，"陆辛点了一下头，"三个小时前。"

龙组长陷入了迷茫。这还是他第一次遇到对黑匣子和火种公司反应这么平淡的人。他完全猜不透陆辛的来历，甚至不知道自己该说什么了。

陆辛感觉自己好像装得有些过了，便主动抛出一个问题："面具可以还给你，但你需要告诉我，那个仪式是怎么举行的？"

龙组长警惕起来："哪个？"

"你猜？"

龙组长仿佛明白了什么，颤声道："你也对藏杖人的精神殿堂感兴趣？"

"精神殿堂？"陆辛微微摇头，"我对藏杖人比较感兴趣。"

"你——"龙组长从他的语气里听出亵渎的意味，缓了一下才低声道，"不用耍我了，集齐七种寄生物品就能举行求知仪式，获得进入精神殿堂的资格，这事你不知道吗？如果不是为了进入藏杖人的精神殿堂，谁会随身带这么多寄生物品？"

陆辛还真不知道这事，但他知道龙组长所说的寄生物品是指他的眼镜、黑色魔方和扑克牌——一件是上头奖励的，一件是没来得及充公的，一件是别人寄存在他这里的。他当然不会告诉对方这些，只是问道："还有呢？"

"还有？还有……还有……"龙组长放慢语速，仿佛在思考，又仿佛是在拖延时间。

北方忽然刮来一阵冷风，周围的温度骤降，皮肤上的汗毛一根根竖起。细碎而诡异的低语与笑声突兀地在脑海中响起，仿佛脑袋里瞬间钻进了好多人，这些人在开会、吵架，甚至打个不停。

陆辛转身看向北方，表情惊讶。

"还有，你要倒霉了！"龙组长的语气充满讥讽，"真以为我想告诉你这些？我等的人已经来了！"

"你等的人？"陆辛愣了一下才明白他说的是什么。

此时，龙组长一副阴谋得逞的模样。看来，此前他故意提起陆辛感兴趣的话题，一方面是为了试探陆辛的身份，另一方面则是为了拖延时间。

这人的心眼怎么这么多呢？陆辛有一种被人戏耍的无奈感。

混乱的精神力量尽头，红月的光芒受到影响，形成了丝丝缕缕的乱流。

在这团乱流下，空气如同信号不稳定的电视画面，闪烁跳动。当视野终于稳定后，陆辛看到北方的荒野上飘来一个穿着黑袍的"人"。

它起码有三米高，身上的黑袍肥大至极，还有个兜帽。这件袍子几乎将它整个儿罩住了，因而陆辛看不见它的面貌，甚至看不到它的手脚。

陆辛只能看到，它的兜帽、领口、肥大的袖口，甚至是胸前的褶皱里，都隐隐约约露出了几张苍白的脸。它们都带着奇怪的笑，偷偷从袍子里钻出来，好奇地打量着四周，给人一种黑袍下藏着无数个鬼鬼祟祟的人的感觉。

"这是……"陆辛一怔，忽然想到了什么。

那怪物身上那些脸都看到了陆辛，自然也看到了周围的血腥场面，表情变得呆滞。

"我跟你说过，你不可能张狂到底！"龙组长一脸兴奋地大叫道，"使者已经到来，等待你的命运是成为活生生的祭品！就算你提前准备了那么多寄生物品，也无法对抗强大的使者！"

陆辛端正地站着，眼睛里浮现出黑色粒子，脸上带着惊讶与紧张。

龙组长迫不及待想看到陆辛恐惧而绝望的表情，然而下一刻，他看到了诡异的一幕。

当陆辛看向那怪物时，对方似乎察觉到了什么，身上的苍白人脸同时露出惊恐的表情，迅速缩回黑袍里，仿佛老鼠钻回洞穴。接着，它忽然掉头飘走了，袍角飞扬，好像提着裙子逃窜的贵族小姐。

它的离去带走了怪异的呓语和混乱的精神辐射，周围瞬间安静下来，甚至有些尴尬。

龙组长愣在原地，脸上写满疑惑："这是什么情况？"

"别跑！"陆辛急忙高声喊道，眼睛里的黑色粒子更加浓郁。一道黑影从他的脚下蔓延开来，像一片黑色的湖水。

陆辛的惊讶与紧张都是真的。他惊讶于那怪物的突然出现，他都没做好准备；紧张的则是它没有原路返回，而是向西北方逃去了。他可不能让它逃脱，否则夏虫的计划就失败了。

陆辛急忙抬手向前抓去。刚才那怪物距离他只有一百米左右，此时它已经飘出去几十米远，这样的距离常人自然无法触及。但陆辛伸出手的同时，耳边响起父亲的笑声，脚下的黑影如同一只贴着地面的手，迅速向前延伸，瞬间抓到了百米之外。

　　陆辛感觉到了前所未有的得心应手。以前在荒野上，即便是借助父亲的力量，他也很难覆盖如此远的距离。精神力量在有生命和无生命的地方表现不同。在有生命的地方，它可以通过污染快速传播。只要陆辛的意志足够强大，人又足够多，那么传播距离几乎是无限的。但在荒野上，他只能依靠自身的能力，以精神冲击的形式去发散。之前他在父亲的帮助下最多只能让精神力量覆盖二三十米，如今却延伸到了百米之外，并且依旧灵活。这或许是因为父亲成了黑沼城的精神领主，能力有所提升吧。

　　黑影一抓住那怪物就立刻往回收缩。那怪物惊恐万分，精神力量迅速膨胀并向外弹射，就像一颗手雷在掌心炸开。黑影被弹开少许，不过紧接着，更多的影子覆盖上去，层层加固，将它牢牢缠住。

　　无数尖锐或低沉、疯狂或扭曲的叫声响起，那是怪物体内数不清的苍白人脸在恐惧地叫喊、挣扎，但在父亲强大的精神力量的压制下，这一切都是徒劳的。

　　黑影将那怪物往陆辛面前拉。离得越近，那怪物便越恐惧。这种恐惧在某种程度上加强了父亲的力量，使得黑影越发浓郁。

　　当那只代号为"地狱使者"的精神怪物距离陆辛只有七八十米远时，它决定最后一搏。它用力将身上的黑袍扯开，刺啦一声，无数苍白人脸从黑袍下窜出，仿佛深渊里的白色鱼群，惊恐四散，有的钻进废弃小镇的断壁残垣里，有的逃向无边的荒野。

　　黑影迅速收回，但最后陆辛抓在手里的只是一块破烂、黏湿的黑布，好像死人穿过的衣服。

　　"居然会散开？"陆辛微微皱眉，将黑布扔在地上。他想起夏虫说过，地狱使者是由一群活人通过某种神秘仪式转化而成，原本是不同的个体，融合后才成为地狱使者。刚刚，为了逃脱束缚，它居然选择分裂，瞬间变成了一群逃散的精神体。

　　"怎么这么麻烦？"陆辛深知不能让这些"钞票"跑掉，于是迅速和黑影里的父亲对视了一眼。

　　"那就把这里变成地狱厨房吧。"

第四章 六识脸谱与地狱使者

巨大的黑影从陆辛脚下蔓延出去，瞬间笼罩了整个废弃小镇。黑影所到之处，一切都被吞噬，陷入诡异的宁静。然后，在这种宁静之下，隐约传来细密的沙沙声，仿佛无数蚕在啃食桑叶，微弱却令人毛骨悚然。

废弃小镇虽无人居住，但野草、树木、小兽和冬眠的蛇虫仍充满生机。然而，黑影降临后，枯叶无声化为粉末，松柏瞬间枯萎，铁丝与钢筋锈迹斑斑，层层蛛网下的泛黄照片彻底模糊，瑟瑟发抖的小兽心脏骤停，悄然死去，冬眠的蛇虫也在不知不觉中腐烂……

小镇仿佛陷入了黑色沼泽。随着黑暗蔓延，父亲的意志彻底掌控了这里。陆辛暂时给予了父亲自由，让他尽情去释放力量。他曾在对抗黑台桌的"神"时使用过这一招，如今再次施展，依旧能感受到父亲的可怕——极致的恐惧带来彻底的毁灭，小镇瞬间化为象征生命尽头的地狱。

陆辛觉得自己挺有才华的，厨房不也是吞噬生命的地方吗？他深吸一口气，抬头望向小镇。

地狱使者分散出来的精神体数量庞大，也不知道最初转化时有多少人。这些人成功转化为精神怪物后，力量一直在消散，所以只能通过吸收他人的精神力量来维持稳定。为了逃命，那些精神体抛弃本体，像炸开的烟花般四散。它们虽保留了人形，却能如水流般挤进缝隙。它们到处乱跑，让小镇宛如鬼蜮。

陆辛知道自己无法将它们全部捉住。徒手打死一只狮子容易，但谁能徒手抓住一窝蚂蚁？好在他虽抓不住一窝蚂蚁，却能浇上一壶热水——父亲就是那壶热水。

无数苍白的精神体同时抬起头，散发出强烈的精神波动，逼退了一些黑影。面对它们的反抗，黑影里的那双眼睛更亮了，甚至发出了空洞而兴奋的笑声。随后，一只只粗壮的手臂从各处伸出，轻易掐住它们的脖子，瞬间将其摧毁。

看到这一幕，陆辛有些慌，他是来协助抓捕地狱使者的，不是来灭口的！"小心！"他着急地提醒父亲，"别全捏死了！"

"哦，对不起！"父亲低声回应。随即，黑影裹住小镇边缘的建筑和树木，如同巨人般睁开血红的眼睛，冷冷注视着小镇里的苍白精神体。

在这种注视下，那些精神体仿佛凝固成了一尊尊半透明的白色雕像，一动也不敢动。

"回去！"一个威严的声音冷喝道。

所有的精神体都慌了，连忙极速飞到陆辛面前，钻进地上的黑布，逐渐撑起一个人形。从黑布的缝隙里探出无数张脸，偷偷看向陆辛——一个眼睛纯黑的年轻人正对着它们微笑。

唰的一声，所有精神体都缩了回去，瑟瑟发抖。

陆辛聚精会神地打量着面前的精神怪物"地狱使者"。它已恢复完整，只是身高从三四米缩至一米出头，而且它很紧张，丝毫没有刚来时的霸道。

经历了刚才那一出，陆辛意识到，这并非单一的精神怪物，而是多个精神体的集合。与以往见过的由不同的精神体碎片杂糅而成的精神怪物不同，这只怪物可以拆分。

那么，是什么让它们成为一个整体？难道是这件材质古怪的黑袍？它似乎是由一种特别的精神力量构成的，却有着布料的触感。

唉，活人转化成精神怪物……陆辛摇摇头，这世上的精神怪物与神经病越来越多了。

"为什么见了我就跑？"陆辛皱眉问道，"我有那么可怕吗？"

地狱使者颤抖着，没有回答。

"另外，"陆辛回忆道，"我听说，你在黑沼城外骂过我？"

黑袍险些再次散架，里面的精神体慌乱不已，周围的空气里响起一片片复杂的呓语。

这应该是在解释？陆辛也不好再问了，怕真把它吓到散架。

"回来吧！"确定地狱使者已被抓捕，陆辛转头召唤父亲。

黑影迅速退去，重新化作陆辛脚下的影子，仿佛什么都没发生过。

陆辛平静地看向地狱使者，眼里的黑色粒子消失，眼睛重新变得黑白分明。他正式宣布："因为你参与灵魂交易，所以被捕了。请问，你有什么意见吗？"

地狱使者不敢发表任何意见，旁边的龙组长和那些武装人员也呆若木鸡。他们目睹了整个过程，深深地感受到了陆辛的强大，绝望至极。

尤其是龙组长。他本以为陆辛是来破坏他的任务的，想杀他灭口，甚至动用了用来提防地狱使者的六识脸谱，却依旧奈何不了他。他又以为是因为陆辛手里的寄生物品太多了,等地狱使者来了就会倒大霉的。结果陆辛用强大的精神力量轻松地抓住了地狱使者。于是,他彻底崩溃了,脑海里只有一个声音在回荡:"我刚刚是招惹了一个'神'吗?"

第五章

妈妈要装修

陆辛看出了龙组长复杂的情绪。虽然他对这些半夜在荒野中遇到、一言不合就朝他后背开枪的家伙感到不满，但他大致猜到了他们的动机。从龙组长的话中，他推测他们是在等地狱使者出现，甚至可能与地狱使者有某种合作关系。难怪他们想杀他灭口——他们大半夜跑出来做的事，肯定是不合法的吧？看来，现在这个局面是注定的。地狱使者与龙组长之间一定还有很多猫腻，不过这些与他无关。他现在最关心的是那两百万——不对，是夏虫的任务。

想到这里，他有些担忧地看了地狱使者一眼。虽然它严重缩水了，但夏虫应该不会因此扣减报酬吧？

"看好它。"陆辛认真地叮嘱家人。

父亲和妹妹却各忙各的。妹妹坐在一堆塑料人偶里，左手抱着一颗脑袋，右手扯着一条腿，专注地将它们拼凑在一起，仿佛成了世界上最幸福的小女孩，根本没听见他的话。父亲则心虚地藏在影子里，没有回应。自从成为黑沼城的精神领主，父亲的脾气似乎变好了。所以，以前他脾气不好是憋的？倒是眼镜狗威风凛凛地站了出来，摇着尾巴朝地狱使者叫了两声，把它吓得直哆嗦。

确定地狱使者不会再逃跑后，陆辛走到一旁，拿出卫星电话拨通了夏虫的号码。

"喂？是夏虫吗？"他笑着问。

"不是我还能是谁？"夏虫的声音冷冰冰的，还带着一丝紧张，"已经把它逼回来了？"电话那头传来一阵混乱的声音，仿佛有人在匆忙准备着什么。

"这倒没有。"陆辛有些心虚地回答，"我……我抓住它了。"

短暂的沉默后，电话那头传来一阵骚动，有椅子倒地的声音、喷水声，还有人低声惊呼"我去"。

"抓住和逼回去，差不多吧？"陆辛的声音有些不自然，"实在不行，我把它带过去，放到你们的包围圈里？"

"你……你……"夏虫结巴了几秒，随后手术刀的声音插了进来："啥玩意儿？你把那只精神怪物抓住了？"

陆辛无奈地回答："是的，它离我太近了。另外，还有一批从南边来接应它的人。当时我打火机没油了，想向他们借火，结果他们不但不借，还从背后朝我开枪。我气不过，只好把他们也抓了。过程中死了几个人，但真不是我先动的手！"

如果韩冰在场，可能会觉得奇怪，陆辛的任务报告可从没交代得这么详细过。

"这不重要。"手术刀紧张地问，"你抓住了地狱使者，还抓了它的同伙？"

"是的。"陆辛回答。

电话那头又是一阵混乱，夏虫抢回电话："他们现在怎么样？"

"很老实地在旁边坐着，有的好像在哭。"

"单兵先生，请待在原地不要动，我们马上赶过去！"夏虫紧张地说完，电话那头传来收拾东西的声音，还有手术刀的喊声："给他带个打火机！"

"他们没说要扣我报酬，这一关算是过了吧？"挂断电话后，陆辛松了一口气，转身看向龙组长一行人。

他们倚在卡车旁，一动不动，表情木讷而绝望。尽管陆辛没有没收他们的枪，也没绑他们，但他们已经认命了。

没了后顾之忧，陆辛放松了许多。他走到一位武装人员身边，拿过冲锋枪，朝地面扣动扳机。震耳欲聋的枪声吓得众人抱紧身体，捂住耳朵，脸色苍白。

陆辛打完一梭子子弹，趁枪口还是热的，拿出一根烟凑在上面点燃了。

"他居然真的在点烟？"龙组长和那些武装人员绝望到眼神开始失焦了。

陆辛深吸一口烟，将冲锋枪扔到一边，缓缓吐出一口烟气，转头看向龙组长，温和地问："你还没说清楚呢，那个仪式和藏杖人是怎么回事？"

龙组长一脸呆滞，眼里满是血丝与恐惧。

"我……我不知道您是谁……"他尽可能离陆辛远一些，低声道，"但我想知道，您……您会怎么惩罚我？"

陆辛还真没想过这个问题。要杀了他们吗？确实是他们先对他痛下杀手的，杀了他们也算公平。但要是把他们全部杀掉，他会觉得这一夜死的人太多了。毕竟他只是个公司主管，杀人还是很有压力的。不过，他也不可能放他们走，毕竟他不喜欢他们随意杀人的行为。他考虑了一会儿，笑道："虽然你们身上没戴牌子，但明显受过专业训练。你是他们的头儿，我不相信没有你的授意，他们敢在背后朝我开枪。所以，虽然开枪的是刚刚那个人，但想杀我的应该是你。你是个犯了错的人，别表现得这么无辜。"

龙组长哽住，觉得陆辛在嘲讽他。他闭了闭眼睛，又绝望地睁开："那你想怎么处置我？"

"当然是抓你回去。"

"嗯？"龙组长满脸诧异，"不杀我？"

陆辛笑了笑："你们在背后朝我开枪，虽然开枪的人已经被我正当防卫打死了，但你这个幕后主使也不能轻易放过。我打算把你们交给我的朋友，看看他们要不要从你们身上调查什么。如果他们不要，我就把你们带回青港城。究竟该定什么罪，还是得由法官说了算。"

"法……法官？"龙组长好像受到了极大的冲击。

"对啊！"陆辛认真地说，"能定人生死的只有法官，不是吗？"

龙组长彻底蒙了。自己招惹了一个神一样的人，甚至在他背后开枪，而他却决定将自己交给法官判决？这人真的是个神经病吧？

回答完龙组长的问题，陆辛笑着问："现在可以把你知道的告诉我了吗？"

龙组长完全不知道该说什么了。

"你现在不肯说，我也理解。"陆辛笑道，"我让我妹妹过来问你。你可能不清楚，我们青港城有四个很擅长审讯的人。虽然这四个人里没我，但我也是审讯的一把好手呢。你可以试试能不能坚持得住。"

远处的妹妹听见了，欢天喜地地跑了过来，手里还抱着两个塑料人偶，但跑到跟前就扔下了。看样子，她还是更喜欢活的。

"不……不用了！"龙组长一个激灵，立刻回答，"无论……无论您想问什么，我都……都不敢隐瞒。"

虽然完全不知道陆辛口中的"妹妹"是谁，但龙组长当然听得出这是威胁。他还需要威胁吗？难道他不知道该怎么取悦神明吗？

"哦，那你说吧。"一听不需要审讯，不管是陆辛还是妹妹都有些失望。

妹妹捡起地上的塑料人偶，一步三回头，快快地回去了。

看到陆辛情绪不高的样子，龙组长更慌了。这个神秘而强大的家伙究竟是什么来历啊？即使是"神"，也不是什么正经的"神"吧？

"那个仪式是真实教会《黑匣子法典》里记载的取悦神明的方法。《黑匣子法典》据说是神明赐予人类的礼物，里面记载了许多内容，其中最重要的就是各种仪式。传说普通人只要通过那个仪式，就可以进入神明的精神殿堂，获得恩赐。我一开始见您带了这么多寄生物品，还以为您也是追求精神殿堂的人，毕竟只有想进入精神殿堂的人才会搜集各种寄生物品。"

陆辛对龙组长突然的乖巧态度保持警惕，毕竟这人心眼很多。但听完他的叙述，他不由得皱起了眉头。其实他曾在青港城接触过真实教会，被处理掉的神秘组织"老乡会"是其分支。不过，那个组织的大多数成员脑子都不够用，而且影响有限，所以他没再关注。如今听到真实教会的传说，什么取悦神明的仪式……还有这种东西？

龙组长自称是火种公司执行部主管，这次是奉命来接应一位北方来的使者，拿到其手里的一批货物，然后听从上司的指令，运往某个地方。

陆辛有一个猜测：他们所说的货物莫非就是灵魂？但他没细问，因为这是夏虫等人的任务。他更关心龙组长提到的仪式、精神殿堂，以及藏杖人。

"混乱之地教派众多，即便是火种公司，除了几个典型的邪神，也并不禁止员工有自己的信仰。混乱之地最受欢迎的信仰便是真实教会宣扬的'真实家乡'。不过，真实教会并不像南方的科技教会那样等级森严。它更像是一群有着共同信仰的人的代称，教众之间都不怎么联系，除了黑匣子组织……

"黑匣子组织是由真实教会的狂热信徒组建的团体，为宣扬教会理念与追求更高的神秘仪式而诞生。他们做得最多的事情便是宣讲《黑匣子法典》，并为成员制定一系列规则，比如不得为追求仪式伤害其他成员……"

龙组长说的这些在混乱之地并不是秘密，所以他说起来也没什么压力。

"神秘仪式是真实教会最看重的事，黑匣子的成员通过各种神秘仪式祈福、转运、治病、诅咒，甚至成为精神能力者。其中有种神秘仪式被称为'终极仪式'……"龙组长沉默片刻才颤抖着说，"一旦完成这个仪式，便可以进入精神殿堂直面神明，获得恩赐。"

陆辛皱了一下眉头，觉得龙组长像在搞传销。这世上哪有"神"？此外，从龙组长的讲述中可知，各种仪式在混乱之地很常见，有人用活人祭祀获得精神力量，有人献祭自己成为另一种形式的生命……

陆辛觉得这些信徒都上当了，他已经明白其中几个仪式的真相了。献祭活人获得精神力量，不就是用活人的血肉吸引精神怪物降临？献祭自己转生成另一种生命形式，不就是像地狱使者一样把自己变成精神怪物吗？搜集七种寄生物品倒是新鲜，但"直面神明"……他一向礼貌，但听到这几个字就想笑。

"丁零零——"突然，有电话铃声响了起来，来自旁边的黑色改装车，在寂静的夜晚听起来格外刺耳。

龙组长很想去接这个电话，但只是身子微动，绝望地看了陆辛一眼。让他没想到的是，陆辛居然笑着点了点头，示意他可以去接。

龙组长冲过去抓起电话："不要理会我们的求救信息！告诉公司，不要——"

吼声还未落下，他忽然转头看向陆辛，眼神发虚："找……找你的。"

陆辛好奇地接起电话，听到了妈妈的声音："先不要理会那个藏杖人。"

陆辛有些意外，下意识问道："为什么？"

"即便要收拾那些家伙，也该有个先后顺序。"妈妈耐心地解释道，"我有个不错的计划，能让我们获得足够的优势，所以我建议你先别去招惹那个阴险的家伙。毕竟现在有很多人迫不及待地冒出头来，像成熟的稻草一样等待着收割，我们又何必横生枝节呢？"

"好吧。"陆辛轻轻点点头，笑着问，"不过，你先告诉我，藏杖人是什么？"

"十三终极里有一种精神力量的本质是'支配'。"

陆辛微怔："他就是'支配'这种精神力量的代表？"

"代表支配的权杖就在他手里，哪怕那并不属于他。不过这并不重要，不是吗？"

陆辛不再继续这个话题，转而问道："我在这里接了个私活儿，马上就要回家了，你什么时候回来？"

"你真的懂事了，开始知道担心家人了。"妈妈笑了笑，"我这边的事也快处理好了，很快就回去。这次，我给你准备了很好的礼物哟！"

"好的，好的，那你在外面注意安全。"

"知道了，挂了吧。"

陆辛放下电话，站在全程旁听了这段信息量巨大的诡异对话的龙组长身边，默默地思索着。虽然妈妈特意打电话提醒他了，但他还是忍不住问龙组长："那个进入精神殿堂的神秘仪式具体要怎么举行，你还没告诉我呢。"

龙组长痛苦地闭上眼睛，过了许久才睁开："核心的东西我不能说，不然会遭受神罚的。"

陆辛淡淡地笑了笑："那是什么给了你错觉，让你觉得我不会惩罚你呢？"

龙组长猛地抬起头，看着面带微笑的陆辛，心中忽然涌起莫名的敬畏——他竟然觉得眼前之人与教义中描述的"神"有几分相似。最终，他不得不如实交代那个仪式的细节。

其实他刚才已经提到过了，进入精神殿堂的仪式，核心在于搜集七种不同的寄生物品。但他漏掉了最关键的部分——真正的献祭仪式需要从感知、情绪、欲望、认识、本能、记忆、自我这七个层面入手，同时准备好对应每个层面的寄生物品，才能满足仪式的条件。其中的难点就在于，某些层面的寄生物品几乎从未出现过。即便如此，仍有许多普通人在疯狂搜集寄生物品。毕竟获得"神"的恩赐对很多人来说是一种天大的诱惑。

"只需要七种吗？"陆辛沉吟着坐到一边，又摸出一根烟，并拿起了冲锋枪。但这次他没能开枪，因为有个绝望的武装人员抢先一步，双手捧着一个打火机递了过来。陆辛见状，直接接过打火机，点燃香烟后，顺手将打火机塞进了口袋。

他心想，他现有的寄生物品似乎已经涵盖了四个不同的层面，也就是说，只要再搜集三种，他就可以见到那个家伙了……

一个多小时后，夏虫等人乘坐直升机赶到现场。

据手术刀透露，若非夏虫刚完成一次远距离穿梭，身体尚未完全恢复，她挂掉电话后就会通过深渊赶过来。就连他们乘坐的直升机，也是在红泥小镇临时征调的。

直升机还未完全落地，几条黑色绳索便已从舱内抛出。四位身着纯黑色高科技武装制服的负零部队战士迅速滑下，分散至各处警戒并检测现场。随后，其他负零部队战士和夏虫等人也陆续下机。看到陆辛与一群未被捆绑，甚至连武器都没被收缴的武装人员坐在满地血肉与尸体中抽烟聊天，众人不禁侧目。

"你们来啦。"陆辛热情地起身迎接。

夏虫只是淡淡地瞥了陆辛一眼，便径直走向地狱使者。陆辛见她面无表情，心中略感不安。

"兄弟，别着急。"手术刀拍了拍陆辛的肩膀，小声说，"你做的事太出乎夏虫小队长的意料了，她现在既紧张又难以置信，可能还有些恐惧。她需要先确认现场情况，同时也让自己冷静下来。"

"哦。"陆辛心想：这有什么好惊讶的？夏虫看起来酷酷的，没想到心理素质这么差。

"看我给你带了什么？"手术刀神秘兮兮地从口袋里掏出一个木盒，里面是一个铜质打火机，上面雕刻着欧式古典美女，还镶嵌着金线。

"这是？"

"送给你的。"手术刀笑道，"听说你没火，我临时在别墅里找的。"

陆辛又惊又喜，连连摆手："不好，不好，太贵重了吧？"

"贵重？"手术刀一脸困惑，"贵重就不能用来打火了吗？"

陆辛顿时有一种找到知己的喜悦感。几番推辞后，他终于收下打火机。

此时，现场已经变得井然有序，负零部队和夏虫开始检测地狱使者。虽然他们无法直接看到那只精神怪物，但在距离这么近的情况下，他们都能感受到强烈的精神辐射。

"就是它吗？"简单检测过后，一位负零部队成员疑惑地说，"精神量级不到三万，比我们之前检测到的弱了很多。"

"嗯？"夏虫顿时狐疑地看向陆辛。

陆辛有些尴尬地解释道："它过来的时候就是这个样子，真的。"

另一位负零部队成员补充道："可以确定这就是我们要抓的精神怪物，虽然它的精神量级大幅削弱，还异常配合，但精神辐射的微波特质足以验明正身，不会有错。"

听到这话，夏虫稍稍松了口气，陆辛也暗自松了一口气。

第五章 妈妈要装修

确认主犯已落网，夏虫等人开始审视被陆辛顺手抓获的龙组长等人。满地的弹壳、血腥的尸块、武装车、冲锋枪、特殊子弹，以及用途不明却显然不普通的塑料人偶，都让他们警惕万分。

手术刀背着手在武装人员和车辆间巡视，检查武器，甚至沾了点鲜血尝了尝，又捏了捏几名幸存武装人员的胳膊，最后总结道："高科技改装车、新型火神系冲锋枪、B型血……一身经过严酷训练的痕迹，手上的茧子没个五年磨不出来，肌肉也很结实。看样子，他们属于火种集团执行部的二级反应部队。如果这些人里有精神能力者，那就是一级反应部队了。之前我们一直猜测灵魂交易和打造地狱背后的势力非同小可，现在看来，果然与火种公司有关。"

陆辛听了，连忙替龙组长解释了一句："他说他是黑匣子的人，接的是私活儿。"

"信他个鬼。"手术刀嗤之以鼻，"如果我们抓捕失败，落入对方手里，我们也会说干的是私活儿。如果他一会儿说自己是火种的人，一会儿又说是黑匣子的人，那就只能说明他两者皆是。"

陆辛觉得手术刀说得很有道理。这位中心城的朋友不仅聪明，还热情大方，除了有沾血尝味的小毛病，简直完美。陆辛在他身上看到了同类的影子。

"嗯，果然和汇报的一样。"夏虫确认完现场情况后，点了点头。她的脸色依旧冷冰冰的，但并非拒人于千里之外，而是带着些许不知所措和难以置信。

她定定地看着陆辛，问道："你是怎么做到的？"

站在她身旁的驯兽师，还有那些看似对一切漠不关心的负零部队成员，也都看向陆辛。虽然他们没说话，但眼里的疑惑显而易见——一只精神量级高达十万、无形无体、速度极快的精神怪物，以及一支全副武装的火种集团二级反应部队，竟然被陆辛一人悄无声息地全部抓获？

"就这么做到的啊！"陆辛坦然地回答，"先抓了这支武装小队，然后这怪物就来了，接着把它也给抓了。"

见夏虫的眼神中多了几分忌惮，陆辛不好意思地补充道："其实挺险的。他们的武器很厉害，那怪物的反应也很快，精神能力还很古怪，我差点就让它跑了。"

陆辛说的是实话，他能抓住这只精神怪物确实有些运气成分。大概是因为这只精神怪物察觉到了龙组长等人的气息，或者感应到龙组长这边有某种特殊的存在，才以极快的速度赶来。等陆辛发现它时，双方距离已不足百米，这才让他有机会顺手将其抓获。如果换作平时，以它的警惕性，恐怕早在更远的地方就开始试探，随时准备逃跑了。这么看来，龙组长倒是无意中打了助攻。

夏虫等人听完陆辛的解释，眼神变得更加古怪。夏虫甚至皱起眉头，开始反思：是不是自己的理解能力出了问题？不然为什么总感觉哪里怪怪的？好在她很快就调整好情绪，伸出肉嘟嘟的小手，语气郑重："不论如何，感谢你的协助，单兵先生！"

陆辛心里的石头终于落地，他满怀期待地与夏虫握手："你觉得我这次的任务完成得怎么样？"

"超出预期了。"夏虫认真回答，"既避免了人员伤亡，又帮我们节省了大量弹药和物资消耗。不但抓住了精神怪物，还顺带拿下了火种公司的人，甚至找到了他们与精神怪物接洽的证据，证实了火种公司与灵魂交易的联系。事后严加审讯，说不定能挖出这场交易背后的全部真相。"

听着她的评价，陆辛心情大好，定了定神，笑着问道："那么……"

"之前已经说过，无论抓捕是否成功，那笔钱我回中心城都会转给你。"夏虫说完，忽然眉梢一挑，疑惑道，"你想加价？"

"这……怎么会呢？"陆辛有些不好意思挠了挠头。他确实需要用钱，毕竟有一大家子要养活，但他一向讲究职业道德。当然，如果能加价，他也不会拒绝。

"我也觉得你不会，这么大的事已经不是加些钱就能解决的了。"夏虫罕见地露出一丝笑容，"放心，这事我们不会独占功劳，一定会上报给研究院。无论如何，研究院会记住你的贡献。"

"哦，好吧。"陆辛讪讪地收回手，在心里嘀咕：其实加钱也不是不能解决。

"好了，先回去吧。毕竟这里靠近混乱之地，不能久留。"手术刀打了个响指，向夏虫建议。与此同时，负零部队已经将地狱使者收容进一个特殊的

第五章　妈妈要装修

黑色圆柱体。火种公司武装人员的枪械、特殊子弹、车上的文件资料，甚至地上那些塑料人偶零件，都被他们搜集起来，锁进厚实的黑色玻璃柜，运上了直升机。龙组长也被戴上手铐，押上了直升机。

龙组长坐进机舱后，偷偷向外瞥了一眼，见陆辛还站在原地，似乎与这些人并不是一伙的，顿时松了一口气，有种劫后余生的庆幸。

"对了，你们接下来打算怎么处理？"陆辛经手术刀提醒才反应过来，急忙问夏虫。

夏虫扫了一眼现场，恢复了冷冰冰的样子，语气也自信了许多："直升机坐不了这么多人，只能先让负零部队把那只精神怪物和那个龙组长押回去审讯，剩下的成员我们再想办法。不过，一般成员用处不大，先抓回去审审，有问题的就关起来，问题不大的就让火种公司来赎。"

陆辛有些诧异，心想：这怎么跟绑票似的？"然后呢？"

夏虫想了想，说道："自然是审讯出灵魂交易的线索，再进行下一步。"

陆辛点点头："还有呢？"

"还有？"夏虫迷茫地看向手术刀，"还有什么？"

手术刀喃喃道："一时半会儿我也想不出来。"说着直接问陆辛，"还有啥？"

"车啊！"陆辛见他们一直没提到重点，只好指着旁边那一排越野车和最后那辆大卡车，"还有这么多车扔在这儿呢，你们打算怎么办？"

话音刚落，周围好几道目光齐刷刷地看向陆辛。夏虫与驯兽师自不必说，连手术刀都愣了一下，随即看向陆辛的眼神充满了赞赏。

"押送这些武装人员回去，起码要开五辆车，剩下的……"夏虫思索片刻，说道，"就扔在这儿？"

"好的。"陆辛顿时松了一口气，笑道，"那你们挑一下吧，有用的你们开走，不用的我待会儿开回去。"

夏虫和手术刀等人心中不禁泛起一丝怪异的感觉——好好的一次抓捕行动，怎么最后搞得跟分赃似的？不过，他们还是心照不宣地与陆辛进行了分配。押送火种公司剩下的十几名武装人员至少需要五辆车，陆辛大方地让他们先挑，自己则要了剩下的三辆越野车和那辆大卡车。

虽然陆辛拥有了这些车的归属权，但如何开回去却成了新的难题。他本想着实在不行就先开一辆回去,再叫上壁虎、韩冰和红蛇来帮忙,或者从黑沼城找几个司机过来。但这样一来一回要耗费不少时间,而且这么多车扔在这里也不安全。

手术刀善解人意地替陆辛解决了这个问题。他从被抓的武装人员中挑了四人帮忙开车,等到了黑沼城再收押他们。

陆辛感激地答应了,并不觉得有什么不妥。毕竟刚才夏虫也说了,这些武装人员带回去后会通知火种公司来赎人,这跟绑票有什么区别?他至少没做违法的事,只是在路上"捡"了几辆车而已!

很快,四名火种公司武装人员分别上了越野车和卡车,配合地将车开往黑沼城,颇有一种犯人自己开车进监狱的感觉。

天亮时,陆辛带着一支车队回到了黑沼城。

韩冰等人闻讯下楼,看到酒店外停着三辆越野车和一辆大卡车,表情十分古怪。陆辛不是去帮夏虫抓捕与灵魂交易有关的嫌疑人吗?怎么开了这么多车回来?

"意外收入,算是路上捡的吧。"陆辛的心情很好,"我看过了,开回去还能用,尤其是那辆大卡车。"小鹿老师和红月亮小学的孩子们已经搬进了大别墅,但孩子越来越多,年龄也越来越大,事情自然而然就变多了。这辆卡车以后可以留在别墅里,用来拉些东西,就算是开出去买菜也好。

韩冰等人对此没什么意见。虽然他们相信陆辛的实力,但看到他平安归来,还是松了一口气。

韩冰除了高兴也有些头疼:"单兵先生,你要把这些车开回去,我们没意见。但我们只有四个人,加上我们自己的车,一共有五辆车,该怎么开回去?"

陆辛被韩冰问住了,陷入了沉思。

夏虫等人的任务似乎非常紧急,回来后不到三小时便做出了新的决定——由负零部队押送精神怪物和龙组长回去,而夏虫、手术刀、驯兽师三人则继续调查灵魂交易的相关事宜,并寻找所谓"地狱"的线索。

陆辛猜测他们可能在审讯中得到了新线索,急着离开是为了进一步调查。这个任务与他无关,他们选择对他保密也无可厚非。毕竟,他抓那只精神怪物只是为了赚外快。夏虫已经答应他了，最迟半个月，她就会通过中心城的银行转账给青港城，再由青港城转给他。虽然程序有些烦琐，但是夏虫承诺会承担转账手续费。

"话说，单兵队长真的不考虑来中心城做事吗？"临走前，夏虫忽然当着韩冰的面，认真地问陆辛，"我们待遇很高的。"

"啊？"陆辛莫名有些慌，这么重要的问题夏虫怎么不私下问呢？注意到韩冰脸上的紧张，他坚定地回答："我在青港城待着挺好的，何况我进入第二阶段时和青港城签了合同，还没到期呢。"

夏虫无奈地摇摇头："好吧。"

"不过，"陆辛忍不住低声问，"你们那里需要兼职吗？"

刚刚松了一口气的韩冰顿时又紧张起来。

送走夏虫等人后，单兵小队又在黑沼城逗留了几天，最终确定黑沼城的污染已被彻底清理，并拿到了黑沼城行政厅的任务回执和酬金保证书。

一切非常顺利，几乎没有任何波澜。

黑沼城的黑草生意已经被清理干净了。经过这些天的观察，那些野心勃勃的人终于认清了一个现实——黑沼城降临了一位恐怖的魔王。即便他们心有不甘，在看到那么多人的惨状后，也明白了什么该做，什么不该做。无论如何，只要地位与权势还在手中，他们在黑沼城能谋取的利益就不会减少。毕竟，黑沼城连接东西，地理位置十分重要，足以让他们获利。当然，这位突然降临的恐怖魔王是否会让他们如鲠在喉，从而不惜一切代价召集精神能力者或雇佣军来处理恐怖污染事件，那就是另一个故事了。

三天后，韩冰写完任务报告，发回了青港城。青港城与黑沼城或许会有某些方面的合作，但青港城行政厅会委派其他人过来洽谈，这与他们关系不大。

至此，为期半个月的支援任务正式结束，终于到了回去的时候。韩冰谢绝了黑沼城行政厅派人护送的好意，也不肯依黑沼城行政厅的建议作为黑沼城的英雄接受满城居民的欢送，因此单兵小队的离开并未引起太大动静。前来送别的只有他们在黑沼城结识的一些朋友。

群爷带着人来了，提前准备了金链子、金镯子、宝石项链，以及据说在红月降临前就价值千万的精致手表，全都送给了红蛇。

"以后常来啊……"群爷挂着拐杖站在红蛇的车窗边，老泪纵横，一副想跟着红蛇回青港城的模样。

陆辛私下问过韩冰，得知红蛇一直没和群爷解除父女关系，但也没有继续影响他。就连红蛇自己也不清楚，群爷是否已经知道了真相。

"哥，这些特产你带上，以后我去青港城开拓业务的时候，一定会去找你的。"陆辛也收到了礼物——银毛给他买了好几包臭豆腐，以及两三箱咸水啤酒。陆辛羡慕地看向红蛇，在心里感叹：人比人气死人啊，红蛇的能力果然适合骗遗产。

"我的电话号码记下了没有？"壁虎同样有人送别，几个年龄不一的女人围在车边依依不舍，他却一脸冷酷地拍着方向盘，"以后去青港城就报你们虎哥的名字，不用怕，好使！咱堂堂副队长，还怕罩不住你们？青港城那边都没人敢抓我，你们信不信？"

几个女人感动得哭哭啼啼的："去，我们肯定去，但你昨天答应给的礼物，是不是先折个现？"

"走了！走了！"韩冰叮嘱叶雪姐弟好好学习后，有些烦躁地按了按车喇叭。她实在看不下去了。这次任务虽然顺利，但她回去后要汇报的细节却让人头疼——恐怖魔王的事怎么向总部交代？壁虎这几天的花天酒地算不算违规？红蛇收了那一大堆东西，算不算利用精神能力谋私？更不用说陆辛还带回去一支车队……

韩冰虽然不是队长，但作为队里唯一的正常人，她感到心累。以后还是别惦记外勤了，老老实实坐办公室挺好的，起码可以对一些事情视而不见。

众人与送别的人道别后，车队缓缓启动。

"真的没办法全开回去吗？"陆辛驾驶着大卡车跟在最后，眉头紧锁。由于司机不够，且改装越野车不便用卡车运输，他只能忍痛将一辆好车交给群爷转卖。但这种高科技改装车在黑市上反而卖不出好价钱。

陆辛想着想着，灵光乍现。车子驶出十几米后，他突然拿起车内对讲机："不对啊，我记得我们好像是五个人出来做任务的，对不对？"

经过四天多的跋涉，陆辛一行人终于回到了青港城。回程比去时多花了

第五章　妈妈要装修

一两天，这也是无奈之举。毕竟去的时候是壁虎开车，回来时却是包括迷藏在内的每个人开一辆车。大家的驾驶水平参差不齐，为了避免有人掉队，只能统一放慢速度。连续开了几天，除了壁虎，每个人都坐得屁股生疼。

好在韩冰已经提前与青港城联系，加上这次的支援任务非常重要，青港城早早就派人来接应了。他们离开黑沼城时没享受到什么礼遇，回来时却好好体验了一番——直升机接人、军队护送都不算什么，有人接替自己开车才是最重要的。

经过一番检查后，陈菁派人将那几辆"意外捡到"的车送到了陆辛家楼下。陆辛一行人则照例去总部汇报。

因为韩冰已经提交了任务报告，所以汇报也就是走个流程，随后便按惯例开始休假。总部原本准备了庆功宴，但大家不约而同地拒绝了——屁股疼得实在是受不了了。

壁虎是第一个离开的。临走前，他郑重地问陆辛："队长，你知不知道我的电话号码？知不知道我住在哪里？知不知道我平时去哪个店里玩？"

得到陆辛肯定的回答后，他才钻进出租车，关掉手机，掏出一张五十元纸币递给司机："师傅，闭着眼睛开，随便去个好玩的地方，千万别带我回家，也别提前告诉我去哪儿。你尽管开，我自己都不知道去哪儿，看谁还能临时征调我！"

陈菁派人送陆辛离开，叮嘱他好好休息，有事等假期结束再说。陆辛听出她的关心，笑着说："不论如何，任务算是圆满完成了，队员也都带回来了，包括你的秘书。"

听到"秘书"二字，陈菁愣了一下："什么秘书？"虽然她很快就想起来了，但迷藏还是伤心得流了一地泪水。

陆辛拒绝了陈菁让他在总部安排的酒店里休息一晚的提议，当晚就乘坐直升机离开了。

直升机降落在二号卫星城警卫厅楼顶，他一边下楼一边环顾四周，没看到那个小女警，只好饿着肚子出门打了一辆出租车，赶回自己住的老楼。

他一下出租车就看到了停在楼下的越野车和大卡车。虽然已经与这些车亲密相处多日，但他还是很喜欢。男人拥有第一辆好车的心情难以言表，更何况他一下子拥有了好几辆！他绕着几辆车转了一圈，确认没有损坏，心情更好了。

陆辛转头看向红月下的老楼，长舒了一口气："终于回来了！"

不得不说，大家热热闹闹地相处了十几天，突然分开，有一种莫名的冷清感。陆辛一边感叹，一边检查了几辆车的门锁，随后拎起行李走进老楼。

走进阴冷的楼道时，妹妹飞快地向前爬去。父亲望着妹妹的背影，冷哼一声，老老实实地跟在陆辛身后，但丝毫没有帮忙拿行李的意思。

"妹妹年纪小，出去这么久，回家开心点怎么了？"陆辛拎着背包与行李箱，笑着回头说。父亲和他的关系缓和了不少，也开始听劝了，但对别人依旧很凶。

父亲冷笑一声："呵，你真当这里是自己的家？"

"嗯？"陆辛好奇地回头看了父亲一眼。

父亲不自然地摆摆手，继续向前走。

老楼里依旧阴暗，声控灯几乎没一个能用。每经过一个楼道口，都能看到长长的楼道里蛛网密布。陆辛脑子里冒出一个奇怪的念头——楼是用来住人的，但这栋老楼只住了他们一家人，当他们都在外面时，这栋楼是不是就等于"死"了？

这栋楼确实有很多奇怪的地方。在陆辛的记忆里，这里曾经有过一些邻居，但他们似乎都和妈妈闹过矛盾，渐渐地就消失了。消失的原因五花八门——有的回老家，有的投奔亲戚，有的单纯不见了……总之，陆辛模糊记得曾有过不少邻居，但仔细回想却好像一个也没有。以前他进出这栋楼时没觉得奇怪，如今走在楼道里，却对那一扇扇紧闭的房门产生了好奇：这些门后面是什么呢？和他的家一样是个温暖的避风港吗？

"要不进去看看？"身材高大的父亲跟在陆辛身后，见他时不时看向两侧，忽然问道。

陆辛转过头看了父亲一眼。父亲的脸淹没在走廊的黑暗里，看不出表情，但似乎带着笑意。

"反正她也不在家。"父亲压低声音，"进去看看，不好吗？"

陆辛确实有些好奇。他沉吟片刻，走向离他家很近的一个房间。他对这户人家还有些印象，这里曾住着一个姓张的女人，时髦漂亮，还经常从门缝里偷窥他。后来，她不见了。

第五章　妈妈要装修

陆辛握住门把手，轻轻一拧。咔的一声，门居然没锁。他的心脏立刻加速跳动起来。他从来没做过闯入别人家的事，哪怕这户人家已经空置许久，他仍然有一种干坏事的感觉。

门打开一条缝隙，里面的景象映入眼帘——密布的蛛网、杂乱倾倒的家具、破碎的全身镜、未收拾的餐盘，甚至有几件挂在衣架上的衣服，地上还有一些暗红色的污渍。浓重的霉味扑面而来，阴冷的微风在屋里轻轻盘旋，似乎还夹杂着听不真切的低语。

"要进去吗？"陆辛身后的父亲同样充满好奇。不远处，妹妹见他们没跟上，顺着墙壁爬了回来。

"呀，你们——"妹妹刚开口便被陆辛和父亲同时制止。两人再次看向那个漆黑、阴暗、破败却充满吸引力的空房间。

就在陆辛鼓足勇气，准备迈步进去时，空荡荡的房间里突然响起急促的电话铃声。陆辛一愣，心想：空置许久的房间里怎么会有电话铃声响起？紧接着，他家的电话铃声也响了起来。两个铃声激烈地催促着，仿佛在强烈要求他接听。

陆辛感觉自己瞬间被夹在了中间，一时间不知该如何选择。

他下意识回头看向父亲，只见他已经后退两步，若无其事地靠在了墙上。他再看向妹妹，她倒吊在楼道里，两只小手捂着眼睛，一荡一荡的。

沉吟片刻后，陆辛后退几步，关上了邻居家的门。就在这时，邻居家的电话铃声戛然而止，而他家的电话铃声依然响个不停。

如果接了那个电话，岂不是告诉别人他来过？陆辛决定回去接自己家的电话，同时埋怨地看了父亲一眼。怂恿他进去的是父亲，电话一响就后退的也是父亲，真是啥也不是！

"走走走，回家。"陆辛急忙催促父亲和妹妹，快步回到家中。他匆匆放下行李，那台放在靠窗位置的红色电话机仍在响着，铃声间隔越来越短。

陆辛抱起电话机，学着妈妈的样子转过身，靠在窗边，拿起话筒："喂？"

"你们已经到家了？"妈妈的声音很是慵懒，与急促的电话铃声形成鲜明对比。

陆辛连忙笑道："刚进门，行李都没放下呢。"

"我算着也差不多。"妈妈笑了笑，"本来我也打算这两天回去，但有些事还没安排好，得再盯一下。你前段时间那么忙，现在好好休息一段时间。"

陆辛连连点头："我知道，你在外面也多注意休息。"

妈妈似乎因为陆辛的叮嘱而开心地笑了："另外，我房间左边床头柜最下面的抽屉里有一张我以前写好的清单，你去找出来，按上面的内容买些东西来装修房子。"

"装修？"陆辛一时没反应过来。

"对呀。"妈妈笑道，"你年龄也大了，工作也不错，我们总不能一直住这么旧的房子吧？说不定你过几年就要交女朋友了呢！房子这么破旧，我们怎么好意思在这里接待客人？"

陆辛觉得妈妈说得有道理，这个家确实挺旧的，虽然他已经住习惯了，不想换地方，但这么将就着也不太好。

"装修的方案我都写好了，按上面的操作就行。一定要抓紧时间，尽快装修好，不然耽误了人生大事可不好。"

"好的，我知道了。"

陆辛有些不解：只是装修房子而已，妈妈为什么这么心急？但他还是答应了。毕竟一家人里妈妈最辛苦，总是跑前跑后的，还要安排各种事情，他能替她分担一些，当然要分担起来。

两人又聊了几句家常，妈妈便挂掉了电话。

陆辛转过身，看见父亲和妹妹一左一右坐在餐桌旁，一脸关切。

父亲问："她说了什么？"

"让我看好你们，不能乱跑。"陆辛随口回了一句，推开门走进妈妈的房间。虽然他知道妈妈住的是家里最大的房间，但他很少进去。

一进门，他就感觉到这间主卧的与众不同：一是大，比客厅和他的小卧室加起来还大；二是干净，干净到一尘不染，每件摆饰都精美异常。房间整体风格高贵典雅，连台灯都是水晶状的，还有一扇巨大的玻璃窗，透过窗户可以看到城市里高低错落、密密麻麻的建筑群。窗前摆了一把舒适的座椅，旁边还有一张小桌，桌上放着一瓶红酒。

妈妈平时就坐在这扇巨大的窗户前，捧着红酒，静静地看着这座城市？

陆辛忽然也想坐到那把椅子上，喝一杯红酒感受一下。但他想了想还是算了，妹妹正倒吊在客厅的天花板上偷看他。如果他真的那么做了，他毫不怀疑妹妹会向妈妈告状。

他走到左边床头柜前，打开最下面的抽屉，果然看到一张写满字的纸，一看就和装修有关，各种建材几乎都列了出来。

"咦？不对啊！"陆辛拿着这张纸回到客厅里，忽然意识到妈妈写的竟然是装修整栋老楼的材料表。

陆辛疑惑地想：妈妈想让他装修整栋老楼？他确实赚了些钱，银行卡里已经存了一千万，这次出去又从黑沼城和中心城赚了两笔丰厚的报酬，甚至捡了几辆没人要的车。让他拿出一部分钱装修房子，改善生活，他没意见。但妈妈让他装修整栋老楼是什么意思？他连这栋楼属于谁都不知道。

"我记得这房子是我们租的吧？"陆辛下意识看了一眼好奇的父亲和妹妹。

两人面面相觑，似乎也很迷茫。

算了，不能指望他们了。陆辛记得自己在这栋房子里住了很久，但他不确定自己是怎么来的。想想也知道，家里的生活水平一直很差，前几年穷得连鸡腿都吃不上，怎么可能买得起房子？更不用说一整栋楼了。不过陆辛仔细一想，这栋老楼确实挺奇怪的。他记得自己很早就开始用工资养家了，最初他的工资不多，资助完红月亮小学后剩不了多少钱，好几次晚交电费和水费，可这楼里似乎从没停过水电。他敲了敲自己的脑袋，回声有些沉闷。有些事真的不能细想，一细想就发现自己完全记不清了。

陆辛带着疑问拿起电话，给妈妈拨了回去，却发现刚刚的电话号码是个空号。他想拨其他电话号码，才想起妈妈好像没有随身带手机。

陆辛纠结了好一会儿，终于想通了。妈妈是个心细的人，她留下的清单肯定不会有错的。也就是说，妈妈确实想装修整栋楼。再找她确认也没什么意义，总不能因为她没有解释清楚就拒绝花钱吧？好歹他也是银行卡里有一千万存款，马上又要有七八百万入账的人，楼下还停着四辆车呢！不就是装修吗？一栋破楼能花多少钱？他打算明天了解一下就着手装修。

眼看时间不早了，陆辛休息了一会儿，把从黑沼城带回来的泡面与罐头食品煮熟，和父亲、妹妹一起吃了，然后早早地回到卧室，在破旧的写字台前坐了下来。他将背包里的东西都倒了出来——枪、打火机、钢笔、魔方、扑克牌、巧克力，以及面具等。

魔方和扑克牌正好压在面具上，也不知道是不是碰撞导致的，面具上多了几个凹痕与划痕，看起来像是魔方和扑克牌的"杰作"。

陆辛看到面具才想起来这是龙组长的，他说好了看看就还给人家，怎么就忘了呢？算了，下次再还吧。他拿起面具仔细打量了一会儿，脸上渐渐露出了微笑。他已经有四件寄生物品了，青港城这么大，应该还有很多其他的寄生物品吧？光他知道的就有与科技教会灾厄大主教对抗时夺来的音乐盒、灾厄博物馆的碎片、落在酒鬼手里的许愿箱子等，或许必要时可以申请使用……

这么想着，陆辛将东西收好，冷冷地撇了一下嘴。窗玻璃上恰好映出他此时的模样，两张脸相互映照，完全一致。

"一切都会有个结果。"他自言自语，和衣躺在床上，平静地进入梦乡。

红月高悬在天空中，映照着青港城二号卫星城，也映照着这栋老楼。不知过了多久，红月的光芒在老楼前扭曲，仿佛丝线交织，渐渐凝聚成一个女孩的模样。她是由纯粹的精神力量构成的影像，但仍像她本人一样穿着厚重的黑裙，手里拿着一把洋伞，如同精灵一般静静地飘浮在空气中。

这是娃娃。

青港城的天国计划一直在悄悄推进，她的精神力量交织在整座城市里。她可以用精神力量编织自己，出现在这座城市的任何地方。这让她很开心，只可惜陆辛并不知道。

陆辛一回来，她就知道了。她本以为他会来看她，但他没来。于是她主动过来了。

娃娃的精神体轻盈地靠近老楼。在这座城市里，她可以感知到任何人，包括白天回来的陆辛。但是，当他进入这栋老楼后，她发现自己再也感知不到他的存在了。

不过，她很确定陆辛就在里面。她靠近老楼的一扇窗户，贴着玻璃向里看去。

她本以为会看到熟睡的他，然后准备敲窗让他开门。然而，当她透过窗帘的缝隙向里看去时，却微微一怔。随即，她往后退了几米，脸上浮现出一丝迷茫。

第五章　妈妈要装修

当她想明白自己看到的是什么时，这种迷茫逐渐变成了惊恐。

可能是太久没回家的缘故，陆辛这一觉睡得非常好，甚至没做梦。

高质量的睡眠让他心情愉悦。他像往常一样，七点半准时起床洗漱，又煮了一锅泡面和罐头食品，开开心心地和父亲、妹妹一起吃了早餐。随后，他换了一身衣服，精神抖擞地下楼，挑了一辆车开走，感觉像在选妃。

陆辛戴上墨镜，装成老司机的模样，开心地去上班。后备厢里放着从黑沼城带回来的臭豆腐和咸水啤酒，这是银毛特地让他分给青港城的朋友们尝尝的，希望能打开销路。昨天在特清部，陆辛热情地给陈菁他们留了一箱，这一箱则是专门给公司同事的。

经历黑沼城事件后，陆辛忽然开窍了。以前他不太会做人，难怪在公司吃不开。现在他明白了，同事之间需要联络感情。比如他去了一趟黑沼城，就应该给他们带些土特产回来。

他将越野车开进公司停车场，抱着箱子，脚步轻快地上了楼。

当他走进公司时，正在说笑的同事们顿时惊讶地看向他。随即，大家热情地跟他打招呼。

"哎呀，陆主管，你回来啦？"

"小陆哥，你这段时间做什么去了？"

有男同事热情地帮他搬箱子，有女同事随手递来苹果。一直跟着他做项目的几个人互相对视了一眼，开始悄悄往信封里塞钱。

陆辛很开心。虽然他这段时间很少来公司，但人缘却越来越好了。他想，大概是因为这群同事看他一直没被警卫厅抓走，也没被公司开除，更没在与黑社会的火并中被打死，反而在公司里的地位越来越高，与领导的关系也越来越好，最后只好认命了吧。

"哎呀，你终于回来了！"得到消息的刘主任一脸激动地从办公室里冲出来，"陆主管，你可不知道，没了你，咱们公司的业绩是一天不如一天啊！"

陆辛有些意外，他对公司的重要性已经达到这种程度了吗？

"你请假了，肖副总也不来了。肖副总不来，很多重要项目就轮不到咱们公司，所以我是天天盼星星盼月亮地盼着你回来啊！肖副总还说你一回来，就让我打电话通知他呢。"

听了刘主任的解释,陆辛才明白过来。不过,肖远堂堂一个集团副总,天天围着他这个小主管转,是不是有些不务正业?

"刚忙完另一边的小事,就赶回来处理工作了。"陆辛有些不好意思地解释道,顺手把箱子从旁边的同事手里接过来,递给刘主任,"这段时间大家工作辛苦了,这是我给大家带的土特产,给同事们分一分。"

"居然还带了土特产?哎哟,还是吃的,那我可得好好尝尝。"刘主任一脸受宠若惊,赶紧招呼人把箱子打开,又向热情的同事们喊道,"别忘了给肖副总留几袋!"

看到他们开心争抢的样子,陆辛很欣慰,同时好心地提醒:"这是黑沼城的特色美食,特别美味。他们那里喜欢吃臭豆腐焖肉芽面,不过你们应该不会做。但我觉得大家把臭豆腐拿回去用高压锅焖一下,配米饭应该挺棒的。千万别在公司里吃,毕竟臭豆腐对空气不好。"

"知道啦,陆主管!"

"正好今天丈母娘来我家,她有口福了。"

"原来是臭豆腐啊,我最喜欢吃这个了!"

陆辛回到自己的办公室,一切看起来和他离开时没什么两样。看来公司还是很尊重他的,都没让人进来过。他放松地坐下,打开电脑,找到隐藏文件夹,看到里面的东西还在,就更放心了。

既然已经回到公司,那就得认真工作了,他这段时间落下的项目可不少。这么想着,他拿出项目资料研究起来,但可惜一直被别人打断。

他手下的员工以每十分钟一个的频率,悄悄地进入他的办公室,一边汇报这段时间的项目进展,一边把装着项目回扣和其他油水的厚信封放到他面前。有人还说好多客户都想见见他这位传说中的负责人呢,问他什么时候能去应酬一下。

陆辛心想,这么频繁地见下属,他怎么能专心投入工作呢?还是说,现在这些就是他的工作?

"听说陆主管回来了?"

"肖副总好!"

"陆主管在办公室里!"

第五章　妈妈要装修

下午，办公室外面响起一片打招呼的声音，肖远果然来了。

陆辛淡定地将信封放进抽屉里，随手拿起一份文件摆在面前。

"小陆……"玻璃门被轻轻敲响，肖远探进头来，"哥，忙啥呢？"

"在贪污你家的钱。"陆辛心里想着，抬起头笑了笑："还好，这会儿不忙。"

"那就好。"肖远推门进来，有些拘谨地坐在电脑桌旁的塑料凳上，"这几天我一直在想你什么时候回来，等得实在心焦。偏巧今天刚让人打电话问了一下刘主任，结果你就回来了。小陆哥，你今晚有空吗？一起吃个饭呗？"

"嗯？"陆辛有些警惕，"你又遇到特殊污染了？"

"特殊污染？"肖远紧张地说，"应该没有吧？不过，我最近遇到一个女人，特别喜欢她，这算不算？"

陆辛看着他，说："有可能，你喜欢到了什么程度？"

肖远不知该如何回答，下意识捏了捏腰。

"我才走了不到一个月，你就累成这样了？"陆辛有些震惊，"没准儿你真的受到了污染。"

肖远慌了："这……我真没想到，该怎么判断？"

陆辛思索了一会儿，说："你试试能不能在心里狠狠骂她，并模拟出一种厌恶的情绪。"

肖远认真地尝试了一下，吃惊地说："好像不能。"

"哦。"陆辛严肃地说，"那你确实受到了污染。"

肖远吓得把手里的车钥匙都扔了："什么污染？"

"从症状上看，应该是爱情。"陆辛觉得自己这次很幽默。

"啊？咦？哦！"肖远松了一口气，"你吓死我了。"他继续原来的话题："晚上一起吃饭吧？不光是我，还有高严和其他几位朋友。他们一直催我，等你回来就约你。我被他们催得头都大了，好不容易才等到你回公司。"

"他们约我做什么？"陆辛问。

"这个……可能有些事情想咨询你吧？"肖远含糊其词，眼神闪躲，"具体的事我也不太清楚。"

"还是算了，我下班后还要去建材市场，真的没空。"陆辛想了想，还是拒绝了，"另外，我也不太喜欢和不熟的人一起吃饭。如果他们真有事，让他们报警就好，没问题的。"

165

陆辛心想，肖远的朋友肯定身家不一般，没事怎么会请他吃饭呢？说不定和他的兼职有关。但特清部有规定，不能在外人面前主动承认身份。虽然肖远的记忆没被消除，但陆辛还是决定保持低调，毕竟他是个有原则的人。

肖远听出陆辛的坚定，转而问道："你去建材市场干什么？"

"最近打算装修房子，实在太旧了。"

"就这？"肖远一听，放下心来，"这种事还需要你亲自跑吗？交给我就行了。"

"交给你？"

"你打算怎么装？直接告诉我就行，我找人去干。"肖远笑道，"你为公司付出这么多，公司帮你装修房子，不是应该的吗？"

陆辛心动了，稍作思考，将清单递了过去："按这上面的采购，安排装修工人就行。"然后他问，"晚上去哪里吃？"

原则确实重要，但出去吃顿饭跟原则有什么关系？看在肖远答应帮自己装修房子的分儿上，陆辛决定给他这个面子。

其实他不太理解，为什么肖远会对他这么感兴趣，甚至有一种要抱他大腿的感觉。他仔细一想，大概是因为上面对精神污染的消息不再严密封锁，这些普通人提前意识到某种可怕的变化会来临，于是对他这样的专业清理人员多了几分亲近与依赖吧！

约好晚餐，肖远开开心心地去打电话约人，不敢再来打扰陆辛的工作。

陆辛趁机拿出信封，一个个拆开看里面的金额。这种事太有意思了！难怪这么多人喜欢上班，甚至主动要求加班。

到了下班时间，肖远已经在公司门口等着了，在刘主任羡慕的目光中，陆辛和他一起下了楼。

就在两人准备钻进各自的车里时，一个秘书打扮的年轻女人匆匆追了上来，手里拿着陆辛那张装修清单的复印件，气喘吁吁地说："肖总，出了点问题。"

"嗯？"肖远刚跨进车里的一只脚收了回来，"什么问题？"

"这些装修材料都买不到啊！"秘书语气疑惑，"您看一下，是不是单子出问题了？"

第五章　妈妈要装修

"什么？"肖远愣了一下，皱眉道，"这点小事都做不好吗？"

"不是，不是，真的买不到。我刚刚联系了各大建材市场，这些材料他们只知道其中的两三种，大部分听都没听说过。"

肖远看了一眼不远处的陆辛，感觉有些没面子，直接打断她："那就先把能买的买下来，剩下的再去想办法。"

"不……不可以。"秘书尴尬地说，"其中一种是违禁品，只有黑市才有。另外几种太……太贵了！"

肖远有些难以置信，他的秘书居然在跟他说材料太贵？

秘书急得跺了一下脚，凑到他耳边低声说了一句话。

"啥玩意儿？"肖远吓了一跳，再三确定后，拿着单子走向陆辛，有些不好意思地说，"最近公司资金有些周转不开，毕竟不是专门做建材生意的，装修也不专业。小陆哥，要不你找更专业的人来做？或者把其中一些材料换成更实用的？"

"这怎么能换？"陆辛听出了他的弦外之音。

这装修单子是妈妈特意留下的，还特别叮嘱他按单子来，他当然不能随便替换。不过，他看出了肖远的为难，体贴地笑了笑："没事，我找其他人好了。"

刚才他隐约听到了秘书的话，知道这些材料可能不好买。再说，如果这批材料真的很贵，最好找更信得过的人来。

于是，陆辛给韩冰拨了个电话。

"单兵先生，你好。"韩冰的声音很慵懒，带着一种放空感。

"你好，你好。"陆辛笑道，"你在做什么？"

"在沙发上歪着，什么也没做，也不想做。"

"咦？为什么？"

"腰疼。"

"这么严重吗？怎么会疼成这样？"

"因为我从黑沼城到青港城，连着开了好几天的车。"

"这个……"陆辛有些心虚。

"嘻嘻，逗你呢，还不至于这么严重。说吧，有什么吩咐？"韩冰笑了起来。

"也没什么,就是我打算装修房子,可能有些建材不好买。"

"这算什么事?"韩冰笑道,"单兵先生是打算装修好就行了,还是有自己的想法?如果只是想装修好,那就什么也不用管了,我直接去找我舅舅。如果有自己的想法,就把单子给我,我再找我舅舅。"

瞧瞧,舅舅才是真正办事靠谱的人啊!陆辛心里轻松了很多,问了韩冰的传真号码,当即上楼将单子发给了她。

"这么昂贵的项目,小陆哥一个电话就搞定了?"见证了整个过程的肖远对陆辛的敬畏之情更深了。

这段时间以来,肖远通过多方关系深入了解特殊污染,越了解越觉得可怕,同时对陆辛的身份也有了一些猜测。结合之前所知和这份装修清单,他发现陆辛的身份似乎比他想象的还要神秘。别的不说,陆辛出去一趟就换了一辆越野车,而且这车看起来像是经过军方改造、专为战场设计的。他引以为傲的跑车在陆辛这辆虽然有些脏但骨架大、底盘稳、车身厚重的越野车面前,相形见绌。

肖远暗自感叹:得叮嘱一下那群朋友,千万别得罪这样的人。

当陆辛放下一桩心事,和肖远赴约时,韩冰懒洋洋地扫了一眼那张装修清单,原本打算直接发给舅舅,却忽然发现不太对劲。思索片刻后,她先把清单发给了关系比较好的铁翠,请她帮忙看一眼。

几分钟后,铁翠的电话打了过来。韩冰听完后脸色凝重,迅速洗脸、换衣服,甚至没化妆就乘车赶往特清部总部。

韩冰被人带到了白教授的办公室里,那里已经坐了几个人,包括特殊武器研发部部长和几位专家。不久,一块屏幕亮起,苏先生的圆脸出现在屏幕上。

"这张清单是单兵发给你的?"白教授皱着眉看向韩冰。

青港城特清部的员工都很敬仰白教授,韩冰也不例外。她立刻立正,清晰而利索地回答:"是的,单兵先生二十七分钟前打电话给我,说是准备装修房子。他的语气很正常,似乎并不觉得清单有问题。另外,我当时询问过他,他的态度很坚定,就是要照这张清单来装修。"

"不用那么紧张。"白教授摆了摆手,又问,"这次在黑沼城有没有发生什么奇怪的事情？"

"整个任务的过程我都详细地写在报告里了，但就像我在报告里说的，解决黑沼城的特殊污染时，因为精神力量庞大，单兵先生一度接近失控，所以很多细节不是我能看到并理解的。要说整个任务中最让人觉得奇怪的地方……"韩冰认真地思索了一会儿，接着说道，"第一，我曾和单兵先生一起被黑杰克拉进深渊，是单兵先生救我出来的，但我不知道他是怎么做到的。第二，任务期间，有个神秘的幽灵系精神能力者挑衅了单兵先生，并留下了什么东西。她似乎与单兵先生相识。第三，单兵先生接了中心城精神能力者的一个委托，此事我们没有参与。而且……"她这才说出最担心的事，"中心城有个叫夏虫的精神能力者表露了要挖单兵先生去中心城的意图，单兵先生似乎也心动了。"

"什么？"一位特殊武器研究专家吃了一惊，"什么样的条件打动了他？"

韩冰郑重地回答："一套中心城的房子。"

众人无语。白教授沉吟片刻，笑着拿起那份清单："这些都不重要了。重要的是，你知道这份清单上都是什么东西吗？"

韩冰坦然承认："我只认出了其中一部分。"

"我能大体猜到你认出的是哪一部分。我可以告诉你们，这张清单上的大部分材料都昂贵又罕见，有些甚至只有高级实验室才能研制出来，还没量产。而所有材料汇总到一起，只会让我想起一件事……"白教授顿了顿才说，"制作寄生物品。"

听到这里，在场的人都倒吸了一口冷气。

有人忍不住反驳："不太可能吧！就算他想制作寄生物品，哪里需要这么多材料？"

白教授轻声说："那或许说明，他是在制作一件很了不起的寄生物品。"

办公室里安静下来。片刻后，有人疑惑地问："很了不起的寄生物品，有多了不起？"

"这涉及另一件事。"白教授放下清单，身体微微后仰，十指交叉放在小腹上，轻声解释道，"红月初降临时，研究院为对抗突如其来的混乱，确定了几个研究方向，寄生物品的研究与开发就是其中之一。当时，有许多人支持寄生物品研究，但进展缓慢。后来，一位天才研究员提出了七个台阶理论，指出了更明确的方向，获得了更多支持。然而，七个台阶理论只是指明了方向，该如何走上这七个台阶成了最难解的谜题。另外，'逃走的实验室'事件带走了研究院大量寄生物品，使得相关研究长期停滞不前……"白教授叹了一口气，"研究院只能选择帮助各大高墙城建立特殊污染清理部，培养人才，传承薪火。"

"我就是在那段时间离开研究院的。虽然远离了核心圈层，但有一点我能确定——研究院仍在继续某个方向的研究。那群人永远也闲不下来。他们每隔一段时间都会分享一些新的理论或材料，这些可能是某个大型研究项目的成果。"

说到这里，白教授拿起桌上的玻璃水杯，捧在手里，没有喝。

其他人面面相觑。每次听到月食研究院的事，他们都会感到恐慌，更何况这次可能涉及极高等级的机密。

白教授问："你们了解寄生物品吗？"

韩冰等人没开口，他们对寄生物品的了解仅限于二阶、一阶和零阶的分类。

"二阶寄生物品是实验室制造的，蕴含某种精神力特质。现在的青港城有能力制造，但因制作条件苛刻且残忍，所以没有量产。二阶寄生物品精神量级不高，能发挥出什么样的作用取决于它的使用者，精神量级高的人能发挥强大能力，普通人使用则效果有限，最多与第一阶段精神能力者相差无几。

"一阶寄生物品往往是自然形成的。其原理很简单——一个常年痛苦的人佩戴的项链，可能会因主人的精神异变成为蕴含痛苦能力的寄生物品。一阶寄生物品精神量级更高，且具备成长性，如灾厄博物馆……它后来被单兵砸碎了。

"至于零阶寄生物品，它是机密。"白教授轻声说，"三十多年前，红月初次降临那一晚产生的寄生物品便是零阶寄生物品。我们青港城就有一件零阶寄生物品——那幅叫《红月的凝视》的画。经检测，这幅画里确实藏着一种终极精神力量，其本质属于'混乱'。"

白教授的话让在场众人震惊不已。

"据我所知，从红月降临至今，已经发现了很多高阶寄生物品。但高阶并不等于零阶，成长起来的一阶寄生物品也属于高阶。只有最特殊的寄生物品才属于零阶。目前能确定的零阶寄生物品不少于七件，其中有四件都在月食研究院。"

"研究院可能一直在开发零阶寄生物品的力量，因为他们分享的很多新材料都与此有关……我忙碌这么多年，唯一一次获得研究院嘉奖，也是因为写了一篇与此类研究有关的论文。所以，我猜研究院如今的主体研究项目就是零阶寄生物品。"

众人在心里感慨，白教授说得轻描淡写，但这可是研究院的主体研究项目！即便只是猜测，传到黑市也价值不菲。另外，明明是在说单兵的事，白教授怎么讲到研究院去了？

"有趣的地方就在这里。"白教授的目光再次落到那张清单上，"虽然我没有参与研究院的项目，但根据我对他们的了解，以及各地方实验室的情报，我发现这张清单上的很多材料和设计都与研究院各部门最近的研究高度一致。正因为如此，我才猜出了单兵的目的。"

韩冰反应过来，脸色凝重地问："需要我跟单兵先生确认吗？"

众人的目光从白教授身上转到韩冰身上。

白教授笑道："不用了。天国计划初阶段实验以后，我与苏先生就决定了，停止对单兵的主动研究，也不再去窥探他的私生活。再说了，"他看了一眼屏幕里的苏先生，以及悄悄连线进来的沈部长，"人家已经说了是在装修房子，不是吗？"

韩冰明白了白教授的意思。单兵先生一向老实善良，既然他说是装修房子，那就当作装修房子吧！

"那我们该怎么答复他？"韩冰问。

有位专家忍不住说："这些材料非常昂贵，很多只能在黑市或秘密实验室买到，花费巨大，高调采购还可能引起不必要的关注……"

另一人道："而且，有些材料用钱都买不到，没准儿得用同价值的情报、资料或材料去换，这笔花费简直无法计算——"

白教授打断道："我的建议是答应他。中心城为挖单兵都舍得给房子，我们青港城难道还舍不得给他装修？"

众人一时无言。

白教授笑着继续道:"目前青港城在精神领主领域的研究处于领先地位,正是我们的研究资料最值钱的时候。但在南方,某个人应该也掌握着这份资料……与其等他抛出资料,让我们的实验数据变得一文不值,倒不如现在拿出来换些东西。至于研究院的研究,比我们所知要深远得多,所有流传出来的东西都是被他们淘汰掉的。再加上单兵本就是月食研究院的一员,所以他们不会介意的。当然,考虑到价格问题,我们也不用全报销。一上来就搞这么大手笔,他一点也不付出,那像什么话?"

大家听着听着,都愣住了。屏幕里的苏先生终于开口了:"你的意思是……"

"跟他五五开!"白教授随口说了一句,又摇头否认,"算了,还是三七——九一吧!我怕他真负担不起。"

"对对对!"苏先生急忙表示认同,"让他自己出一些,有点压力是对的。但是压力太大,让他走上犯罪的道路就得不偿失了。"

陆辛是个有原则的人,原本不想参加这种饭局,但因为肖远对装修房子的热情,他暂时让步了。结果肖远搞不定装修,他也不好推托,只能硬着头皮来赴宴。陆辛在心里嘀咕:早知道就不来了,跟这帮有钱人吃什么饭?他们阶层不同,没有共同语言,说错话、办错事还会惹人笑话。

果然,事情如他所料。

除了肖远,还来了五六个人,最大的四十来岁,最小的看起来像高中生。他们衣着光鲜,开着豪车,但一举一动拘谨得很。这群人里,陆辛只认识高严,彼此点头示意后便坐下了。

陆辛本想多看多学,免得闹笑话,没想到这群人比他还紧张。他坐下后不说话,大家都不敢说话。他抬起头打量他们,他们一个个都敬畏地低下了头。他无奈地想:"他们这么老实,那我跟谁学去?"

肖远察觉到气氛尴尬,赶紧起身介绍:"这位是某某家的公子,那位是某某集团的继承人……"每介绍一个,陆辛或是跟对方握手,或是点头致意。

这些人偷偷打量着陆辛,敬畏中带着好奇。眼见菜都快上齐了,还是没人敢说话,肖远只好清清嗓子:"小陆哥的身份是保密的,我嘴巴严,那么多人找我打听，我也只告诉了你们几个。这次好不容易把他约出来了，你们知道该怎么做吧？"

一群人面面相觑，随后年龄最大的吴哥开口了："陆先生，听说您是官方的捉鬼大师？"

陆辛抬起头看了他一眼，他吓得一哆嗦。

"哪有什么捉鬼大师？"陆辛笑着回答，"这世上没有鬼，你们不知道吗？"

"知道，知道！"这群人连连点头，一副"我是内行"的表情，"没有鬼，只有污染，对吧？"

陆辛没有反驳。青港城对特殊污染的保密程度一直在降低，肖远就是个例子。他经历特殊污染事件后没被消除记忆，虽然他把自己的经历告诉了一些朋友，但没人找他的麻烦，可见这是在青港城允许之内的。

"果然是真的！难怪去主城的门槛越来越高了，只有主城才有这种专业人员守着啊！"他们一副确定了什么大事的样子，有的惊恐，有的谨慎，还有的露出了兴奋的表情。

就在这时，年龄最小的少年小孟伸长脖子，低声说："陆大哥，我跟您说，我们学校最近发生了一件怪事，肯定是污染！"

"嗯？"陆辛警惕地看向他。

"我们学校有个特别漂亮的女孩，喜欢穿白裙子、扎马尾辫，身材特别好。"小孟眼睛发亮地描述着。

陆辛皱眉："说重点。"

"她在学校有很多追求者，包括我。你看我长得这么帅，也挺会坑我爸的钱，在学校也算风云人物……可她没看上我，也没看上学校里混得最好的大哥，连我们班学习最好的班主任儿子都没看上，一心只知道学习！"小孟说着，叹了一口气，"你说这是不是受到了污染？"

陆辛沉默了一会儿，看向肖远："现在高中生谈恋爱不算早恋了吗？"

"果果，你个不争气的玩意儿，回头告诉你姐，看她打不死你！"肖远气得直接站了起来，恨不得上手揍小孟两下。

"我已经高中毕业了！"小孟又害怕又不服气，最后硬生生被肖远骂得不敢吱声了。不过他这一开口，倒是打开了其他人的话匣子。

吴哥接过话茬："果果还小，不懂什么是污染。不过我这里确实有件重要的事,想请陆先生帮忙分析。前不久,我在城西买了栋别墅,一到半夜,总能听到女人的哭声。"

陆辛的表情认真了些,但很快有人抢过话茬:"我也有件怪事,我的工地靠近一片坟场……"

"我来说,我这个最要紧了。陆大师,求您救救我吧!之前我得罪了一个算命先生,他说要给我下咒,破我三十年的财运,结果我这段时间真的丢了几个项目,快熬不住了啊……"

"还有我,陆大师,我天天晚上做噩梦被鬼打……"

"陆大师,我最近经常腰疼,晚上睡不着,床上的雄风也不如以前了……"

"陆大师,您能不能帮我看个手相?"

…………

这都是啥玩意儿?陆辛这才明白肖远为什么急着请他吃饭,原来是凑齐了这么多"问题人员"。他们是真觉得遇到了特殊污染,想请他解决?可这些事听着就不靠谱啊!尤其是那个让他看手相的!能不能尊重一下他的职业?他好歹是单兵小队的队长,青港城的六级特殊人才!

陆辛瞥向肖远,眼神有些埋怨。肖远羞愧地低下头。明明他们之前描述得一个比一个可怕,但当着陆辛的面一说,又让人觉得不太靠谱……

就在大家说得起劲,陆辛想走又找不着借口时,电话铃声忽然响了。陆辛趁机站起来,指了指卫星电话,走到门外。

电话那头传来韩冰的声音:"单兵先生,装修的事情我已经请示过了。苏先生亲自点头,由我们特清部负责你的装修问题。"

"苏先生?"陆辛吃了一惊。他就装修个房子而已,怎么都请示到青港城的几位先生那里去了?

"是的。"韩冰的声音听起来很轻松愉快,"另外,白教授说了,由于你是青港城的六级特殊人才,装修成本我们报销百分之九十,人工免费,你只需要支付成本的百分之十。"

"还有这种好事?"陆辛的心情瞬间变好了。他原本打算自己掏钱,没想到能报销这么多。百分之九十,四舍五入就是全包了。

"是的,青港城特清部对员工一直很大方。我已经帮你算过了,从你给出的清单来看,去掉人工和运输费用,只计算百分之十的成本,你只需要拿出……"韩冰顿了顿，报出一个数字，"三千七百八十二万四千六百五十一元，零头抹掉，就算三千七百八十二万好了。"

陆辛越听越觉得不对劲，声音不自觉地提高了："你说多少钱？"

十分钟后，陆辛回到包间，感觉脚像踩在棉花上，一切都显得那么不真实。他只是想装修个房子而已，为什么有一种要把全世界买下来的感觉？难道是青港城在敲诈他？这个想法很快被他否定了。他相信韩冰，也相信特清部的那群人。难道是妈妈那边出了问题？她选的材料为什么都这么贵？用金子把房子封起来也没这么贵吧？

想到韩冰说的"打了一折"的装修费用，再想到自己银行卡里的存款、还没到手的任务报酬，以及抽屉里还没焐热的红包，陆辛感到一阵绝望。他真的不想再装修了！但现在联系不到妈妈，而且他曾亲口向她保证过会按她的要求装修。

陆辛的心情极度沮丧，眼睛里隐隐有黑色粒子在颤动，不过很快又恢复如常。这事不能急，但他确实感到心累！

"小陆哥，你……怎么了？"肖远和他的朋友们紧张地看着陆辛。

他们都听到了陆辛在外面接电话时突然拔高的声音，也看出了他此刻的魂不守舍。他苍白的脸、迷茫的眼神，无一不显示他正承受着巨大的打击。

陆辛回过神来，目光扫过这群人，态度忽然缓和了一些。

"你们刚才好像说遇到怪事了，是吧？"他慢慢说道，"看在肖远的面子上，我可以帮你们看看。但是，"他加重语气，说出重点，"接私活儿，我也是要收钱的。"

第六章

爱情便利贴与沙漏男

钱不够了怎么办？当然是凭本事去赚了。男人在心疼、懊恼和沮丧之后，总是要打起精神去赚钱的。眼前就有赚钱的机会，怎么能不抓住？陆辛记得韩冰说过，青港城特清部不禁止员工接私活儿。

"什么？"听了他的话，众人先是一惊，随即一个个露出惊喜的表情。他们之前觉得跟陆辛有距离感，是因为大家不在同一个世界。陆辛平静又沉默，看人时眼神透彻又锐利，让人惴惴不安。再加上肖远和高严之前对陆辛的描述，更让人觉得他有一种难以言喻的神秘感。所以，虽然大家都很迫切地想请陆辛解决自己遇到的怪事，但他们对能不能请动这位大神一点信心都没有。谁能想到，陆辛出去接了个电话，居然就转变态度了。

真好啊，他们不怕陆辛要钱，钱他们有的是！世上最可怕的绝对不是收钱杀人的顶级杀手，而是不知道钱这玩意儿有多好的愣头青。

"太好了！我先来！"吴哥第一个举起手，"请问陆先生出手一次，这个价……"

"我来，我来！"

"还是先请陆先生去我那里看看吧，拖不得了！"

整个饭局都没热起来的场子，居然因为钱的事瞬间热闹起来。大家都少了几分拘谨，看陆辛的眼神也亲切了许多。

肖远本来担心陆辛不满意自己的安排，没想到陆辛不仅同意出手帮忙，还说是看在自己的面子上才愿意帮忙的。肖远感到十分惊喜，一边用眼神试探陆辛，一边说："都是朋友，大家不要急，小陆哥既然答应了，你们遇到的怪事他就一定能解决。至于出手费……"他没从陆辛的眼神里得到回应，只好试探性地出价，"二十万？"他没有别的参照物，就报了一块手表的价格。毕竟上次陆辛收了高严一块表，好像还挺开心的。

"什么？"正在出神的陆辛冷不丁地转头看向肖远。

肖远心里咯噔了一下：报少了？

陆辛心想：接个私活儿而已，能报这么高吗？他有些担心这个价格会把这些人吓跑。

没想到，除了小孟听了微微皱眉，其他人的脸上都有些意外之喜。

"可以！"吴哥拍了一下手，又问，"陆先生什么时候有空？"

"我也可以，二十万元真的不高，隔壁张半仙看个风水都要一套房呢！"

"是啊，我们陆先生捉的可是实打实的鬼！"

"画符的钱是不是要另算？"

陆辛蒙了。怎么这群人这么痛快？他以前给问题更严重的许潇潇治病才赚了十万元，而这些人遇到的只是一些解释不清楚的怪事，竟然愿意支付二十万元？！

他很快明白过来——不是这群人大方，而是他的身价涨了。在这群人眼里，他接连处理了肖远与高严两个人遇到的怪事，在他们的圈子里也算是小有名气了。

原本还有些不安的陆辛彻底放心了。既然他们愿意给，他就勉强收下吧。毕竟，他现在面临三千多万元的天价装修费用，即便取出银行卡里的所有存款，加上黑沼城的报酬和夏虫的两百万联盟币，甚至卖掉那几辆车，也还差一千多万元。这些私活儿正好能解他的燃眉之急。一件怪事二十万元，处理五六十件就能凑得差不多了。要是一口气处理两三百件，这钱就赚回来了。两三百件也不算多！

"既然如此，"陆辛友善地看着这群人说，"咱们现在就开始吧？"

虽然韩冰说特清部答应先帮他装修，意味着他可以慢慢支付这笔费用，但他是个正直的人，还是想尽快付清。

陆辛决定先去处理吴哥的怪事，因为他给钱最爽快，怪事听着也最诡异。

事件：夜半哭声

描述：今年四十三岁的吴先生三年前丧偶，独自带着一个十四岁的孩子，生意越做越大，却一直没有再娶。前不久，吴先生见事业稳定，便起了续弦的念头，花了几百万元在二号卫星城买下一栋豪宅。然而，一天半夜，当他和他的女朋友从梦中醒来时，听到了女人凄苦的哭声。吴先生的女朋友当晚就吓坏了，说什么也不肯再住在那里。吴先生送走女朋友后，怀疑是亡妻责怪他再娶，因此前来闹腾。第二天，他上了一炷香，并解释了半天。没想到，那哭声仍然时常在半夜响起，且愈演愈烈，似乎是亡妻在警告他……

"不要伤害她，真的。"吴哥说到动情处，几乎要哭出来了，"我只是想让她理解我，让我过上正常的生活。她都去世三年了，我也是个正常的男人啊！"

陆辛表示理解，并准备马上就过去看看。众人虽然有些害怕，但仍想一同前去瞧瞧。

吴哥没有拒绝，大家一起去还能壮胆。陆辛也同意让他们同行，一是可以打个广告，二是这些人中有人认识吴哥的亡妻，若真撞见鬼魂，也能帮忙说说情。

于是，一行人立刻结账，一支由豪车组成的车队浩浩荡荡地向吴哥的豪宅驶去。

到达别墅时已是夜里十点多，吴哥的儿子已经睡下了，只剩一个老保姆。见来了这么多人，她吓了一跳。

吴哥说，这段时间老保姆也听到了女人的哭声，被折腾得有些神经衰弱。他一度怀疑妻子连老保姆的醋都要吃，毕竟她生前连母猫都不准他养。倒是儿子没听到过，她一直很疼儿子，自然舍不得吓他。

吴哥让老保姆去休息，并且叮嘱她不管听到什么动静都不要出来。然后他亲自下厨，给大家煮了一锅面。一群身份显赫的富家公子坐在客厅里，一边吃面条，一边等女鬼现身。

没想到，大家大眼瞪小眼坐了半宿，硬是没听到什么动静。有人猜测，会不会是因为男人太多，阳气太盛，所以嫂子不敢出来了……

陆辛也觉得古怪。他绕着别墅转了一圈，没发现精神辐射的痕迹。

什么样的污染才能造成夜半的鬼哭声？陆辛不由得看了吴哥一眼，猜测是不是因为他想续弦，对亡妻心存愧疚，所以出现了幻听。但老保姆又怎么能听见呢？

就在陆辛思索时，一群人吃饱喝足，兴奋劲慢慢消退，正三三两两地躺在沙发上，准备睡觉。忽然，陆辛微微抬头，表情有些惊讶。紧接着，吴哥手一颤，险些把遥控器摔在地上。随后是肖远和小孟等人，一个接一个地脸色煞白。

女人的哭声响起了。这哭声极为细微，时断时续，凄惨痛苦，仿佛是从四面八方传来的，还夹杂着冷笑声。

众人浑身汗毛竖起，脑中迅速浮现出一个青面獠牙的女鬼形象。她的哭泣中带着阴冷的讥嘲，仿佛爱慕却又痛恨地看着眼前的男人……爱与恨，哭与笑，难以形容的复杂情绪交织在一起。

陆辛猛地站起来，把手伸进了背包里。其他人脸色惨白，瑟瑟发抖，甚至有人抱在了一起。

"小……小陆哥……"肖远颤声喊道，所有人的目光都集中到了陆辛脸上。

陆辛静静地站在茶几前，仿佛在思索着什么。片刻后，他忽然想到了什么，抬步向前走去。他的手从黑色背包里抽出，五指轻握，看起来好像随时要攥紧拳头打向什么东西。

所有人的心都提到了嗓子眼，看着陆辛走向一个房间。

"这……"吴哥看向那个房间，大吃一惊，脸上浮现出无尽的担忧与恐惧。

陆辛的手伸向门把手，猛地推开门。房间里黑漆漆的，一道黑影抓着一个闪着微光的东西，哧溜一声钻进了被子里，蒙头装睡。

哭声戛然而止。

陆辛深深地看了一眼，悄悄关上房门，转头看向脸色煞白的吴哥，轻声解释道："你这里的污染源我已经查清楚了。不是因为你的亡妻回来了，而是因为你家孩子长大了。不过你也得好好管教一下，他年龄还小，这哭声出现的频率可不低啊！"

一行人在吴哥愤怒的咆哮声里尴尬地走开了。"你才多大就天天看这些？你不知道不能把平板电脑卡在暖气片上吗？让你不好好学习，不知道金属能传递声音吗？我问你听没听见你妈哭的时候，你怎么不说？你买副耳机能死吗？知不知道我为这事花了二十万？瞧瞧你看的这是什么玩意儿！"

虽然只是虚惊一场，但这二十万……陆辛走出大门时，下意识看了肖远一眼。

肖远立刻会意，点头道："吴哥是个讲究人，肯定不会赖账！"随即，他提议，"为了孩子和吴哥的名誉，我们都保密吧。"

众人纷纷点头。忽然，小孟扑哧一声笑了出来，引得大家笑成了一片。紧接着，所有人忍着笑快步离开了别墅。

"虽然老吴家的事是个笑话，但我那工地是真的出事了。"一个身材稍胖的人凑近陆辛，"要不，陆先生过去看看？"

这话一出，瞬间吸引了所有人的注意。

陆辛问："你那边是什么情况？"

"据说是阴兵过境。"胖子神色凝重，脸上的肥肉微微颤抖，"我那工地曾经是一片坟场，据说埋过不下一百人，我趁便宜买下了，正在建商场。没想到，自打开工起，怪事不断，经常丢东西不说，半夜还老出现鬼影。"

"真的是鬼影？"陆辛好奇地问。

"是的。保安老张亲眼见过，那鬼穿着白色的盔甲，脸上的肉都烂了，只剩骨头。"

众人的兴致又被提了起来。陆辛拍板道："现在就去。"

一行人横跨整座卫星城，终于在凌晨两三点赶到施工现场。

钢筋森然林立，毡布被夜风吹得哗啦作响。尚未完工的建筑一半沐浴在红月下，一半隐于黑暗中。风灌进空荡荡的建筑里，发出呜呜的鬼哭声。

保安室里没人，胖子叹气道："老张被吓到了，估计又躲回家了。"他踹门进去，拿了几顶安全帽分给大家。众人顺着临时搭建的铝合金梯子爬上四楼，然后纷纷朝西边看去。

"真的有！"胖子瞪大了眼睛。

"正好碰上？"其他人也感到一阵寒意。

西边的黑暗中，隐约有几个白影缓慢而僵硬地向前飘动，仿佛亡魂在巡视自己的领地。

"就……就是那玩意儿！"胖子吓得脸上的肥肉不停颤抖，"那地方就是之前埋人的尸坑，刚动工时从里面挖出了几十具骸骨。我本来不信这个，还带人过去蹲守了几个晚上，结果啥也没看到，只有阴风阵阵。后来闹得越来越凶，值夜班的保安都看见了！"

听着胖子的讲述，众人忍不住瑟瑟发抖，纷纷用祈求的目光看向陆辛。

陆辛思索片刻，从背包里摸出一把枪，朝远处的白影开了两枪。枪声把众人吓得直接抱头蹲下，他们又惊又怕地看着陆辛，心想：这人居然随身带着枪，还敢随意开枪！果然是官方捉鬼大师啊，不是官方的哪敢这么嚣张？

枪响后，宿鸟惊飞，而那些白影却一动不动地待在原地。陆辛看着看着，露出了笑容。

陆辛带领众人赶过去，发现所谓"白影"原来是几个白色的化肥袋，里面装着钢筋与成捆的铁丝。众人抬头远望，看到几辆三轮车正顺着小路逃跑。

不远处躺着一个摔得满脸是血的老头儿，见到众人，他不顾一切大喊道："王总，别开枪！就拿你几根钢筋，至于吗？哎哟，我的腿摔断了。我跟你讲，这事没个几万你别想打发我！"

看着老头儿身上的保安服，众人恍然大悟。

"这都是什么事啊？"陆辛感慨道。他处理特殊污染事件的时间也不短了，还是第一次觉得，不是特殊污染类型丰富，而是人生经历太丰富了。

一行人留下跟摔断腿的保安老张掰扯赔偿问题的王总，心情复杂地走出工地。连续遇到两个乌龙事件，大家都有些沮丧。他们之所以跟着陆辛，一是因为真的认为自己遇到了无法解释的事情，想要他去解决；二是因为好奇心作祟，想看看那种神秘现象是不是真的存在。没想到，真相令他们大失所望。

"还要继续查吗？"陆辛无奈地问。虽然肖远说这两件事的报酬会照常给他，但他的广告却打不出去了，事业大大受挫。

众人面面相觑，有人咬牙喊道："查，我那件还得查！"

其他人也纷纷点头。虽然连续两个都是乌龙事件，但剩下的人坚持认为自己遇到的是真的怪事。

"好吧。"看他们态度如此坚决，陆辛答应了。既然他们想查，那就查吧。反正只要二十万元到账，让他当保姆看孩子都行。

于是，陆辛作为调查员、侦探、捉鬼大师、打假专家，肖远作为业务员、财务经理、气氛组一号，和另外几位当事人，连续几天投入轰轰烈烈的都市诡异事件调查工作中。

他们调查了杨总受诅咒事件——这位杨总因为得罪了算命先生，被对方下咒破三十年的财运，从那之后连续丢了几个项目，连挺有把握的项目也莫名其妙被小公司抢了……结果一番细查后，发现是财务会计趁与杨总搞办公室恋情时，偷看了他的保险箱密码，还复制了好几份文件偷偷给了对家公司。

接着，他们调查了深夜红眼事件——李总的老婆半夜被敲门声惊醒，通过猫眼看到一只血红色的眼睛，差点吓得魂飞魄散。结果过去一调查发现，哪有什么特殊污染？是个变态杀人犯……

最像遇到特殊污染事件的是高严一个姓周的朋友。他遭遇的是梦中恶魔追杀事件——连续几天梦到自己被恶魔追杀，醒来时脸总是肿的。在陆辛的建议下，他在房间里装了摄像头。两晚过后，大家打开录像，看到了可怕的一幕——当小周服下安眠药入睡后，他家那只刚被绝育的肥猫从门缝溜进来，重达三十斤的身体直接趴在他的胸口上，挥起爪子使劲抽他的脸……抽得那叫一个凶。

几天下来，所有的"特殊污染事件"都有了结果，除了一个变态杀人犯，其他都是乌龙。杨总受诅咒事件以财务会计被开除告终，杨总不敢报警，毕竟人家掌握着他的一些秘密呢。深夜红眼事件的当事人倒是报警了，但杀人犯逃了，小区里变得更恐怖了。至于那只愤怒的肥猫，最终被它的主人小周送人了……

唯有陆辛实实在在地到手了百来万，心情还不错。

"原来，那种事没么容易遇到啊！"一番折腾后，几人坐到一起，表情都有些失落。

"以后估计会更少。"陆辛心想。青港城人口众多，除非是影响全城的大事件，否则普通人想遇到一起特殊污染事件都难。像肖远这种短时间内遇到两起的，已经算"运气爆棚"了。再加上青港城的天国计划正在稳步推进，也会降低这类事件发生的频率。按照白教授的说法，当天国计划成功后，娃娃的精神力量将与整个青港城融为一体。从某种程度上来说，青港城就是娃娃，娃娃就是青港城。到那时，特殊污染事件将更难潜藏，外界的野心家也不敢轻易搞事了。这是不是意味着以后接私活儿也难了？想到这里，陆辛忽然意识到，他这次回来忙着赚钱，还没见过娃娃。目前靠这些小活儿，想赚一千万元实在不容易。娃娃这几年应该攒了不少钱吧？

"咦？小陆哥，还有我呢。"就在大家各怀心事、沉默吃饭时，小孟推了推陆辛的胳膊，兴奋地说。

陆辛懒洋洋地看了他一眼，其他人也不爱搭理他。其他人不搭理他，是因为他说的事一听就不靠谱。陆辛不搭理他，是因为他才高中毕业，零花钱很少，还没到能随便拿出二十万元来挥霍的程度。

"看那边！"对大家的嫌弃一无所知的小孟突然激动地指着外面说，"那就是我跟你们说过的校花！咦，她怎么……"

"嗯？"众人转头看去，都愣住了。

他们看到了一个十八九岁的漂亮女孩，身材瘦削，气质清纯，充满活力。不知道她在学校是不是真如小孟所说，被全校男生暗恋，但在这条街上，她确实出类拔萃。小孟只指了个大体方向，但所有人的目光第一时间都落在了她的身上，包括陆辛在内。

"破案了。"陆辛说。

女孩正拉着一个男生的手，一脸开心地挑选着街边的小饰品。女孩不时转头看向男生，露出撒娇的表情，而男生一副兴致不高的样子。

"这答案能值二十万吗？"陆辛心想。

"这……"餐厅里的众人看了一眼就明白了，随后笑了起来。

"果果，还需要陆先生帮你查吗？"

"你看，这不就破案了？人家死活相不中你，就是因为已经有男朋友了啊！"

"我……"小孟似乎不肯接受这个答案，"这更不对了啊！陈薇怎么可能喜欢那个家伙？"

"哈哈哈！"有人同情地拍了拍他的肩膀，"认输吧，老弟。"

"不是，真的很奇怪啊！"小孟一脸疑惑地争辩道，"那男的是隔壁班的，长得矬又小气，家里也没什么钱。我们年级——不，应该说整个学校没一个人喜欢他。"

大家还是笑，觉得小孟是嫉妒了，故意说人家的坏话。不过，看小孟急得满脸通红，他们也不好意思再嘲笑他了，只能安慰道："再怎么说，人家就是喜欢他，有什么办法？爱情就是这样，喜欢一个人难道还需要理由？"

小孟急了："你们相信我啊！我还有很多事没跟你们说呢！那人叫曹烨，平时装出喜欢看书的样子，实际上很猥琐。他经常站在楼道口偷看女同学的裙底。有一次晚自习，有人尾随陈薇和其他几个女生去上厕所，还想偷偷拍照，结果被人看见了，从墙上摔了下去。我们怀疑那人就是他，因为事后他整整一个月没来上学，据说是在养腿伤。那次的事把陈薇给吓坏了，少于两人陪同的情况下，她都不敢去上厕所……你们说，她会喜欢上这么一个人？"

周围的笑声渐渐少了。如果小孟说的都是真的，那这事确实有些奇怪。但事实就摆在眼前，也许有些事情只有当事人自己知道吧。

这时，陆辛收回目光，疑惑地说："好像确实不太对。"

大家闻言，都诧异地看着陆辛。小孟又惊又喜。

陆辛倒没有在陈薇身上看到精神怪物的存在，相反，除了偶尔的精神波动，她看起来很正常。但看到她和曹烨说说笑笑的样子，他就是下意识觉得事情有些古怪。最古怪的是，她看曹烨的眼神能让人明显感觉到她非常喜欢他，所以她会不停地跟他说话，兴奋地拉着他的手去看各种小玩意儿。她跟曹烨说话时，脸上洋溢着发自内心的喜悦。反倒是曹烨有些无精打采，只是偶尔简单地回应一句，目光不时在她的腰、腿和屁股这三个部位逡巡。

这确实不正常，就像看到两个完全卡不上的齿轮一样让人难受。

"什么？小陆哥，你是说陈薇真的撞鬼——哦不，中了那种污染？"小孟紧张地问。他双手撑着桌面，一副得到陆辛的确认后就要立即冲出去英雄救美的样子。

其他人也都好奇起来。忙活了这么久，一只鬼也没抓到，终于等到陆辛说事情有古怪了。

"现在还不能确定。"陆辛摇摇头，"能看出来的东西太少了。"他抬起头看了小孟一眼，"要不你去搭个讪，让我看看他们的反应？"

"我？"小孟听完跃跃欲试，但又迷茫地问，"怎么搭讪啊？"

"你自由发挥，我主要是想看看他们的感情如何，也看看他们的情绪变化。"

"这……"也许是陆辛说得太笼统了，小孟明显没反应过来。

倒是肖远听明白了，他低声跟小孟说："你大胆走过去，拿出你最欠揍的样子。你还记不记得上次我跟高严去学校看你，你正带着几个小兔崽子在围墙后面抽烟，一副大哥大的样子？仔细想想，就是我俩没收你的烟，还把你揍了一顿那次。"

"啊，就是你们揍了我，还告诉我爸，导致我损失一个月零花钱那次？"小孟想起来了，"我明白了。"他说着就要去，忽然又回过头来，苦着脸说，"那我在陈薇心里的形象不就毁了？"

有个人好心安慰他："放心去，不要有压力，毕竟人家本来就没把你放在眼里。"

"你真会安慰人……回头治好了陈薇，你们可得替我解释啊！"小孟狠下心，从高严的口袋里拿出一副墨镜戴上，又叼了一根烟，大摇大摆地走出了餐厅。

其他人一窝蜂似的挪到靠窗的桌子旁，伸长脖子去看小孟怎么招惹那对情侣。

陆辛发现自己没位置坐了，于是轻轻拍了拍肖远的肩膀，咳了一声。

肖远立即反应过来，急忙起身给陆辛让座："你坐，你坐。"

"哟，陈薇！还有你，叫什么来着？"小孟快步走到两人面前，故意拦住他们的去路，玩世不恭地说，"曹烨，对吧？怎么？才刚高中毕业，你们两人就连老同学都认不出来了？"

"孟果果，你怎么在这里？"曹烨非常惊讶，还下意识往后退了一步。倒是陈薇惊讶过后，大大方方地拉住曹烨的手："我跟我男朋友出来逛街，没想到会遇见你。"

"咦？男朋友？"小孟装出很惊讶的样子，"你们两个怎么在一起了？"

"没想到吧？"陈薇抱住曹烨的胳膊，笑道，"是不是觉得我们很般配？"

曹烨略显尴尬，似乎想抽出胳膊，但陈薇抱得很紧。然后他不知想到了什么，突然不挣扎了，很自然地抬起头，脸上闪过挑衅和得意之色。

"一点也不般配！"小孟记得自己的任务，压下心里的酸水，装得吊儿郎当的，"陈薇，你真是没眼光。我从上高中就开始追你，追了整整三年，你却从不正眼看我。这才毕业几天，你就和这种人在一起了？"说着，他歪头打量了一下曹烨，笑道，"长得不帅，个子也不高，而且我记得他家里也没那么有钱吧？"

"你——"曹烨一脸不忿，似乎下一秒就要破口大骂。

陈薇虽表情不悦，但还是礼貌地笑了笑："我之前就跟你说过我有喜欢的人，你不相信。现在我可以明确地告诉你，我喜欢的人一直是他。我们正在找工作，等稳定下来就结婚。现在我们先去逛街了，回头请你喝喜酒。"说完，她拉着曹烨继续向前走。

曹烨走了几步，忽然回头看了小孟一眼，然后把手搭在陈薇的肩上，露出一个胜利者的笑容。

"太气人了，气死我了！"小孟回来后，又气又沮丧，像只斗败的公鸡，"明明没跟她谈过，我却有一种被戴了绿帽子的感觉。"

其他人都憋着笑，唯有陆辛眉头紧锁。看到三人的互动，他感觉更奇怪了。虽然他不太了解爱情，但总觉得这段关系不对劲。

"好了，果果，别伤心了。"肖远笑着拍了拍小孟的肩膀，"你也高中毕业了，考大学是没戏了，现在该担心的是你爸妈会不会生三胎跟你和你姐争家产，感情的事就别多想了。作为过来人，我跟你讲，像我们这种有钱人家的孩子，在感情里学到的第一课就是，不管你多有钱，长得多帅，总有女孩不吃你这一套。"

众人既同情小孟，又觉得好笑。虽然陆辛说这事有些奇怪，但看到刚才那一幕后，他们已经打消了疑虑。毕竟，这几天他们连变态杀人犯都见过了，这种小事又算什么呢？根本不可能跟污染扯上关系嘛！

只有高严还保持着几分警惕。他想起自己曾痴迷于朋友的女友，不过刚才那一幕与他之前的经历不太一样。他当时完全失去了理智，而那对情侣看起来都挺正常。

这时，一个穿着破烂羽绒服的年轻人从餐厅外经过，冷冷地瞥了小孟一眼，然后快步向前走去。看他走的方向，似乎是去追陈薇和曹烨了。

陆辛敏锐地捕捉到了那一眼，皱眉道："看样子，伤心的不止你一人啊。"

小孟抬起头，吸了一下鼻子，问："还有谁？"

陆辛看向窗外，街上人不多，那个年轻人的穿着在这条繁华的街道上十分显眼。

小孟仔细打量了一番，然后说："那个人好像也是我们班的，叫张卫雨。"

其他人纷纷往外看："哪个？哪个？"

"就是那个穿蓝色羽绒服的。"小孟说，"这小子凶得很！两年前，他跟人打架，把人家的头打破了，就退学了。他以前在学校里跟陈薇挺熟的，据说两家离得近，他们是从小一起长大的。我对他印象很深，他一件衣服能穿一年！现在他好像在工厂里打工。"

陆辛不解地说："看样子，他跟了一路，还准备继续跟着。如果只是老同学，他在后面跟着干什么？"

"鬼鬼祟祟的，肯定没好事。不行，我得去瞧瞧！"小孟立刻站了起来。

"坐下。"肖远等人急忙按住他，"你跟过去干什么？是不是太闲了？"

陆辛始终觉得有些怪异，起身道："我也跟过去看看。"

其他人听了，急忙纷纷起身："走走走，这事好有意思啊。"

最后，肖远留下买单，其他人快步出了餐厅。没走几步，他们便看到张卫雨远远地跟在陈薇和曹烨后面。

陆辛等人悄悄跟在张卫雨的身后。张卫雨的注意力全在陈薇身上，并未察觉身后的众人。快走到这条街的尽头时，他忽然停了下来。众人慌忙找地方躲藏起来，探头一看，只见陈薇和曹烨来到了一家酒店门口。

曹烨拉着陈薇想进去，陈薇却羞涩地摇了摇头。曹烨忽然生气了，甩开她的手大步离开。陈薇连忙追上去。曹烨大声说了几句话，隐约能听见一句"你还是不爱我"。陈薇犹豫了，曹烨趁机用力拉着她往酒店里走。

"我的天哪！"小孟既委屈又难过，"我究竟做错了什么？为什么要让我看到这一幕？"

其他人同情地看着小孟，正犹豫要不要离开，却见陆辛一动不动地盯着前面的张卫雨。

张卫雨拳头紧握，身体剧烈颤抖着。下一刻，他直接冲了出去，边跑边喊："陈薇，你疯了吗？不要被他骗了！"

紧接着，酒店里响起了男人的喝骂声、女人的尖叫声，还有摔东西的声音。

"出事了！"陆辛等人急忙赶到酒店门口，只见张卫雨正骑在曹烨身上捶打他，陈薇使劲想将张卫雨拉开。

张卫雨站起身，疯了一般抓起柜台上的玻璃摆件，想要砸向曹烨。

陈薇尖叫一声，冲过来挡在曹烨面前。

张卫雨愣住了，后退几步，像受伤的野兽般大吼："你居然还护着他？！"

"你是疯子吗？"陈薇怒斥张卫雨，"你凭什么冲进来打人？"

"你问我为什么打人？"张卫雨指着曹烨说，"他在骗你，你不要上他的当！"

"什么骗我？这和你有什么关系？"陈薇坚定地站在曹烨面前，保护着他。

"你……你说和我有什么关系？！"张卫雨露出痛苦的表情，"我为你做过的事，你都忘了吗？"

"我没忘。"陈薇的眼中闪过一丝痛恨，"所以我讨厌你，一直讨厌你！"

"你——好！这是你说的！"张卫雨又后退几步，将手里的玻璃摆件摔在地上，大叫了一声，转身冲了出去。

张卫雨直接冲进了车流里，逼得不少车辆紧急刹车。愤怒的司机纷纷探出头来，对着他的背影谩骂。

"这究竟是怎么回事？"一切发生得太快了，大家不明所以。

"留两个人在这里看看有没有事。"陆辛低声安排了一句，随后快步去追张卫雨。

小孟见状，狠狠一跺脚，跟上了陆辛。他们穿过路口，很快发现张卫雨蹲在巷子口哭泣，肩膀不停耸动，显得极为凄惨。

陆辛、小孟以及跟上来看热闹的肖远等人静静地看着他。

"是张卫雨吗？"在陆辛的眼神示意下，小孟走上前，小声问道。

张卫雨见到小孟，立刻擦掉脸上的泪水，转身就走。

"哎，真的是你！"小孟急忙去拉他的胳膊，"兄弟，刚才是怎么回事啊？"

"滚！"张卫雨猛甩胳膊，见没甩掉，干脆一拳挥向小孟。

小孟嗷的一声就捂着鼻子蹲下了，众人急忙上前拉人。张卫雨看着身材瘦削，但很有力气，几个人都摁不住他，还是人高马大的高严一脚将他踹倒在地。

"浑蛋，你们放开我！"张卫雨愤怒得像狮子，"你们有钱人都是浑蛋！"

众人莫名其妙挨了顿臭骂，表情讪讪的。被归入"有钱人"的行列，陆辛倒是挺开心的，不过他很快就想起了装修房子的事。他无奈地走上前："我们有正事问你。你刚才为什么打人？那个女孩跟你是什么关系？"

"呸！我凭什么告诉你们？"张卫雨狠狠骂道，"你们有本事打死我！告诉你们，我不怕你们这些有钱人，大不了一命换一命，我也不亏！"

"谁闲着没事要跟你换命啊？"有人生气地说。

"你还是说吧。"陆辛温和地看着这个耿直倔强的少年，"也许我能帮陈薇。"

听陆辛提到陈薇，张卫雨又发疯般挣扎起来。

肖远吓得后退一步，高严和小孟急忙去摁张卫雨。但张卫雨常年干苦力，力气不小，加上高严还没养好伤，居然被他挣脱了。

张卫雨从地上爬起来，拼命扑向陆辛。

"唉！"陆辛皱眉，直接拿出一把枪，指着他的脸。

张卫雨下意识后退，旋即又发狠叫道："一把破枪，你——"

话音未落，一颗子弹从他耳边飞过，打在他身后的墙上。众人吓得往两边躲，没人再去拦他。他哆嗦个不停，也不敢再有什么动作了。

"我想帮陈薇，因为感觉她身上发生了一些怪事。"陆辛收起枪，平静而友好地说，"所以，不要让无谓的愤怒耽误时间，回答刚才的问题。"

"我……我叫张卫雨，是……是陈薇的……哥哥！我跟陈薇在……在城南的野草塘子里长大。她父母死得早，是我奶奶照顾的她，我们一直生活在一起，一起上小学、初中和高中。后来我奶奶去世了，我家里的钱也不够了，于是我就去打工供陈薇读书。我一直努力供她读书，还打算供她去上大学。她说想早些毕业，毕业了就跟我结婚，但我没答应她，我更想让她去主城上大学。"

张卫雨的话让所有人吃惊不已，鼻孔里塞了团纸的小孟更是惊呆了："等等，结婚？你和陈薇居然搞过对象？什么时候的事？"

"我……我们从小就在一起，我也说不清是什么时候。我奶奶去世前让我们好好在一起。当初，我在学校里打架被开除，就是因为有小混混骚扰她。可能那晚，我们心里就都明白了。"

一群人面面相觑，不知道该说什么好。

小孟呆呆地说："我居然……居然一直是个第三者？"

旁边的肖远连忙安慰他："没事，别担心，你都没上位成功，所以不算。"

小孟更沮丧了："所以狗血三角恋都没有我的位置？"

"后来呢？"陆辛问，"怎么成了这样？"

"陈薇她……"张卫雨声音哽咽，似乎不忍心说下去，"她好像变了。前几天我去给她送生活费，发现她居然在跟别人谈恋爱。我一开始还以为她是被人骗了，直到刚才……她居然……对我说了那样的话……"说到最后，他捂住脸，小声地哭了起来。

众人摇了摇头，觉得索然无味。原来只是一个俗套的爱情故事而已。张卫雨努力赚钱，供陈薇读书，确实值得称赞。但陈薇读完书后，不想再回到底层生活，也是人之常情。曹烨的家庭条件虽不算优越，但比张卫雨好得多，陈薇选择曹烨似乎无可厚非。

"我还是觉得不对劲！"就在众人唏嘘时，小孟摇头道，"陈薇不是这种人，我喜欢的女孩我还不了解吗？她的人品没这么差。"

听了他的话，张卫雨脸上露出痛苦的表情。

"唉，人是会变的。"其他人同情地看了看张卫雨。

这时，陆辛抬起头说："我也觉得，不该是这样的。"

众人立刻转头看向他，小孟眼中更是燃起希望。

陆辛仍然觉得这件事很古怪。如果是以前，他可能发现不了什么，但如今，他觉得自己能理解一些人与人之间的事了。他苦恼地想了一会儿，缓缓开口："你们可能觉得很合理，但我还是觉得有问题。如果陈薇真是一个薄情的人，念完书就翻脸不认人，又怎么会冲上去用身体保护曹烨呢？如果她只是为了利益，"他看向小孟，"小孟的条件似乎比曹烨更好。"

众人被陆辛点醒，纷纷陷入沉思。

"小孟，我觉得你之前说得对，曹烨家境不如你，人品也不好，长得也没那么帅，尤其是他似乎并不那么喜欢陈薇……这样看来，陈薇没有理由这么喜欢他。爱一个人，"陆辛顿了一下，坚定地说，"是需要理由的。"

周围瞬间变得十分安静，不知大家是被陆辛说服了，还是不敢反驳他。

过了好一会儿，小孟才小心地问："那该怎么办？小陆哥，你能不能快点？毕竟他们已经进酒店了。"

众人埋怨地看了小孟一眼，心想：都什么时候了，他还在考虑这个！

"这确实麻烦。"陆辛只是感觉不对劲，没有任何证据，而陈薇和曹烨看起来是你情我愿的，他该怎么处理呢？

第六章 爱情便利贴与沙漏男

就在这时，不远处传来一声大喝："都别动！刚才是不是有人开枪了？"

众人吓了一跳，只见两名巡警正拿枪指着他们。他们都是良好市民，急忙举起双手，同时担忧地看向陆辛。

小孟心里很着急，陆辛要是被巡警带走，那岂不是……

"你们不要那么紧张。"陆辛看着两位警员，忽然想到了什么，笑着掏出证件，举起手，一边走过去一边打开给他们看。

两名警员看清楚证件内容，瞬间一脸震惊。

陆辛压低声音，严肃地说："我举报那边酒店里，有人非法……开房。"

陆辛用青港城特殊污染清理部的证件举报非法开房，效果立竿见影。两名警员立刻用对讲机向警卫厅汇报，请求支援。随后，老警拿着手枪，新警拿着警棍，以百米冲刺的速度冲向酒店。

与此同时，整个二号卫星城的警力系统活跃起来，附近所有警员都赶来支援。武警迅速到位，封锁了周围几个街口。二号卫星城警卫厅厅长亲自坐镇，准备前线指挥，任务代号为"非法开房"。

"动静好像有些大啊！"听着由远及近的警笛声，陆辛蒙了。他只是想顺势找个合适的解决方案而已……

陆辛认为爱一个人需要理由，他想搞清楚陈薇为什么喜欢曹烨，最好是当面询问。既然陈薇说的是"找到工作就结婚"，那就说明他们还没结婚。所以他顺手举报他们"非法开房"，似乎也没什么不合理的。

肖远和他的朋友们彻底被震慑了。之前合作好几天，他们只觉得陆辛胆子很大，其他方面很普通，现在算是见识到他恐怖的一面了。随手一个举报竟能引发这么大阵仗？就连小孟都觉得这太夸张了……

警车抵达时，陈薇正扶着曹烨走进酒店房间。尽管发生了这样的事，曹烨仍坚持继续，甚至大方表示愿意赔偿损坏物品，只希望酒店不要报警。陈薇既担心他，又不忍拂逆他，只好付了钱，搀扶着他进了房间。

"真是太过分了！"陈薇一边为曹烨抹药，一边心疼得眼眶泛红，低声骂道，"张卫雨疯了吗？下手这么重！"

曹烨正仰着头，防止鼻血流出来。他的目光扫过陈薇的领口，眼中闪过一丝阴冷，冷笑道："你真的生气吗？"

"他把你打成这样，我当然生气了！"陈薇愤愤道。

曹烨故意说："但他好像跟你很熟啊，我记得你们以前经常在一起。"

"那是小时候的事了！"陈薇气愤地说，"连你都不相信我？"

"呵呵，相信，相信！"曹烨敷衍地笑着，揽住陈薇的腰，低声说，"我当然相信你了。但你天天说只爱我一个，却总有奇怪的人找上门来，一会儿是讨人厌的富二代，一会儿又是不知道从哪里冒出来的狗东西，我现在真的毫无安全感！你让我怎么相信你呢？"说着，他将陈薇拉到面前，两人鼻息相闻。

陈薇的脸红了，低着头问："结婚之后不行吗？"

"结婚不过是个形式，如果你真的喜欢我，还会在意这个？"曹烨不悦地说，"还是你只是嘴上说说？"

陈薇还是有些为难，不知该如何回应。

曹烨深吸一口气，忽然抱住她，身体压了上去。陈薇想挣脱，但碰到了曹烨的伤口，听到他痛呼一声，顿时不敢动了。

曹烨冷笑两声，低头看着闭眼颤抖的陈薇，眼底闪过一抹凶狠，仿佛在宣告："到底是我占有了她！"

夜幕降临，酒店的走廊里响起急促的脚步声，随后传来威严的呼喝："开门！警察查房！"警铃声四起，无数警员堵住出口，严阵以待。

"哎哟，天哪！"突如其来的动静惊动了酒店里的所有人。

陆辛只是想举报陈薇和曹烨，不承想连累了这么多"野鸳鸯"。蹲守在不远处的肖远等人看到酒店的一扇窗内钻出一个只穿着内裤的男人，他矫健地攀着暖气管道爬上楼顶，转眼就消失不见了。

众人目瞪口呆："现在做这种事都要会飞檐走壁了吗？"

陆辛心生疑惑，那男人的背影怎么这么像壁虎？不对，应该是他看错了吧？壁虎又不住在二号卫星城。

很快，陈薇和曹烨被带出，警员顺便还抓了几个人。这些人被反绑着双手，排队押上警车，其中有个人努力辩解道："我们真是合法的！"

警员厉声训斥："合法的你们跑什么？"

"走吧！"陆辛放心地站起身来。其他人好奇地问："去哪里？"

第六章　爱情便利贴与沙漏男

陆辛笑道："当然是去警卫厅看看他们怎么说了。"

陆辛带着众人，轻车熟路地走进警卫厅，与值班人员打了个招呼后就上楼了。

陈薇坐在逼仄的审讯室里，努力解释道："我们真是男女朋友。"

"男女朋友也不行。"小女警一脸严肃地说，"满十八了没有，你就跑出来胡闹？当这里是墙外啊？"

"满了，身份证不是给你看过了吗？"

"那也是刚满。"

面对小女警的问询，陈薇有些羞恼。她全程没说是曹烨强行带她去酒店的，只说她是自愿的。"我们在一起很久了，而且我已经高中毕业，打算找到工作就跟他结婚。"

想起陆辛的嘱托，小女警道："说说你们是怎么在一起的，不然怎么证明你们是情侣关系？"

"这个……"陈薇迟疑地说，"他不喜欢我说那时候的事。"

小女警立刻道："你最好说清楚，不然麻烦的是他。刚才已经有人说过了，虽然你们没有直接的金钱来往，但他给你买了……两个苹果！整整……一块钱！如果你无法证明你们是情侣，这一块钱就是嫖资！要是定了性，你们两个人的档案里都会有记录的。"

"啊？不要啊！"陈薇吓了一跳，急忙解释道，"我们真的很早就在一起了，而且我很喜欢他。虽然他长得并不出众，学校里也有很多人说他的坏话，但我的同学都不知道，其实我俩从小就相依为命，他一直很用心地照顾我。"她回忆道，"我念初中时，父母被某个教会带走了，我跟着邻居奶奶来到了二号卫星城。那时我很穷，但他对我很好，会偷偷塞给我吃的，还一直保护我。在学校里，要是我受了欺负，他会为我跟人打架。他自己总是舍不得吃穿，把钱都省下来给我。我发高烧时，他光着脚背我去医院，求医生救我。他是这个世界上最好的人！他一直希望我能去主城上大学，但是，当我看到他手上干活儿磨出来的血泡时，就说不想再读书了。他打了我一巴掌。那是他第一次跟我发火……"

陈薇的讲述很真挚，表情也很幸福，小女警能感受到她内心的温柔和触动。

"你说的邻居奶奶是？"小女警问。

"啊？"陈薇愣了一下，脸上闪过一丝厌恶，"是刘奶奶。她对我很好，但她的孙子……他总是偷偷地盯着我，还趁我上楼梯时偷看我裙底。有一次，他甚至趁我上厕所……哎呀，总之他很奇怪。他还做过很多让人讨厌的事，而且像疯了一样缠着我。几天前，他找过我一次，我不敢得罪他，只能敷衍过去。没想到，今天他居然跟踪我和曹烨，还冲上来打了曹烨！"说到这里，她的脸上满是厌恶，再也掩不住了。

陆辛等人坐在单向玻璃后，听完了整个问询过程。听到陈薇对张卫雨的描述时，他们同时看向坐在一旁的张卫雨，眼中有疑惑，也有厌恶，甚至有人露出愤愤不平的神情。

张卫雨身体剧烈颤抖，眼中充满难以置信。过了一会儿，他猛地抬起头，求救似的看向陆辛，艰难地说："她……她说的都是真的，但……但人是反的！从小对她好的是我，为她打架的是我，背她去医院的也是我啊！"

"什么？！"众人震惊不已。

"求你们了，求你们相信我！"面对众人怀疑的目光，张卫雨绝望地说，"我说的是真的！我不知道小薇为什么会这么说，但我真的没做过她说的那些事。什么偷看女生裙底，我怎么可能做那种不要脸的事？我更是从来没进过女厕所！"

张卫雨的样子不像在说谎。即使有人擅长伪装，恐怕也做不到这种程度。可如果他说的是真的，这件事就太怪异了。

这时，小孟轻轻拍了拍张卫雨的肩膀，对陆辛等人说："我相信他。他高一才读了半年就辍学了，那时学校的女生都穿裤子，他想偷看也看不着。再说女厕所那事，当时那人还丢下一台相机呢。"他瞥了一眼张卫雨那件脏兮兮的羽绒服，撇嘴道，"他应该买不起相机吧？"

众人闻言，对张卫雨的话多了几分信任。不过很明显，这并未减轻张卫雨的痛苦。大家心里都明白，张卫雨最希望的是陈薇能相信他，可指证他的人偏偏就是陈薇。

有人忍不住看向玻璃后的陈薇，难道真的是她在撒谎？

第六章 爱情便利贴与沙漏男

"进没进过女厕所不重要。"陆辛看着一脸痛苦的张卫雨说,"重点是其他事……你确定陈薇说的那些对她好的事都是你做的?或者说,你确定陈薇以前喜欢你?"

"我……"张卫雨费了好大劲才开口,"我……我不确定。我以前没想过这些,小薇越长越漂亮,我觉得自己配不上她。我就是不明白,她前不久还说要赶紧毕业,和我结婚,怎么一转眼就变成这样了?"

观察室里一片沉默。有人想感叹"人都是善变的",但实在说不出口。这件事的离谱程度已经不是这一句话就能解释的了。

"那或许……"陆辛转头看向玻璃后眼神干净的陈薇,轻声说,"问题不在她身上。"

"那在谁身上?"众人好奇地问。

"不是还有一个人吗?"陆辛站起身,"我们去看看曹烨怎么样了。"

曹烨坐在桌子对面,一直低着头。因为这不算什么严重的事件,所以没给他上手铐。

陆辛从审问的警员那里得知,曹烨坚称他和陈薇是恋爱关系,除此之外什么也没说。

"这事没办法继续问了。"这位警员无奈地向陆辛解释,"人家小情侣开个房而已,摆明了就是一场误会。他不肯说,我们也不能逼他。都是刚高中毕业的孩子,总不能拉到小黑屋里揍一顿吧?我看女孩那边已经说得很清楚了。时间不早了,差不多该放他们走了。"

"他一直不开口,是吗?我能不能进去问问他?"陆辛问。

警员看了肖远等人一眼,凑近陆辛压低声音道:"我知道您是哪个部门的,之前见您在这里吃过几次饭。虽然外人问询不符合规定,但如果他们两人跟那种事有关,您当然可以问。可如果您是为了替朋友出气,最好……最好还是别让我们为难了,他们俩也只是刚成年的孩子。"

陆辛愣了一下,原来这位警员以为他是在故意为难这两人?他连忙摇头:"我不是欺负他们,我是真觉得他们可能有些不对劲。"

"啊?"警员后退一步,严肃地说,"那我得报上去了。"

陆辛沉吟道:"我给你个电话号码,你先打声招呼吧,别正式上报。"

其实上报是好事。小孟是这群人里最穷的，最后未必能给他结账，要是上报给特清部，定性为特殊污染事件，报酬肯定少不了。但关键是，他现在还没有任何证据。万一结果又是一场乌龙，那他岂不是很没面子？所以他仔细考虑了一下，决定将韩冰的电话号码给警员，相信韩冰会安排好一切的。

"好，好！"警员立刻去打电话，三分钟后回来了，郑重点头道，"可以了。"

这一会儿工夫，他连防弹衣都穿上了。

陆辛有些无奈地说："穿这个没用。"说完在众人的注视下走进审讯室。

审讯室里，曹烨沉默地坐着，灯光下的脸显得格外苍白。听到有人进来了，他只是冷淡地抬起头看了一眼，便又低下了头。

陆辛坐下来，拿出一个一看就价值不菲的打火机，点了一支烟。然后他慢慢地抽着烟，一言不发。

曹烨不说话，陆辛也不说话，只是认真抽烟。两分钟过去了，五分钟过去了……陆辛依然沉默。

单向玻璃后的众人面面相觑，这是在审问，还是在比谁更沉得住气啊？

一直沉默的曹烨感到浑身不自在，终于忍不住问："你为什么不说话？"

陆辛愣了一下，坦然回答："我在想，怎么才能让你说出我想知道的内容。"

曹烨深深地看了他一眼，又继续保持沉默。

陆辛苦恼地抓了抓耳朵，轻声说："其实我的审讯能力在青港城怎么也能排进前五了。不过我的方法有些过激，而且有很大概率会对受审者造成无法修复的心理创伤。所以我一直在想有没有更温和的方法，能让你老实回答问题。"

曹烨的嘴角微微扬起，像是在冷笑。他似乎认定只要不说话，就没人能难为他。

"看样子，我不能说服你主动交代了。"陆辛有些泄气地摇摇头，低声叹道，"那就没办法了。"

他轻微的停顿勾起了曹烨的好奇心。两人视线相交，曹烨抿紧嘴，眼底闪过一抹凶狠。

陆辛静静地看着他，似乎轻轻笑了一下，两根夹着烟的手指开始变得纤细。

下一秒，审讯室里的白炽灯变得明灭不定。沙沙声响起，帘子自动拉上，隔绝了单向玻璃后那一道道好奇的目光。紧接着，角落里的摄像机微微歪向一边，镜头里再无人影。

看着这诡异的一幕幕，曹烨顿时紧张起来，眼神发虚地看着陆辛。

陆辛轻轻捻灭烟头，动作多了几分优雅。"我刚才的犹豫是你最后的机会，但你没把握住。所以……"他露出友善的笑容，仿佛特别开心。

曹烨猛地睁大了眼睛。

一声惊恐的尖叫瞬间传遍警卫厅，听到的人无不心慌意乱。这叫声似乎具有难以形容的穿透力，轻易穿透了一层层厚厚的水泥墙。

不仅玻璃墙后的肖远等人听到了，就连隔着好几个审讯室的陈薇也听到了。她紧张地喊道："是曹烨的声音！你们对他做了什么？"

"坐着别动。"小女警也吃了一惊，说完便快步走出审讯室。她看见许多警员疑惑地跑过来，还有人焦急地打听："摄像头关了吗？下手这么狠？"

肖远等人站了起来，惊恐地看向被帘子遮住的审讯室，颤声问那位刚脱下防弹衣的警员："刚才……刚才发生了什么？帘子和不停闪烁的灯……是你们远程操控的吗？"

警员同样目瞪口呆，急忙重新穿上防弹衣，颤巍巍地说："没有啊，我们刚才什么也没做！"

听了这话，肖远等人惊得眼睛都瞪圆了。那不然是怎么回事？茅山道术吗？

走廊里的警员越来越多，连警卫厅的几位领导也赶了过来。

就在这时，那间紧闭的审讯室的门忽然打开了。陆辛揉着太阳穴，看到门外挤了这么多人，愣了一下。

"你们可以进去做笔录了。"陆辛向他们点头致意，"然后通知特清部过来抓人。"

说话间，陆辛隐约听到陈薇焦急的质问声从远处的审讯室里传来，她担忧到了极点，发疯般摇着门。陆辛沉默片刻，又道："也包括她。"

一群警员这才反应过来，慌忙点头。

陆辛走进观察室，看向一脸紧张的肖远等人，轻叹道："事情查清楚了。"

小孟慌忙问道："到底是怎么回事？"

张卫雨狠狠地揉了一把脸，既疑惑又期待地看着陆辛。

"这确实是一起特殊污染事件。"陆辛先看了小孟一眼，为这件事定性。

"啊？"小孟愣了一下，随即忍不住笑开了花。他们这个神秘事件调查天团忙了好几天，遇到的都是些鸡零狗碎的事。他最初提起这件事时，大家都不当回事，现在好了吧？只有他这事才是真的！当然，年纪尚小的他并未理解陆辛的言外之意——那些假事件都收钱了，这件真事自然也少不了。

"受到污染的是陈薇，但事情是曹烨干的。"陆辛坐下来，摸了摸口袋。肖远立刻反应过来，急忙掏出烟递给他。陆辛看了看烟盒，抽出一根烟叼上，顺手将烟盒放在了桌上。

小孟紧张地过来给陆辛点烟。陆辛看了一眼他的打火机，示意不用，然后自己接过打火机点上，并将打火机放在了烟盒上。

"据曹烨所说，他和你们也曾是邻居？"陆辛看了张卫雨一眼。

这个正处于煎熬中的少年急忙点头："是的，我们都是从四号卫星城搬过来的。但他家有钱，一段时间后就搬走了，直到上高中才重新遇见他。可是我和陈薇都跟他不熟。"

"他对你们，或者说对陈薇还是很熟的。"陆辛说，"按照他的说法，他很早就喜欢陈薇了，到高中时更是情根深种。这种喜欢甚至成了他的一块心病。但他明白，他永远也不可能得到陈薇的心。毕竟，她没有任何理由喜欢他。"

众人越听越糊涂，若是这样，两人又怎么会走到一起呢？

"曹烨很绝望，又不愿放弃，每日备受煎熬。就在这种情况下，他无意中走进了一家杂货铺，付出巨大的代价，买到了一个叫作'爱情便利贴'的东西……"

那是一个下着小雨的晚上，曹烨跟在陈薇身后，看着她和两个同学一起走向女生宿舍。天气阴冷潮湿，但他却紧张得手心直冒汗。他用羽绒服的帽子紧紧裹住脑袋，仿佛这样就能隐藏自己的不安。

当陈薇和两个同学走到学校商店门口时，那两个同学进去买东西，陈薇则在外面等着。她很少进去，怕自己乱花钱。

曹烨鼓起勇气走向她，那一刻，他全身都在颤抖。他知道，偷窥女厕所那件事，已经有很多人怀疑是他干的了，甚至有不少男生扬言要揍他。如果这次再失败，陈薇只要在学校里说一声，肯定会有很多人来找他麻烦，毕竟喜欢她的人那么多。但他还是决定搏一搏。于是，他鼓起勇气，拿着便利贴走到陈薇身后，扯开她的衣领，将便利贴贴在她的脖子后面，然后紧张地后退，既期待又恐惧地等着命运的审判⋯⋯

"哎呀！"陈薇吓了一跳，惊恐地转过头。她看向曹烨的第一眼，充满了吃惊、厌恶和反感。可就在那两个同学听到声音，从商店里走出来时，陈薇的眼睛里瞬间迸发出喜悦。她佯装生气地打了他一下，说："你吓死我了！你怎么来了？"

那一刻，曹烨深深地松了一口气。他知道，他成功了。

"这究竟是怎么回事？他说的'成功'是什么意思？"满屋子的人，包括那位再次脱下防弹衣的警员，都陷入了迷茫。

"'爱情便利贴'改变了陈薇的记忆。"陆辛转头看向眼神呆滞的张卫雨，轻声说，"陈薇确实很喜欢你，但在她的记忆里，陪她经历那些让人感动的事、对她无限好的人，都替换成了曹烨的样子。所以，让她感动并喜欢的人也就变成了曹烨。相应地，曾经给她留下负面印象的曹烨便成了你。诚然，这种记忆替换有很多漏洞，但她会进行自我催眠，从而忽略掉那些漏洞。"

"可是，"张卫雨反应过来，激动地喊道，"事实不是这样的，陈薇怎么能这样想我？"

"问题不在这里。"陆辛说，"在她的记忆里，所有事情就是这么发生的，所以对她来说，这就是事实。"

张卫雨用力摇头，作为一个对特殊污染一无所知的人，他无法理解，也无法接受。"她真的喜欢曹烨，讨厌我？"

"她相信自己的记忆，无法控制因记忆而产生的喜欢或厌恶的情绪。所以，目前来看，她喜欢曹烨是真的，讨厌你也是真的。不过，这起码说明，你们之间的爱情是真的，只是被曹烨偷走了。"

房间里陷入异常的寂静，只有张卫雨在迷茫之后，发出了压抑而无助的哭声。其他人原本以为自己还算聪明，此刻却感到无比茫然——爱情也能被偷走？记忆里的形象也能改变？一张便利贴竟能让一个单纯善良的女孩恨透原本最爱的人，转而爱上曾经最讨厌又害怕的变态？

"现在你们明白了吗？"察觉到众人的困惑与苦恼，陆辛平静地解释道，"这就是精神污染。它不像鬼魂那样，想吓唬你或杀死你。很多时候，精神污染并非为了夺命，而是让你活着，却失去选择的权利。"

这番话让众人不寒而栗。那位警员下意识摸向防弹衣，却又收回手，悲哀地意识到，面对这种事，防弹衣的确毫无用处。

本来肖远等人跟着陆辛调查，多少带着猎奇的心态，若真遇到青面獠牙的厉鬼，或许当时会害怕，但事后回想起来，更多的是感到刺激，以及拥有吹嘘的资本。然而，经历了陈薇的事后，他们心中只剩下一种难以言喻的压抑感。

"那么，"小孟突然开口，关切地问，"如果陈薇是因为那张便利贴才变成这样的，是不是只要撕掉它，她就能恢复？"

听了他的话，其他人纷纷看向陆辛，期待他的回答。

"那张便利贴早就不在她身上了，但它引起的效果不会因此改变。"陆辛摇了摇头。

陆辛没有深入解释，精神污染有各种不同的层次，受到浅层次的污染，人有可能自愈；受到深层次的污染，效果一旦产生，便很难靠自己的力量进行逆转。而记忆本身就有其顽固性。

"可是，不应该是这样的啊！"张卫雨带着哭腔喊道，"小薇不能一直这样！"

他忽然双膝跪地，紧紧抓住陆辛的衣襟："请你告诉我，要怎样才能治好她？我愿意出钱，真的！哪怕打一辈子工，我也要治好她！"

陆辛深深地看了他一眼。理智告诉他，眼前这人打一辈子工也赚不到多少钱，就像曾经在小公司埋头苦干的自己。很多人的命其实都是不值钱的，也许在这世上，唯一看重张卫雨的人只有陈薇。

这或许就是爱情吧！它让轻盈的生命变得厚重。

陆辛突然有些难过。对这两人来说，爱情可能是唯一宝贵的东西，却被别人轻易偷走了。

"不需要你出钱。"陆辛轻叹一声，对张卫雨露出微笑，"既然这事被定性为特殊污染，就会有很厉害的专家来治疗她。你只需要努力维护你们的感情，清理特殊污染是我们的事。"陆辛是个实在人，不像陈菁和白教授那样擅长鼓舞人心，但此时此刻，他觉得自己应该说点什么。

"谢……谢谢你！"张卫雨的声音颤抖着，既感激陆辛，又痛恨自己什么都做不了，只能干巴巴地说"谢谢"。

肖远等人听了陆辛这话，都松了一口气。小孟更是开心地将张卫雨拉起来，说："兄弟，别担心。有小陆哥在，不怕的。"

陆辛忍不住看了小孟一眼。整件事中，有人得到了爱情，有人险些得到心仪之人，也有人或许能获救，唯独这小子什么都没得到，怎么反而看起来最开心？

等一下，小孟也不是一无所获，起码得到了一张二十万元的账单……

陆辛转身向外走去，他已听到螺旋桨转动的声音，想必是特清部的人过来了。

肖远等人见状，连忙问道："小陆哥，你去哪儿？"

"既然已经查清这件事与'爱情便利贴'有关，"陆辛边走边回答，"当然要去把那家店查封了。老实说，调查其实不是我的主业，摧毁污染源才是我最擅长的事。"

走廊里的警员敬畏地让出一条通道。

众人闻言，莫名激动起来。尤其是肖远和小孟，两人眼里仿佛闪着星星——小陆哥讲话好帅啊！不愧是官方捉鬼大师！

"这种污染真讨厌！"陆辛一边往楼顶上走，一边在脑子里复盘整件事。人的一切都建立在记忆的基础上，如果记忆被改变，那还能有什么是真的？他自己也一直深受记忆问题的困扰，虽然他想起了红月亮孤儿院爆炸事件始末，但他离开孤儿院后经历了什么，记忆里还是一片空白。这让他莫名有种危机感。

"单兵先生。"穿着白色防护服的支援小队成员抬着玻璃柜、拎着箱子走下来，见到陆辛，他们齐声打招呼。

"嗯，你们好。"陆辛回应道。

陆辛走到楼顶，发现陈菁抱着双臂，站在平台上。

没想到陈菁亲自过来了。难道这起污染事件比想象的还要严重？

陆辛快步走向陈菁，打了个招呼："组长。"

陈菁转过身，硕大的墨镜遮住了她的眼神，短发在螺旋桨激起的风中飞扬。她语气冷峻地说："总部的命令是：确定污染源和其逻辑链后，尽快清除。我们的天国计划已进入中期，发现了大量隐藏在青港城的精神能力者与神秘事物。其中很多精神能力者察觉到危险，已悄悄离开青港城。今天的事算是个意外。记忆类污染属于深度污染，娃娃的精神力量还无法触及这么深的层次。不过，无论它是什么性质的污染，这时还留在青港城就是对我们的挑衅！"

陆辛忍不住在心里赞叹："还是组长帅啊！放狠话的样子真是飒爽！"

"地址问出来了？"

"是的。"陆辛迅速汇报，"青坡路24号，在一个小花园的拐角旁，是个小门脸儿。"

"好。"陈菁拿起对讲机，果断下令，"立刻封锁青坡路周围三条街道。为防止污染源借人流离开，不要疏散民众。请娃娃关注青坡路一带，保护可能受牵连的无辜民众。"说完，她看向陆辛，"你准备好清理这个特殊污染了吗？"

陆辛点点头："准备好了。"

"麻烦了。"陈菁回道。两人已经合作很多次了，无需多言。

陆辛正准备出发，忽然想起什么，回头问："这个任务算什么等级？"

陈菁愣了一下，答道："B级。"

B级任务有三十万元酬劳，陆辛的心情顿时好了不少。

陆辛径直走向楼顶边缘，顺着墙体攀爬下去。攀爬途中，他通过一扇窗户看到了肖远等人，他们正呆呆地伸着脑袋张望。

陆辛笑着挥了挥手，结果他们吓得一窝蜂往后退，隐约还能听见"鬼呀！"的惊叫声。

"这群人胆子这么小，见到蜘蛛系爬墙都吓得鬼叫，为什么还跟着我调查了好几天？"陆辛觉得好笑，"'又菜又爱玩'说的就是他们吧？"

为了避免再吓到他们，陆辛微微伏下身子，加快了速度。他以如履平地的姿势顺着竖直的墙体赶向目的地，视野出现奇怪的变化，地面起伏不定，满是深坑与土块。他纵跃其中，感觉整个世界都变得新鲜而有趣。

经过一座高楼时，他看到黑压压的武装车从四面八方涌来，封锁了附近三条街道。气氛紧张，却又透着利落。

他忍不住想：是不是因为随着天国计划的推进，青港城的特殊污染越来越少，这些专业人员憋得慌，所以一遇到特殊污染事件就赶紧跑来"玩玩"？

很快，他找了一条阴暗的小巷落地，整理了一下衣服，从里面走了出来。

此时街上热闹非凡，很多人忙着逛街、吃饭、卖货、闲聊，为夜生活增添生动活泼的色彩。

陆辛安静地穿过人群，走向曹烨所说的店铺。不知是不是错觉，当他走过时，周围不时有人瞥他一眼。这种打量方式在街上很常见，但如果把他们所有人的注视集中到一起，就像是一个人在仔仔细细地打量他，或许还在揣测他。

陆辛没有理会，径直走到店铺前。这是一家典型的杂货铺，你知道它的存在，但可能从来没进去买过东西，也不知道它的商品是否过期，更不知道它一天究竟能有多少流水。

陆辛打量了几眼，走进店铺，轻声道："买烟。"

店里空间狭小，货物堆中坐着一个大半张脸埋在阴影里的老人。老人低声问："买什么牌子的？"

陆辛道："贵的。"

老人摸索了一会儿，丢出一盒烟："白将军，十块。"

"果然挺贵！"陆辛接住那盒烟，撕开包装，又从柜台上拿了个打火机，点燃一根烟抽了起来。烟雾在杂货铺里弥漫，陆辛看向柜台后面。他的眼睛已经适应了杂货铺里的光线，看清了老人的模样：满脸皱纹，目光浑浊，动作迟缓，仿佛有一百岁。

陆辛将烟揣进兜里，问："听说你这里卖'爱情便利贴'？"

老人毫无反应，像是没听见。

"那东西是违法的，"陆辛也不等他回答，认真告知，"会扰乱别人的记忆。我已经上报青港城特殊污染清理部，现在得到总部指示，查封你的店铺,并将你带回去。"

对方依旧沉默。陆辛打量了他一会儿,决定不论他是否回应,都要带他回去。

虽然陆辛没从老人身上看到精神怪物的存在,但他能感觉出老人很不对劲。常人的精神力量大约是十精神量级,而这位老人的精神力量已经衰弱到四甚至三精神量级了。并且,在老人衰弱的精神力量中,陆辛隐隐察觉到一丝异常,就像破旧的麻袋里透出一缕耀眼的金光。尽管对方竭力隐藏,但在陆辛强大的精神力量面前依旧无所遁形。

"因为你要逮捕我,所以连烟钱也不给了?"就在陆辛考虑是先把老人绑起来,还是先上个精神能力抑制器时,他忽然听到了一个声音。

陆辛微微皱眉,随后看到老人身边探出一颗脑袋——一根细长的脖子从老人的肩膀上伸出来,支撑着一颗属于年轻人的眉清目秀的脑袋。这让老人看起来像长了两颗脑袋,显得非常怪异。

陆辛眯起眼睛,盯着这颗怪异的脑袋,轻声说:"你果然有问题。"

"还有打火机的钱。"那颗脑袋幽幽开口,藏在阴影里的眼睛死死地盯着陆辛。

陆辛从背包里掏出枪,打开保险,平静地看着那颗脑袋:"你是直接跟我走,还是想走个反抗的程序?提醒你,我下手比较重,如果强行抓你,你可能会死。"

那颗脑袋思索了一会儿,说:"其实我很好奇,我已经做得很小心了,这种深层次污染,除非有人特意搜寻,否则很难被发现。所以,你是怎么发现的?"

"从那两个年轻人入手,深入调查,不就行了?"

那颗脑袋沉默片刻,说:"我真没想到,你这么强大的精神能力者,居然会跟在两个普通人身后调查这种小事。与其他强大的精神能力者相比,你不觉得自己太不务正业了吗?"

陆辛一时语塞,难道要告诉他,自己是为了赚二十万元?

"单兵,能听到吗?"就在这时,陆辛戴的眼镜上传来陈菁的声音,"封锁已完成,可以开始抓捕了。"

"听到了。"陆辛回了一句,随即伸手抓向那根细长的脖子,"跟我回去吧。"他的手感觉到了一种细腻黏滑的触感，他用力一拉，顺利将那颗脑袋拉到了面前。

陆辛低头看去，只见那颗脑袋居然挤出了一个微笑。"你很强大，也很吓人。只可惜，你用这种方式是抓不住我的。"话音未落，那脑袋的五官逐渐变淡，像白纸上的涂鸦被抹去。

"我躲在他的记忆里，你怎么可能抓到我？"

当那颗脑袋的声音彻底消失后，陆辛皱着眉看向掌心，只见那根脖子已经化作一缕虚弱的精神力量丝线，另一端系在老人身上。这是老人的精神力量，随时可能消散。

那股让陆辛感到怪异的力量已经迅速从老人身上消失，与此同时，周围忽然充斥着层层叠叠、嘈杂而散乱的精神力量。

在陆辛的视野里，一只只怪异的手从大大小小的商品包装盒里伸出来，扭曲着抓向他。是杂货铺里那些有怪异功能的商品，那人不但逃走了，还激活了寄生在这些商品上的精神力量来攻击他。

下一秒，所有货架倾塌，陆辛和老人几乎被货物淹没。

陆辛微微皱眉，嗡的一声，无形的精神力量瞬间扩散开来，让周围的空气变得黏稠扭曲。所有怪手被折断、磨灭，所有货架和货物被陆辛的精神力量托住，迅速归位。整个杂货铺仿佛经历了一场短暂的地震，随即恢复原状。

直到这时，老人才清醒过来，颤巍巍地抬起头："买东西？"

陆辛摸出一张十元纸币放在柜台上，转身走出杂货铺。

陆辛站在热闹的街边，抬手按着眼镜腿，汇报道："那东西逃了。他好像可以躲在人的记忆里，在不杀人的前提下，我很难抓住他。"

"没关系，他跑不了。"频道里，陈菁干脆利落地说，"我让娃娃出手，逼他出来。"

"需要娃娃出手？"陆辛看着被夜幕笼罩的街道，有些惊讶。毕竟，这只是一个B级任务而已。

"感知、情绪、欲望、认识、本能、记忆、自我是人的七个缺陷，也是精神污染的七个层次。"陈菁的声音沉稳而冷静，"这七个层次一个比一个深。记忆类污染仅次于自我污染,即便是精神领主,如果与受污染体的同步率达不到百分之七十,也无法及时察觉受污染体记忆层面的微妙变化。我们猜测,这个污染源之所以留在这里,就是为了破坏天国计划的同步率。"

陆辛微微一怔:"那我们的同步率达到要求了吗?"

"远远没有。"陈菁坦然回答,"天国计划刚刚启动,我们的同步率最高也只有百分之三十。"

陆辛有些意外:"那……"

"就目前这件事而言,同步率并不重要。"陈菁冷笑了一声,"重要的是,他小看了娃娃。"

两人交谈时,陆辛站在杂货铺门口,打量着街道四周。刚才那个精神体的逃逸似乎没有对现实中的人造成太大影响,只是有很多人发了一下呆,一两秒后便恢复正常,继续做自己的事情。或许这短暂的失神会引起同伴的注意,并询问他怎么了,他也只会笑着回答:"没什么,突然想起一个怪人。"

他们不知道的是,他们想起的是同一个"怪人"——一个拿着透明沙漏的男人。他在一个人吃饭时,拿着沙漏从旁边走过;在另一个人当众求婚时,站在旁边鼓掌;在又一个人上厕所时,在隔壁借纸……他出现在他们记忆不同的年纪、不同的地点、不同的事件中,做着不同的事情,唯一不变的是他手中的沙漏,里面的白色沙粒缓缓流动。

如果说一个人的记忆是一幅画卷,那么把这些人的画卷铺展在一起就会发现,这个男人横跨不同的记忆画卷,手持沙漏走向了未知的地方。

对于这种奇异的逃跑方式,陆辛无能为力。他能感觉到,那股怪异的精神波动已融入众人的记忆中,就像一条黑鱼跃入大海,难以捕捉——除非将整片海蒸干或煮沸,但这显然不现实。

连他都感到棘手,娃娃又能如何应对?

"虽然不知道这个与记忆相关的污染源在青港城潜伏了多久,但他既然敢在天国计划实施后仍留在这里,甚至持续散发污染……"陈菁在频道里说道,"排除他是个傻子的可能,那就是他已经安排好了后路。如果他真的能藏在人的记忆里,并通过记忆逃逸,我们确实难以对付。简单来说,只要人的记忆存在空缺,就有他藏身的空间。这种形式的存在比幽灵系精神能力者更诡异,也更难察觉。当然,他对人的控制力比幽灵系弱得多。"

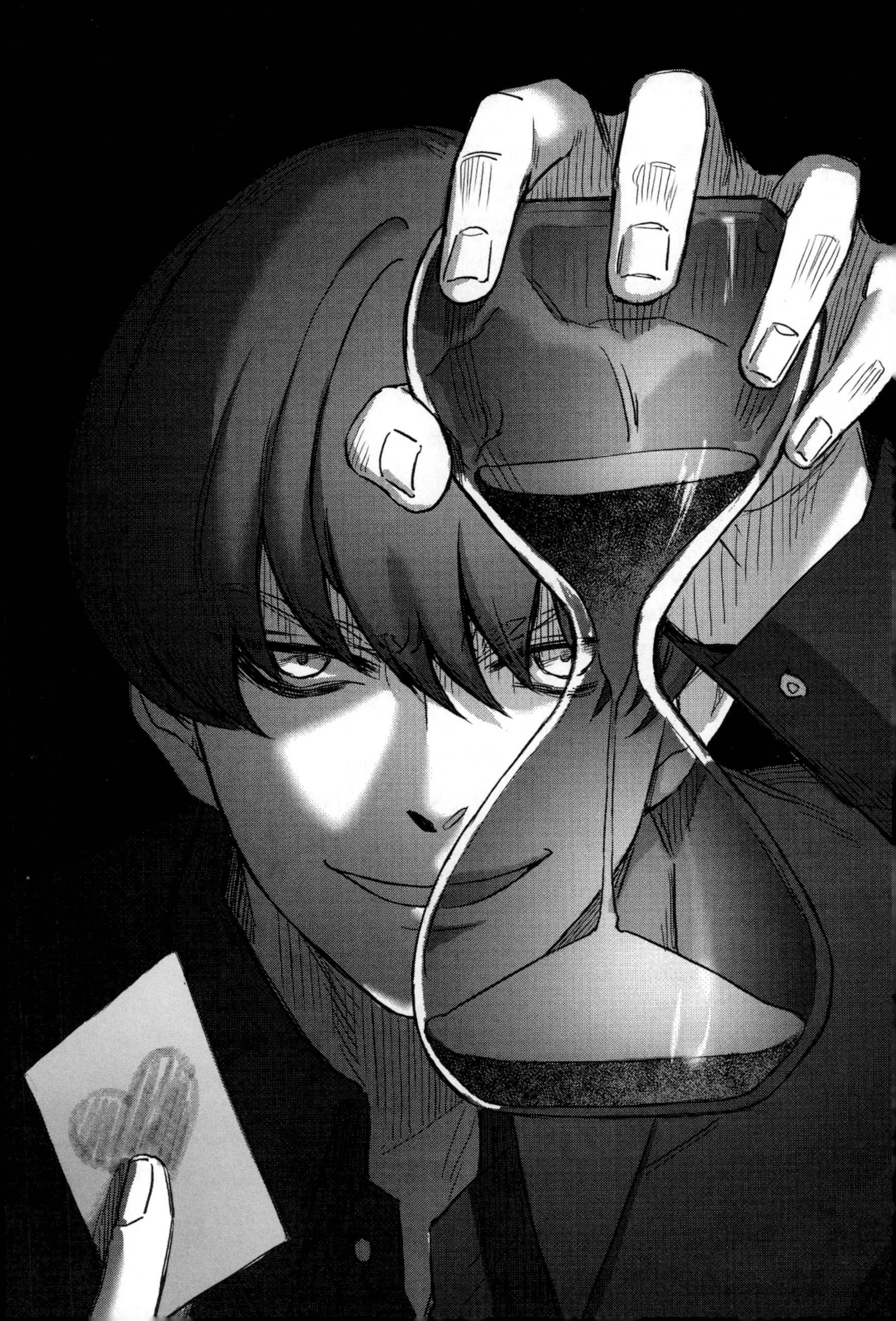

陈菁的话陆辛听明白了：记忆的空缺就是那个污染源的藏身之所。然而，谁的记忆没有空缺？谁不会偶尔想起一个无关紧要的人？那人选择躲在有些痴呆的老人的记忆里，或许正是因为老人的记忆空白更多，更适合隐藏。

这样的人该怎么抓捕呢？

周围三条街已被武装部队封锁，但他们并未采取进一步行动，只是静静地等待着。很快，一种异常的愉悦感弥漫开来，陆辛惊讶地抬起头，感受到一股熟悉的精神力量——娃娃。

娃娃的精神力量在空中凝聚，化作一个穿着黑裙、撑着洋伞的虚影。不仅是陆辛，封锁圈内的所有人都看到了她。她的出现方式因人而异，但无一例外，所有人都被她的美丽震撼，停下了手中的事情，甚至忘记了周围的一切。

"单兵，做好准备。"陈菁提醒道，"污染源很快就会被迫现身。娃娃的精神能力远超想象，她不仅能借取周围人的精神力量，还能通过层层影响彻底改变他们的状态。"

陆辛一边回应陈菁，一边环顾四周，果然看到周围的人如被定身般呆立不动。当他们的思维趋于停滞时，某个异常的精神体便显得格外醒目。

"找到了！"陆辛一跃而起，踩着墙壁，迅速冲向目标。

一条鱼藏进海里，如果你抽空整片海水，就能找到它；如果你煮沸整片海，就能杀死它。娃娃的能力没那么残忍，她只是冻结了这片海洋。

陆辛脚踩着竖直的墙壁，甚至是一些人的脑袋，直奔一扇打开的窗户。窗内，一位坐在轮椅上的痴呆老人正流着口水，目光呆滞。那个污染源似乎偏爱这种记忆空白的人。

陆辛瞬间来到窗前，看着老人露出友好的笑容。

老人虽一动不动，但头发微微竖了起来。

下一刻，一根细长的脖子如蛇般从老人体内钻出，直奔轮椅旁的看护，脖子顶端是一颗拳头大小的脑袋。那位看护正聚精会神地盯着窗外的娃娃，专注到即使有枪指着他，他也不舍得眨一下眼睛。

那颗脑袋重重地撞到看护的头上，如撞上铁板般被弹开。

陆辛感觉自己听到了"咚"的一声巨响，差点笑出声来。

"出来吧！"陆辛伸手一抓，从呆滞的老人身体里抓出一个穿着黑衣服的年轻人，他手里紧紧攥着一个透明的沙漏，脸色异常苍白。

陆辛没敢下手太重，毕竟活捉这小子的话能问出不少信息。

"你不要过来啊！"年轻人异常惊恐地大叫一声，猛地将沙漏倒转过来。

一瞬间，陆辛心里产生了一种极度怪异的感觉，仿佛脑中有什么东西被狠狠扭曲了一下。陆辛是通过受污染的女孩陈薇查到杂货铺的，然后引发了这次的抓捕行动，但沙漏颠倒后，相关记忆忽然变得混乱，仿佛被搅成了糨糊。这导致他短暂地忘了自己要做什么，不过这个过程只持续了三秒。

以前陆辛受到污染的最长时间是五秒钟，是在对抗神之大脑的时候。从那之后，他受到污染影响的时间就越来越短了。尤其是经历黑沼城事件后，不管受到什么样的污染，陆辛几乎都能瞬间恢复正常。但这次他居然被影响了三秒。这是一件很惊人的事，好像记忆类型的精神能力对他的影响远比其他的大。

"这是因为我的记忆有大片空白吗？"这个念头一闪而过，反应过来的陆辛继续向前抓去。他现在已经不在乎是否留活口了。双手的影子向前蔓延而去，父亲阴冷空洞的笑声响了起来。

与此同时，那个年轻人将沙漏凑到嘴边，大喊："收回所有代价！"这句简短的话居然让沙漏里的沙子瞬间沸腾起来。

下一秒，整个青港城里，许多人的记忆悄然产生了变化，包括警卫厅里的曹烨。

曹烨之前向陆辛交代，他是在极度沮丧的情况下，被杂货铺里的神秘老人吸引，激动之下付出了某种代价，才买到了"爱情便利贴"。他之所以说是"某种代价"，是因为他自己也不记得到底付出了什么。

曹烨不是一个完全没脑子的人，目睹陈薇的变化后，他的第一反应不是美梦成真，而是害怕。对方既然能扭曲陈薇的记忆，自然也能从他身上拿走任何想要的东西。最初几天里，他心神不宁，甚至对陈薇都提不起兴趣。后来，他发现自己的记忆没有任何问题，其他方面也都很正常，这才放心地去约陈薇。

直到这一刻，随着沙漏的沸腾，他才想起一切——准确地说，对方没有拿走他任何东西，而是强行塞给了他一些东西。

支援小队成员已经给曹烨戴上了玻璃头盔，准备把他带走，忽然看到他表情变得呆滞，眼睛充血。

一些奇怪而陌生的记忆迅速涌入曹烨的脑海——在一个神秘声音的教导下，他从小就了解了各种奇怪的仪式，还被灌输了一种随时为自己的"神"献身的信念。人的记忆就像一幅画卷，如今他的这幅画卷正被快速涂满鲜红的颜色。

如果这些记忆是在某个深沉的梦里，或是在不知不觉中涌入脑海的，曹烨或许还感受不到什么。但因为这些记忆是在一瞬间被强行塞进他的大脑，所以他立刻反应过来了。意识到自己将要发生什么变化，他突然绷紧身体，大叫道："我甚至还没得到她！"

曹烨绝望地喊出这句话时，目光投向同样被控制住的陈薇，两人隔着玻璃头盔对视。

陈薇原本还在担心曹烨，甚至挣扎得比他更激烈，想要保护他。然而此时，她被曹烨眼中突然迸发的欲火吓到了。那种充满欲望而又无比贪婪的目光几乎要将她吞噬下去，让她恐惧得直颤抖。这种目光她曾在某个晚自习后的夜晚见到过，虽然记忆中它属于张卫雨，但此刻，她依然控制不住地对曹烨感到厌恶。

曹烨最后看到的是陈薇恐惧而厌恶的眼神，随即他的意识开始崩塌。那个在卫星城长大、觊觎隔壁女孩、被周围人讨厌的曹烨消失了，他的记忆被扭曲、覆盖，彻底变成了一个从小接受神秘思想灌输、效忠于"神"的教徒。

"一切都是为了神！"曹烨的眼睛睁开，眼中闪烁着狂热的火焰，"我会在地狱里重生！"他用力咬合左下的第三颗牙齿，那颗牙齿早已被替换，但在此之前他从未察觉。苦涩的味道在他的口腔中弥漫，喉咙和食道瞬间灼烧起来。他头上的玻璃头盔出现细密的裂痕，是精神力量迅速膨胀，对头盔造成了冲击。普通人的精神量级只有十左右，但曹烨在精神异变的那一刻，直接从深渊里汲取了大量精神力量。

他的目光变得坚定而狂热，眼中飙出鲜血。下一刻，玻璃头盔炸裂，碎片四散。一个苍白的精神体从他的头颅里钻出，飞向空中，与其他从城中不同位置飞出的精神体汇聚，出现在沙漏男面前。

沙漏绽放出耀眼的光芒，苍白的精神体一起做出了虔诚祈祷的姿势。

下一刻，陆辛身边的黑影涌了过去，瞬间淹没了这些精神体。黑色与白色碰撞，白色的精神体接连破碎，化成点点白灰，飘散开来，随即又交织在一起，混乱而激烈。

这让陆辛有些意外。父亲的黑影如同洪流，所过之处，生命枯萎，事物崩坏。然而，沙漏召唤的苍白精神体在被击碎后并未消散，而是汇聚在沙漏周围，形成一条条白色的缎带，勉强抵抗着黑影的挤压。

这还是陆辛第一次遇到足以与父亲僵持的力量。

"咦？"父亲也感到诧异，随即加大精神力量的输出，白色精神体迅速被磨灭，碎片如火星般四溅，震动了周围的家具。

"你究竟是什么怪物？"沙漏男惊恐地问道。绝望之下，他忽然做出一个冒险的决定，抓着沙漏大喊："精神覆盖！"

沙漏再次绽放白光，里面的沙粒瞬间减少三分之一。白色精神体不再一味地抵抗黑影，而是覆盖其上，顺着黑影飞快地向陆辛蔓延而来。

这种精神力量的性质非常奇特，如果拿显微镜仔细去看，就会发现它们是由一个个场景组成的，像电影胶片般细密地对接在一起。

白色精神体覆盖在黑影表面，如同漆黑海水上的一层油光，在红月的照射下显得异常绚烂。

陆辛惊讶于有人试图精神覆盖自己，以前都是他去覆盖别人的。冷不防地，白色精神体沿着黑影来到了他的身前。

这一刻，陆辛有两个选择，一是立刻切断与黑影的联系，以免那种怪异的白色精神体接触到自己；二是任由白色精神体沾染自己。

陆辛想都没想就选择了第二种，毕竟那是父亲，怎么可以抛弃家人呢？而且，他对白色精神体还挺好奇的。

当白色精神体触碰到陆辛的手时，沙漏男惊呼了一声。他似乎完全没想到，白色精神体真的能覆盖过去。很快他就知道了原因，赶紧融入白色精神体，快速冲向陆辛。

两人的精神力量相接触的刹那，陆辛感受到了沙漏男的喜出望外，以及劫后余生的激动。

"虽然你们封锁了其他人的记忆，有一个人的记忆却封锁不了，那个人就是你。没想到，你的记忆中居然有这么多空白之处。虽然你的精神力量很强，但你的弱点也大得无法想象。"

陆辛的身体猛地向后倒去，稳稳地落在下方一辆轿车上。他半跪着，晃了晃脑袋。沙漏男钻进了他的身体里。

这一瞬间，陆辛突然想起了一些往事，准确地说是他从离开孤儿院到遇见小鹿老师这段时间的往事。之前这段回忆是空白的，如今却一下子展现在他的脑海里。

离开孤儿院后，陆辛穿着孤儿院的衣服，赤着脚，像失去灵魂般走在混乱的街道上。这时，一个身穿黑衣、手持沙漏的年轻人出现在他面前，温柔地笑着问："小朋友，你怎么一个人在这里？没人照顾你吗？"

那时的陆辛什么都不懂，只是静静地看着年轻人将沙漏倒转。沙漏散发出温和的光芒，年轻人带着神秘与友善的笑容，轻轻向他伸出手："跟我走吧，我会照顾你。"

陆辛看了年轻人片刻，没有牵他的手，而是默默地跟在他身后。他们穿过大街小巷，来到一栋普通的公寓楼里。年轻人开始悉心照顾他，给他买食物、准备换洗的衣服，还带他去游乐场、教他读书、在他生病时给他喂药，甚至陪他放风筝、踢球、到河里摸鱼捉虾。

从此，陆辛的记忆里充满了年轻人的身影。对陆辛来说，这种感觉非常奇怪。原本年轻人只是个陌生人，但随着那些久远记忆的浮现，他逐渐变得熟悉起来。陆辛这才意识到，自己早就认识他了，原来在很久以前，他曾如此悉心地照顾过自己。

陆辛眼中的敌意渐渐消散，取而代之的是温柔。而记忆深处的沙漏男也显得越来越兴奋，甚至激动不已。

沙漏拥有三种能力：一、扰乱对手的记忆，使其失去逻辑，暂时遗忘要做的事；二、制造记忆沙粒，召唤不同的精神体；三、进入他人的记忆空白区域，为其编织新的记忆。

陆辛是沙漏男前所未见的强大对手，但他的记忆里存在大片空白，这给了沙漏男可乘之机。只需要填补这些空白，沙漏男就能将陆辛从敌人变为朋友，甚至亲人。他还可以在陆辛的记忆里留下暗示，让陆辛误以为自己是潜伏在青港城的卧底，只等他出现就会叛变。

不过，沙漏男觉得陆辛还是有些奇怪——他在陆辛的记忆里编织了如此多的场景，但无论哪个场景，居然都没见陆辛笑过。然而，沙漏男已无暇顾及这些，为陆辛填补记忆空白已经耗尽了他的精力。陆辛的记忆空白简直就像一个无底洞，吞噬了沙漏中大量的沙子。

终于，在消耗了大半沙漏的沙子后，沙漏男看到了希望。他即将为陆辛的这段记忆画上句号，并让他成为卧底。只要成功了，这位青港城的强大精神能力者就会听从他的指令，服从他的意志。

"我要走了，"在陆辛的记忆中，沙漏男露出伤感的表情，"我要去做一件伟大的事。"

年幼的陆辛静静地抬头看着他。

"我是神的侍者，愿意为神奉献一切。"他严肃地对陆辛说，"也许有一天，我们会再度相遇。记住，到时候你要……"

沙漏男的话还没说完，忽然发现周围有些不对劲。原本他带着陆辛居住在一栋常见的公寓楼里，里面住着卷发的大妈和爱喝啤酒的大爷，这种熟悉的场景可以让记忆编织更加顺利。但他突然发现，不知何时，他挑选的公寓楼竟变成了一栋阴森的老楼。

这栋老楼与繁华的城市格格不入，楼顶悬挂着一轮鲜红的月亮，照应着一扇扇黑漆漆的窗户。沙漏男和年幼的陆辛正站在老楼前。沙漏男不知道这是怎么回事，也不知道这是哪里。

突然，沙漏男惊恐地看到，一楼正对着他的窗户缓缓打开了，黑洞洞的窗户里似乎有什么东西在静静地注视他。他感到一阵心悸，仿佛有冰冷的虫子爬上了皮肤。

更多的窗户从内部被推开，像一只只漆黑的眼睛在睁开。

沙漏男下意识握紧沙漏，想要后退。然而，他退了几步，却发现自己依然站在老楼前。直到这时，他才意识到自己正身处他人的记忆里。他惊恐地环顾四周，看到了身旁年幼的陆辛。

陆辛正仰头看着他，这个在记忆中一直面无表情的孩子，此刻脸上露出了怪异的笑容。

在外人眼里，陆辛正蹲在车顶，眉头时而紧皱，时而舒展。然而，在他的记忆深处，却不断涌现出新鲜的事物，仿佛尘封的记忆被打开，他"回忆"起了很多奇怪而有趣的事。

离开孤儿院后，陆辛遇到了一个穿黑衣服的年轻人。年轻人对他很好，照顾了他很长时间，但不知为何，他的记忆突然跳转到一栋阴森的老楼前。在此之前，陆辛对这栋老楼的记忆是这样的：它长期无人居住，窗户紧闭，只有401室时常亮起温暖的灯光，偶尔还会开一下窗。然而，在此刻的记忆里，原来其他房间也曾开过窗。

当穿黑衣服的年轻人和年幼的陆辛同时出现在老楼前时，一扇扇窗户缓缓打开，一双双阴冷的眼睛从不同窗户里望过来。脸色苍白的年轻人开始疯狂大喊大叫，挥舞手臂试图逃离，却总是会莫名其妙地回到老楼前，站在年幼的陆辛身边，静静地看着老楼，也被楼内的怪异目光注视着。

年轻人无数次摇晃手中的沙漏，每一次摇晃，陆辛的记忆都会产生混乱，意识到那段记忆是虚假的。年轻人似乎很想摆脱目前的处境，但只是让记忆画面一次次产生震动，仿佛信号不稳定一般。等记忆画面平静下来后，年轻人还是和陆辛站在老楼前。

终于，年轻人疯了，露出青面獠牙，红着眼冲向年幼的陆辛。

但年轻人并未成功。一扇窗户里忽然伸出一根触手，轻易卷走了沙漏。年轻人呆住了，没了沙漏，他像无主的孤魂一样，连身体都有些不稳定了。

年轻人看向年幼的陆辛，露出哀求的表情。

陆辛当时或许是笑了。总之，接下来，热闹的一幕出现了——老楼的一扇扇窗户里飞快闪过手掌、丝线、树枝、触手和僵硬的脸，无数只手争先恐后地伸出来抓住年轻人，热情地将他往老楼里拉。因为太过热情，谁也不肯退让，这些手直接将年轻人撕成了血淋淋的肉块。

各自带着"一块客人"回房后，所有窗户静悄悄地关上了。

老楼再度变得孤寂冷清，只有红月高悬。

陆辛猛地清醒过来，剧烈地喘了口粗气，心中惊疑不定。他这才知道，自己住的老楼曾经如此热闹。那个曾照顾他的年轻人真可怜！

不对！随着清醒时间越久，陆辛感觉年轻人和他相处的那段记忆渐渐变淡了，而且充满了不真实性。他这才反应过来，这些记忆是沙漏男编织的。沙漏男对他的记忆施加的影响很快就被他的精神力量给稀释掉了，只有关于那栋老楼的记忆还异常清晰。

"你……你干吗呢？"身边响起一个轻微颤抖的声音。

陆辛扭头看到父亲站在两米开外，警惕地看着他。

"啊？"陆辛摇了摇头，"没事，就是想起了点什么。"

"没事？你又笑又怒的，我还以为你又回到之前的状态了。"父亲有些埋怨地说。

另一边的墙上，妹妹爬下来，好奇地四处张望："刚才那个人呢？那个高个子，他手里还拿着一个玩具……"

"他啊，"陆辛也下意识到处看了看，"他提前回家了。"

"嗯？"父亲与妹妹都不解地看着他。

"真的，他带着他手里的玩具提前回家了。"陆辛笑着解释道，"只不过，回的是我们的家。"

父亲与妹妹对视了一眼。妹妹还是一脸迷茫，父亲却想到了什么，表情逐渐凝重。但他没再说什么，悄悄隐入了黑影。

"这样我的任务就算完成了？"陆辛轻轻地舒了一口气。四周仍然静悄悄的，沙漏男已经消失在他的记忆中，了无痕迹。

陆辛下意识想和陈菁汇报，却发现频道里只有细微的杂音。他这才意识到，娃娃仍在封锁众人的记忆，周围充斥着散乱的精神力量，干扰了电子信号，导致无法进行远距离通话。

陆辛微微扭头，看到娃娃飘在约三十米高的空中。刚才她本想过来帮忙，但陆辛冷不丁地想到了那栋老楼，精神力量波动发生了变化，娃娃被其影响，没敢靠近，只是在远处歪着头看他。

直到陆辛转过头朝自己笑了笑，娃娃才带着一丝狐疑，缓缓飘落。眼前的娃娃虽是由精神力量编织而成的，却已经和真正的娃娃没什么区别了。她美如精灵，裙摆轻扬，轻盈地从空中落下，向他靠近。

娃娃来到陆辛面前，似乎想亲近他，却又有些犹豫。迟疑片刻后，她伸出手轻轻捏了捏他的脸。

陆辛吃了一惊，心想：娃娃这是在逗他吗？男人的脸是能随便捏的？

还没等陆辛反应过来，娃娃像是确定了什么，抿了抿嘴，终于放心地伸出双手抱住了他的脖子，把头靠在他的肩上。

虽然此时的娃娃是个精神体，陆辛却能感受到她纤细的身躯在微微颤抖，仿佛既庆幸又委屈。

陆辛身体微僵，虽然挺久没见娃娃了，但也不至于一见面就这么亲近吧？

与此同时，三条街内所有人的身体都跟着颤抖起来。处于娃娃精神力量影响中的他们看到她靠近一个男人，并轻轻抱住了他。很多人的眼泪夺眶而出，努力想看清陆辛的模样，回头好找他决斗。远在警卫厅的肖远等人则目瞪口呆，既痛恨又失落地控诉："小陆哥什么时候有对象了？！"

陆辛终于从娃娃突如其来的拥抱中回过神来。他轻轻拍了拍她的背，低声说："其实我一直有个问题想问你。"

娃娃微微转头，近距离看着他。

陆辛凑到她耳边，轻声问："你银行卡里存了多少钱啊？"

第七章

聚会邀请

任务完成的消息迅速传到了陈菁耳中,支援小队很快赶到,将陆辛抓捕沙漏男的地点和那家杂货铺团团围住。恢复理智的居民听从支援小队的安排,有序地躲进了室内。

"单兵,抓捕行动如何?"一辆吉普车从街角驶过来,陈菁走下车,问道。

正和娃娃坐在杂货铺外聊天的陆辛站起来,认真地汇报:"售卖'爱情便利贴'的是杂货铺老板,不过真正释放污染的是寄生在老板体内的一个精神体。"

"那个精神体呢?"陈菁追问。

陆辛怔了一下,有些心虚地说:"在刚刚的战斗中,他……消失了。"

"消失了?"陈菁深深地看了他一眼,虽然觉得有些离谱,但想到单兵出手后留的活口确实不多,便问,"确定污染源已经被清理了吗?"

陆辛一下子有了底气:"确定。"

"那就好。"陈菁四处看了一眼,向支援小队下令道,"特殊污染无小事,与杂货铺有关的人全部带回去调查,店里所有货物也需要检查。另外,这三条街道解封前,里面的所有人都要做一次精神测试。"

陆辛补充道:"对杂货铺那老人小心点,他看起来已经经不起任何折腾了。"

陈菁交代完任务,目光落在陆辛身边那团轻微扭曲的空气上。娃娃没有影响到她,所以她看不到娃娃,但她能够通过精神力量的交织,感觉到娃娃的存在,甚至能感受到她的欢喜情绪。

陆辛低声向那团扭曲的空气说了什么,娃娃的精神体迅速撤回主城。

陈菁好奇地问:"刚才我好像通过仪器看到娃娃抱了你一下?你对她说了什么?"

陆辛有些尴尬:"其实……也没说什么。"

陈菁没再追问,打算让娃娃的保姆小队去跟娃娃打听,毕竟娃娃不会撒谎。

"任务完成，我得赶回去了。"陈菁停顿片刻后，说，"这个隐藏得如此深的精神体，在天国计划推进期间仍留在青港城散播污染，背后可能有庞大的组织，以及缜密的计划，我需要尽快回去调查清楚。"

陆辛点点头，问："我需要去总部报告吗？"

陈菁说："看你。二号卫星城警卫厅已经提交了针对那两个高中毕业生的调查报告，如果你有补充就尽快交上来，不必特意跑去主城。"

陆辛笑道："也是，只是个B级任务而已。"

陈菁一愣，单兵确实有资格不把B级任务放在眼里。

既然陈菁说不用去总部，陆辛乐得省事。这一回，他完成一个任务，赚了两份钱。特清部的任务报酬他不担心，到时候会打到他卡上的。但他和小孟没签合同，还是去催一催比较好。

危机解除后，二号卫星城警卫厅的所有人都松了一口气，然后展开了紧张而又忙碌的善后工作。

曹烨的尸体躺在地上，双眼只剩下两个深深的黑洞。精神体从他的身体里抽离时不仅灼烧了他的双眼，还将他的玻璃头盔击得粉碎。无数碎片如子弹般射向四周，嵌进墙壁，沾染着他的鲜血。按照规定，支援小队需要回收所有碎片，以防精神污染残留。

"啊，队长！快来！"一名队员大喊。其他人跑过去，看到张卫雨躺在地上，鲜血直流。

队长道："他被玻璃碎片击中了，快把他送去急救！"

有人说："真是奇怪，他像是故意迎上去的！我们都穿着防护服，但他什么防护措施都没有！"

"是为了那个女孩，"另一人低声说道，"刚才玻璃头盔爆炸时，他突然冲进来替她挡住了碎片。"

众人看向陈薇，刚才她离曹烨很近，却毫发无伤。

此时此刻，陈薇的脑子里一片混乱。刚才她清楚地看到，记忆中温柔无比的曹烨对她露出了贪婪而凶狠的眼神，让她下意识感到厌恶。但看到曹烨惨死，她还是很难过。是难过、痛苦、悔恨，还是疑惑？她分不清。混乱

第七章　聚会邀请

中,她听到了惊呼声,随即看到几个人抬走了陷入昏迷的张卫雨。

陈薇忽然反应过来:刚才是张卫雨替她挡住了玻璃碎片!为什么她一点也不觉得奇怪?混乱感更加强烈,她的目光追随着张卫雨,他那张苍白的脸竟与脑海中的某些形象重叠。她下意识摇头,发出凄厉的尖叫,眼泪疯狂涌出,却不知为谁而流。

"他们就这么走了?"看着陈薇与张卫雨被穿白色防护服的专业人员带走,小孟和肖远等人惊讶道。不过,彼此对视一眼后,他们难掩激动。他们这回真是大开眼界了,终于窥见了特殊污染的真面目,回去可有的吹了!

"你们看什么呢?"正当他们激动时,一个声音突然响起。

他们回头一看,吓得一哆嗦,胆小的甚至后退了两步。

陆辛背着黑色背包从窗口爬了进来,好奇地看着他们。

"小陆……小陆哥!"肖远颤巍巍地喊了一声,还没忘记陆辛之前趴在墙上跟他们打招呼的样子。

"嗯?大家的表情怎么怪怪的?"陆辛看向走廊里的几位警员。几位警员立刻若无其事地走开了,没人敢直视他。直到他收回视线,他们才继续用酸溜溜的眼神偷看他。

陆辛心想:为什么他们看起来有些不爽?

"小陆哥,刚刚那个女孩是谁啊?就是和你抱在一起那个。"肖远等人围上来,一脸好奇地问。在他们眼里,那个女孩比特殊污染更值得关注。

"女孩?"陆辛一愣,意识到他们可能通过警卫厅的仪器看到了娃娃,连忙摇了摇头,"这不重要,重要的是……"他顿了顿,觉得直接向小孟要二十万元有失身份,便看了肖远一眼。可惜的是,肖远这次没有领会到他的意思。

陆辛沉默片刻,只好看着小孟说:"这起由你提出,并由我解决的特殊污染事件,你觉得我处理得怎么样?"

随着长长的一声"哦",小孟想起了二十万元的事,表示这笔钱他会给,但需要一些时间。他计划趁老爹不在家,偷走他珍爱的烟斗卖掉,然后就给陆辛付钱,剩下的留着自己花。他觉得这个计划很完美,等到东窗事发的时候,代价也就是挨顿打。反正他是亲生的,他老爹还能打死他不成?

跟小孟敲定二十万元的事后，陆辛留在警卫厅里写这次任务的工作报告。

"单兵先生，夜宵想吃什么？"陆辛写完报告，小女警适时过来问。

"今天先不用了，回去有事。"虽然觉得有些可惜，但陆辛还是笑着拒绝了。

肖远等人没走，像群流氓似的凑在警卫厅门口，一边抽烟一边等陆辛，想请他吃夜宵，再听"官方捉鬼大师"讲讲精神污染的事。

陆辛跟他们说时间太晚了，改天再说。然后他上了车，藏起内心的激动，不动声色地赶回老楼。

当他推开车门，再次看到老楼时，那种怪异的感觉又浮现出来。

"老楼并不是空的？"陆辛默默想着，"至少在我的记忆里不是空的……"他认真地打量着老楼——红月悬挂在楼顶，给黑暗的楼体镶了层暗红色的边，所有窗户都是黑的，沉默而孤寂。这与他记忆里所有窗户打开的那一瞬形成了强烈的对比。

为什么沙漏男给他编织记忆时，老楼会出现？

陆辛深吸一口气，走进楼里。楼道里漆黑阴冷，穿堂风轻轻地吹在身上，他认真体会着这种感觉，缓步向前走去。父亲和妹妹并肩站在楼道口，静静地注视着他的背影。

陆辛走过楼道，感受着两侧门后的安静。然后，他停在一扇门前。这是一楼的103室，记忆中正是从这个房间的窗户伸出一根触手夺走了沙漏。

陆辛伸手一推，门开了。这个房间和其他房间一样，都没有上锁。他在门口站了一会儿，等感受到房间里的冷风擦身而过，才走进去。他在墙上摸索开关，指尖有一种颗粒触感，仿佛墙是活的，因他的抚摸而微微绷紧，甚至产生战栗感。

陆辛轻轻按开开关，灯光瞬间照亮整个房间，有些刺眼。那一瞬间，一种拥挤的感觉如潮水般退去。它退得太快了，连灯光都追赶不上。

陆辛打量着房间里的布置。这是个很普通的房间，里面有老旧的沙发、过时的电视机、花纹阴暗的地毯，还有一张四四方方的古老木椅，扶手被抚摸得发亮，像是老人常用的那种。木椅上静静地放着一个沙漏。沙漏在微微发颤，仿佛在开灯之前，还有人坐在这里把玩它。

"居然真的在这里！"陆辛有些惊讶地走过去，将沙漏拿在手里。这看起来就是一个普通的玻璃沙漏，只是里面的白色沙粒几乎见底了。他轻轻一晃，沙漏发出轻微的沙沙声。

"好奇怪啊！"陆辛心想。明明沙漏男是在与他战斗时丢了沙漏，而且战斗地点在支援小队封锁的三条街道内，但此时此刻，沙漏却在这个房间里。

记忆有时与幻觉一样，难以确定真假。这个沙漏的存在仿佛在告诉陆辛，记忆里的事都是真的。

陆辛握着沙漏，思索了一会儿，转身往外走。临出门时，他的手指按在灯的开关上，微微停顿了一下，然后转头对着空荡荡的房间笑道："我拿走了。"说完，他轻轻按下开关，房间瞬间陷入黑暗。

不知是不是眼花，陆辛看到重新陷入黑暗的椅子上似乎出现了一个身影，正静静地看着他。

"所以，这个沙漏才是这起污染事件的主谋？"陆辛拿着沙漏，缓缓上楼。

他记得，无论是影响他的记忆，还是召唤其他精神体，抑或是重新编织他的记忆，沙漏男手里都紧握着这个沙漏，并且他施展能力消耗的也是里面的白沙。

陆辛由此推测，这个沙漏也是一件厉害的寄生物品。好像越庞大的组织，越喜欢利用一些寄生物品，可能是因为寄生物品在某种程度上比精神能力者更可控，也更稳定吧！

既然找到了沙漏，陆辛当然要上交给青港城，这是特殊污染清理人员应该有的专业素养。不过……可以晚点再交上去。

陆辛回到家，径直走进自己的房间，将黑色背包里的几样东西都倒了出来。他摘下眼镜，把它与沙漏、黑桃J扑克牌、十二阶魔方、六识脸谱放在一起，然后仔细打量着这些奇怪的东西。

七个层面的特殊寄生物品，他好像快要凑齐了！

眼镜是白教授为了让陆辛更稳定地进入第二阶段，从《红月的凝视》那幅画里抽取了一定的精神力量，并经过逆转制造出来的，本质上属于十三种精神力量里的"混乱"。它是情绪层面的寄生物品，能帮助陆辛稳定情绪。

十二阶魔方是感知层面的寄生物品，能让陆辛在短时间内改变特质。

黑桃J扑克牌能让陆辛借用深渊的一些规则，而深渊是人心的投映与交织，所以它大概是本能层面的寄生物品。

六识脸谱最古怪，它的作用是让人施展几种不同类型的精神能力。这是通过扭曲对方的认识来达到的,也就是说,它是认识层面的寄生物品。

至于记忆沙漏,明显是记忆层面的寄生物品。

七个层面的寄生物品,陆辛已经拥有五个了,还差两个——欲望与自我。酒鬼手里有一件欲望层面的寄生物品,可以借来用。这么说的话,陆辛只差一件自我层面的寄生物品了。但这东西要去哪里找呢?他坐在老楼的家中,思索着这个困难的问题。

"丁零零!"这时,电话铃声骤然响起。陆辛接起来,听到韩冰说:"单兵先生,出事了!"

陆辛问:"什么事?"

"是娃娃,"韩冰的语气有些担心,"娃娃发脾气了!她……她正在向特清部索要她的任务报酬!"

"啊?"韩冰这个突如其来的电话让陆辛有些摸不着头脑,"娃娃的报酬还需要索要吗?她平时没有吗?"

"当然没有。"韩冰理所应当地说,"娃娃甚至不会花钱。之前青港城为了照顾并治疗她,为她成立了一个特别基金会,资金来源就是她平时完成任务的报酬,以及青港城特清部为她批的专项科研费。娃娃保姆小队的工资,以及他们衣食住行等方面的花费都是从这个特别基金会里拿的。"

"居然还有个特别基金会?"陆辛有些惊讶,下意识问,"那得有多少钱?"

"这不重要,单兵先生,重要的是娃娃居然开始索要报酬了。金钱代表着世俗的欲望,娃娃之前一直没表露过对这种东西的向往,忽然做出这样的举动,难免让相关部门的人担心。"

明白韩冰的意思后,陆辛既有些心虚,又有些想笑,还有些感慨。"哦,这个啊!我觉得你们不用太紧张,这不是什么大事。也许娃娃只是正好有需要呢?比如看上某个喜欢的东西,想去逛街买点零食,或者想借给朋友之类的。"

韩冰过了好一会儿才小声问:"单兵先生,你是不是向娃娃借钱了?"

"啊?"陆辛有些慌,连忙低声问,"你身边有其他人吗?"

电话另一端,韩冰看了一眼众人担忧的面孔,低声说:"没有。"

"哦。"陆辛放下心来,小声解释道,"我只是随口问了一句,想着娃娃执行了这么多年任务,又不爱逛街,可能攒了不少钱,放着也是放着……我不是要她的钱,只是现在手头有些紧,就问她方不方便借一些。我会还的!"

第七章 聚会邀请

韩冰又沉默了一会儿，问："你问她借多少？"

陆辛叹了一口气："也就三百万元，毕竟借多了我也不好意思。"

"三百万元？"韩冰无奈地说，"这点钱，你可以直接向特清部申请啊。"

"那不还得还吗？"

"嗯？"

"我是说……那不还得还利息吗？这么多钱，利息肯定不低。"

韩冰笑道："单兵先生，你可能误会了。你是青港城的六级特殊人才，又是特清部的高级清理人员，身份举足轻重。你缺钱的话可以向特清部或青港城行政总厅申请贷款，利息几乎可以忽略不计。"

"那还是有利息……"陆辛小心追问，"娃娃这事闹得很大？"

"也不算大，只是娃娃的表现有些吓人。娃娃的性格或行为出现反常，无论对她还是对正在推行的天国计划来说都是个大问题。现在没事了，只要有合理的解释，那就是个小问题。"

"那就好。"陆辛松了一口气，"刚才听你一说，我都担心了。"

"不用担心，单兵先生。其实，如果你想用钱，跟我说一声就行。"韩冰道，"另外，装修的钱你不用急着还。之前苏先生说过，虽然装修确实需要很多钱，但不一定要等所有的钱都到位了才能开始施工。我们已经开始收购各种材料，前期的装修材料也到位了。我想问，你打算什么时候开工？"

陆辛又惊又喜："我随时可以开始。"毕竟妈妈之前特意叮嘱过，越早动工越好。

"好的，我明白了。"

韩冰挂掉电话，看向房间里的众人。

白教授、陈教授、陈菁，以及娃娃保姆小队的队长都听到了这通电话。保姆小队队长是个身高近一米九、体重一百八十斤的壮硕女性，她眉头紧皱，自言自语道："他跟娃娃究竟发展到什么阶段了？他们确定关系了吗？娃娃这么单纯，太容易被骗了！她怎么就准备把自己的全部身家交出去了？！"

白教授好奇地问："娃娃跟你们要多少？"

队长面无表情地说："三个亿。"

"啊？"白教授愣住了。

"娃娃的精神体一收回来，就问自己的任务报酬在哪里，还破天荒地问自己银行卡里有多少钱。她哪有卡？我们只能告诉她，基金里的钱加上各种投资的收益，大约有三个亿。然后她让我们全拿出来，还准备了一个小袋子等着装。"队长叹了一口气，"当时我们一头雾水，现在我算是明白了，这分明就是被男人骗了！"

"这么说，两人的进展确实有些快了？"白教授问。

"我不知道他们到什么地步了，但青港城已经传开了。"陈教授冷哼一声，"娃娃拥抱单兵那一幕被二号卫星城整整三条街的人看到了，现在有流言说，青港城有一个美若天仙的精灵——这倒没什么，离谱的是，他们说这个精灵是来青港城搞对象的。"

队长重重地敲了一下桌子，白教授的水杯都跟着抖了一下。她气愤地说："就算搞对象，也该是男方给女方钱，哪有反过来的？我们的娃娃还需要用钱去获取别人的好感吗？"

"别激动，别激动！"白教授连忙捧住水杯，劝解道，"问题没那么严重，也不用这么早定性。严格来说，这只是单兵和娃娃正常的金钱往来。当然，单兵的借款数额确实大了些，但这也是基于娃娃对数字不敏感。"

队长觉得有道理，但又不甘心地说："钱的事确实不太重要，三百万元而已，足够装满娃娃的小袋子。最重要的是娃娃太单纯了，谁都能一眼看穿她的心思，而单兵却谁也看不透。万一娃娃被骗……"

韩冰忍不住插了句话："单兵先生的人品还是有保证的，应该不至于不还钱。"

队长看了她一眼，又敲了敲桌子："我说的不是钱。"

"老实说，他们两个人的事我也不知道该给什么建议。"白教授无奈地说，"其实，这也间接说明娃娃的自闭症状正在好转，开始和普通女孩一样产生情感，这对她来说也是一件好事。"

队长若有所思地说："娃娃这个年龄确实不算早恋了，但关键是，初恋一般都没有好结果啊。"

"这也不一定。"白教授将话题拉回正轨，"我知道大家都很关心娃娃，但不用想得这么复杂。无论是表现出恋爱倾向的娃娃，还是看起来不解风情的单兵，其实都是正常的，也不是我们可以阻拦的。"

陈教授有些担忧："强行阻拦会让娃娃伤心，甚至产生叛逆心理吗？"

"这是一个方面。"白教授道，"另一个方面是，这两人我们都惹不起。"

众人不得不承认，这是事实。

"顺其自然吧。"白教授笑道，"当娃娃第一次敲碎玻璃出现在单兵面前时，我们就该预料到。或许这个问题很复杂，让我们失去了部分掌控感，但必须承认，迄今为止，娃娃身上的变化都是积极的，也是我们一直希望看到的。既然他们的感情已经萌芽，我们只需要尊重他们的意愿。至于他们能走多远，这也是一个值得期待和研究的课题。当然，你们的担心也不无道理，平时可以多让娃娃看一些富含人生哲理的电影，偶像剧就别再看了。"

众人纷纷点头，只有保姆小队队长愤愤不平，觉得自家白菜被猪给拱了。她狠狠地捶了一下桌子："单兵想借钱可以借，甚至直接给他都行，反正娃娃我们又不是养不起。但他要是敢欺骗娃娃的感情，看我不拿刀找上门去！"

白教授轻咳一声，擦了擦桌上的水："这些以后再说。现在最重要的是单兵提出来的装修问题。既然他很在意此事，那就不要再拖了。虽然他并没有像苏先生担心的那样，因为没钱而走上犯罪道路，但如果他为了筹钱而觉醒欺诈天赋，那就麻烦了。"

众人闻言，表情严肃起来。

白教授看向坐在外围、穿着特殊武器研发部制服的男人："既然单兵装修是为了制作大型寄生物品，装修的任务就由你负责。这是一个A级任务，按清单执行即可。不过，我要提醒你，任务过程中一定要小心。我们确实希望你能借此搞清楚那栋老楼里有什么东西，但你千万要记住，如果装修过程中遇到明显的抵触或警告，立刻放弃窥视的念头！"

研发部工程师如临大敌，立刻起身敬礼："是！"

第二天，三位打扮得像包工头的工程师来到陆辛家楼下。他们抬头看着这栋老楼，不知道是不是心理作用，即使在白天，也觉得阴森森的。他们默默戴上防护面罩，牢记单兵老楼装修标准第一条——未经主人允许，绝不擅自闯入。确认无误后，他们才打电话请陆辛下来。

陆辛正在上班，一听负责装修的人到了，立刻请假赶回。他开着越野车匆匆回到老楼，急急忙忙地向坐在路边的三位工程师致歉："不好意思啊，我不知道你们今天会来，所以去上班了。"

三位工程师对视了一眼，眼中闪过一丝惊讶。他们听说陆辛是特清部最危险的人，执行任务基本不留活口，没想到这样的人平时还会去上班。但他们什么都没说，而是郑重地和陆辛握手，然后道："单兵先生，我们是接到特清部的命令，过来帮您装修的。请放心，打造寄——装修这种事我们是专业的。那张清单我们已经仔细研究过，并做了完整的设计方案，请您过目。"说完，他们递上一份厚厚的文件。

陆辛接过文件，随手翻了翻，有些惊讶："这么多？"

"是的。这是楼体与承压方面的设计总纲，其他部分还在准备，不会耽误进度的。"一位年长些的工程师解释道。

陆辛很想问：装修而已，至于这么复杂吗？但他对专业人士有一种天然的敬畏，不敢随便质疑，只好点头道："还行，挺好。"

三位工程师又忍不住对视了一眼，心中震撼不已。整个特殊武器研发部精心设计、经过白教授润色的方案，在陆辛眼里只是"还行"？他们略作迟疑，问道："单兵先生，您对我们的装修思路还有什么意见吗？"

陆辛想了想，说："跟我给的那张清单一样吗？"

年长的工程师立刻点头："完全一样，请放心。"

陆辛笑道："那我没什么意见了。"

三位工程师松了一口气，又郑重地说："在开工前，请您明确告诉我们，有什么禁忌或需要注意的地方。"

陆辛在心里称赞他们的专业，嘴上却客气地说："你们来帮我装修，我哪好意思提那么多要求？只要按那张清单上的来，别把楼拆了就行。"

三位工程师如释重负，脸上露出喜色。他们原本如临大敌，没想到开局如此顺利。

双方简单交流后，陆辛陪同三位工程师进入老楼勘察。踏入楼内的瞬间，陆辛有些担心会发生怪事，但楼内异常安静，只有几只老鼠受惊逃窜。

三位工程师用精密仪器检测了老楼的重要点位，结果显示一切正常。其中一位工程师说："这栋楼从建筑风格来看，应该是红月事件前的老建筑，虽然严重老化，却还没倒塌，真是意外。都说有人住的建筑就有人气，能撑

第七章　聚会邀请

得更久，看来不假。如果是在城外，这样的老楼恐怕早就塌了。"说到这里，他随口问道，"这是您家里传下来的吗？"

"这倒不是。"陆辛笑道，"我以前住孤儿院。"

年长的工程师有些诧异："那这栋楼是……"

"其实我也想知道，只是我妈妈不在家，没办法问她。"

另一位工程师顺势说道："如果您愿意，我们可以让行政厅的人查一下资料。毕竟这么大一笔装修费，确认一下业主也是应该的。"

陆辛点点头："当然可以。"他这才意识到，装修前不知道业主是谁，确实有些奇怪。

第一次见面，双方相谈甚欢。三位工程师完成测量后，准备回去调整装修计划，并与陆辛约定第二天正式开工，前期的装修材料也会一并运过来。为了方便施工，月亮台一带将封锁起来，并搭建篷布遮挡住整栋老楼。

陆辛听完，不禁在心里感慨：这就是专业装修队吗？看样子，装修这种技术活儿他是干不成了。

次日，装修工作正式开始。

起初，陆辛热情地招待工人，还帮忙打下手。当他随手将一捆黑色铁丝扔在地上时，所有运送材料的人都沉默了；当他好奇地打开一捆铁条时，整个装修团队也沉默了；当他买了几瓶水和一条烟分给大家时，施工队里已经没人想理他了。

三位工程师找到陆辛，委婉地说："您把比黄金还贵的新型涂覆导电膜抽丝随便扔到地上，又在太阳下查看敏感光致纤维膜，导致整卷膜片报废，这些倒也罢了，毕竟是您和特清部出钱。但您这么厉害的精神能力者，就买五毛钱一瓶的水和两块钱一包的烟……这很容易让工人误以为您对他们不满，影响工程进度！所以，您看着就行，别插手了。"

陆辛认真地看了两三天后，三位工程师再次找他谈话："要不您还是去上班吧？"

虽然他们说得很委婉，但陆辛还是听出了嫌弃的意味。他心想：不让看就不看呗，装修而已，谁没见过似的！于是，他索性不管装修的事了，转而考虑起更重要的资金问题。他原本在银行存了一千万元，打算不到万不得已的时候绝不动用,没想到现在就要取出来用掉了。加上黑沼城事件的六百万报酬、夏虫答应的两百万、肖远等人给的一百六十万,以及娃娃借的三百万……还是不够啊!就算把那几辆车都给卖了,也还差五百万!

虽然韩冰说不用急,但陆辛还是觉得提前把钱结清了比较好。虽然她暗示过可以借他一些,但他更愿意自己奋斗。韩冰这种一看就很懂得要账的人,绝对不是好债主!

还有什么活儿能一口气赚五百万呢?

与此同时,装修队的几名特殊人员大胆制订了一项计划,准备对老楼的重要位置进行信息采集。起初,他们紧张得直冒冷汗,但还是互相鼓励道:"别担心,单兵先生并没有明确禁止我们探查。况且,虽然有些冒险,但白教授说过,这是一个表面A级、实则S级的任务。只要我们能揭开老楼的秘密,光是奖金就有几百万,可以直接退休了!"

因为面临巨额债务,陆辛甚至没心情去上班了。他可是背负五百万债务的人,哪还看得上公司那点薪水?他现在只想搞钱。但去哪里搞五百万呢?

陆辛盘算了一下入行以来的收入,能拿到五百万的任务屈指可数。要是五百万级别的特殊污染事件再多些就好了!刚产生这个想法,他就开始自我反省:是不是搞钱的压力太大,心态都扭曲了?对这个世界来说,和平与秩序才是最重要的啊!金钱果然使人堕落。随即,他无奈地想,手上的寄生物品凑得差不多了,实在不行,就活捉十三终极之一的藏杖人,卖给青港城……当然,这只是玩笑,谁敢对"神"下手呢?

左右无事,陆辛只能一边计算资金,一边远远盯着装修进度。他担心老楼里藏着什么东西,会对装修队的工人造成威胁或伤害。他总觉得楼里可能有很多"邻居",而且不像他的家人那么友善。他甚至想,如果这些"邻居"现身的话,就让他们分担装修费。但观察几天后,他发现装修队一切正常,反倒是在他经过时格外警惕。

这就怪了,老楼里怎么会这么安静?难道那些"邻居"都为了躲巨额装修费而藏起来了?

陆辛不知道的是,装修队——或者说特殊武器研发部的专业人士——在经过几天的调查后，已经将一份秘密报告递交给了白教授。

白教授与苏先生、沈部长等高层一起审阅了这份报告，上面的结论让他们感到意外：这只是一栋普通的老楼，很安全。

"和你以前的检测结果一致。"白教授看向陈菁。

当初陈菁在考察陆辛时，曾对他的生活环境做过检测，结果与现在并无二致。老楼里之所以只有陆辛一家，可能只是因为采光不好，总显得阴森森的。

"如果老楼真的这么普通，他为什么要花这么大代价去装修？"陈菁不解地问，"这次装修的费用，都够打造一支军队了。"

"现在下结论还为时过早。"白教授沉思片刻，说，"检测结果没问题，并不代表真的没问题。也许有问题的不是老楼，而是住在里面的人。"

其他人立刻想到了让整个青港城既亲近又畏惧的"单兵"。

"那怎么办？"

"什么怎么办？"白教授扫了他们一眼，"我们不是早就定下原则了吗？不主动研究单兵，也不在他拒绝的情况下探索他的秘密。如果他有事找我们，就按照规则弄清楚他的需求，判断是否配合。合作结束后，继续保持礼貌的距离，互不打扰。"

苏先生忍不住说："老白，你有没有发现，在单兵的问题上，你一直过于保守？"

沈部长也附和道："从数据和现有案例来看，单兵对青港城是有好感的。接纳他的好感并跟他建立更深的联系，才是正确的选择。但在这种关键时刻，我们却主动画了一条线。你有没有想过，这条界限可能会导致青港城与单兵的关系疏远？"

"这条线不是界限，而是规则。"白教授轻声回应，"在当前的局势下，规则是为了保护弱者而存在的。而且，这条线不是为了现在的局势而画的，而是为了我们的未来。"

他从旁边的资料架上取下一摞厚厚的文件，摆在众人面前，继续解释道："这些是最近各地发生的严重污染事件，有些事件已经导致数十万人疯狂或失踪。如今，我们青港城的人可能常常有一种错觉，以为特殊污染事件变少了。但实际上，同一时间，世界其他地方的特殊污染正以可怕的速度蔓延，就像火山爆发，压抑已久的东西正在疯狂涌现。而这一切的源头，很可能与我们在海上国进行的天国计划初阶段实验有关。"

众人脸色凝重，有人忍不住反驳："这和我们没关系吧？"

"但确实是在我们的计划之后发生的。"白教授平静地说，"也许是有人借着我们完成实验的消息，散布了重要资料；也许是我们的成功给了他们不必要的自信，促使他们迈出了新的一步。不可否认的是，特殊污染事件正在增多，而且出现了许多不像来自现实世界也不遵循常理的东西……人类的疯狂、污染的变化、诡异事件的集中爆发，都让我联想到一件不太好的事。"他的脸上浮现出深深的忧虑。

其他人急忙追问："什么事？"

白教授抬起头，目光落在办公桌正对面的墙上。那里挂着一幅画，画中是一轮红月。他望着那幅画，低声说道："二次降临。"

搞钱！搞钱！搞钱！陆辛满脑子只想搞钱，甚至觉得这个世界上的特殊污染事件怎么越来越少了。就在这时，他接到了韩冰的电话。

韩冰告诉他，之前那个记忆类特殊污染事件的调查已经有了初步结果。虽然主犯在抓捕过程中因拒捕而魂飞魄散，而且在他藏身的杂货铺里也没查到多少有用的信息，但陆辛抓捕他时，城里有很多人发生了精神自爆，在此之前，这些自爆者的生活都发生了一些积极的变化。

有人突然变得博学多才，明明只是小学毕业，却上知天文、下知地理，无所不精；有人突然升职，深得女上司的厚爱与赏识；有人得到大笔遗产，原因是好几个富豪一口咬定他是自己的私生子。

韩冰总结道："这极可能与最近在黑市上活跃的灵魂交易有关。夏虫他们正在调查的灵魂交易并非新鲜事，很多地方都出现过类似交易，隐约指向一个被称为'地狱'的地方。我们青港城还算好的，毕竟有娃娃作为震慑，那些人不敢动作太大。其他地方据说有连续几个聚集点被完全收割的情况。"

陆辛有些惊讶，这事居然和夏虫的任务有关。他转念一想，这个精神体比地狱使者可差远了，尤其是在价格上。

挂掉电话后，陆辛无所事事地走进老楼，在装修工人警惕的目光中一直踮着脚，生怕踩到昂贵的装修材料，遭人白眼。

第七章 聚会邀请

他回到四楼尚未动工的家中,妹妹正自娱自乐地哼着"小娃娃,来做客,一个人坐了四五桌",父亲则躲在厨房里,偶尔发出怪异的笑声。他怀疑,父亲又跑到黑沼城去行使"恐怖魔王"的权柄了。

陆辛百无聊赖地坐在沙发上,打开电视,却发现没信号。他上去拍了一把,依然没信号,可能是装修工人施工时碰到了天线。索性,他开始思考人生大事。

不知过了多久,房间里突然响起奇怪的电子音。他找了一圈,才发现是从研究院拿回来的通信器在响。

陆辛打开屏幕,进入高级人才俱乐部的聊天群。群里平时很少有人聊天,偶尔出现也是交换资料。但这次不仅聊天的人很多,自诩"老大哥"的德古拉还用了一种特殊的信息模式,让平时不常查看通信器的人也能听到动静。令人惊讶的是,群里正在讨论的主题竟是"线下聚会"!

德古拉:"大家加入俱乐部的时间都不短了吧?"

老子名字和你们不一样真的好爽:"说什么屁话?明明才进来三天。"

德古拉:"经过长时间的交流与合作,相信大家都建立了深厚的感情。作为俱乐部的老人,我决定组织一次线下聚会,希望大家拨冗参加,加深彼此的感情。"

老子名字和你们不一样真的好爽:"一群神经病搞线下聚会,你不怕出人命?"

红舞鞋:"楼上的,我可不是神经病。"

老子名字和你们不一样真的好爽:"我是,谢谢,有证明。"

夜猫子:"参加聚会有好处吗?"

机械师:"为什么忽然想搞线下聚会?"

德古拉:"原因有很多。想必大家都知道,最近世界格局正经历剧烈冲击,尤其是火种公司与科技教会的动作越来越疯狂。我们俱乐部里的人都是潜力巨大的精神能力者,如果能提前了解彼此的需求,甚至结成同盟,对大家都有好处。"

老子名字和你们不一样真的好爽:"是不是我们提前干掉彼此就能减少很多竞争对手?"

夜猫子:"参加聚会有好处吗?"

红舞鞋："没想到红月亮事件后还能有线下聚会，挺动心的。"

机械师："以前我们连彼此的真实身份都不敢透露，现在却要在现实中见面？"

夜猫子："参加聚会有好处吗？"

德古拉："隐藏有隐藏的好处，见面有见面的好处。我不奢求所有人都能来参加。作为发起人，我会定好时间和地点，想来的就来，不想来的傻子，我也不勉强。"

老子名字和你们不一样真的好爽："我就不想去。"

德古拉："我说的就是你这个傻子。"

老子名字和你们不一样真的好爽："你骂人？"

红舞鞋："我好心动啊！怎么办？"

夜猫子："参加聚会有好处吗？"

发条橙："时间地点发一下啊！天南海北的，谁知道能不能去？"

守夜人："呵呵，我知道你为什么发起这个聚会。"

守夜人："想提前知道聚会目的的私聊我，三百万元。"

陆辛刚想点开守夜人头像，又缩回了手指。虽然他对聚会不感兴趣，但见大家都发言了，他也快速打了一行字："不论什么聚会，只要给我五百万元，我就参加。"

陆辛正想着这话会不会有些过分，突然收到一条私信。他点开一看，愣住了。

德古拉："可以。"

陆辛一时没反应过来，德古拉真要给他五百万？还没等他细问，聊天群又弹出新消息，是德古拉发的。

聚会邀请目标：俱乐部全体成员

聚会目的：联络感情

聚会时间：三月十二日晚七点整

聚会地点：混乱之地，火种城，地狱之门

成员接头暗号：天王盖地虎，×××××

看到聚会地点，陆辛有些糊涂。德古拉说的"地狱"，是夏虫在调查的那个"地狱"吗？还是说只是同名？他立刻给德古拉发消息："真的地狱？另外，那五百万元是真的吗？"

很快，德古拉给他转了两百万元。

德古拉："订金，剩下的见面后付。"

陆辛看了一眼金额，险些把通信器扔出去，甚至感到一阵眩晕。这人居然真的给他转钱了？还转了两百万元？世界上还有这样的傻子？

就在他怀疑人生时，聊天群又多了很多消息。

机械师："我已从守夜人处得知聚会的真实目的，所以不参加了，诸位。"

红舞鞋："嘻嘻，我也买到了消息，所以我会去。"

老子名字和你们不一样真的好爽："我也去，我要弄死德古拉。"

德古拉："傻子，你来。"

发条橙："在地狱相见？那正好，我现在就在地狱，等你们。"

九头蛇："事情变得有意思了呢。"

夜猫子："所以，参加聚会有好处吗？"

陆辛急忙回复："有，你找德古拉私聊。"

过了一会儿，夜猫子在群里回复："好的，十二号见。"随后他私信陆辛："谢谢哥，见面请你按摩。"

十分钟后，陆辛看着通信器陷入了沉默。那两百万元是真的，他已经验证过了，甚至转入了自己的银行卡。通过夜猫子，他也确认了那五百万元并非针对他，其他人也能拿到。德古拉为什么这么心急？

聚会的事基本定下来了。虽然回复要去的只有四五个人，相比俱乐部三十多个成员来说很少，但这场不正常的聚会能吸引四五个人已经很不错了。

关键在于，他真的要去吗？

稍加思索后，陆辛的问题已经变成了"什么时候动身"。虽然这个聚会听起来不怎么正常，但他已经收了两百万元，还有三百万元尾款在等着他。经过一番权衡，他终于做出了决定。他先打电话给刘主任，说要延长装修假。刘主任激动地答应了，还特地问了一下返工时间，说是好做准备。接着，他打给韩冰，说准备出城办点小事，请她帮忙盯一下装修。

韩冰一听，紧张地问："你要去哪里？"

陆辛沉吟片刻，回答："访友。"

韩冰愣了一下，答应第二天过来交接装修事宜，并说要将此事汇报总部。毕竟陆辛是六级特殊人才，出城也是大事，总部需要知晓。

"单兵这次出城是为了什么？"得知陆辛要出城的消息后，陈菁微微皱眉，"上次他以探亲为由出城，却在中心城破坏了黑台桌的造神计划。这次他说要去访友……"她没说完，但明显非常担心。

"是有关地狱的事。"白教授回道，"研究院想对地狱下手了。"

"地狱？"陈菁微微一怔，"你是说我们刚收到消息的亡魂国度？"

"对我们来说是刚收到消息，但实际上，它已经存在一段时间了。"白教授说，"虽然我们没有证据，但想想就知道，那个为灵魂提供栖身之所的地狱是火种与混乱之地众多教派联手打造的。多年来，它在火种的庇护下隐介藏形，如今却闹得沸沸扬扬的，我想这代表了火种的态度。预见二次降临的人应该不少，说不定火种是在提前做准备。"

陈菁担忧道："他们就不怕引发巨大灾祸，让所有人陷入万劫不复的境地？"

"在天国计划初阶段实验成功前，也有人觉得我们青港城是在玩火。面对危机时，总得有人迈出激进的一步，这也是一种勇气。"

"那我们……"

"这件事我们青港城不插手，继续推进天国计划才是最重要的。"白教授摇了摇头，神色冷淡，"必须承认，虽然天国计划让我们领先许多，但与研究院和火种这样的庞然大物相比，我们的基础仍然很薄弱。所以，我们看着就行。对研究院来说，没有什么比解开红月的秘密更重要。能吸引他们注意甚至亲自出手摧毁的，一定是让他们感受到威胁的东西。只是我没想到，他们这次的手笔这么大！那个俱乐部里的都是怪物，哪怕只有几个人凑到混乱之地，场面也会很热闹。"

陈菁听完，有好多问题想问，但她忽然想到一点，眼神古怪地看向白教授："你怎么知道这么多？"

白教授顺手将一个黑色通信器放进抽屉，笑道："我看到的。得是多有钱的人，才会为了请一个人参加聚会，直接给五百万元啊？这么大方的人组织的聚会一定很有趣吧？"

陆辛一边收拾东西，一边估算着时间。聚会十二号举行，扣除路上的时间和准备时间，看来明天一早他就得动身了。他回头看了看妹妹和父亲，觉得没必要特意跟他们说了。贪玩的妹妹肯定愿意跟他去，而父亲也总是黏着他。他想起还没回来的妈妈，心里有些犹豫。就在这时，电话铃声突然响起，妹妹和父亲分别从天花板和厨房里探出头来。

陆辛拿起电话，听到了妈妈的声音："你要去和朋友聚会？"

陆辛愣了一下："嗯。"

"咳咳，去吧，也该去看一眼了。"出乎陆辛意料的是，妈妈不仅没有阻止，而且爽快同意了。正当他感到喜出望外时，他忽然察觉到妈妈的声音虽然依旧温柔，听起来却有些虚弱，而且她刚刚还轻咳了两声。

"你受伤了？"陆辛的脸瞬间冷了下来。

妈妈沉默了一会儿，忽然轻轻笑了一声："没事呢，不用担心。你先出发，我会在那里跟你会合。"

挂掉电话后，陆辛的脸色依旧冰冷。

正在三楼装修的工人忽然感觉墙面开始斑驳扭曲，仿佛一个人的脸因愤怒而扭曲变形。

"不是说这只是一栋普通的老楼，很安全吗？"几个工人感到一阵恐慌，"这是什么情况啊？"

第八章

前往火种城

陆辛做好了所有准备，两天后启程赶往混乱之地。原本他打算即刻动身，但韩冰得知他即将远行后，再次履行了信息专员兼生活助理的职责，不仅为他整理了一份物资清单，还让特殊武器研发部花一天时间对他的越野车进行了改装。改装后的越野车看似没什么变化，分量却重了不少。

受陆辛所托，韩冰负责在他走后盯着老楼的装修工作。她第二天就请假来到二号卫星城，郑重地从陆辛手里接过那串挂着骷髅小挂件的钥匙。那一刻，韩冰心里沉甸甸的——这可是单兵家的钥匙啊！

一切准备就绪，陆辛拿到出城许可，踏上了这趟地狱之旅。临行前，他和陈菁通了个电话，确定了回来的大致时间，并再三确定这次不用壁虎跟着。从金钱角度考虑，这次只是线下聚会，而且报酬只有五百万元，壁虎去了不好分。此外，陆辛知道这次旅途可能会有危险。再说了，这时谁能找到壁虎？就连陈菁也只知道他现在就躲在二号卫星城清河小区B栋一单元702房间左手次卧的柜子里。

越野车驶过钢铁吊桥，咆哮着向前飞驰。陆辛现在也是个老司机了，有驾驶大卡车从黑沼城一路开回青港城的经验，因此普通路段他不需要妹妹帮忙，只有在急弯难走的地方才会请妹妹出手。

有吃有喝，前方有钱。除了有些想念壁虎的单口相声，陆辛感觉各方面都挺好的。他从眼镜里调出前往混乱之地的地图，一路上昼行夜宿。在聚集点加油时，他严格遵守规矩。在路上遇到劫匪，他先跟人讲道理，再杀了埋掉。

如此连续行驶了四五天，陆辛终于抵达了混乱之地的边缘。

陆辛提前做过功课，知道混乱之地的可怕。因为火种公司的放纵，这里是一片法外之地，有着大大小小的聚集点、五花八门的教派和横行的骑士团，战乱不断，贫穷而野蛮。作为一个在高墙城生活惯了的老实人，陆辛来

第八章　前往火种城

到这里，当然要格外小心。

随着深入混乱之地，左眼镜片上显示的地图开始变得混乱。这大概是因为联盟与混乱之地不属于同一方势力，难以采集完整的路况信息。但地图能大体指引方向，已经很不错了。

驶入混乱之地后，陆辛遇到了几拨人。他们有的在农田里，有的在果园边，看到有车过来，便停下手里的动作，木讷地盯着车里的人。陆辛听说混乱之地是个充满恐惧的地方，但他从这些人脸上看不到恐惧，也看不到软弱。

有一次，陆辛想停下来问路，但他刚放缓车速，对方立刻从背篓里掏出了一把冲锋枪。他急忙加速离开，并打定主意，在这样危险的地方，能不与人打交道就不打交道。

出于这种考虑，陆辛连油耗都精打细算起来，只为尽快赶到目的地参加线下聚会，并找德古拉讨回三百万元尾款。没想到，他这单纯的想法很快就破灭了——越野车陷进沟里了。这不能怪他，明明地图上显示的是条大路，实际上却坑坑洼洼的；明明前面有那么大一条沟，地图上却没有任何提示。沟里满是淤泥，他踩了半天油门，车却越陷越深。无奈之下，他只好向妹妹求助。

"哥哥，你是对准沟开过去的吗？"妹妹先开口嘲讽了一句才过来帮忙。她用很轻松的姿势握着方向盘，结果转了半天也没用。

"妹妹，你也很不舍得这条沟啊！"陆辛本来不太开心，但看见妹妹也没能开出去，心情莫名又变好了。他一边笑着，一边下车查看，发现两个前轮都陷在泥里，完全使不上劲。他很快就明白了，眼下需要的不是蜘蛛系精神能力者，而是一根撬棍。

自从上次用撬棍干了件娃娃都做不到的大事，陆辛的后备厢就一直放着一根撬棍。但他取出撬棍，忙活了半天也没动静。他直起腰来，看见远处田里有不少人踮着脚在看他。

"老乡，"陆辛朝他们大喊，"能过来帮忙抬一下车吗？"

在这个以混乱著称的地方，陆辛并不相信他们的品德，但他没办法了。没想到，他一喊完，立刻走过来十几个壮汉，他们齐心协力，很快把车抬出了泥沟。

陆辛很感动，急忙拿烟发给他们："谢谢老乡，太感谢你们了！"

一行人都很淳朴地摆手说不用，还热情地说："哎呀，客人，你这车硌得底盘都弯了！走走走，跟我们回村，我们帮你修一下。你瞧，这轮胎都扎了好几根钉子了。"

陆辛婉拒道："没事的，还能开。"

"客气什么？我们村很近的，几步路就到了！"

"就是！就算不修车，总要洗洗吧？你看这车都脏成啥样了？"

"天都快黑了，赶夜路不好，去我们村里歇一宿吧！"

村民们实在热情，陆辛很难拒绝。天确实快黑了，他本来也打算在附近露宿的，便答应了去他们村里修车，再休息一晚。

一群人这才从车前散开，还找了个大姑娘坐在副驾驶位上陪着。

"哎呀，哥哥，你长得真俊！"扎着麻花辫的大姑娘拿着锋利的镰刀，羞答答地看着陆辛，"哪里来的呀？"

"青港城。"

"有对象了吗？"

"暂时还没有。"

"想找吗？"

"这得跟家里人商量一下。"

"家里人在哪儿？领俺见见呗。"

"我说他们就在你身后看着你，你信吗？"

"……"

村子果然不远，在麻花辫姑娘的指路和村民的引领下，陆辛很快就驶了过去。远远看到车灯光，村里的人立刻打开由粗木做成的栅栏，放陆辛进去。远处还有人敲锣打鼓，身高接近两米的村长带人迎了出来，热情地握住陆辛的手："欢迎远道而来的客人！我们这里好久没来外人了。快给客人洗车、拔钉子，好吃好喝的都送上来！"

陆辛被热情的人群送到路边的空房间里，各种吃的都端了上来：白米饭、黑窝头、腌咸菜，以及珍贵到小孩一看就馋得流口水的肉肠……

陆辛心里有些意外："混乱之地好像跟传说中不太一样啊，明明民风很

第八章 前往火种城

淳朴。"

他盛情难却，便该吃的吃，该喝的喝。见他并不虚伪客套，村民们也很开心。吃完后，村长立刻给他安排了住处，铺上了新被子，还把村头的寡妇叫了过来。

陆辛都不好意思了，连忙道："寡妇就不用了。吃的喝的，还有修车、洗车的钱，你们该算多少就算多少，我不能占便宜。"

"哎呀！"村长大手一挥，严肃地说，"客人说什么呢？出门在外，谁还没个难处？该帮的，咱们就帮一把，对不对？钱不用急着给，先请客人看看我们村里的特产。赶紧的，你们几个，把咱们的特产拿出来让客人瞧瞧！"

村民们似乎早就准备好了，村长一喊，远处立刻响起纷乱的脚步声。看热闹的女人和小孩让出门前的空地，十几个壮硕的小伙子怀里抱着冲锋枪，身上缠着一圈圈子弹，在门前站成整齐的一排，热情又期待地看着陆辛。

村长笑道："客人您瞧瞧，这些特产怎么样？我们这村子，别的东西没有，就是枪和子弹有不少。"

"这看起来很不错啊！"陆辛忍不住称赞道。谁能想到这个小村子里居然藏着一个小型军火库？

村长笑眯了眼，似乎很满意陆辛的反应。他扫了一眼杯盘狼藉的饭桌，从身后拿出一个破旧的小算盘。

"不过，这样的东西我也有。"不等村长开始打算盘，陆辛便笑着拎起随身带的黑色背包，从里面拿出一把左轮手枪，放在桌上。

村长低头看了一眼，笑着说："不错。不过，你的特产比我们少很多啊。"

"我还有呢。"陆辛笑着拿出越野车新配的电子遥控钥匙，按下上面的红色按钮。只听"嘀"的一声，被村民们洗得锃光瓦亮的"钢铁怪兽"忽然快速后退到房门前。下一刻，"咔咔"几声，几根黑黝黝的集束枪管从车顶和车头伸了出来，仿佛一只只怪异的眼睛，死死地盯着周围的人。自动弹开的后备厢里，一只银色的电子机械狗站了起来，从它身体里弹出的枪管左右转动，似乎在寻找瞄准点。

看热闹的人瞬间躲到四周的房间里，在门后探头探脑地打量那辆车。那十几个抱枪的小伙子也被吓住了，如临大敌般举枪瞄准车。

"这……"村长一阵语塞，脸上的老人斑微微颤抖。

陆辛看着他，笑道："我的特产看起来还不错吧？"他也没想到，特清部只用了一天时间，就把这辆越野车改装得如此豪华。他不得不承认，在懂行的观众面前出其不意地亮出值得炫耀的东西，然后欣赏他们又羡慕又害怕的表情，感觉真的很不错！

"挺好，挺好！"村长愣了几秒才反应过来，尴尬地笑道，"客人的东西比我们好多了。"说着，他开始训斥那群小伙子，"赶紧把东西收起来，比比画画的不丢人吗？"

小伙子们如蒙大赦，急忙收起枪，一路向村子里跑去。

"不管怎么样，太感谢你们了。"陆辛感激地看着村长，"你们帮我抬车、洗车、修车，还拿出这么多吃的招待我，这里真是我见过最热情的地方之一了。不过村子里也不容易，这些小意思请你一定要收下。"说着，陆辛从背包里摸出两张五十元纸币，刚要递过去，又收回一张。

看到陆辛的动作，村长的表情有些呆滞，但很快笑道："不用了不用了，顺手帮一把的事，值个啥？"

"不行，你一定要收下，不然我心里过意不去。"

"哎呀，客人你太客气了！"

"应该的，应该的！"

经过一番推让，陆辛坚持把五十元塞进了村长手里。再吃东西时，他就没什么心理负担了。

他顺势打听道："这里的路不好走，地图也是乱的。我本来想去火种城，结果顺着路跑了几十千米，再一看地图，好像更远了。村长，从你们这里去火种城，通常走哪条道啊？"

"火种城？那可是内城啊，得走货道。"村长一听，摇头说道，"你确实走错道了。如果从青港城过来，直接上A线货道，顺着货道过去，直奔东区那几个大城，就能顺利到火种城了。我们这里属于西边荒地，走小道可不容易，你那车又太大了。我倒是可以告诉你货道该怎么走。"

"货道？"

"货道就是火种公司修的主干道，专门用来运输货物的，很适合跑大车，省油又跑得快。不过一般人不让上货道。如果你实在想上，就需要去代理人那里走申报、交过路费、拿批条的流程，然后就可以直接去火种城了。"

第八章　前往火种城

"这里还有这么好的路？"陆辛听了村长的解释，才明白混乱之地被火种开采公司以其摩天大楼为中心，划分出了核心火种城、周围的大小聚集点和东南西北四个大区——类似于四个大分公司。四个大区之外则是大片的荒地，即"混乱之地"，虽然名义上属火种管辖，但平时火种的人根本懒得理会。混乱之地被分成一个个小区域，每个小区域都有一位代理人，替四个大区收购材料、分销物资等。所谓的货道则是火种独占的内部交通网络。

"这样看，想顺利前往火种城还真不容易。"陆辛认真地思考着。其实他今天挺幸运的，遇到这样一位明事理的村长，避免了很多麻烦。如果他继续走小路，一是可能再次陷进沟里，二是类似的敲诈和打劫恐怕不会减少。他不见得每次都能遇到像这位村长这么明事理的人，万一有人想杀他，他为了公平就得杀回去，那岂不是要杀很多人？他不喜欢杀太多人。

"这么说，我也可以去找代理人？"陆辛问。

"可以啊，只要有钱，代理人什么都给你办。"村长说，"不管是收税还是收过路费，抑或是哪里打架了，凡是荒地里的事，都归他管。唉，我们上次跟隔壁的聚集点打架打输了，被对方抢走了不少东西和婆娘，搞得我们现在连下一季的税都不知道该怎么缴。"

陆辛若有所思，忽然道："所以你们才想打劫我？"

"哪有？"村长理直气壮地说，"从技术手段上讲，这最多是敲诈，还未遂。"

陆辛好言相劝："这样做到底不太好，不管是抢劫还是敲诈，都是违法行为。"

"客人这话就不对了。"村长反驳道，"我们都活不下去了，还怕违法？"说着，他朝门口吹胡子瞪眼，"三愣子！你又吃石头了，快给我放下！"

陆辛看见门口蹲着一个流鼻涕的小孩，正拿着一块石头，一边舔一边看着桌上的肉肠，两只眼睛直放光，仿佛看一眼就算尝到了。

陆辛有些于心不忍，拿了根肉肠递给他："给你吃。"

村长刚要阻止，那小孩快速跑过来抢走了肉肠。看着他狼吞虎咽的样子，陆辛的心情顿时好了起来。

"你这……"村长不知该说什么，仿佛陆辛做的事让他很为难。

陆辛很快就发现了个中原委。那小孩拿走肉肠后，门口立刻挤满了小脑袋，全都可怜巴巴地看着陆辛。陆辛转头看到村长已经把肉肠收起来了，就连窝窝头和粗面饼子也不例外。

"小气样儿！"陆辛不满地看了村长一眼，然后去车里搬出一箱牛肉罐头和面饼放在门口。

"自己拿吧！"看着孩子们蜂拥而上，手里拿、怀里揣的样子，陆辛感到十分满足。

村长看着这一幕，似乎感觉到了陆辛对他的不满，讪讪地放下窝窝头和粗面饼子，叹了一口气："谁也不想让娃娃们饿着呀，但你不知道，代理人收起税来有多狠。骑士团来抢东西时，他们又不管，但该收的税一分也不少。本来地里种的这点东西就不够我们吃了，还要全交给他们，结果交完一算，还欠他们不少。活不下去了能怎么办？当然得想办法搞些吃的。但我们还是很守规矩的。"

听到最后一句话，陆辛觉得有些好笑："你们都开始敲诈了，还守规矩？"

"那当然了！"村长自豪地说，"客人来了咱村，咱该帮忙的帮忙，该照顾的照顾，不管吃的喝的，还是想整好看的节目，咱都尽可能满足。最后不管客人身上有多少钱，咱抢完也给人留些路费，好歹能让他们活着回去。你说，咱是不是规矩人？"

陆辛听完，怎么感觉村长的话还挺有道理的？都活不下去了，抢一点、敲诈一点也能理解吧？他们还能留一点底线，似乎确实算是守规矩的人了。

感觉莫名听到了深厚的人生哲理，平时不爱说话的陆辛渐渐打开了话匣子。两人你一言，我一语，很快就聊成了很好的朋友。村长不但详细地跟陆辛说了这里的情况与规矩，还给他指明了去代理人那儿的路。冲着村长的这份热情，陆辛离开时多留了五十元钱。

临走时，村里好多人都热情地来送陆辛，村长还亲自带人送他走了一段路，以免他又陷进沟里。毕竟沟都是他们挖的，他们很了解其分布情况。

到了分别时刻，村长关切地叮嘱陆辛："客人，你要记得，到了代理人那里，一定要守规矩，不该说的话不要说，不该办的事不要办。你这点'特产'在人家那里不算什么，千万不能耍小聪明，按规矩办事才能活得久！"

"好的，你放心。"陆辛笑着向村长保证，"我一直很守规矩。"

说完，他挥手和他们说再见，带着极好的心情赶去代理人处。

第八章　前往火种城

"姓名？"

"陆辛。"

"从哪里来的？"

"青港城。"

"什么身份？"

"青港城二号卫星城深度商务公司业务部最年轻的主管。"

"嗯，去哪里？"

"火种城。"

"做什么？"

"收尾款兼访友。"

陆辛来到代理人处，发现这里跟他想象的不太一样。一群持枪的人驻扎在代理人公司的大铁门边，专门给普通人批条。前方不远处是高大的哨卡，哨卡后面便是平整宽敞的货道。交完钱拿到批条就可以上路了，于是陆辛老老实实地排队、交钱，并回答相关负责人提出的一系列问题。

负责检查陆辛这辆车的是一个歪戴着帽子、怀里抱着枪的中年男人，他嘴里叼着陆辛刚才给的烟，胸前的扣子上下都没对齐。他一边懒洋洋地询问陆辛各种问题，一边打量他的车。

"有没有官方身份？"

"官方身份？"陆辛摇头，"没有。"他在青港城属于特殊污染清理部，但特殊污染存在的事并未真正公开。另外，他这次出来并非公干，自然不能使用官方身份。

"没有官方身份？"歪帽子看了他一眼，"那你有没有信仰？"

"信仰？"混乱之地派别复杂，看来信仰也成了一种身份象征。陆辛倒是和"真实家乡"的信徒打过交道，但那跟信仰不沾边。他沉吟了一下，坦承地说："没有什么信仰。"

歪帽子似乎有些意外，又打量了陆辛一眼，继续问："在我们这儿有熟人吗？"

陆辛下意识想到那个接近两米高的村长，不过他不记得村长的名字了。

见他语塞，歪帽子奇怪地笑了一下，低头看了看单子上的记录："你一个人开车过来的？"

陆辛道："犯法了？"

"不犯法，"歪帽子开心地笑着，"我们就欢迎你这样的。"他轻轻踢了两脚陆辛的改装越野车，"里面没有违禁品吧？"

"没有。"陆辛立刻否认。他可不是那种人。虽然改装越野车里藏了不少枪，但枪在荒野上不算违禁品。

问完问题，歪帽子围着车走了一圈，就算是检查过了。然后他直接道："三千。"

陆辛一时没反应过来："什么？"

对方吐了个烟圈："过路费三千元。"说着摊开手，上下一晃动，"交了钱，领条子，再上路。"

"啥玩意儿？"陆辛难以置信地问，"怎么了就三千元？我只有一个人一辆车，没带什么货物，也不是去做生意，过路费居然这么高？"

"是呀。"看到他着急的样子，歪帽子笑得眯起了眼睛，"正因为你只有一个人，又没什么官方背景，更不属于什么教派，甚至在这里连个熟人也没有，我才收你三千元的。你下次再过来，就算是有熟人了，直接找我能打折。"

"你……"陆辛心里有气，却强压下来，保持平静，试图讲道理，"这不符合你们的规定吧？"

既然火种有代理人批条子的规矩，陆辛相信他们对过路费收多少、怎么收，肯定有一套标准。单人单车上个路而已，怎么可能收这么高的费用？

面对陆辛的质疑，歪帽子板起了脸："老子说的话就是规定。"

陆辛很不喜欢这种不讲道理的人。他沉吟片刻，退让了一步，又拿了根烟递过去："队长，通融一下嘛！我身上真没那么多钱！"

"呵呵，开这样的车，你说身上没钱？"歪帽子看了一眼改装越野车，意味不明地笑着说，"车不错。"

陆辛明显没听懂。

歪帽子冷笑了一声，向远处点了点下巴："看到那边没有？"

陆辛看过去，只见墙边堆着一辆辆破旧的车，有的轮胎都干瘪了，有的只剩下空壳。

歪帽子笑道："你要非说没钱，咱也不难为你。把你这辆车留下来，从那边挑一辆能开的车开走，就算是你交过路费了。"

第八章　前往火种城

"这怎么行？"陆辛把递过去的烟拿了回来，叼在自己嘴上，然后从黑色背包里拿出手术刀送的复古打火机，点着烟。

一看到那个打火机，歪帽子眼睛都直了。

"你这就有点过分了。"陆辛慢慢地说，"不能过个路还要我的车吧？"

歪帽子乜斜着眼睛："那你想怎么样？"

"我希望你能按规矩办事。"

"我说的话就是规矩。"歪帽子的脸色瞬间变得阴冷，一拉胸前的枪，对准陆辛，冷笑道，"给你机会了，你却装不明白，你猜墙边那些没人要的车是从哪里来的？"

陆辛抬头看了一眼枪口，并没有躲避，而是很认真地说："你一定要这样的话，我就要向你的领导投诉了！"

歪帽子明显迷茫了一瞬，旋即大笑一声，转头喊道："队长。"

不远处，货物堆起的小山上，一个戴着墨镜的男人正在和别人打牌。听到喊声，他和他的牌友都看了过来。

歪帽子笑道："有人要举报我。"

陆辛立马道："领导，他要收我三千元的过路费，不然就扣我的车。"

那个戴墨镜的男人愣了一下，没回陆辛的话，而是吐掉嘴里的烟头，跟歪帽子说："别废话，你知道规矩，待会儿拿两千元过来。"

"好的，队长。"歪帽子点头哈腰，然后看向陆辛，"你听到了？你这一举报，我的三千元变成一千元了，所以你的过路费就从三千元变成五千元了。"说到最后，他眯起了带着些血丝的眼睛。与此同时，有好几个人笑着从四周凑了过来，有人把玩着手枪，有人直接抄起一根木棍，还吹了吹木棍上生锈的铁钉子。那铁钉子上有些暗红色的粉末，不知道是不是干涸的血迹。

气氛说变就变，太阳底下，一种危险的气息正在弥漫。

"这样的话……"陆辛似乎经历了一番艰难的思索，然后才说，"我可以不走这条路吗？"

说话间，陆辛看向歪帽子，仿佛在做最后的祈求。

歪帽子张口就要骂人，但陆辛忽然抬手制止了他。

"不用说了，我明白。"陆辛指了一下越野车，"我上去考虑一下，行不行？"

歪帽子以为陆辛要去车里拿钱，加上周围路障那么多，他根本就不怕陆

245

辛做什么，于是同意了，只是握紧了冲锋枪，枪口对准陆辛的后背。

陆辛坦然地拉开车门，坐了上去。

"呵呵，规矩讲不下去了，你打算怎么办？"车后座上，父亲阴冷中带着点幸灾乐祸的声音响起。

"规则是人类智慧的结晶，遵守规则就能很好地活下去。"陆辛一边插车钥匙，一边有些疑惑地说，"但这么好的东西，他们怎么不珍惜呢？既然活都活不下去了，抢点也不过分，那不给人活路的规矩，不去遵守也是合理的吧？"说着，他狠狠踩下了油门。

不耐烦的歪帽子听到车子发动声，顿时大吃一惊，立刻举起冲锋枪："你想干什么？"他身边的人也纷纷端起枪指向越野车，同时大喊："快停车！上路障，准备拦截！"

话音未落，越野车已经猛冲过去。

"这人疯了吗？居然真想闯过去！"

"为三千块钱连命都不要了？"

越野车的动静吓坏了众人，他们扯着嗓子大叫，脸色大变，毫不犹豫地扣动了扳机。

陆辛的车本就是火种集团的顶配战斗车，车身是厚重的钢板，玻璃也防弹。尽管子弹如雨点般打来，也只在车身上留下些许白痕，唯一受损的只有油漆。

"明明是五千块！"陆辛不服地纠正，继续猛踩油门，车子冲了过去。

歪帽子躲避不及，被车身擦到，摔出去四五米远，撞到了墙上。

在妹妹的帮助下，陆辛以车头为原点，极限甩尾，迅速掉转方向，冲向代理人公司的大铁门。此时，有人正急着拉上铁门，但才拉到一半，越野车就撞了上来。车子如野兽出笼般冲出，铁门被撞得剧烈晃动。

陆辛再次急打方向盘，车轮擦出白烟，伴随着焦煳味，径直冲向货道哨卡。

"这是个疯子吗？"坐在货堆上的队长看到这一幕，急忙命人追赶，同时用对讲机通知哨卡那边拦截。所有武装人员纷纷钻进车里，或挂在车上，大呼小叫地追了上去。

哨卡前已放下栏杆，警戒带横在道路中间。一排武装人员迎面冲来，黑洞洞的枪口对准越野车。空气里弥漫着硝烟与火药味，让人肾上腺素飙升。

"这就是你的主意？"父亲和妹妹既吃惊又兴奋，"你直接闯过去，也算遵守规则？"

"我是尊重规则。"陆辛握着方向盘，认真回答，"他们的规则有问题，盲目遵守反而没有出路。所以，破坏就是尊重这个规则的唯一办法。"

说话间，车子距离哨卡只剩五六十米。看到地上的拦路钉和那排举枪的武装人员，陆辛用力踩下刹车。越野车滑行十几米后停了下来。

身后响起噼啪的枪声，一辆辆车蜂拥而来，堵死了后路。

"受规则保护的坏人，还有不受规则保护的好人……"陆辛看了看前方，又看了看后方，低声自语，随后按下一个隐蔽的按钮。

车顶和车身的钢板收缩，一挺挺多管转轮机枪如机械臂般伸出，搭在卡槽里，枪口指向前方，开始转动。后备厢内，一个金属盒子弹出四条机械腿，中间的红灯亮起，枪管对着后面的车左右扫动着。

"我还是更喜欢那个村子的人。"陆辛说完，又按了一下按钮。

子弹如愤怒的火雨一般倾泻而出，路障和栏杆瞬间被打断，地面尘土飞扬，形成一条虚线，径直扫向前方。

哨卡的武装人员被密集的子弹吓破了胆，或扔下枪支躲到掩体后面，或直接举手投降，混乱的叫声被子弹的呼啸声淹没。后面，机械狗不停射击，地面被轰成碎片，仿佛在追赶的车辆前划出了一条不可逾越的鸿沟。

"啊哟！"

"快逃！"

"妈呀！"

一连串的大叫声里，追赶的车辆急忙刹车，像无头苍蝇般栽向路边。

子弹呼啸了不到三十秒，就让这个世界彻底安静下来了。

陆辛再次按下按钮，微微发红的枪管一根根收回车身。后备厢里的机械狗打完三百发子弹，也自动熄灭红灯。

改装越野车恢复了最初的样子——高大、沉默、威严。

陆辛没有伤人，子弹也没有打向人，但周围已经没人敢探头看这辆车。无形之中，原有的规则已被摧毁。

在一片沉默里，陆辛的车从满地弹壳中驶出，安然通过了哨卡。

"终于走上了货道！"陆辛看着前方笔直平整的马路，感到十分满足。

"直接这么闯上来，你就不怕惹出更大的麻烦？"后座上的父亲低声开口，语气多了几分认真。

"我为什么要害怕？"陆辛理直气壮地回答，"是他们先破坏规则的，害怕麻烦的不应该是他们吗？"

"疯子！疯子！"看着改装越野车驶过哨卡上了货道，那些武装人员才颤颤巍巍地站起身。刚才那如同死神呼啸般的震颤感让他们面如死灰，以至于没有一个人有勇气喊出"追他"之类的话。两方的火力差距实在太悬殊了！那辆改装越野车的火力，恐怕连火种公司专门的作战车也比不上！

"队长，我们要不要……"过了好一会儿，才有人心有余悸地问。

"不要！"队长摘下墨镜，眼中既有凶狠又有畏惧，"五分钟后，我们再追！这疯子为什么要直接闯上货道？他不知道在货道上，随时可以被火种的人拦截吗？"说着，他命令手下拿来对讲机。他们可以五分钟后再追，但汇报工作不能耽搁。

"有人闯关，重复，C2货道清河路哨卡有人闯关，驾驶黑色改装越野车，车上配有重武器。重复，重武器！"

有人闯进了火种开采公司的交通网络，这件前所未有的事立刻传到了火种各个重要部门。火种公司北区B1至D4线路的保安队总指挥接到这个消息后，还有些不敢相信。当他看完发送过来的监控视频，并得知那辆改装越野车正向他这边驶来时，他下意识怒骂："什么毛病？最近怎么冒出这么多神经病？"

闯哨卡进入火种内部的交通网，跟猎物主动钻进蛛网有什么区别？

一名保安队员问："怎么处理？"

"堵住他，然后杀了。"总指挥几乎气笑了，"这年头，神经病都扎堆出现的吗？先是D4那边有人让一个镇的人疯狂跳舞；再是B3那边有人冒充火种的高管，骗保安大队一路护送自己过去；还有胆大包天的神经病，把整整一节车厢的垃圾当成贵重材料卖给西大区……如今又来了个直接闯哨卡的。疯了，疯了！"他狠狠摔了手里的杯子，"就这个，一定要把他堵住！杀鸡

第八章 前往火种城

傲猴，给那些不安分的人瞧瞧！"

奔驰在宽敞平整的大路上，陆辛感觉心胸瞬间开阔了。虽然他知道贸然闯进货道，等于进入了对方的内部交通网，必然会面临大量围追堵截，但他没有任何压力。毕竟他没犯什么错，而且轮子下有大路，前方有钱，这不是很好吗？想通这个道理后，他加快速度向前开去。左眼镜片上没有详细的道路信息，但他依稀能分辨出从这里到火种城大概有八百千米的直线距离，算上道路的曲折，起码要开一千千米。如果中间不耽误时间，一天左右他就能到。想到那三百万的尾款就在前方，他的心情变得更好了。

然而，计划得再好的行程，也总会出现麻烦。陆辛原本打算不惹事，老老实实地赶赴目的地，但路上还是栽进了沟里。如今他在大路上行驶，前方服务区又出现了一群黑压压的武装人员来拦路。

这群武装人员起码有二十人，身穿统一的制服，手持武器，躲在临时搭建的掩体后，瞄准陆辛的车子驶来的方向。还有戴着肩章的人拿着大喇叭喊道："前方车辆，立刻停下来接受检查！我们是火种公司西大区交通道路执法队C大队，奉命前来维持交通秩序。你已违反火种秩序，立刻停车接受检查！"

"哥哥，这回你需要我帮忙吗？"妹妹出现在方向盘旁边，脸贴在挡风玻璃上，满脸兴奋地向外看去。父亲也出现在后座上，望着前方黑压压的人群，发出阴冷的笑声："既然闯了关，就不介意我帮忙了吧？"

"不用。"陆辛拒绝了两人的提议，对妹妹说，"你连车掉沟里都开不出来，能帮什么忙？"然后看了父亲一眼，"你动起手来没个轻重的！"

父亲和妹妹向他投来四只白眼。

陆辛一直没减速，前方的武装人员明显紧张起来。他们收到了代理人的汇报，知道这是一头有着"重火力"的"钢铁怪兽"。眼见对方仍然向前开，他们立刻抬起手，准备开火。

陆辛甚至看到有几个人举起了火箭炮。

"火力很强啊！"他拿起黑色背包，往挡风玻璃下一倒。五件寄生物品聚在一起，分别是十二阶魔方、带血迹的黑色扑克牌、表面有划痕的六识脸谱、在背包里待了几天居然安然无恙的记忆沙漏，以及他的眼镜。

"该你们表现一下了。"陆辛嘱咐了一声，旋即踩紧油门，突然加速，越野车咆哮着向前冲去。

"不好，他闯过来了！"

"真是个疯子啊！"

前方的堵截人群一阵骚乱。指挥官大喊："开枪！"瞬间，子弹如雨，成片的火舌喷涌而出，铺天盖地射向陆辛的车。

刹那间，时间仿佛停止了。车里的气氛变得异常微妙。妹妹的小脚丫慵懒地伸到方向盘上，父亲敢怒不敢言地看着陆辛。五件寄生物品暗流涌动，仿佛在进行激烈的交流。

就在子弹即将射中越野车时，忽然响起威严的犬吠声："汪汪！"

陆辛感觉眼镜微微一颤，在他的视野中，一条浑身没皮、血淋淋的恶犬从车头上空跳了出去，直接扑进对面的人群之中。它一边恶狠狠地撕咬着所有人，一边发出凶残又愉悦的叫声。

一种异常的情绪瞬间从那群武装人员心中涌起。他们没看到什么没皮的恶犬，也听不到犬吠，甚至被咬到时都没有任何疼痛感，只是心里生出了无数怪异而混乱的情绪。

指挥官见越野车直接冲了过来，有一种强烈的被轻视的感觉，愤怒地大叫着："敢直接闯过来？这是看不起我们啊！不许躲，给我顶上去！"

但他的手下并没有听令行事。有人对这个命令产生了厌恶情绪，好像受了极大的委屈：那个王八蛋，平时作威作福也就罢了，这会儿居然下令让别人拿命堵车？他们二话不说，转头就拿枪指着指挥官："你怎么不自己顶上去？"

有人忽然扔掉枪，捂着耳朵尖叫："怎么可以开枪？你们太残忍了！"

有人挥拳朝同伴打去："午饭时抢我红烧肉，你以为我忘了？"

混乱像引信引爆炸药桶般突如其来，一排排枪瞬间哑火，高高举起的火箭筒也一一掉落在地。武装人员自己打成了一团，没人顾得上陆辛的越野车。眼镜狗趁乱冲过去，清理了拦路的障碍。

下一刻，越野车重重地撞在沙袋堆成的掩体上，沙子四溅。在一片尖叫与大吼声中，它径直冲了过去，留下一股混乱的尾气。

冲回车内的眼镜狗蹲坐在副驾驶位上，兴奋地舔了舔陆辛的胳膊，然后向另外四件寄生物品大叫。

第八章　前往火种城

"做得很好！"陆辛一边驾车，一边看向另外四件寄生物品，"学会了吗？"

那四件寄生物品没有任何反应，车里的气氛既激昂又怪异。

随着越野车继续向前行驶，这条宽阔的大路很快变得热闹起来。车后方的混乱已经传到其他人耳中了，很快，更多车队从各个地方出发，驶上货道，疯狂地向陆辛冲来。远处甚至飞来两架直升机，正不断逼近。

"下方车辆，立刻停车接受检查！"直升机里传来断断续续的声音。

见陆辛的越野车没反应，直升机直接射下两排子弹，在车前车后掀起一片片地皮。灰尘、泥土四处乱溅，子弹打在车上，留下一个个深坑。

如果任由他们不停扫射，一段时间后，陆辛的车可能会被炸成碎片。他看了看空中的直升机，又看向前方黑压压的隧道，猛地减速，与后方车辆齐平，蜂拥着冲进隧道。

光线瞬间变暗，陆辛看向挡风玻璃下的五件寄生物品。在他的注视下，十二阶魔方开始颤抖，上面的黑白方块按不同轨迹运转起来。

极速穿过几十米长的隧道后，所有人同时惊恐地在对讲机里大吼："闯关的车呢？！"他们一路追踪的越野车不见了，周围全是一样的车，正一起向前驶去。

陆辛看了一眼十二阶魔方，满意地点了点头。

十二阶魔方"惊喜"地轻颤了一下，密集的黑白方块大胆地排列组合成一个笑脸，正对着陆辛，带着些许谄媚和讨好。

"我怀疑对方有伪装或隐身的能力。各小队注意，对方可能就藏在我们的队伍中……"直升机里的指挥官快速清点了下方车辆的数量，发现多了一辆车，马上下达命令，"立刻停车，进行自检！"

听到命令，追赶陆辛的武装车队立刻减速，只有一辆车依旧高速行驶。这足以判断其身份了。但与此同时，凶狠的犬吠声响起，武装车队居然又加速冲到陆辛的车旁，你追我赶。陆辛的车混在其中，被其他车掩护着，顺着货道夺路狂奔。

"为什么不听命令？"指挥官惊怒之余，冷静分析道，"难道他还有扰乱他人意志的能力？"

面对如此混乱的局面，指挥官一时难以决断。总不能直接发射导弹，连自己人一起消灭吧？他快速查看路况，当机立断道："断开前方的吊桥，阻断他的去路。其他人立刻赶往吊桥对面，务必将他拦下。"

陆辛的车在周围车辆的掩护下，一路向前疾驰。同时，他也在提防直升机的攻击。他不是不想用寄生物品去影响直升机，只是两者之间的距离超出了寄生物品的影响范围。但很快，他发现直升机忽然拉开了距离，似乎打算放弃追踪。

正当陆辛心生疑惑时，前方的一幕让他心头一紧——一座跨河而建的钢铁大桥的桥板正一截截地退回大河的另一岸，前路被硬生生断开了四五十米。

"火种公司居然建了这么一座厉害的钢铁大桥？"陆辛感叹之余，发现桥对面摆满了各种重型武器——黑洞洞的集束式枪管和一排排榴弹炮对准他的车，随时准备开火。空中的两架直升机降低高度，几枚悬挂式微型导弹蓄势待发。

陆辛深吸一口气，目光落在挡风玻璃下的黑色扑克牌上。

"他们为了抓我，真是下了血本啊！"陆辛有些无奈地感慨，"舍得花这么多钱堵我，却舍不得让我省点过路费。"

与此同时，黑色扑克牌好像被一只无形的手操纵着，飞快地在空中掠过，发出一声尖锐的呼啸。陆辛的越野车已经冲到断桥边缘，眼看就要栽进大河了。

桥对面的指挥官抬手准备下达发射指令，直升机驾驶员的手指已经按在了红色按钮上。后面的车辆急忙停下，以免被波及。下一刻，一层剧烈波动的空气以越野车为中心向四周扩散开来，将桥对面的武装部队也卷入其中。随后，这片区域短暂地笼罩在暗红色的光芒中，仿佛世界在一瞬间换了颜色，又在人们反应过来之前恢复原状。

电光石火间，一辆印着火种公司图标、车身贴着"执"字的车出现在桥头，而陆辛的越野车则凭空出现在桥对面，挤在那些武装车辆中间，结实而庞大的车身瞬间将周围的车辆撞得四分五裂。周围的武装人员被吓得大叫，胡乱地开起枪来。

借助黑色扑克牌的能力出现在桥对面的刹那，陆辛迅速说道："妹妹，你来开车。"

接着，他一把抓起挡风玻璃下的记忆沙漏，直视它道："看样子，就你

第八章 前往火种城

最不乖了。难道是因为你没挨过打？"

沙漏瑟瑟发抖，旁边的十二阶魔方、黑桃J扑克牌和眼镜都散发出幸灾乐祸的气息。

"下次主动点，否则就把你冲进马桶里！"陆辛一边说，一边用力晃动沙漏。

沙漏瓶发出的沙沙声响彻四方。堵在桥头的军队和直升机驾驶员都听到了沙子碰撞瓶壁的声音，随后，他们的脑子变成了一团糨糊——他们为什么在这里？他们要做什么来着？为什么手里拿着枪？为什么众人的脸上一片惊慌？数不清的疑问涌上心头。

趁着他们陷入混乱，陆辛的车悄无声息地冲了出去，一路向前。

"这些寄生物品都很厉害啊！"陆辛将沙漏扔到一旁，没注意到里面的沙子少了很多。

眼见火种公司的拦截越来越激烈，出动的人也越来越多，陆辛满脸笑容地抱怨道："哎呀，他们的拦截何时是个头呢？"

"哥哥，你变了。"妹妹的表情有些委屈，还有些伤心。

陆辛心虚地问："哪里变了？"

"以前你会先让我玩开心，现在你把好玩的都给了别人。"

陆辛有些无语地看向后座上的父亲："你看看，这是不是太不像话了？"

"呵呵。"父亲只是冷笑一声，并不参与这个话题。

陆辛的越野车连闯几道关口，随着夜幕缓缓降临，消失在前方那条笔直的大路上。

与此同时，火种公司交通执法队内部被无数加急汇报淹没，内容无一例外都是关于那辆闯进内部交通网的越野车以及它带来的怪异现象。

内部交通网保安大队长看完监控录像后，沉声下令："C级执法队携带的精神检测仪捕捉到了闯入者的精神辐射痕迹，说明对方是一名精神能力者。目前已知他拥有扰乱他人意志、伪装、与一定距离内的事物进行位置交换，以及通过怪异声响让人短时间内无法集中注意力的能力……至少要将闯入者当成三阶精神能力者对待，警戒等级提升为B级！将这一情报汇报给公司，请求出动一级反应部队！"

大队长只有申请火种公司二级反应部队支援的权限，但多年体制内的工作经验告诉他，事态不能保守估计，于是将情况描述得严重了好几倍。

当各种命令与汇报在火种公司内部满天飞时，陆辛仍在那条直通火种城的大路上加紧赶路。中途他又遭遇了几次小规模的阻拦，但有了几件寄生物品的主动出手，这些阻拦几乎没对他造成任何影响。现在，除非火种公司直接炸掉这条路，否则谁也拦不住陆辛。

狂奔了几个小时后，前方不再有人阻拦，路上甚至不见任何车辆，只有两架直升机远远地跟在后面。

难道对方愿意放他过去了？陆辛觉得不可能。他静下心来开车，很快便看到天边的红月下有一大片璀璨的灯光，那应该就是火种城了。

"咦？"妹妹把小脑袋探出车窗，好奇地看向前方。

后座上的父亲也猛地抬起头，眼里的血色隐隐加深。

"好玩的来了。"陆辛虽不如他们灵敏，却也能感受到前方的灯光里汇聚着一种难以形容的精神压力，仿佛一只蛰伏的野兽。

"这就是火种公司最高级别的精神力量吗？即使隔着这么远的距离，也能感受到压力。"

半小时后，前方道路上出现一座哨卡。钢铁吊塔仿佛将道路切成了两半，上面挂着一张巨大的网。

陆辛有些疑惑地放慢车速，同时打开远光灯，照亮那张大网。

妹妹立刻兴奋起来。

陆辛这才发现，那张大网足有七八十米高，由一个个人编织而成。那些人伸展着四肢，手脚彼此相连，一个接一个在空中铺展开来，形成一张规律编织而成的"蜘蛛网"。那些人都是活的，在远光灯的照射下，他们慢慢地眨着眼睛。蜘蛛网的正中间是一个金发女人，她目光慵懒地看着陆辛。

陆辛猛地停下车，欣赏这难得的奇观。这女人是如何将活人织成一张网的？是通过蜘蛛系的精神能力实现的吗？

"好厉害！"妹妹看呆了，"我喜欢这个！"她像找到了新玩具一样兴奋。

"可这个看着不怎么正经啊！"陆辛忍不住叮嘱妹妹，"不要学。"

妹妹没理他。

第八章 前往火种城

陆辛欣赏完，握住方向盘，正犹豫要不要冲过去，蜘蛛网上的金发女人慵懒地将一根棒棒糖塞进嘴里，然后爬了下来。

落地后，女人挺着胸膛，踩着高跟鞋走了过来。夜风将她的金发吹起，她的左眼戴着一只黑色眼罩。随着她的靠近，周围的空气隐隐变得黏稠起来。

陆辛通过挡风玻璃看着这个怪异的女人，正准备撞过去，女人忽然出现在他的车窗边，低声道："天王盖地虎？"

正准备大干一场的陆辛蒙了。他难以置信地看着这个穿着性感紧身裙、披着红色披风的金发女人，与她足足对视了三四秒才反应过来，压低声音回答："脱衣服跳舞？"

车里的妹妹与父亲都诧异地看向陆辛。陆辛也很无奈，暗号就是这样的，虽然他是个正经人，但也只能忍着羞耻说出来。

金发女人满意地点点头，露出可爱的小虎牙，向陆辛伸出手："你好，兄弟，我是德古拉。"

陆辛瞪圆了眼睛——在聊天群里像大爷一样的德古拉，为什么会是一个金发女人？

他礼貌地和她握手："你好，我是合家欢。"

"咦？"德古拉惊讶道，"原来是你啊！"

陆辛不好意思地点点头。刚加入俱乐部时，他的名字是单兵。德古拉说一定要取三个字的名字，和大家保持一致。本来他不想改的，但后来他坑了德古拉不少钱，心里多少有些过意不去，才满足了她的要求。幸亏他改了名字，不然这会儿见面多尴尬啊！

知道她的身份后，陆辛看着她的金发和精致的五官，觉得亲近了许多，连忙问："这是怎么回事？"

"我还想问你呢！"德古拉径直坐进后座，"你怎么直接闯进来了？"

"我是被逼的。"陆辛委屈地解释，"我来到混乱之地，发现只有走火种公司的内部交通网才能赶在聚会前到达火种城。没想到我去找入口处的代理人要批条，他们居然开了个天价，我只好硬闯了⋯⋯"

"呵，火种公司向来只追求利益，早就烂透了。"德古拉理解地附和道，"他们找你要多少钱？"

"三……"陆辛忽然说不下去了,叹了一口气,"反正很多。"

"无所谓了。"德古拉摆摆手,"能接到人就很不错了。你现在不要说话,直接往前开。"

陆辛看向前方:"那些人怎么办?"

借着红月的光芒,陆辛看到那张人形蜘蛛网下面有一支黑压压的军队与一排高大的黑色装甲车,中间还架着十几挺多管转轮机枪。那明显是火种公司的大部队,这些人也是冲他来的吗?

"不用管他们。你只管开车,我来应付。"德古拉抖了抖肩膀,埋怨道,"这个季节,你开这么大的冷气?"

陆辛没告诉她那不是冷气,而是她离父亲太近了。

车子缓缓驶向钢铁吊塔,吊塔底下的武装战士神情紧绷,一双双惊疑又害怕的眼睛在玻璃罩下死死盯着陆辛的车,却没有人开火。

直到车子距离他们只有二十米时,一个肩章上缀着火焰的男人才打着手电筒,在两名手持奇怪制式枪械的武装战士的陪同下走过来。他高举着手,示意停车。

男人先是警惕地看了一眼驾驶座上的陆辛,又惊疑地看向后座的德古拉,低声问:"这就解决了?"

德古拉的表情很不耐烦:"一个疯子而已,需要怎样?"

男人被噎了一下,还是有些怀疑:"可我刚才没看到你动手。"

德古拉冷漠地说:"如果我想让你回家后立刻枪杀你的老婆、孩子、情人以及情人她妈,甚至是你家里刚生的一窝小狗崽子,然后你再自杀……"她顿了顿,露出一个古怪的笑容,"你也不会看到我出手。"

男人脸色大变,不敢再质疑,只是问:"人是不是应该由我们押回去审问?"

陆辛有些紧张,不过依旧手握方向盘,做出一副被控制的模样。

德古拉不动声色地打量了男人一眼,忽然问:"你是哪个部门的?"

"火种公司安全部一级反应部队第四大队副指挥官——王昌卫。"

"副的?"德古拉冷笑一声,毫不留情地说,"就你这个级别,还没资格向我们真实教会要人。之前就说好了,谁抓着人算谁的。如果你们真想要人,就让你们的部长亲自过来找我要。"她的独眼露出一丝怪异的光芒,声音忽然变得轻柔,"或者,你挑三个手下跟我换。记得要活人,而且要身体

第八章 前往火种城

健康、没传染病、不抽烟也不喝酒的。"说完，她咧开嘴，舌头轻轻舔了一下锋利的小虎牙。

"你！"男人吓得后退了一步。

"走吧！"德古拉忽然面无表情地关上车窗，冷漠地吩咐陆辛。

陆辛配合地发动车子，向前驶去。

从后视镜里，陆辛看到男人的表情非常纠结，但当车快要撞上那些把守的人时，他还是摆了摆手。

他们居然真的给陆辛让出了一条路，甚至收起了枪。

通过钢铁吊塔后，前方是一条直通繁华大都市的路，任何阻碍都没了。

"居然就这么过来了？"陆辛惊讶地低呼，同时看向后视镜里的德古拉，毫不掩饰内心的敬佩，"你是怎么做到的？"

"很轻松啦，抓住了一点心理破绽而已。"德古拉嘴角上扬，假装无所谓地摆摆手，"我比你们早到，预感会有俱乐部成员通过某些直接但不合理的方法来到火种城，作为聚会的发起人，我当然要做一些接应聚会成员的准备工作，所以混到了火种公司外援的身份。"

陆辛听蒙了："这也能随便混到？"

后视镜里，德古拉的笑容完全藏不住了，但语气依旧平静："搞清楚火种公司的内部结构不就行了？火种公司的精神能力者主要分布在两个部门，一个是神秘事件调查科，一个是特别反应部队。前者负责处理特殊污染，对抗来捣乱的精神能力者；后者专门替火种公司干一些见不得光的脏活儿。当这两个部门都人手吃紧时，他们就会求助黑匣子，借调一些精神能力者。火种公司防范严密，但黑匣子非常松散……所以，当我通过机密渠道得知火种公司的骨干精神能力者都被调去守卫一个神秘的地方时，我就知道机会来了……"

陆辛肃然起敬："所以你就假装自己是黑匣子的精神能力者混进来了？"

"那太容易露馅了。"德古拉得意地说，"我冒充一个祭司进来的。"

"这也能冒充？！"

"简单。"德古拉道，"黑匣子有个祭司喜欢把人织成蜘蛛网，还喜欢年轻女孩。于是我就混进他常去的酒吧，一个眼神就让他把我带回了他藏身的老窝。我干掉他，拿了他的通信器、眼角膜和十个手指头，这事不就成了吗？反正黑匣子的祭司都很神秘，没几个人见过。"

陆辛听完既感到佩服，又隐约觉得哪里不对劲，忍不住问："那个祭司呢？"

"浴缸里躺着呢，还没来得及抛尸。咋了？"

陆辛瞬间对她心生警惕——这可是个杀人犯啊！

无论如何，陆辛还是跟着德古拉进了城。虽然德古拉手段有些残忍，但那个祭司喜欢把人织成蜘蛛网，还特别热衷于将年轻女孩变成自己的狂热信徒，这样的人被德古拉杀了，也算是罪有应得。再说，如果不是德古拉来接应他，此刻他可能还在火种城外和那些人"讲道理"呢！

想到这里，陆辛轻松了许多，开始欣赏起火种城。

他已经见过整齐的青港主城、干净的中心城二号主城，以及热闹繁华的黑沼城。如今看到火种城，他只有一个感觉——大。一排排摩天大楼像森林里的树一样挤在这座城市里，上下皆是让人眩晕的霓虹灯。无数道横亘在空中的立交桥连通着主干道与大楼，让这座城市有一种无可比拟的立体感与科技感。交织的车辆，不停按响的喇叭，让人有一种回到了文明时代的幻觉。就连红月也被整齐的大楼挤到了城市之外，带着一种疏离感，高高地悬挂着。

这就是火种城？陆辛不由得想起自己之前对这座城市的印象——一座由整个混乱之地供养的城市。别的尚且不谈，仅从规模与气派上看，这里已经超过了中心城。

德古拉为陆辛指路，越野车顺着拥挤的车流，驶进了城北一家高档酒店的地下停车场。随后，他们乘电梯来到酒店的顶楼。德古拉解释道："后天就是咱们聚会的日子，所以近期赶过来的成员应该挺多的。我多方探查了一下，发现火种城四面八方都出了不小的乱子，看起来像是我们俱乐部成员的作风。所以，把你送到酒店房间后，我没时间陪你了。我要趁着真实教会发现我的身份之前，尽量多接几个。"

"好的，好的！"陆辛连忙答应，对德古拉表现出足够的尊重。虽然他们之前在聊天群里掐过一次，但不妨碍线下建立起友好的感情。而且那时他不知道德古拉是个女孩，也没想过有一天她会给自己转五百万元！

德古拉刷卡走出电梯，带着陆辛进入顶层仅有的三个房间中的一个。开门进去后，陆辛发现这是一间堪比皇宫的高级套间，有三五百平方米大，布置得华丽又精致。

"这一天得多少钱啊？"陆辛拎着黑色背包，有些无所适从。

"也还好，包月的话，六七千块钱一天。"德古拉若无其事地摆了摆手。

一晚上就顶两个"天价"了？陆辛莫名有些悲伤，看着空荡荡的房间问："只有我到了？"

"对，其他人都不怎么积极。我先去换件衣服。"说完，德古拉往里走去，不一会儿便出来了。她的身上还系着红色披风，穿着那身紧身裙，唯独眼罩换成了红色的，而且从左眼换到了右眼上。

"你就在这里等着。"德古拉还是一副大姐大的派头，叮嘱道，"这里有吃的、喝的，也可以洗澡换衣服，除了挂着我内衣的房间，其他房间你随便睡。我先出去一趟，很快就回来。"

陆辛点了点头，又好奇地问："你要去哪里？"

"去处理祭司的尸体啊。"德古拉坦然道，"刚才走得急，他的尸体还在浴缸里泡着呢。"

陆辛不想问了："你快去，这事确实比较急！"

"啧啧，一点绅士风度都没有！"德古拉摇了摇头，表情有些鄙夷，"也不主动说去帮我分个尸。"

陆辛的表情变得古怪起来，心想：这种事也要讲绅士风度吗？

"得了，你不够专业，去了也帮不上什么忙，就老老实实在这里休息吧。"德古拉从冰箱里拿出一块面包咬了一口，出门前还不放心地叮嘱陆辛，"你先不要出去。别忘了你身上还有火种城A级通缉令，你要是出去了，我可就保不住你了。现在先忍受一下无聊，等其他成员来了就热闹了。"

"等等！"见德古拉要往外走，陆辛连忙叫住她。

看着她蓝色的独眼，他有些不好意思地说："咱们是不是还有笔尾款……"

"想什么呢？"德古拉直接拒绝了他，"说好了参加聚会才给，这不是还没参加吗？"

"……"陆辛觉得她说得挺有道理的。

德古拉离开后，陆辛开始在房间里四处查看。他打开冰箱，看到里面塞满了食物，不由得赞叹了一声；他打开一间卧室，看到宽大柔软的床和雪白的枕头，又赞叹了一声；他拉开卫生间的门，更是忍不住惊呼："居然做了干湿分离，还有巨大的浴缸！"

德古拉不在，陆辛成了这里唯一的主人。他先煮了一碗泡面，加了肉肠和卤蛋。吃完后，他在浴缸里放满水，准备好换洗衣物，便躺了进去。温热的水将他包围，他惬意地低叹："热水澡就是好啊！"

热水澡往往象征着一段旅途的结束。不过，陆辛很快想到了几个问题——火种城的"地狱"事件闹得沸沸扬扬的，"地狱"究竟是什么？妈妈说会在火种城和他碰头，那她现在在哪里？听她的声音好像受伤了，是什么东西能让她受伤呢？

陆辛叹了一口气，觉得还是想些开心的事比较好。他已经顺利来到火种城，见到了德古拉，还住上了这么高级的酒店，躺在这么大的浴缸里泡澡。等聚会一开始，他就能收到三百万元的尾款。从他入行以来，还从没这么轻松地赚过三百万。倒不是说之前赚钱有多不容易，主要是没办法泡着澡、唱着歌就把钱给赚了。

他突然生出一股强烈的集体荣誉感，从黑色背包里拿出通信器，点进俱乐部的聊天群里，热情地发了一条信息："我已经到地方了，什么时候能见到大家呀？"

发条橙："我还在家吃饭呢，你们就到了？"

合家欢："是的，刚被德古拉接到。"

此行必杀德古拉，不打死他不姓王："替我揍德古拉一顿，造成的损失由我来赔偿。"

合家欢："算了，私人恩怨还是你们自己解决吧，我不接这种活儿。"

血滴子："德古拉居然靠谱了一回？呵呵，祝你好运，匿了。"

陆辛觉得这话有些古怪，正想问问，忽然看到一个人迅速发了好几条消息。

夜猫子："太好了，你们也到了啊！"

夜猫子："我也到了，刚从车底下钻出来。"

夜猫子："哥，你们在哪里啊？我去找你们。"

第八章 前往火种城

陆辛连忙回复："我也说不清楚，你在哪里？"

夜猫子："我扒在人家的车底下混进来的，刚钻出来，就在车旁边。"

陆辛一阵无语，又发："说清楚你的位置，我们好过去接你。"

过了好久，夜猫子才再次发来消息："哦，你等会儿。"

陆辛正焦急地等他把位置发出来，忽然听到窗外传来几声巨响。他猛地回头，只见这座繁华城市的另一端炸开了一团蘑菇似的火云，紧接着，几道火光冲天而起，又有一团团火云在半空中炸开。足足过了数秒钟，巨大的风浪才席卷而来，吹得半边窗户哗哗作响，甚至有热气清晰地冲击到他的脸上。

陆辛被吓了一跳，还以为火种城里突然打仗了。

随后，夜猫子发来几条消息："哥，你看到了吗？"

夜猫子："我刚刚放了几朵大烟花。"

夜猫子："哥，我的位置够清楚了吗？你们现在过来接我吗？"

"接？接个鬼啊！"陆辛直接跳了起来，又想起自己没穿衣服，赶紧坐回浴缸里。他转头看向窗外炸开火云的地方，整个人都蒙了。

陆辛开始重新评估夜猫子的智商——他管那玩意儿叫烟花？他管这种行为叫指明位置？别说过去接人了，陆辛甚至想赶紧离开这座城市。

此时，聊天群里却热闹起来。

机械师："嗯？"

九头蛇："嗯？"

发条橙："傻子，你是把军火库炸了吗？"

夜猫子："没有啊，就放了几枚火箭弹而已。卡车上那个我不会放，要不就点那个了。"说着还私聊陆辛，问他什么时候去接自己。

发条橙发了一个"惊恐"的表情："千万别，我买套房子不容易。"

陆辛则是一脸警惕——他还想点个大的火箭弹？！

红舞鞋："哎呀，原来是你搞的鬼呀！刚才吓了我一跳呢！"

红舞鞋："顺便问一下，谁认识朱珈良？"

发条橙："他好像是火种城的高层朱先生家的大公子吧，你问这个干吗？"

红舞鞋："我准备把他从九十九层高的楼上丢下去。"

发条橙："嗯？"

血滴子："嗯？"

合家欢:"嗯?!"

此行必杀德古拉,不打死他不姓王:"你们那里这么热闹吗?"

此行必杀德古拉,不打死他不姓王:"等我干完这架,我立刻赶过去。"

发条橙:"你又在跟谁干架?"

此行必杀德古拉,不打死他不姓王:"西大区。"

发条橙:"你在火种城西大区干架?"

此行必杀德古拉,不打死他不姓王:"不,我在跟火种城西大区的军队干架。"

发条橙发了一个"迷茫"的表情:"你是怎么干的?"

此行必杀德古拉,不打死他不姓王:"他们追,我就跑;他们撤退,我就回去接着打。"

机械师:"什么玩意儿?"

红舞鞋:"呀,好厉害!"

此行必杀德古拉,不打死他不姓王发了两个"龇牙"的表情。

发条橙:"等等,你先回答我,你为什么要跟西大区干架?"

此行必杀德古拉,不打死他不姓王:"原因我已经忘了,现在我只想跟西大区干架!"

发条橙发了一连串省略号。

机械师:"强。"

血滴子:"兄弟,这个我有经验,后来我坐了很长时间的牢。"

九头蛇:"呵呵,原来今晚火种城这么忙,那我有机会了。"

发条橙:"楼上的,你又想干什么?"

"这都什么跟什么?"陆辛看着不停弹出信息的聊天群,整个人都有些蒙。

大家在聊天群里讨论的看似是一些小事,坐在浴缸里的陆辛却能直观地从窗外看到,这座美轮美奂的城市的夜景正一点点被撕裂。先是火云升腾,几乎照亮了城市的一角。紧接着,枪声、炮声隐约传来。随后,城市中心拉响了警报,无数警车向火云方向疾驰而去。没过多久,城西的大片建筑突然陷入黑暗,十几架直升机迅速飞向城西。下一刻,城南传来一声轰隆巨响,整座城市都为之震颤,其中几架直升机立马掉头飞向城南。

第八章 前往火种城

"这是在干啥呢？这群人到底想干吗？"陆辛眼睁睁地看着这座繁华而平静的城市逐渐被混乱吞噬，心中不禁紧张起来。幸亏他先遇到的是德古拉，才能舒舒服服地躺在浴缸里。要是先跟其他人碰头，说不定早就被拉去干些违法犯罪的勾当了。也不知道这些在火种城闹出大动静的家伙，能不能活着来参加聚会……

通信器里，夜猫子不断问陆辛什么时候去接他；红舞鞋问待会儿办完事了，要不要找个地方喝一杯；九头蛇在群里发了个临时任务，找人去城西跟他当面谈一笔生意。

陆辛看完信息，果断关掉了通信器。他靠在浴缸边，深深地感慨：绝对不能在这个时候跟这群人接触，否则肯定会被卷入违法犯罪的行动中！看来，唯一靠谱的人就是德古拉了。

"咚咚咚！"就在这时，陆辛耳边响起一阵敲窗声。他转头一看，顿时惊得跳了起来——德古拉的脸紧贴着窗户，嘴巴微张，手还保持着敲窗的动作，瞪圆了那只独眼看着他。她显然也被吓到了，一时间忘了说话。

陆辛反应过来，急忙扯下浴巾裹住身体，用力拉开窗户，问道："怎么了？"

"出事了！"德古拉一边往客厅跑，一边大喊，"收拾东西，赶紧撤，这里已经不安全了！"

陆辛急忙追问："出什么事了？"

"抛尸的时候被发现了。"德古拉愤愤的声音从客厅传来，"我哪知道那条小河旁边就是警卫厅啊！"

陆辛顿时无语。刚才他还觉得德古拉是群里唯一靠谱的人，结果她居然把尸体抛到执法部门旁边去了！他来不及吐槽，急忙擦干身体，换上一身干净衣服，又从洗衣机里拿出之前扔进去的衣服，放进韩冰为他准备的塑料袋里，然后塞进行李箱锁好。最后，他拎起黑色背包和行李箱，匆忙往外跑。

德古拉已经换了一身衣服和眼罩，倚在门口等他。她笑道："没事，不用慌。我刚才跑得快，他们追过来也得一会儿呢！"

陆辛稍微放松了些，刚打开门，就看到一队警员从走廊冲了过来。带路的服务员一边跑一边大喊："就在那里！"

陆辛立刻关上门，转头问德古拉："你不是说没那么快吗？"

德古拉愣了一下，随后一拍脑门："哦，这不是查凶杀案的人，估计是酒店发现我用假钞,所以报警了。"

陆辛惊呼:"你用了假钞?"

"现在不是说这个的时候!"德古拉拖着行李箱跑向窗边,用力推开窗户。

陆辛无奈,只能跟过去。他探头往下看,目测距离地面至少百米。

外面响起敲门声,有人大喊:"开门,临检!"

两人对视一眼,明白只能从这里爬出去了。

就在外面的人开始撞门时,陆辛借助妹妹的精神力量,一猫腰钻出窗外,嘴里叼着背包,一只手拎着行李箱,仅凭单手与双腿就攀上了楼顶。他回头一看,只见德古拉背着一个巨大的背包,拖着两个大行李箱,只用两条腿就轻松爬了上来。

德古拉也是蜘蛛系精神能力者?陆辛心里有些惊讶,觉得她比妹妹还要厉害,跟壁虎更是有天壤之别。

德古拉刚冲上楼顶,下面的房间里就传来了破门声。紧接着,房间里响起了混乱的脚步声,还有人汇报道:"总统套房里的客人消失了,怀疑他们不是普通人!"

陆辛松了一口气,无奈地问德古拉:"现在怎么办?我的车还在停车场里。"

"没事,幸亏来抓我们的只是几个普通的执法队队员。"德古拉拍了拍胸口,故作轻松地摆摆手,"小场面,凭我们的能力应付得来。"

话音未落,几架直升机的探照灯突然扫了过来。大楼下方,一辆辆警车、军车,以及大批执法队和全副武装的特别反应部队成员从四面八方涌来,将附近几条街堵得水泄不通。远处,几辆装甲车也在快速驶来。

陆辛僵硬地转过头看向德古拉:"你管这叫小场面?"

直升机迅速逼近,其中一架的驾驶舱内伸出一支狙击步枪,另一架则悬挂着集束式枪管,全都瞄准了他们。

直升机上的人通过扩音器喊道:"楼顶的人听着,立刻停在原地,等待执法人员的问询。如若反抗或逃走,你们将会遭到重火力清除!"

楼下也有人大喊:"发现特级犯罪嫌疑人及其同伙!启动一级应急程序,立即对其进行抓捕!"

楼下的执法人群想必是顺着德古拉抛尸的线索找来的,全副武装的特别反应部队应该是发现了德古拉带陆辛入城这事有问题,而酒店房间里的警员

第八章 前往火种城

则是查假钞的……

陆辛不明白，他只是闯了个哨卡而已，怎么就成特级罪犯的同伙了？他抓狂地看向德古拉，很想问问她是怎么在整个城市如此混乱的情况下，还能招来半个城的警力和一支军队的，可她正拖着行李箱跑路，毫不拖泥带水。

"你——"陆辛刚想开口，却听到上方有人大喝："立刻停止逃跑，否则我们就要开枪了！还跑？开枪！"

"砰！"一颗子弹猛地射向陆辛的脑门。直升机射来的强光让他根本看不清子弹的轨迹，但他的身体却本能地做出了反应——脑袋一歪，直接贴在了左肩上。子弹擦着他的脑袋飞过，打进了墙里。

"怎么直接开枪了？"陆辛的脑袋正了回来，表情又惊又怒。他很想跟直升机上的狙击手讲讲道理——逃跑的人是德古拉，怎么不瞄准她打？

陆辛的脑袋的异常动作吓到了直升机上的人，下一秒，一连串子弹扫来，打得墙灰四处飞溅。

说不清楚了……陆辛只好拖着行李箱去追德古拉。他的心里难免委屈："我只是闯了个哨卡而已！"

与此同时，在火种城不同的地方，数起不同的事件正在上演。

穿着红裙的女人优雅地托着红酒杯，慵懒地靠在沙发上，微笑着看着对面那个衣冠楚楚的年轻男人。她的双腿在暗色调的室内光下显得白嫩而修长。

男人双手交叉，痴迷地看着女人："我第一次见你就喜欢你了，不，应该说是迷恋你。我不知道你是从哪里来的，也不知道你的身份，但从你的气质和模样来看，你一定是一位真正的公主。我想我这辈子做过的唯一绝对不后悔的事，就是把你接到这里来。"

女人轻声一笑，捂住男人的嘴："你话说得这么好听，那这杯红酒必须喝喽？"

男人殷勤地举杯，碰了一下她酒杯的底座，笑道："当然。尽管在一位女士面前说出这瓶酒的价值有失身份，但我还是想说，哪怕在红月亮事件发生前，它也是世上最贵的拍卖品之一。这是我的珍藏，也只有这样珍贵的红酒才配得上你。"

女人的眼睛微微亮了一下，好奇地看着他："喝了这杯酒，会发生什么呢？"

男人眼里有些暧昧和期待："一定会很有趣。"

女人笑了，忽然轻盈地起身，裙边画出一个小小的圆。她背靠在酒店的窗边，身后是这座繁华的城市。她向男人投来一个几乎让他沉醉的眼神，然后举起酒杯，一饮而尽。

很快，女人的眼神变得迷离。她轻轻咬住红唇，眼里透露着诱惑、疯狂，以及暗示。

"太好了！"男人激动地脱下西装外套，还松了一下腰带，脸上带着计谋得逞的微笑。他将杯中的红酒饮尽，感到某些东西开始起作用了，心脏剧烈跳动着，快步走向他这辈子见过的最漂亮的女人。

男人轻轻揽住女人的腰肢，刚要开口说话，女人把食指放在唇前，示意他噤声，然后将纤细的手臂搭在他的肩上。正当男人感觉美梦从天而降时，女人忽然身形一闪，直接将他推了出去……

足足下坠了十几米后，男人才猛地发出一声撕心裂肺的惨叫。过了七八秒，楼下才传来"咚"的一声巨响。女人的脸上顿时露出了心满意足的微笑。她走到桌边，又给自己倒了一杯红酒。她闻着芳香的酒液，微微摇头："在这么好的酒里下药，可惜了呀！"

"朱先生，出了什么事？快开门！"门外传来重重的敲门声，男人的惨叫惊动了门外的保镖。

女人喝光杯中的红酒，感到身体一阵燥热。她用手扇了扇风，自言自语道："药劲挺大呢，看样子该泄泄火了……"

下一秒，房门被撞开，无数持枪的保镖冲进房间。看到房里只剩下女人的身影，而且窗户大开，他们顿时意识到发生了什么，表情从惊恐转为愤怒，枪口齐刷刷地指向女人。有人大喊："快去通知董事长！"

女人轻盈地转过身，从裙底掏出两把手枪，瞄准那些保镖，脸上露出迷人的微笑："我们跳舞吧？"她不停地扣动扳机，子弹打光了就捡起倒地保镖的枪继续射击。她从酒店的九十九层一路向下杀去，身形在枪林弹雨中穿梭，裙角飞扬，好像在跳舞。

城市的另一处，一个西装笔挺的男人趁着停电，穿过几扇大门，停在一个秘密实验室门前。门口聚集了大量安保人员，手持枪支和手电筒看着他。

第八章　前往火种城

"安保措施做得这么好？"男人看着那一片黑洞洞的枪口，忽然笑了，"这说明我找对地方了。"他的脑袋忽然变成九根细长的脖子，每一根脖子都连接着一个长满红色鳞片的蛇头。九个蛇头上的十八只黄褐色眼睛同时放射出异常兴奋的光芒。

"袋子准备好了吗？你的家庭作业到底写完了没有？要是你们老师再把我叫过去教训一顿，看我不抽你！"穿着白色吊带衫、戴着一顶黑色礼帽的男人一边开着大卡车，一边问副驾驶位上六七岁的小男孩。他的声音虽然凶恶，但明显是个关心孩子的父亲。

"快了。"小男孩抱着一把冲锋枪，一边好奇地玩弄，一边不耐烦地回答。

"就知道你这熊孩子不靠谱！"男人愤怒地加足油门，狠狠地撞向一家银行。经过改装的车头撞塌了一堵墙，还把玻璃柜台撞塌了半边。

正因某种特殊原因加班清点账目的经理和员工都惊呆了。

"干活儿快点！"男人把一个毛绒面具戴在脸上，又给小男孩戴了一个，愤愤地说，"趁着城里神经病多，先抢这个银行。早干完早下班，回头做作业！带你出来是为了让你明白生活的艰辛。你要记住，一定要好好学习，不然将来只能像我这样以打劫为生……"

红月的光芒下，陆辛与德古拉正飞快地在高大建筑间腾挪。他们的身影时而出现在楼顶，时而出现在竖直的墙上，时而消失在探照灯的照射范围内。由于他们逃得太快，狙击手甚至没有开枪的机会。起初追着他们扫射的多管转轮机枪，因为担心误伤建筑里的人，暂时停止了射击。那些人只能一边加速追赶，一边向上级请求支援。

"怎么追我们的人越来越多了？"陆辛在一面竖直的墙上追上了德古拉。他回头看了一眼，发现直升机由两架变成了四架，远处还有好几架正在赶来；地面上的特殊反应部队也如潮水般涌来。

"没事，你放心！"德古拉一边跑，一边气喘吁吁地安慰陆辛，"他们抓不到我们的！我们可是精神能力者，上蹿下跳的，他们怎么追得上？"

陆辛下意识道："难道人家就没有精神能力者？"

"呸！"德古拉不屑地向楼下呸了一声，"他们的精神能力者都被派出城了，哪顾得上我们？"

德古拉话音未落，一颗黑色子弹高速袭来，两人一左一右同时闪开。子弹碰到墙面，爆发出一团耀眼的蓝色电弧，笼罩范围足有三四米之广，比陆辛之前用过的特殊子弹强大很多倍。即便两人反应足够灵敏，还是被蓝色电弧波及，身体微微发麻，险些从墙上跌下去。两人此时攀在四五十米高的墙面上，普通人对他们构不成威胁，除非……

两人猛地向下看去，发现街上有一个黑影，单手持狙击步枪，正眯着眼瞄准他们。这么不合常理又嚣张，一定是蜘蛛系精神能力者。

陆辛顿时生气地质问德古拉："你不是说火种公司现在没有精神能力者管我们吗？"

德古拉无奈地叫道："火种这么大的公司，多少有些底牌吧？"

在两人对话时，下方的蜘蛛系飞快地开枪，一团团蓝色电弧在他们身边炸开。由射击精准的蜘蛛系精神能力者使用威力这么大的特殊子弹，简直就是一场噩梦！

两人一边手忙脚乱地逃窜，一边愤怒地回头看了那个蜘蛛系一眼，不约而同地想："拿着一把破狙击枪，不要钱似的向我们开枪，是把我们这两个俱乐部高级人才当地鼠打吗？"

"不慌，钻窗。"德古拉说着，蹿进了前面的窗户里。陆辛拖着行李箱紧随其后，钻进去的瞬间，身后爆发出耀眼的蓝色电弧。

蓝色亮光下，陆辛与德古拉在一个个房间里穿梭。

第一个房间里，一对年轻情侣在沙发前端着红酒，深情相拥。德古拉拖着大包小包从客厅飞快跑过，看到男生一边亲吻，一边解女生的内衣，便朝他投去一个意味深长的微笑。小情侣还没反应过来，便呆滞地看着一个男子拖着行李箱冲过去，还鄙夷地看了男生一眼。

第二个房间里，夫妻俩正在打孩子。他们刚把孩子摁到沙发上，就被两团冲进房间的影子吓了一跳，眼睁睁看着一男一女先后从家里冲过去，还留下一声感慨："过分了吧？谁家打孩子用狼牙棒啊？"

第三个房间没开灯，一个男人正躺在被窝里，被子上放着一台笔记本电脑，屏幕荧光照亮了他激动的脸。他的手刚伸进被子里，就看到一个女子拎

第八章　前往火种城

着行李箱从窗外跳进来。

男人蒙了:"梦想成真了?"

他还来不及细想,女子就快速从他床边跑过,顺势看了一眼屏幕,然后打飞了他的笔记本电脑,还愤愤地骂了一句:"臭不要脸!"

紧接着,一个男子跳进来,好奇地往地上的笔记本电脑屏幕看了一眼,留下一个同情的眼神,追着女子而去。

只剩男人蹲在地上,抱着摔得画面闪烁的笔记本电脑,好半天才哭出来:"这是噩梦吧?"

…………

总之,一阵鸡飞狗跳,也不知严重干扰了多少火种城居民的正常生活。两人连续穿过几排建筑,都有些晕头转向了。那个蜘蛛系精神能力者已经被他们甩出了很远的距离,没办法逮着他们打了,地面部队和直升机围追堵截的动静也小了。

"哈哈,安全了吧?"德古拉一边向前跑,一边转头向陆辛笑道,"我就跟你说没事吧?火种公司现在哪里还有人手?都忙不过来了呢!"

陆辛刚想回答,忽然低声道:"小心!"他的脑袋猛地一缩,一股阴冷的气息擦着他的头皮而过,几根发丝垂落在地。

德古拉也猛地向上跳起。她是躲开了,手里的一个行李箱却一分为二,无数内衣裤、眼罩、美瞳、假发向下方璀璨的灯光坠落。她心疼地哀号:"我的宝贝啊!"

陆辛顾不上替她心疼,目光紧盯着前方。对面的建筑上出现了五名身穿黑袍的精神能力者,他们的身影在红月下显得格外诡异。最前面的那个身影悬在半空中,轻轻弹动,每弹一下,身形都会诡异地更换位置。

陆辛很清楚,这是木偶系精神能力者的特征——他们能借助无形的丝线在繁华的城市里穿梭,在路程较长的情况下,速度和灵活性甚至能压蜘蛛系一头。当然,若论起远途,借助深渊穿梭的人才是最快的。

看着对面那五名精神能力者,还有空中的直升机,以及下方加速赶来的地面部队,陆辛有些抓狂。明明有这么多神经病在大闹火种城,为什么偏偏逮着他们两个追?!

德古拉心疼地最后看了一眼那些救不回来的物品,这才抬起头看向那五名精神能力者，脸上闪过一丝疑惑："这些不是火种公司的人，是黑匣子的人。他们怎么来得这么快？又是怎么追上我们的？"她沉吟片刻，沉声道，"不过也不用慌——"

"打住！"陆辛心里一阵发毛，赶紧打断她，"你一说'不用慌'，我就更慌了！"

话音未落，黑匣子的精神能力者已经发动了攻击。他们的十指叉开，无数细密的丝线瞬间向两人袭来，空气中仿佛布满了无形的刀刃，随时可能将他们的身体切成碎片。

两人迅速做出反应，同时高高跳起，尽可能地躲避这些致命的丝线。德古拉生气地将手里剩下的半截行李箱砸向对方，但行李箱在空中被切割成不规则的几块，纷纷坠落。

陆辛和德古拉借助下坠的势头，身体在空中画出弧线，打算落到旁边的建筑上。然而，黑匣子的精神能力者显然不打算轻易放过他们，其中两人迅速跟上，一个盯上了德古拉，另一个则瞄准了陆辛。

左边的黑袍人紧盯着德古拉，与她保持同步，三步之后，德古拉的身体突然失去控制，蜷缩成一团，直直地向下方的水泥地坠去。右边的黑袍人则对着陆辛比出"八"字手势，口中发出"啪啪啪"的声音，仿佛在玩闹，但陆辛却感到了一束束强大的精神冲击，身体在半空中几乎失去平衡。

这是精神子弹吗？陆辛强行稳住心神，迅速掏出手枪，瞄准对方。黑袍人显然没料到陆辛能这么快摆脱精神冲击，愣了一下。陆辛趁机开枪，真实的子弹让对方不得不趴下躲避。

与此同时，德古拉也挣脱了控制，借助精神力量的扭曲力场，她的红色披风猛地展开，将她往上推举，最终稳稳地贴在了墙面上。两人默契地向上爬去，试图摆脱追击。

"竟然都不是蜘蛛系……"黑匣子的精神能力者吃了一惊，显然没想到两人的手段如此多变。眼看两人即将爬上楼顶逃走，最后面的黑袍人——被称为"使者"的精神能力者——终于出手了。

他停下脚步，右手点在额心，向下画出一道曲线，最终落在心脏处，仿佛在进行某种祷告。祷告结束的瞬间，陆辛和德古拉已经爬上了楼顶，即将消失在他们的视野中。

第八章 前往火种城

就在这时,一只苍白的大手突然伸来,穿透层层玻璃般的屏障,直直抓向德古拉的后背,硬生生将她的心脏掏了出来。

"不好!"陆辛来不及多想,迅速将手中的左轮手枪掷出,同时将黑色扑克牌叼在嘴里。手枪在空中消失,那只大手握着的心脏却突然出现在陆辛面前。他一把抓住兀自跳动着的心脏,塞回德古拉的身体里。然后两人同时向前扑出,躲过这致命的一击。

"怎么了?"德古拉似有所觉,声音带着一丝颤抖。

陆辛没有立刻回答,而是迅速转头看向对面。他的眼睛里浮现出黑色粒子,心里莫名产生了某种冲动。那只大手已经消失,仿佛从未出现过,但空气中残留的冰冷气息让人不寒而栗。后方,直升机的探照灯再次锁定他们,引擎的轰鸣声越来越近。

"没什么。"陆辛低声道,眼睛里的黑色粒子瞬间消失。他加快脚步向前冲去,德古拉愣怔片刻,赶紧跟上。两人的身影一前一后消失在黑暗中,只留下身后一片混乱的城市夜景。

四名精神能力者看到使者半跪在地,干枯的手里握着一把有些破旧的左轮手枪,顿时又惊又怒,难以置信地喊道:"偷窃失败了?!"

使者的能力向来无往不利,怎么会出手后只偷来一把老旧的手枪?更让他们惊恐的是,使者的身体剧烈颤抖着,枯瘦的身躯出现了异样的痉挛,骨头噼啪作响,仿佛有无形的力量在揉搓他的身体,将他的血肉和骨骼一点点抽离。他浑浊的眼中不停流泪,整个人痛苦到了极点。

"使者,你……你这是怎么了?"四名精神能力者露出恐惧的表情,声音颤抖。

"神……"使者猛地抬起头,眼中满是恐惧,干瘪的嘴唇微微颤动,最后挤出一句,"神……神在恐惧……"

话音未落,使者的身体彻底干瘪,只剩下一张皮囊。四名精神能力者久久无言,心中充满了疑惑和惊恐。究竟发生了什么?使者是怎么死的?他留下的这句话又是什么意思?没人能回答他们,只有红月静静地悬挂在天空中,冷漠地注视着这座混乱的城市。

陆辛与德古拉在火种城的建筑间飞速穿梭，爬过无数墙壁，穿过狭窄的楼隙。他们选择穿窗过屋，利用狭小空间阻拦追兵，这让木偶系精神能力者无法发挥优势，连空中的直升机也难以捕捉他们的身影。

渐渐地，身后的追兵越来越少，只有一道臃肿的黑影始终紧追不舍。两人不敢大意，一口气跑了十多分钟，直到德古拉放慢速度，扫视四周，朝一栋三十几层高的黑暗建筑靠近。她趴在玻璃上观察了一下，确定里面没人后，伸出锋利的指甲在玻璃上划了一圈，玻璃上立刻出现一个完整的圆洞。她缩身钻了进去，陆辛紧随其后。

黑暗中，德古拉喘了几口粗气，焦急地问："追来了没有？"

陆辛向窗外看了一眼，回答道："应该甩开了。"

"那就好！"德古拉松了一口气，拍了拍胸口，"吓死我了！刚才我突然产生了一种特别怪的感觉，就好像心脏被人抓住了，也不知道是什么古怪的能力。幸好我跑得快，逃脱出来了。"

"这个……"陆辛犹豫了一下，决定如实相告，"那不是什么古怪的能力，是你真的被人偷了心脏。我为了救你，搭进去一把枪！那可是我最喜欢的一把枪，我平时的工作能这么顺利全靠它。"

"啊？"德古拉急忙摸了摸自己的前胸和后背，随后瞪了陆辛一眼，吐槽道，"你这人说话怎么这么没谱？什么我被人偷了心脏，吓都让你吓死了！我如果真被偷了心脏，怎么还活着？你可别说是你把心脏又塞回去了！"

陆辛一时间也解释不清楚。他确实看到一只大手一把抓住了德古拉的心脏，当时他来不及细想，本能地借助黑色扑克牌的能力，用左轮手枪替换了心脏，又下意识把心脏塞了回去。

如果德古拉的心脏真的被抓出来，又被他塞回去了，那她的后背怎么没有伤口？最关键的是，以前他也不是没有掏过别人的心脏，知道塞回去是没用的。那么，德古拉这到底是什么情况？他也搞不清其中的原理。

迎着德古拉埋怨的目光，陆辛看了一眼她的胸口和后背。其实，刚才逃跑的时候他就仔细观察过，无论是从行动还是外表，他都看不出德古拉有什么问题。他很想揭开德古拉的衣服仔细查看一番，但他说不出口……

正当他纠结时，德古拉走到窗边，向外看了几眼。半空中以及各栋高楼上没有直升机以及精神能力者的身影，但下方几条街道上有闪着警灯的警车在来回巡逻。德古拉愤恨地说："还穷追不舍了？我不就是杀了个变态，假冒他的身份，又用了些假钞吗？至于这么追我？"

说到这个，陆辛更是委屈："我只是闯了个哨卡而已……"他从小到大都规规矩矩的，没想到在火种城被警察追了半天，这算是他履历上的一个污点了吧？

"你委屈什么？"德古拉闻言，很不爽地回头看了陆辛一眼，"你本来就是通缉犯。"

"那不一样啊。"陆辛道，"我虽然闯了哨卡，但打算到火种城后向上面举报代理人管理松散、收费混乱的现象，再讨论一下解决方案……"

德古拉见他神色认真，顿时一脸惊奇："要是他们不搭理你呢？"

"那就向更上面举报。"

"更上面也不搭理你呢？"

陆辛怔了一下，理所当然地说："世界这么大，还能没个说理的地方？"

德古拉深深地看了陆辛一眼，嘀咕道："你不愧是俱乐部的人才啊！"

两人休息了一会儿，发现外面再度出现了直升机，街上的警车也越来越多，甚至出现了几辆装甲车，似乎在搜索着什么。虽然并没有直冲他们而来，但搜索的区域却明显在向他们靠近。

"怎么回事？"德古拉将金发摘下来，露出原本的黑发，她本想换个发型，想起自己装假发的行李箱没了，又苦恼地戴上了金发，"火种公司的警力这么富裕吗？城里这么多闹事的，居然还有这么多人追我们！"

陆辛也意识到了这个问题。从俱乐部的聊天消息以及他在浴缸里看到的动静来说，如今的火种城应该发生了好几件大事，按理说，火种城的警力应该被分散才对。

陆辛忽然有个不好的猜测，立马问德古拉："你是不是还惹了其他什么事？"

德古拉愣了一下，心虚道："我惹的事挺多的，就是不知道哪件又事发了。"察觉到陆辛谴责的眼神，她连忙摆了摆手，"没事的，一时半会儿没人能找到这里……"

话音未落，陆辛条件反射地警惕起来。果不其然，旁边忽然突显出一物，看起来好像墙上长出了一朵肥大的蘑菇，蘑菇又长出了脑袋和手脚……准确地说，有一个人正悄无声息又迅速地从墙里长出来……

房间里很黑，这种怪异的生长又没有产生动静，所以，等两人发觉时，这人已经长出了半个身子。陆辛赶紧伸出手抓住那颗巨大的脑袋，德古拉抄起花瓶就要往下砸……

就在这时，蘑菇有些惊喜地开口了："天王盖地虎？"

两人停下动作，德古拉惊疑不定地问："你是哪个？"

蘑菇警惕地说："先对暗号。"

德古拉不耐烦地说："我是德古拉，有问题？"

陆辛也说："这么紧张的时候就别对暗号了，我是合家欢。"

"啊？"蘑菇发出一声惊喜的低呼，急忙与德古拉握手，"哥，原来你是个姐啊！"随后他又和陆辛握手，"哥，你真的过来接我了，我说过见面要请你按摩的！"

"按摩的事之后再说，你怎么会在这里？"陆辛认出这人就是夜猫子，仔细打量了他一圈，见他吃力地从墙里拔出腿，一张脸又胖又圆，看起来有些像吃大了脑袋的英短猫……合着他名字里的"猫"是这个意思？

"太好了，我终于找到组织了！"夜猫子一屁股坐在地上，叹了一口气，"哥，姐，你们是不知道啊，我太不容易了！我搭了一支商队的车，寻思能混进城里，还能省一笔路费。但我没想到，搭车竟然搭到军事基地去了。那里到处都是军人，我又不认识路，正好哥在群里问起，我就放了几个烟花指明位置。结果我暴露了，只能赶紧跑。我越跑，追我的人就越多，吓死人了！我还以为你们都不来接我了呢！"他一边说，一边抹着额头上的虚汗，"刚才我都感觉自己跑不掉了，幸亏你们出手把那几个精神能力者搞定了。我在后面追你们，但你们跑得好快……"

"啥玩意儿？"陆辛和德古拉听蒙了，"原来那几个精神能力者是你引过来的？"

难怪他们刚逃过火种城警卫厅的追捕，又迎头撞上黑匣子的精神能力者，合着那些人是在追捕这个胖子？两拨逃犯竟然在这座繁华的城市里偶遇了，这是什么缘分啊？

"对啊！"夜猫子一脸实诚，说着，他期待地看向德古拉，"姐，我那三万块钱的尾款……"

"聚会还没开始呢！"德古拉顿时发起了脾气，她不仅瞪了夜猫子一眼，

第八章　前往火种城

还瞪了陆辛一眼。

陆辛有些无奈——瞪他干吗？而且为什么夜猫子的尾款是三万？

"距离聚会还有三十六个小时，就搞得满城的人都在追捕我们了。唉，本来我计划缜密，万般小心，结果因为你们两个暴露了……"德古拉愤愤地说。

陆辛心想，德古拉暴露分明是因为她抛尸抛错了地方吧？正当他感到迷茫时，夜猫子看向他，露出憨厚的表情："哥，你有吃的没？"

"哦，有。"陆辛从背包里翻出一根巧克力棒递给他，"这玩意儿行不？"

"太好了，哥。"夜猫子欢喜地接了过去，"我就爱吃火腿肠。"

陆辛正想告诉他不是长条状的东西都是火腿肠，但他已经大口吃了起来。

"现在怎么办？"陆辛转头看向德古拉。

"问题应该不大。"陆辛一看过来，德古拉原本有些纠结的表情立刻变得云淡风轻，冷笑道，"我们可是研究院在茫茫人海里挑选出来的高级人才啊！世界这么大，哪里不能随便逛？既然火种公司自身都难保了，还想铆足劲为难我们，那么……"她微微一顿，龇起小虎牙，似乎准备发个狠。

这时，夜猫子猛地转头看向外面的万家灯火。下一刻，陆辛和德古拉也察觉到了不对劲。不知何时，窗外那些不停闪烁的灯光停滞了，整座城市仿佛凝固成了一幅静止的画。与此同时，一股来自精神层面的压力扫了过来。在这一刻，陆辛甚至产生了某种幻觉，仿佛周围的高楼正在快速拉近。他的视线穿过无数建筑，瞬间来到几千米外的一架直升机里——一个穿着雪白中山装的男人猛地睁开了眼睛。

陆辛反应过来，迅速收回思绪，眼前的幻觉随之消失。但那种诡异感告诉他，如果刚才他没有及时抽离，便会与那个男人对视，后果难以预料。

"这种奇怪的精神扫射……"德古拉有些吃惊地开口，"是地狱设计师！"

"地狱设计师？"听到这个古怪的称呼，陆辛微微皱眉。

"没错，他就是帮助火种公司设计地狱的人之一。"德古拉脸色凝重地说，"他不是应该在地狱那边待着吗？怎么出来了？"

"城里闹成这样，不出来才怪吧？"陆辛有些无奈，"现在我们该怎么办？"

"我们——"德古拉刚开口，忽然又停住了。三人能感到远方的空气在混乱地颤抖，显然有大量精神能力者出动了，但他们的方向并不一致。几架直升机的探照灯在附近晃动，街道上的警车与装甲车也像是收到了指令，迅速封锁了各大路口，并开始疏散人群。看样子，那些人找不到他们，便打算封锁这片区域。

"来不及了。"德古拉的表情变得严肃，低声道，"群友们，别怪我没提醒你们，在火种城，除了要小心黑匣子的高级祭司，还要小心那几个负责设计地狱的人。传说他们的实力远超普通精神能力者，甚至可能根本不是人。一旦遇到他们，可能就会莫名死掉，或者突然发疯……"

"咦？这么厉害吗？"夜猫子害怕地说，"要不我们先联手把那个地狱设计师干掉？"

"你玩呢？"德古拉瞪了他一眼，"如果在城外遇到他，或许还能打一打，但如今可是在火种城，这是人家的地盘！我不知道你们在第几个台阶，但在火种城，再强大的精神能力者都会被压制在第三个台阶上。现在与他交手，根本就是找死，所以我建议分头走！"

"啥？"陆辛与夜猫子都愣住了。

"凑在一起，目标太大了。"德古拉拉起行李箱，不负责任地说，"聚会时在地狱之门见吧！别磨蹭了，等他看到我们就晚了。"说话间，她已经快步溜了出去。

见德古拉走得干脆，夜猫子用乞求的眼神看向陆辛。

陆辛又从背包里拿出两根巧克力棒递给他："朋友，违法的事我不到万不得已不会干的，何况你这事还挺严重的。我也帮不了你，咱们后天见吧！"说着，他也急忙拎起行李箱，迅速朝另一个方向溜去。

陆辛心想，他最多就是被迫闯了个哨卡，而德古拉和夜猫子又是杀人又是闯军事基地，实在太疯狂了！

"谢谢你啊，哥！"身后的夜猫子有些感动地看了看手里的巧克力棒，用力向他挥手，同时喊道，"那我后天跟你见面时再请你按摩吧，地方你挑啊！"

直升机上，指挥官焦急地问："找到了吗？"

穿着白色中山装的男人缓缓睁开双眼，轻声道："被他们躲过了。看样子，对方的能力很强……"

"那怎么办？"指挥官明显有些急躁，"地狱之门即将打开，这时候可不能出乱子！"

第八章 前往火种城

"急什么？"男人从旁人手里接过一台平板电脑，手指在屏幕上轻轻滑动，眼神逐渐变得冷酷起来，"有人闯进火种A级军事基地，闹出大动静，吸引了全城的目光；有人趁机潜入城西的秘密实验室，用诡异的手段让整个城西停电，并盗走了关键的寄生物品；有人刺杀了黑匣子的高级祭司；还有人把火种高层的宝贝儿子从九十九楼扔了下去……更别说其他趁机闹事、抢银行、偷窃的。而且，黑匣子那边刚刚汇报了一个可怕的消息……"

平板电脑的屏幕上出现一幅简易素描画——一个攀在墙上的男人手里拎着行李箱，嘴上还叼着一个黑色背包，表情冷漠，眼神不屑。

男人盯着这幅素描画，眼睛一眯："黑匣子的人在追踪那个从军事基地逃出来的精神能力者时，遭遇了这人和他手下的拦截。在短暂的交手中，黑匣子损失了一名高级祭司。我已经和安全部确认过了，他就是从货道一路闯过来那个人，整个内部交通网的保安部队都拿他没办法，连他的精神能力类型都没分析出来。这人甚至提前在火种城安插好了内应。谁能想到，他只是让手下顶替了一名高级祭司，就成功混进城来了。

"如果不是他故意让手下把那名祭司的尸体扔到警卫厅门口，还在酒店里使用假钞，我们甚至无法察觉他已经混进了火种城。在我们的执法队对他进行追捕时，他又借机引发城里的混乱，打乱了我们的追捕行动……

"我现在怀疑城里的其他乱象也是他安排的。这一切看似混乱，但一定有一个最终目的。"男人表情凝重地将平板电脑扔到一边，眼中却闪过一丝兴奋，"胆大、疯狂、心思缜密、心狠手辣……这样的人，全世界有几个？我确定我们受到了一次经过严密谋划的袭击，而且说不定这只是个开始。我们没时间跟他们过家家了！直接启动应急防御程序，让他们见识一下火种真实的一面吧！尤其是这人，我们必须在地狱之门开启前，把他找出来彻底清理掉……"

未完，待续

《从红月开始 B》

地狱降临，百鬼夜行

火种开采集团联合地狱设计师,盗取了神之梦魇的能力。他们想打开地狱之门,让深渊与现实重合,而自己则成为这恐怖新世界的支配者。本是来参加精神能力者聚会的陆辛与夏虫、德古拉、九头蛇、红舞鞋等人,也被卷入了这起事件。

不死不灭的地狱军团,用活人滋养的地狱胚胎,从深渊现身的苍白之手与藏杖人……火种城内遍地是精神怪物,犹如百鬼夜行。陆辛要如何打破这死局?

《从红月开始8》地狱降临,百鬼夜行!